Clémence Michallon

Paris yakınlarında doğup büyüdü. Londra Şehir Üniversitesi'nde gazetecilik eğitimi aldı, Columbia Üniversitesi'nde gazetecilik yüksek lisansını tamamladı ve 2018 yılında *The Independent*'ta çalışmaya başladı.

The Independent'ta çalışırken Judd Apatow'dan Ben Platt'e kadar birçok sanatçıyla ve Rumaan Alam, Taylor Jenkins Reid ve Curtis Sittenfeld gibi yazarlarla röportajlar yaptı. Makaleleri gerçek suç öyküleri, şöhret kültürü ve edebiyat üzerineydi.

2014 yılında New York City'e taşınıp 2022 yılında ABD vatandaşı oldu. Ergenliğinde annesinin market rafı kitaplarını çalmaya başladığından beri suç romanlarını çok seviyor. *Sessiz Kiracı*, yazarın ilk romanı.

Yazarı Instagram'da çoğunlukla suç romanları, gizemli olaylar ve gerilim kitapları hakkında paylaşımlar yaptığı @Clemencemichallon, Twitter'da @Clemence_Mcl hesaplarından takip edebilirsiniz.

Sessiz Kiracı
Clémence Michallon

Orijinal Adı: *The Quiet Tenant*

İthaki Yayınları - 2700

Editör: *Ömer Ezer*
Yayıma Hazırlayan: *Kemal Tokgöz*
Düzelti: *Gökay Sıra*
Kapak Uygulama: *Mehmet Büyükturna*
Sayfa Düzeni ve Baskıya Hazırlık: *B. Elif Balkın*
1. Baskı, Aralık 2024, İstanbul

ISBN: 978-605-265-497-2

Sertifika No: 63989

İthaki™ İthaki Yayıncılık Basın Sanayi ve Ticaret A. Ş.'nin tescilli markasıdır.
Osmanağa Mah. General Asım Gündüz Cad. Ün Er Tan İş Merkezi 35/1 38
Kadıköy-İstanbul Tel: (0216) 541 03 26
editor@ithaki.com.tr – www.ithakiyayingrubu.com

Kapak, İç Baskı: Deniz Ofset Matbaacılık
Maltepe Mah. Hastane Yolu, No: 1/6, Zeytinburnu-İstanbul
Tel: (0212) 613 30 06 denizmatbaamucellit@gmail.com
Sertifika No: 77699

CLÉMENCE MICHALLON

SESSİZ KİRACI

ÇEVİREN
Özge Onan

ithaki

TYLER'A

Ne yazık! Bu uysal kurtların,
tüm yaratıklar arasında
en tehlikelisi olduğunu bilmeyene!

—CHARLES PERRAULT, *KIRMIZI BAŞLIKLI KIZ*

1. BÖLÜM

Kulübedeki Kadın

Her kadının böyle bir erkeği olduğunu, onun da seninkisi olduğunu düşünmeyi seviyorsun.

Böylesi daha kolay. Kimse özgür olmadığında. Senin dünyanda, hâlâ dışarıda olanlara yer yok. Rüzgârın onların saçlarında gezinmesini sevmiyorsun, tenlerine değen güneşe tahammülün yok.

O, geceleri gelir. Kapının kilidini açar. Ardında kurumuş yapraklardan bir iz bırakarak ilerler. Kapıyı arkasından kapatır, sürgüyü yerine oturtur.

Genç, güçlü ve bakımlı bir adam. Tanıştığınız günü, gerçek doğasını ortaya koymadan önceki o kısacık ânı düşündüğünde şunu görüyorsun: O, komşularını tanıyan bir adam. Geri dönüşüm için çöpleri hep zamanında çıkaran bir adam. Çocuğunun doğduğu gün, dünyadaki kötülüklere karşı duran sağlam bir varlık olarak, doğumhanede beklemiş bir adam. Market kuyruğunda onu gören anneler, bebeklerini onun kollarına bırakır: *Onu biraz tutabilir misiniz? Mama almayı unuttum, hemen döneceğim.*

Ve işte şimdi, burada. Şimdi, senin.

Yaptığınız şeylerin bir düzeni var.

Adam sana bakar; bu, envanterini gözden geçirmesine benzer. Sen buradasındır. İki kolun, iki bacağın, gövden ve kafan.

Sonra bir iç çekiş gelir. Paylaştığınız bu âna alışırken adamın sırtındaki kaslar gevşer. Mevsime bağlı olarak elektrikli ısıtıcıyı ya da vantilatörü ayarlamak için eğilir.

Sen elini uzatıp Tupperware kutusunu alırsın. Lazanyanın, çoban payının,* tonbalıklı güvecin ya da getirmiş olabileceği diğer yiyeceklerin buharı tüter. Çok sıcak olan yemek damağını yakar.

Adam sana su verir. Asla bir bardakla vermez. Hep bir matarayla verir. Kırılıp sivri hâle gelebilecek hiçbir şey yoktur. Soğuk sıvı dişlerinde elektrik akımı verilmiş gibi sızılara sebep olur. Ama içersin çünkü su içmenin vakti şimdidir. Sonrasında ağzında metalik bir tat kalır.

Adam sana kovayı verir ve sen de yapman gerekeni yaparsın. Utanmayı uzun süre önce bırakmışsındır.

Dışkını alıp seni bir dakika kadar yalnız bırakır. Dışarıda, zeminde ilerlerken botlarının çıkardığı sesi ve hortumun tıslamasını duyarsın. Geri geldiğinde kova temiz, içi sabunlu suyla doludur.

Sen temizlenirken seni izler. Bedeninin hiyerarşisinde sen kiracı, o evsahibidir. Sana malzemelerini verir: bir kalıp sabun, plastik bir tarak, bir diş fırçası, küçük bir tüp diş macunu. Ayda bir de bit engelleyici şampuan getirir. Bedenin her zaman sorun yaratmaya meyillidir ve o bunu kontrol altında tutar. Üç haftada bir, arka cebinden tırnak makasını çıkarır. Sen tırnaklarını kesip yeniden insani bir görünüme kavuşurken bekler, sonra tırnak makasını geri alır. Onu hep geri alır. Bunu yıllardır yapmışsındır.

Tekrar giyinirsin. Bundan sonra olacakları düşününce bu sana anlamsız gelir ama o böyle karar vermiştir. Bunu kendin yaparsan, işe yaramayacağını düşünürsün. Fermuarları açan, düğmeleri çözen, üzerindekileri çıkaran o olmalıdır.

Onun etinin coğrafyası; öğrenmek istemediğin ama yine

* Patates ve kıymayla yapılan bir İngiliz yemeği. *–çn*

de öğrendiğin şeyler. Omzunda bir ben. Karnından aşağıya inen ince kıl hattı. Elleri, parmaklarının tutuşu. Avucunun, boynunda yarattığı sıcak baskı.

Her şey olup biterken asla sana bakmaz. Mesele sen değilsindir. Mesele tüm kızlar ve kadınlardır. Bu tamamen onunla ve kafasının içinde kaynayan şeylerle ilgilidir.

Bittiğinde asla oyalanmaz. Dünyada onu çağıran sorumlulukları vardır onun. Bir ailesi, geçindirmesi gereken bir evi vardır. Kontrol etmesi gereken ev ödevleri. İzlemesi gereken filmler. Mutlu etmesi gereken bir eşi ve sarılması gereken bir kızı. Yapılması gerekenler listesinde sen ve küçük varoluşunun ötesinde başka şeyler vardır ve tüm maddelerin üzerinin çizilmesi gerekir.

Bu gece dışında.

Bu gece her şey değişiyor.

Bu gece bu adamın –çok dikkatli, sadece hesaplanmış adımlar atan bu adamın– kendi kurallarını çiğnediğini görüyorsun.

Avuçlarını ahşap zemine dayayıp kendini yukarıya itiyor. Mucizevi biçimde parmaklarına kıymık batmıyor. Kemer tokasını göbek deliğinin altında sabitliyor ve metali, göbeğinin gergin derisine bastırıyor.

"Dinle," diyor.

Bir şey keskinleşiyor, içindeki en temel nokta dikkat kesiliyor.

"Çok uzun zamandır buradasın."

Yüzüne bakıyorsun. Hiçbir şey yok. O, çok az konuşan ve çok az mimiği olan bir adam.

"Ne demek istiyorsun?" diye soruyorsun.

Omuzlarını hareket ettirerek paltosunu giyiyor ve fermuarını boğazına kadar çekiyor.

"Taşınmak zorundayım," diyor.

Yine soru sormak zorunda kalıyorsun: "Ne?"

Alnının başladığı noktada bir damar atıyor. Onu sinirlendirdin.

"Yeni bir eve."

"Neden?"

Kaşlarını çatıyor. Bir şey söyleyecekmiş gibi ağzını açıyor, sonra bundan vazgeçiyor.

Bu gece değil.

Giderken, bakışlarının seninkilerle buluştuğundan emin oluyorsun. Kafa karışıklığını, cevaplamadığı tüm sorularını alıp götürmesini istiyorsun. Seni merakta bırakmasının vereceği tatmini yaşamasını istiyorsun.

Kulübede hayatta kalmanın ilk kuralı: O her zaman kazanır. Beş yıldır bunun böyle olmasını sağladın.

2. BÖLÜM

Emily

Aidan Thomas'ın ismimi bilip bilmediği konusunda hiçbir fikrim yok. Bilmiyorsa da bunun için ona kızmam. Onun, haftada iki kez kendisine vişneli kola dolduran kızın isminden daha önemli şeyleri hatırlaması gerekiyor.

Aidan Thomas içki içmiyor. Alkol kullanmıyor. İçki içmeyen, güzel bir adam, bir bar çalışanı için sorun olabilir ama benim için sevgi ifadesi alkol değil; ben insanların barımda oturup birkaç saatliğine onlarla ilgilenmeme izin vermesini seviyorum.

Bu, Aidan Thomas'ın akıcı konuştuğu bir dil değil. O yolun kenarında bekleyen, sen arabanla geçene kadar hareketsiz duran, çok fazla ilgi gösterirsen kaçmaya hazır bir geyik. Bu yüzden onun bana gelmesine izin veriyorum. Salı ve perşembe günleri. Müdavimlerden oluşan kalabalığın içinde görmek istediğim tek kişi o.

Bugün günlerden salı.

Saat yedi olduğunda kapıya bakmaya başlıyorum. Bir gözümü kapının üzerinde, diğerini mutfakta; şef garsonumun, şarap garsonumun ve tam bir pislik olan baş aşçımın üzerinde tutuyorum. Ellerim otomatik pilotta hareket ediyor. Bir *sidecar*,*

---

* Portakallı likör, limon suyu ve konyakla hazırlanan bir kokteyl. *–çn*

bir Sprite ve bir Jack Daniel's ile kola karışımı. Kapı açılıyor. Gelen o değil. Gelen, dört kişilik masada oturan ve arabasının yerini değiştirmeye giden kadın. Bir apsent ve bir soda. Arka taraftaki çocuk için yeni bir pipet. Başgarsonumdan bir geribildirim: dört kişilik masadakiler makarnayı beğenmemiş. Soğukmuş ya da yeterince baharatlı değilmiş. Şikâyetleri net değilmiş ama Cora, mutfaktakiler yiyecekleri yeterince sıcak servis edemediği için bahşişini kaybedemezmiş. Cora'yı yatıştır. Ona, aşçılara makarnayı yeniden yapmalarını ve özür olarak yanında bir meze göndermelerini söylemesini söyle. Ya da dört kişilik masadakiler tatlı seven insanlara benziyorlarsa, tatlı ustası Sophia'dan onlara bir tatlı göndermesini iste. Çenelerini kapatmaları için ne gerekiyorsa yap.

Restoran, ihtiyaçlardan oluşan bir kara delik, asla doymayan bir canavar. Babam hiçbir zaman benden bunu istemedi, sadece bir gün işe dahil olacağımı düşündü. Sonra, bir anda öldü çünkü şefler bunu yapar; sıcak ve karmaşadan oluşan bir bulanıklığın içinde yaşar ve arkalarında bıraktıklarını toplamayı sana bırakırlar.

Üzerime çöken kaygıyı dağıtmak için iki parmağımla şakaklarımı ovuyorum. Belki de havadandır; ekim ayının ilk haftasında, hâlâ sonbaharın başlarındayız ama günler kısalmaya, hava soğumaya başladı. Belki de başka bir şeydendir. Ama bu gece tüm başarısızlıklar benimmiş gibi hissediyorum.

Kapı açılıyor.

Gelen o.

İçimde bir şey parıldıyor. Bir neşe tomurcuklanıyor. Bu, kendimi küçük ve biraz kirli hatta muhtemelen oldukça aptal hissetmeme sebep olan bir şey ama bu restoranın bana sunabileceği en tatlı his ve ben bunu kabul ediyorum. Haftada iki kez bunu kabul ediyorum.

Aidan Thomas barımda sessizce oturuyor. Onunla, her zamanki hoşbeş dışında konuşmuyoruz. Bu bir dans ve ikimiz de adımlarımızı ezbere biliyoruz. Bardak, buz kalıpları, kola çeşmesi, bardak altlığı. Karton bardak altlığının üzerinde eski moda bir el yazısıyla *Amandine* yazıyor. Bir vişneli kola. Memnun olmuş bir adam.

"Teşekkür ederim."

Ona hızlıca gülümseyip ellerimi meşgul tutuyorum. Yaptığım işlerin –bir karıştırıcıyı sallamak, zeytin kavanozlarını ve limon dilimlerini düzenlemek– arasında ona kaçamak bakışlar atıyorum. Ezbere bildiğim ama asla sıkılmadığım bir şiir gibi: mavi gözler, koyu sarı saç, düzgünce kesilmiş sakal. Gözlerinin altında, yaşamış olduğunu gösteren çizgiler. Sevmiş ve kaybetmiş olduğunu. Ve bir de elleri; biri tezgâhın üzerinde dururken, diğeri bardağını tutuyor. Sağlam. Güçlü. Bir hikâye anlatan elleri.

"Emily."

Cora bara yaslanıyor.

"Yine ne var?"

"Nick sığır filetosu servis edemeyeceğimizi söylüyor."

İçimi çekme isteğimi bastırıyorum. Nick'in kaprisleri Cora'nın suçu değil.

"Peki bunu neden yapamıyormuşuz?"

"Etlerin doğru kesilmediğini ve pişme sürelerinin yanlış olduğunu söylüyor."

Bakışlarımı Aidan'dan uzaklaştırıp yüzümü Cora'ya dönüyorum.

Cora, "Haklı demiyorum," diyor. "Sadece... sana söylememi istedi."

Başka bir zaman olsa, bardan ayrılıp Nick'le kendim uğraşırdım. Ama bu ânı elimden alamayacak.

"Ona mesajın alındığını söyle."

Cora söyleyeceklerimin devamını duymak için bekliyor. O da benim gibi, "Mesaj alındı," demenin Nick'in kimseyi rahat bırakmasını sağlamayacağını biliyor.

"Ona sığır filetosu hakkında şikâyet alırsak, bununla bizzat ilgileneceğimi söyle. Söz veriyorum. Bütün suçu üstleneceğim. Sığır Filetosu Skandalı bana ait olacak. Ona, bu akşam herkesin yemeklere bayıldığını söyle. Ve adamları masalara soğuk yemek gönderiyorsa, sığır filetosundan çok servis tezgâhı için endişelenmesi gerektiğini söyle."

Cora, *Tamam, tamam,* diyormuş gibi ellerini havaya kaldırıyor. Yeniden mutfağa yöneliyor.

Bu kez kendime iç geçirme izni veriyorum. Dikkatimi parlatılmaya ihtiyacı olan bir çift martini bardağına vermek üzereyken, bakışlarını üzerimde hissediyorum.

Aidan.

Bakışlarını tezgâhtan kaldırıp bana yarım bir gülümsemeyle bakıyor.

"Demek Sığır Filetosu Skandalı."

Kahretsin. Duymuş.

Kendimi kıkırdamaya zorluyorum. "Kusura bakma."

Aidan başını iki yana sallayıp vişneli kolasından bir yudum alıyor.

"Kusurluk bir şey yok," diyor.

Ben de ona gülümseyip bu kez gerçekten martini bardaklarına odaklanıyorum. Yan gözle Aidan'ın kolasını bitirdiğini görüyorum. Dansımız devam ediyor: Hesabı istemek için başını hafifçe eğiyor. Veda etmek için hızlıca bir elini havaya kaldırıyor.

Böylece günümün en güzel kısmı sona eriyor.

Aidan'ın hesabını –her zamanki gibi iki dolar bahşiş bırakmış– ve boş bardağını alıyorum. Barı silmeye başlayana kadar fark etmiyorum: Bir aksilik, iyi çalışılmış dansımızda bir değişiklik var.

Bardak altlığı. Bardağının altına koyduğum karton altlık. Şu an onu geri dönüşüm kutusuna atmam gerekiyor ama bulamıyorum.

Belki de düşmüştür? Barın diğer tarafına geçip birkaç dakika önce oturduğu bar taburesinin altına bakıyorum. Hiçbir şey yok.

Bu çok tuhaf ama inkâr edilemez bir durum. Bardak altlığı yok.

3. BÖLÜM

Kulübedeki Kadın

Seni buraya getirdi.

Sana bakmadığı anlarda attığın kaçamak bakışlar sayesinde, evi hakkında bir fikrin var. Yıllar boyunca bu görüntüleri defalarca gözünün önüne getirip tüm ayrıntıları ezberledin: büyükçe bir arazinin ortasında bir ev. Yeşil çimenler, söğüt ağaçları. Tüm bitkiler budanmış, tüm yapraklar bakımlı. Evin etrafında, bir tabaktaki çay saati kekleri gibi dizilmiş daha küçük binalar var. Evden ayrı bir garaj, bir ahır, bir bisiklet park yeri. Dalların arasında yılan gibi süzülen elektrik kabloları. Bu adamın sakin ve güzel bir yerde yaşadığını biliyorsun. Çocukların koşabileceği, çiçeklerin açabileceği bir yerde.

Toprak bir yoldan hızla inip bir tepeyi tırmanmıştı. Ev uzaklarda gözden kaybolmuş, yerini birbirinin aynısı ağaçlar almıştı. O durmuştu. Tutunabileceğin hiçbir şey, seslenebileceğin hiç kimse yoktu. Bir kulübenin önünde durmuştun. Dört gri duvar, eğimli bir çatı. Penceresi yoktu. Metal asma kilidi alıp anahtarlıktaki bir anahtarı diğerlerinden ayırmıştı.

İçeride, sana dünyanın yeni kurallarını öğretmişti.

"Senin ismin," demişti. Diz çökmesine rağmen senden uzun, kule gibi tependeydi; elleri yüzünün iki yanındaydı ve bu, görüş alanının parmaklarıyla başlayıp yine parmaklarıyla bitmesine sebep oluyordu. "Senin ismin Rachel."

İsmin Rachel değildi. O gerçek ismini biliyordu. Cüzdanını aldığında, ehliyetinde yazan ismini görmüştü.

Ama sana isminin Rachel olduğunu söyledi ve bunu kabul etmen hayati bir önem taşıyordu. Bunu, *r* harfinin üzerine iyice bastırarak, *l* harfinin keskinliğini vurgulayarak söylemişti. Rachel boş bir sayfaydı. Rachel'ın bir geçmişi ya da dönebileceği bir hayatı yoktu. Rachel kulübede hayatta kalabilirdi.

"Senin adın Rachel," demişti, "ve kimse senin kim olduğunu bilmiyor."

Sen başını onaylar anlamda sallamıştın. Bunu yeterince hevesli bir tavırla yapamamıştın. Elleri yüzünden ayrılıp kazağına yapışmıştı. Seni duvara itip kolunu boynuna dayadığında, bilek kemikleri boğazına batmıştı. Hava yoktu, hiç oksijen yoktu.

"Sana söylüyorum," dediğinde, dünya giderek uzaklaşmaya başlamıştı ama onu duymamak gibi bir seçeneğin yoktu. "Kimse kim olduğunu bilmiyor. Kimse seni aramıyor. Anladın mı?"

Sonra seni bırakmıştı. Sen öksürmeden, hırıltılı soluklar almadan, başka hiçbir şey yapmadan önce başını sallamıştın. Başını gerçekten, içtenlikle sallamıştın. Başını hayatta kalmak için sallamıştın.

Rachel olmuştun.

Yıllardır Rachel'sın.

Rachel sayesinde hayattasın. Kendi sayende hayattasın.

Botlar, ölü yapraklar, sürgü. İç çekiş. Isıtıcı. Onun dışında her şey, her zamanki gibi. Bu gece, sanki ocakta su kaynamaya bırakmış gibi, ritüelini gerçekleştirirken acele ediyor. Sen daha tavuklu kişinin son lokmasını çiğnerken Tupperware'i senden alıyor.

"Haydi," diyor. "Bütün gece seni bekleyemem."

Aceleciliği hevesinden kaynaklanmıyor. Bu daha çok, sen

bir şarkıymışsın gibi, sıkıcı kısımları hızla ileri sarmasına benziyor.

Giysilerini çıkarmıyor. Paltosunun fermuarının karnına battığını hissediyorsun. Saçının bir tutamı, adamın saatinin kayışına takılıyor. Bileğini geri çekip kendini senden kurtarıyor. Bir yırtılma sesi duyuyorsun. Kafa derin yanıyor. O senin üzerinde bir hayalet gibi süzülse de her şey gerçek ve elle tutulur.

Onun orada olmasına ihtiyacın var. Seninle birlikte olmasına. Onun rahat ve sakin olmasına ihtiyacın var.

Konuşmasına ihtiyacın var.

Her şey bitene kadar bekliyorsun. Giysilerini tekrar giyiyorsun.

O gitmeye hazırlanırken, bir elini saçlarının arasından geçiriyorsun. Bu, daha önce gittiğin randevularda kullandığın bir hareket; motorcu ceketinin dirseği bir restoran masasının üzerinde ve beyaz tişörtünün üzerinde bir sürü gümüş kolye varken.

Bu bazen oluyor. Bazen kendine dair parçaları hatırlıyorsun ve bazen bunlar sana yardımcı oluyor.

Ona, "Biliyor musun," diyorsun, "senin için endişeleniyorum."

Küçümseyici bir tavırla gülüyor.

"Doğru söylüyorum. Yani... sadece merak ediyorum. Hepsi bu."

Burnunu çekip ellerini ceplerine sokuyor.

"Belki sana yardım edebilirim," diyerek şansını deniyorsun. "Belki kalmanın bir yolunu bulabilirim."

Kaba bir tavırla gülüyor ama kapıya ilerlemiyor. Buna tutunman gerekiyor. Bunun, bir zaferin başlangıcı olduğuna inanman gerekiyor.

Bazen seninle konuşuyor. Bu sık olmuyor ve her seferinde isteksizce konuşuyor ama bunu yapıyor. Bazı geceler böbürleniyor. Bazı geceler günahlarını itiraf ediyor. Belki de seni hayatta tutmasının tek sebebi bu: Hayatında paylaşmaya ihtiyaç duyduğu şeyler var ve bunları duyabilecek tek kişi sensin.

"Bana neler olduğunu söylersen, belki bir çözüm bulabilirim," diyorsun.

Dizlerinin üstüne çöküp yüzünü seninkinin karşısına getiriyor. Nefesi taze nane kokuyor. Elmacıkkemiğinin üzerindeki avucu sıcak ve pürüzlü. Başparmağının ucu, göz çukuruna batıyor.

"Sana anlatırsam, bir çözüm bulabileceğini mi düşünüyorsun?"

Bakışları yüzünden ayaklarına kayıyor. Yenilgiye uğramış ve alaycı görünüyor. Ama her zaman –bu çok önemli– biraz meraklı. Sana yapabileceği ve yanına kâr kalacak şeyler hakkında.

"Ne biliyor olabilirsin ki?" Çene hattın boyunca ilerleyen tırnağı çeneni çiziyor. "Kim olduğunu bile bilmiyorsun."

Aslında biliyorsun. Bir dua, bir mantra gibi. *Sen Rachel'sın. O seni buldu. Bildiğin tek şey onun sana öğrettikleri. Sahip olduğun tek şey onun sana verdikleri.* Ayak bileğine geçirilmiş, duvara sabitlenmiş bir zincir. Bir uyku tulumu. Ters çevrilmiş bir kasanın üzerinde, yıllar içinde sana getirdiği şeyler duruyor. Karton kapaklı üç kitap, bir cüzdan (boş), bir stres topu (gerçekten). Rasgele ve uyumsuz. Saksağana benzeyen bu adamın, onları başka kadınlardan aldığını tahmin ediyorsun.

"Seni buldum," diyor. "Kaybolmuştun. Sana başını sokabileceğin bir çatı verdim. Seni hayatta tutuyorum." Boş Tupperware'i işaret ediyor. "Ben olmasam ne olacağını biliyor musun? Hiçbir şey olamazdın. Ölmüş olurdun."

Yeniden ayağa kalkıyor. Parmaklarını kütürdetirken, her parmaktan belirgin sesler yükseliyor.

Çok önemli bir şey değilsin, biliyorsun. Ama bu kulübede, onun hayatının bu kısmında, sahip olduğu tek şey sensin.

"O öldü," diyor. Bunun kulağa nasıl geldiğini duymak istermiş gibi yeniden, "O öldü," diyor.

Kimden bahsettiği hakkında hiçbir fikrin yok ama sonra, "Ebeveyni evi satıyor," diye ekliyor.

O zaman anlıyorsun.

Eşi.

Her şeyi aynı anda düşünmeye çalışıyorsun. İnsanların kibar bir toplumda söylediği şeyleri söylemek istiyorsun: *Çok üzüldüm. Başın sağ olsun.* Sormak istiyorsun: *Ne zaman? Nasıl oldu?* Merakla, *Bunu o mu yaptı?* diye düşünüyorsun. *Sonunda patladı mı?*

"Bu yüzden taşınmamız gerekiyor."

Küçük kulübenin elverdiği ölçüde voltalar atıyor. Huzursuz ve bu hiç ona göre bir şey değil. Ama onun duygularına ayıracak vaktin yok. Bunu onun yapıp yapmadığını düşünerek boşa harcayabileceğin vaktin yok. Yaptıysa da kimin umurunda? O insanları öldürüyor. Bunu biliyorsun.

Yapman gereken şey düşünmek. Beyninin, eskiden günlük hayatın sorunlarını çözen, körelmiş kıvrımlarını kurcalamak. Arkadaşlarına, ailene yardım eden parçalarını. Ama beyninin çığlıklar atarak söylediği tek şey, adam buradan giderse –bu kulübeyi terk ederse– öleceğin. Tabii onu seni de yanında götürmeye ikna edemezsen.

"Üzgünüm," diyorsun.

Sürekli üzgünsün. Eşi öldüğü için üzgünsün. Dünyadaki adaletsizlikler ve bunların onu etkileyişi için gerçekten üzgünsün. Senin gibi, sürekli bir şeylere ihtiyaç duyan, her zaman acıkan ve susayan, hep burnunu bir şeylere sokan bir kadına takılıp kaldığı için üzgünsün.

Kulübede hayatta kalmanın iki numaralı kuralı: O her zaman haklı ve sen her zaman üzgünsün.

4. BÖLÜM

Emily

Yine geldi. Salı ve perşembeleri. Reddedilmesi mümkün olmayan bir viski kadar güvenilir ve olasılıklarla dolu.

Aidan Thomas gri, kürklü şapkasını çıkarıyor; şapkanın altındaki saçı kuş tüyleri gibi kabarmış. Bu akşam yanında yeşil naylondan, ordunun fazla malzemelerini sattığı bir dükkândan alınmış gibi görünen, silindir biçimli bir çantası var. Taşıma kayışını omzuna astığı ağır çanta yanında sallanıyor.

Kapı arkasından çarparak kapanıyor. İrkiliyorum. Kapıyı genellikle bir eli kapı kolunda, diğeri kapı çerçevesinde, dikkatli bir hareketle kapatır.

Bara doğru yürürken başını eğik tutuyor. Adımlarında, sadece çantadan kaynaklanmayan bir ağırlık var.

Onu aşağı çeken bir şey var.

Şapkasını cebine tıkıştırıp saçını düzeltiyor, çantayı ayaklarının yanına bırakıyor.

"Manhattan kokteyllerim hazır mı?"

Cora'ya dikkatsiz bir bakış atıp iki içkiyi ona doğru itiyorum. Hızla uzaklaşıyor. Aidan gözlerini bana doğru kaldırmak için onun gitmesini bekliyor.

"Ne istersin?"

Bana yorgun bir gülümsemeyle bakıyor.

Kola pompasını alıyorum. "Her zamankinden mi?" Ve aklıma bir fikir geliyor. "Ama kendini toparlamaya ihtiyacın varsa, başka bir şey de hazırlayabilirim."

Aidan nefes vererek gülüyor. "O kadar belli mi?"

Şu an olanların çok da bir önemi yokmuş gibi, umursamaz bir tavırla omzumu silkiyorum. "Fark etmek benim işim."

Gözlerinde boş bir bakış beliriyor. Arkadaki Eric abartılı el hareketleriyle konuşuyor. Dört kişilik bir masaya özel yemeklerimizi anlatıyor. Müşteriler kocaman açılmış gözleriyle, hayranlıkla onu dinliyor. Eric şovmenlik konusunda çok iyi. Masanın sevgisini nasıl kazanacağını, birkaç cümleyle bahşişini yüzde iki ila beş nasıl artıracağını biliyor.

Tatlı Eric. Patronu olduğumda da arkadaşım kalan bir arkadaş. Arkamı kollayan. Her nasılsa bana, burayı yönetme becerime inanan biri.

"Başka bir şey deneyelim."

Elime kesme bir bardak alıp hızla parlatıyorum. Aidan Thomas kaşlarını kaldırıp bana bakıyor. Yeni ve farklı bir şey oluyor. Aidan bundan hoşlandığından emin değil. İstediği tek şey her zamanki vişneli kolasıyken ona bunu yapmak beni öldürüyor.

"Hemen döneceğim."

Doğal hareketlerle yürümek için elimden geleni yapıyorum. İki kanatlı, savrularak açılan kapıların ardındaki Nick, akşamın özel yemeği olan kızarmış domuz filetosu, peynirli patates püresi, domuz yağı ve yeşil soğanlı sosu koyduğu dört tabağın üzerine eğilmiş. Bana, *Basit ama lezzetli,* dedi. *İnsanlar tabaklarında ne olduğunu bilmek istiyor ama buraya evlerinde yapabilecekleri şeylerden yemeye gelmediler.* Sanki bu onun fikriymiş, babam ben daha yürümeye bile başlamadan önce bu fikri kafamın içine yerleştirmemiş gibi. Babam ayrıca, *İyi fiyata gerçek yemek*, de derdi. *Biz sadece şehirli kalabalığa hizmet vermek istemiyoruz. Onlar hafta sonları geliyor ama haftayı çıkarabilmemizi sağlayan müşterilerimiz buranın yerlileri. Öncelikle onlar için buradayız.*

Eric sol kolunun üzerinde dengelenmiş üç tabakla mutfaktan çıkarken yanımdan geçiyor. Çift kanatlı kapının arkasından bardaki Aidan'ı görüyor. Bana hafifçe gülümsemek için durup dönüyor. Bunu fark etmemiş gibi yapıp servis penceresine doğru ilerliyorum.

"Öğlen yemeği için demlediğimiz mürver çayından kaldı mı?"

Sessizlik. Herkes ya çalışıyor ya da beni duymazdan geliyor. Eric'le üçüncü silahşorumuz olan Yuwanda olsa bilirdi ama o servis salonunda, muhtemelen Gewürztraminer ile Riesling üzümü arasındaki farkları anlatıyor. Aramaya devam edip *ranch* sosuyla dolu bir fıçının ardındaki sürahiyi buluyorum. İçinde bir bardaklık kadar çay var.

Mükemmel.

Hızla bara dönüyorum. Aidan ellerini tezgâha dayamış bekliyor. Çoğumuzun aksine o, yalnız kaldığı an telefonuna uzanmıyor. O kendi başına kalmayı, rahatlık değilse de sükûnet bulmak için bir ânın içine yerleşmeyi biliyor.

"Beklettiğim için üzgünüm."

Bakışları üzerimdeyken, bardağa bir küp şeker atıyorum. Bir dilim portakal, çok az Angostura sosu. Bir küp buzu da koyup çayı ekledikten sonra karıştırmaya başlıyorum. Bir kaşıkla –bir bar çalışanının havalı olmasını engelleyen en trajik şey plastik eldivenlerdir– cam bir kavanozun içinden bir maraska kirazı alıyorum.

*"Voilà."**

Bu abartılı Fransızca kullanımım karşısında gülümsüyor. Karnımda bir sıcaklık hissediyorum. Bardağı önüne itiyorum. Alıp yüzüne yaklaştırıyor, kokluyor. Aniden kör edici bir net-

* (Fr.) İşte. *–çn*

likle bu adamın vişneli kola dışında ne içmekten hoşlandığı konusunda hiçbir fikrim olmadığını fark ediyorum.

"Ne içiyorum?" diye soruyor.

"Eski moda bakire."*

Aidan sırıtıyor. "Eski moda ve bakire. Sanırım mantıklı."

Yanaklarımın ısındığını hissediyorum. Hemen bedenimi terk etmek istiyorum; seks iması bile yanaklarımın kızarmasına sebep oluyor, ellerim tezgâhın üzerinde nemli izler bırakıyor.

Bir yudum alıp beni zekice bir karşılık bulmakla uğraşmaktan kurtarıyor ve bardağı bırakırken dudaklarını şapırdatıyor.

"Güzelmiş."

Bir an dizlerimin bağı çözülüyor. Omuzlarımın, yüzümün, parmaklarımın, bedenimdeki tüm kasların rahatlayıp gevşediğini görmediğini umuyorum.

"Beğenmene sevindim."

Barın sol tarafında ritim tutan tırnaklar. Cora. Bir votka martini ve Bellini istiyor. Bir martini bardağını buzla doldurup açık bir şampanya şişesi bulmak için arkamı dönüyorum.

Aidan Thomas içeceğinin dibindeki buz küpünü döndürüyor. Hızlıca bir yudum alıp yeniden döndürüyor. Bu güzel adam, kasabamız için bir sürü şey yaptı. Bir ay önce eşini kaybeden bu adam. İçki içmese de tek başına benim barımda oturuyor. Hayatının merkezinde kocaman bir boşluk varsa, belki de bu alışkanlığını sürdürmenin ona biraz huzur verdiğini düşünüyorum. Bunun –paylaştığımız sessizliklerin, sessiz rutinimizin– onun için de bir anlamı olduğunu düşünmek zorundayım.

Kasabadaki herkesin bir Aidan Thomas hikâyesi var. Çocuksan, Noel geçit töreninden hemen önce kıçını kurtarmıştır. Tam ihtiyacın olduğu anda, belinde alet kemeriyle belirip

---

* Siyah çay, şurup ve bazı bitki özleriyle yapılan bir buzlu çay. –*çn*

vidaları gevşemiş kızağını tamir etmiş, geyiğinin yamulan boynuzlarını düzeltmiştir.

İki yıl önceki korkunç fırtınada yaşlı Bay McMillan'ın evinin üzerine bir ağaç devrildiğinde, Aidan arabasıyla oraya gidip bir jeneratör kurduktan sonra Bay McMillan'ın elektrik hatlarını tamir etmişti. Bundan sonraki bir ay boyunca her hafta sonu çatıyı tamir etmek için oraya gitmişti. Bay McMillan ona para vermek istemiş ama Aidan kabul etmemişti.

Benim ailemin Aidan Thomas hikâyesi, ben on üç yaşımdayken yaşanmıştı. Babam akşam yemeği servisinin ortasındayken soğuk hava deposu bozulmuştu. Ayrıntıları unuttum, hatta hiçbir zaman öğrenmemiş olabilirim. Her zaman aynı şey olurdu; ya motor bozulur ya da kısa devre olurdu. Babam mutfaktaki işleri durdurmadan onu tamir etmenin bir yolunu bulmaya çalışırken aklını oynatacaktı. İçeride eşiyle birlikte yemek yiyen hoş bir adam bunu duyup yardım etmeyi teklif etmişti. Babam tereddüt etmişti. Sonra, nadiren olan bir aman ne olacak ânında, adamın mutfağa girmesine izin vermişti. Aidan Thomas gecenin büyük bir kısmını dizlerinin üzerinde, şu ya da bu aletin olup olmadığını sorarak ve bitap düşmüş çalışanları sakinleştirerek geçirmişti.

Yemek servisi bittiğinde, depo yeniden soğumaya başlamıştı. Babam da sakinleşmişti. Mutfakta, Aidan Thomas ve karısına birer kadeh armut konyağı ikram etmişti. İkisi de reddetmişti; Aidan içki içmiyordu, eşi de yeni hamile kalmıştı.

Ben o gece, bütün restoran sahibi çocuklarının yaptığı gibi, babama yardım ediyordum. Açık büfe standındaki nane şekeri kâsesini yeniden doldurmaya gittiğimde, Aiden Thomas'ı yemek salonunda bulmuştum. Tüm müşterilerin yemeğin sonunda yaptığı gibi paltosunun ceplerini yokluyor; cüzdanını, cep telefonunu ve araba anahtarlarını bulmaya çalışıyordu. Babamın mutfaktan gelen gülme sesi bize kadar gelmişti. Babam, çok iyi bir şef olmanın yanı sıra, çok kolay öfkelenen biriydi ve mükemmeliyetçiliği sık sık öfkeye dönüşürdü. O an sakindi. Kurduğu restoranda nadiren gerçekleşen zafer anlarından birinin tadını çıkarıyordu. Mutlu olmaya en yakın olduğu anlardan birindeydi.

"Bunun için teşekkürler."

Aidan Thomas varlığımı o an fark etmiş gibi dönüp bakmıştı. Ben, aramızda, havada asılı kalmış sözlerimi geri alıp yutmak istemiştim. İnsan kız olduğunda kendi sesinden nefret etmeyi çok küçük yaşta öğreniyor.

Diğer tüm yetişkinlerin yaptığı gibi, bana başıyla özensiz bir selam verip aceleyle mutfağa dönmesini beklemiştim. Ama Aidan Thomas diğer yetişkinlere benzemiyordu. O kimseye benzemiyordu.

Aidan Thomas gülümsemişti. Göz kırpmıştı. Ve derin, bedenimde o âna kadar var olduğunu bile bilmediğim bir noktaya dokunan pürüzlü bir sesle, "Hiç önemli değil," demişti.

Bu, hiçbir şey değildi ve her şeydi. Basit bir nezaket ifadesiydi ama aynı zamanda sonsuz bir incelikti. Kendini saklayan bir kızın üzerine bir ışık huzmesi inmiş, onu gölgelerin içinden çekip almış ve görülmesini sağlamıştı.

Bu en çok ihtiyacım olan şeydi. Eksikliğini çektiğimin farkında bile olmadığım bir şeydi.

Şimdi Aidan Thomas'ı aldığı yudumun ortasında donup kalmış, bardağının ardından bana bakarken izliyorum. Artık erkeklerin kendisini fark etmesini bekleyen, gizlenen kız değilim. Artık kendi ışık huzmesini kendisi yaratan bir kadınım.

Aidan uzanıyor. Bir şey değişiyor. Dünyada bir kargaşa oluşuyor; Hudson Nehri'nin kilometrelerce altındaki tektonik plakalar birbirine çarpıyor. Parmakları benimkilere değiyor ve başparmağı bileğimin iç kısmını okşuyor ve kalbim, artık bu noktada atmayı bile başaramayan kalbim sanki yok oluyor; bunu kaldıramıyorum.

"Teşekkür ederim," diyor. "Bu çok... Teşekkür ederim." Elimi hafifçe sıkıyor ve deşifre edilmesi imkânsız, paha biçilemez bir şey ondan bana akıyor.

Elimi bırakıp içeceğini bitirmek için başını geriye atıyor. Boynu, bütün vücudu ince, kaslı ve yumuşak bir kendine güvenle dolu.

"Borcum ne kadar?"

Boş bardağı alıp tezgâhın arkasında yıkıyorum. Titrediklerini görememesi için ellerimi meşgul ediyorum.

"Biliyor musun? Önemli değil. Benden olsun."

Cüzdanını çıkarıyor. "Yapma."

"Önemli değil. Gerçekten. İstersen..."

Eşi çok kısa süre önce ölmemiş olsaydı, *İstersen bir ara sen de bana bir içecek ısmarlarsın ve ödeşiriz,* diyecektim. Bunun yerine temiz bir bez alıp bardağını parlatmaya başlıyorum.

"Gelecek sefere."

Gülümseyip cüzdanını cebine koyuyor ve paltosunu giymek için ayağa kalkıyor. Bardağı arkamdaki rafa koymak için dönüyorum. Kolum yarı yolda duruyor. Evet, titriyorum ve yüzüm yanıyor ama az önce bir şey oldu. Şansımı denedim ve işe yaradı. Konuştum ve bunun ardından bir felaket yaşanmadı.

Belki birazcık daha cesur davranabilirim.

Arkamı dönüp tezgâha yaslanıyor, soğan turşusuyla dolu bir kavanozun kapağını açmaya çalışıyormuş gibi yapıyorum.

Havadan sudan konuşmak iletişimimizin normal bir parçasıymış gibi, "Buradan nereye gideceksin?" diye soruyorum.

Aidan Thomas paltosunun fermuarını çekip şapkasını takıyor ve çantasını omzuna alıyor. Çanta metalik bir ses çıkararak kalçasının üzerine yerleşiyor.

"Biraz düşünebileceğim bir yere."

5. BÖLÜM

Kulübedeki Kadın

Akşam yemeğini, soğuk suyun şıpırtılarını bekliyorsun. Herhangi bir şey olmasını bekliyorsun. Fermuarların açılıp kapanırken çıkardığı sesi bile bekliyorsun.

O gelmiyor.

Ağaçların arasında gizlenmiş kulübeyi gözünün önüne getiriyorsun. Artık sonbahar gelmiş olmalı. Birkaç hafta önce vantilatörü götürüp ısıtıcıyı getirdi. Gözlerini kapatıyorsun. Yılın bu mevsimi hakkında hatırladıkların şunlar: günler kısa, güneş altıda batıyor. Giderek kararan gökyüzünün önünde çıplak dallar görünüyor. Adamın uzakta, senin göremediğin evini hayal ediyorsun. Pencerelerde sarı ışık dörtgenleri, turuncu yapraklar bahçenin her yanına dağılmış. Belki sıcak çay var. Belki de elmalı çörekler bile var.

Uzaktan kamyonetinin sesi duyuluyor. O burada; eve geldi. Hayatını yaşıyor. İhtiyaçlarını karşılıyor. Ama seninkileri karşılamıyor. Sen bekliyorsun, bekliyorsun ama o yine de gelmiyor.

Düşüncelerini kontrol altına alarak açlık kramplarını hissetmemeye çalışıyorsun. Belli bir düzeni olmadan kulübeye getirdiği kitapları karıştırıyorsun. Stephen King'in *O* kitabı. *A Tree Grows in Brooklyn*'in* yıpranmış, karton kapaklı bir

---

* *Bir Genç Kız Yetişiyor*, Betty Smith, Altın Kitaplar. *–çn*

kopyası. Mary Higgins Clark'ın *Loves Music, Loves to Dance** kitabı. Kitaplar geldiğinde kullanılmıştı. Sayfaların kenarları kıvrılmış, kenar boşluklarına notlar alınmıştı. Uzun zaman önce bir gün, kitapların ona ait olup olmadığını sormuştun. Başını iki yana sallamıştı. Bunların da diğer kadınlardan aldığı hatıralar olduğunu düşünmüştün. Senin kadar şanslı olmayan diğerlerinden.

Kulübenin bir köşesinde çömeliyorsun. O sana kovayı getirmediği için başka seçeneğin yok. Dönerse çok öfkelenecek. Burnunun üzerini kırıştırıp bir şişe çamaşır suyunu sana doğru fırlatacak. *Ovmaya başla ve ben hiç koku almayıncaya kadar durma.*

Endişelenmemeye çalışıyorsun çünkü endişelenmek hayatta kalmanı zorlaştırıyor.

Seni daha önce de bırakmıştı. Ama böylesini hiç yapmamıştı. İlk yılın dokuzuncu ayında, seni kulübede tutan adam bir yere gitmesi gerektiğini söylemişti. Sana kovayı, bir kutu dolusu granola barı ve bir koli küçük su şişesi getirmişti.

"Gitmem gerekiyor," demişti. *Gitmek istiyorum,* dememişti. Gitmek *zorundayım,* dememişti. Gitmem *gerekiyor.*

"Hiçbir şey yapmayacaksın," demişti. "Yerinden kıpırdamayacaksın. Çığlık atmayacaksın. Bunu yapmayacağını biliyorum."

Seni omuzlarından tutmuştu. Sen kendini, onun ellerini avuçlarının içine almak zorunda hissetmiştin. Biraz olsun ona tutunabilmek için. *Sen Rachel'sın. O seni buldu. Bildiğin tek şey onun sana öğrettikleri. Sahip olduğun şeyler sadece onun sana verdikleri.*

Seni sarsmıştı. Titremenin seni sallamasına izin vermiştin. "Bir şey yapmaya çalışırsan, bunu anlarım," demişti. "Ve bu senin için iyi olmaz. Anlıyor musun?"

---

* *Ölüm Tangosuyla Dans*, Altın Kitaplar. –*çn*

Başını onaylar anlamda sallamıştın. Artık başını nasıl sallaman gerektiğini bildiğin için sana inanmıştı.

Üç gün ortadan kaybolmuştu ve döndüğünde dünyadaki en mutlu adam oydu. Adımları şevk doluydu; kol ve bacaklarında dolaşan, titreşime benzer bir şey vardı. Havanın tadı daha önce hiç bu kadar tatlı olmamış gibi derin, oburca nefesler alıyordu.

Bu, tanıdığın adam değildi. Görev ve sorumluluk adamı.

Sana yapmaya geldiği şeyi yapmıştı. Hızlı hareketlerle. Biraz vahşice.

Sonra sana söylemişti. Çok bir şey anlatmamıştı. Sadece kadının kabul ettiğini söylemişti. Onun *mükemmel* olduğunu söylemişti. Çok geç olana kadar hiçbir şey anlamadığını.

Bu bir kez daha olmuştu. Geçtiğimiz Şükran Günü'nden hemen önce. Bunu bilmenin sebebi, sana Şükran Günü yemeğinden kalanları getirmiş olmasıydı. Bunu her yıl yapıyordu. Buna dayanarak zamanın geçişini takip ettiğini bilip bilmediğini bilmiyorsun. Bu konuda düşünmediğini tahmin ediyorsun.

Toplamda iki. Senin yaşamana izin verirken öldürdüğü iki kişi. Sen istisna olarak kalmaya devam ederken, kurala eklenen iki kişi.

Seni her yalnız bıraktığında hazırlıklıydı. Bu kez sana hiçbir şey vermedi. Seni unutmuş muydu? Kendini adayacağı başka bir proje mi bulmuştu?

Onun ziyaretleri olmadığında, günlerin geçişini saymak zor. Sabahları gidip akşamları dönerken kamyonetinin seslerini takip ettiğini düşünüyorsun ama bundan asla emin olamıyorsun. Ne zaman uyuyup ne zaman uyanacağını sana bedenin söylüyor. Avuçlarını duvara dayayıp güneşin sıcaklığını ve gecenin soğuğunu hissetmeye çalışıyorsun. Tahminlerine dayanarak günlerin geçişini izliyorsun.

İkinci gün olduğunu tahmin ettiğin günün sonunda ağzının içi zımpara kâğıdı gibi. Beyninde yarasalar dolaşıyor. Tükürük üretmek için parmaklarını emiyor, üzerlerindeki nemi toplamak için kulübenin duvarlarını yalıyorsun; susuzluğunu dindirmek için her şeyi yapabilirsin. Kısa süre içinde bir kafatası, omurga ve pelvisten oluşan bir bedene dönüşüyor, ahşap kalasların üzerinde sırtüstü yatıyorsun; derin yapış yapış bir terle kaplı ve güçlükle nefes alıyorsun.

Belki de dayanıklılığın onun düşündüğünden daha zayıf. Niyeti bu olmasa da seni öldürecek belki. Dönüp kulübenin kapısını açtığında, seni soğuk ve kıpırtısız hâlde, başından beri olman gerektiği gibi bulacak.

Kendine üçüncü gün olduğunu söylediğin gün asma kilit tıkırdıyor. Kapı çerçevesinde, bir elinde kova, diğer elinde bir şişe olan bir siluet beliriyor. Doğrulup oturmalı, su şişesini kapmalı ve her şey yeniden netleşene kadar içmeli, içmeli, içmelisin. Ama bunu yapamıyorsun. Onun senin yanına gelmesi, yanında diz çökmesi, şişeyi dudaklarına doğru eğmesi gerekiyor.

Yutkunuyorsun. Elinin tersiyle dudaklarını siliyorsun. O kendisi gibi görünmüyor. Çoğunlukla, dış görünüşüne özen gösteren bir adam. Elmacıkkemiklerinde ve boynunda bir jiletin bıraktığı çizikler var. Saçları limon otu kokuyor. Dişleri beyaz, dişetleri sağlıklı. Onu hiç bunu yaparken görmedin ama her sabah ya da her akşam büyük bir dikkatle diş ipi kullandığını, sonra da ağzını temizleme suyuyla çalkaladığını tahmin edebiliyorsun. Ama bu akşam dağılmış görünüyor. Sakalı bakımsız. Belirli bir yere odaklanmayan bakışları dikkatsizce kulübenin bir yanından diğerine geziniyor.

"Yemek?"

Sesin çatallı çıkıyor. O başını iki yana sallıyor.

"Hâlâ uyanık. Toplanıyor."

Kızını kastettiğini tahmin ediyorsun.

"Yani hiç yemek yok mu? Yiyecek hiçbir şey?"

Şansını zorladığının farkındasın ama üç gündür açsın ve bedenini uyuşturan susuzluk olmadığında, kaburgalarının altındaki açlığın boşluğunu, sırtındaki ağrıyı hissediyorsun; binlerce alarm çanı çalarak sorunlu parçalarını işaret ediyor.

Ellerini havaya kaldırıyor. "Ne yani? Sence hazır bir yemeği mikrodalga fırında ısıtıp sana getirsem, bana soru sormaz mı?"

Sana getirdiği yemekler hep bir bütünün parçası olur. Bir porsiyon lazanya, bir kâse yahni ya da fırında pişmiş bir yemeğin orta parçası. Ortadan kaybolmaları fark edilmeyecek yemekler. Bir dilim pizza, bütün bir *cheeseburger* ya da bütün bir tavuk budundan çok daha gizli kapaklı. Bunca zamandır herkes için yemek yapıp bunların bir kısmını sana getiriyor. Bu, seni bir sır olarak saklamak için bulduğu yollardan biri.

İnleyerek yanına oturuyor. Ceketinin fermuarını çekmesini, ellerini boynuna dolamasını bekliyorsun. Bunun yerine kendi beline uzanıyor. Orada bir metalin pırıltısını görüyorsun.

Bu silahı biliyorsun. Beş yıl önce sana doğrulttuğu silah; uzun, parlak bir susturucu takılmış siyah bir tabanca.

Ayak parmakların kaçmaya hazırlanıyormuş gibi kıvrılıyor. Ayak bileğinin etrafındaki soğuk ve ağır zincir sıkılaşıyor. Seni yere gömmek istermiş gibi aşağı çekiyor; önce ayağını, sonra geri kalanını.

Odaklan. Onunla kal.

Göğsü art arda aldığı nefeslerle bir yukarı, bir aşağı hareket ediyor. Susuzluğun getirdiği bulanıklık olmadığında, onu daha net okuyabiliyorsun. Yorgun ama bıkkın değil. Dağınık ama hasta değil. Evet, darmadağın hâlde ama mutlu. Çok yorucu bir şey, uzun bir koşu ya da dağ yürüyüşü yapmış gibi.

Birini öldürmüş gibi.

Ceketinin cebine uzanıp öldürdüğü fareyi sunan bir kedi gibi kucağına bir şey bırakıyor.

Güneş gözlüğü. Ağır çerçevesi ve yanındaki logoya bakılacak olursa tasarımcı elinden çıkmış. Kulübenin içinde kesinlikle işe yaramaz ama mesele güneş gözlüğü değil. Mesele onun eskiden bir kadına ait olması ve kadının artık buna ihtiyaç duymaması.

Şimdi üzerindeki hissi fark edebiliyorsun. Zafer. Başarılı bir avın sonsuz heyecanı.

Gözlüğün sahibi sanki sana sesleniyor. Böyle bir güneş gözlüğünü alabilmek için nasıl bir işte çalışıyordu? Onu burnunun üzerine iterken parmakları nasıl görünüyordu? Onu hiç saçlarını geride tutmak için kullanıyor muydu? Onu bir yaz akşamüstünde, üstü açık bir arabanın yolcu koltuğunda giderken ve saçları yanaklarına çarparken takmış mıydı?

Bunu yapamazsın. Onu düşünemezsin. Şoka girmeye ya da umutsuzluğa kapılmaya vaktin yok.

Bu bir şans. Onun kibri. Bu gece her şeyi yapabileceğine inanıyor.

"Dinle beni," diyorsun.

Güneş gözlüğünü geri alıyor. Muhtemelen kararını sorguluyor. Camları kırıp onu bir silaha dönüştürebilirsin.

"Düşünüyordum da. Taşınman hakkında."

Elleri kıpırtısız kalıyor. Eğlencesini bozduğun için tehlikedesin. Onu yeniden günlük hayatın sıkıcılığına çekiyorsun, oysa o bu parlak ânı mümkün olduğunca uzatmak istiyor.

"Beni de yanında götürebilirsin."

Sana bakıp kıkırdıyor.

"Hadi ama," diyor. "Durumu anladığını sanmıyorum."

Ama anlıyorsun. Onun ışığını da, gölgesini de biliyorsun. Neredeyse her gece, burada olduğu her gece seni görmeye geldiğini biliyorsun. Bazı şeylere alıştığını biliyorsun. Hoşuna giden şey tam olarak sen değilsin; daha çok, elinin altında olman. İstediği şeyi istediği zaman elde etmesi.

Sen olmadığında ne yapacak?

Ona, "Sadece söylüyorum," diyorsun. "Hâlâ birbirimizi görebiliriz. Bu bitmek zorunda değil. Bitirmeye mecbur değilsin."

Kollarını göğsünün üzerinde kavuşturuyor.

Ona, "Yanında olabilirim," diyorsun. Başını kapıya doğru eğiyorsun. Elinden aldığı dış dünya ve içindeki bir sürü insana doğru. "Ve kimsenin bilmesi gerekmez."

Gülümsüyor. Elini ensene koyuyor. Güvende olduğunu bilen bir adamın rahatlığıyla, yumuşakça saçlarını okşuyor, sonra onları çekiyor. Hafifçe acıtacak kadar.

"Ve elbette," diyor, "sen de beni kollarsın."

Dokunuşunun altında donup kalıyorsun.

Yanından ayrılıp sürgüyü açarak gecenin soğuk havasını kulübenin içine davet ediyor. Dışarıda, asma kilit yerine oturuyor. Evine, kızına, evlerinde ışık ve sıcaklığa dair ne kaldıysa ona gidiyor.

Kulübede hayatta kalmanın üçüncü kuralı: Onun dünyasında sen en saf şeysin. Olan her şey ikinize birden olmalı.

6. BÖLÜM

Bir Numara

Fazla genç bir erkekti. Bunun ilk seferi olduğunu hemen anlamıştım. Bu konuda iyi değildi. Hem de hiç iyi değildi.

Olay kampüste, onun yurdunda oldu. Hareketleri çok acemiceydi. Her yerde kan vardı. Benim DNA'm onun, onunki de benim üzerimdeydi. Parmak izleri de.

Beni tanımıyordu. Ama ben onu haftalar öncesinden fark etmiştim. Üniversitenin çevresinde yeterince uzun süre takılırsan, özellikle de cumartesi geceleri, eninde sonunda utangaç bir lisans öğrencisinin sana yaklaşacağından emin olabilirsin. Nasıl soracaklarını, parayı ne zaman ödemeleri gerektiğini bile bilmezler.

Çoğu bana parayı verdikten sonra hemen benden kurtulmak ister. Sonra, dünyanın onlara öğrettiği kibirleriyle uzaklaşırlar. Onlar saygıdeğer, genç adamlardır; bense on beş dolara sakso çeken bir kadın.

Onun bunu yapmasını beklemiyordum. Çok genç, çok kırılgandı. Ne yaptığı konusunda hiçbir fikri yoktu.

Sanırım okumayı sevmem onu şaşırtmıştı. Bu adamlar hiçbir zaman benim okumayı sevebilecek biri olduğumu düşünmez. Ama severdim. Düşünmemi sağlayan paragrafların yanına notlar alır, bana bir şeyler hissettiren sayfaların ucunu kıvırırdım. O akşam kamyonetimin ön panelinde karton kapaklı iki kitap vardı: *O* ve *Ölüm Tangosuyla Dans*. Onları hatırlıyorum çünkü hiçbir zaman nasıl bittiklerini öğrenemedim.

Yeniden bluzumu giyene kadar bekledi. Elini hızla boynuma götürdü. Sanki kendine bir şey kanıtlıyordu. Sanki bunu o an yapamazsa bir daha asla yapmaya cesaret edemeyeceğini biliyordu.

Benim gözlerim kapanırken, onunkiler kocaman açılmıştı. Yüzündeki heyecan ifadesi; bunu gerçekten yaptığı, bedenim doğru biçimde tepki verdiği için yaşadığı şok. Bunun gerçek olmasının; birinin boğazını yeterince güçlü sıkarsan gerçekten de hareket etmeyi bırakacağını görmenin şoku.

Beni öldürdüğü sırada şunu fark ettiğimi hatırlıyorum: Bundan paçayı sıyırırsa, her şeyden sıyırabileceğini düşünecek.

7. BÖLÜM

Kulübedeki Kadın

Kendine dair parçalar hatırlıyorsun ve bunlar bazen sana yardımcı oluyor.

Matt gibi.

Matt, kayıplara karıştığında sahip olduğun, erkek arkadaşa en yakın şeydi. O da diğer herkes gibi, hiçbir zaman tutulmayan bir söze benziyordu.

Matt konusunda en net hatırladığın şey: Anahtar olmadan nasıl kilit açacağını biliyordu.

Kulübede Matt'i çok düşündün. Birkaç kez bunu denedin. Zeminden bir tahta parçası koparıp duvarda gizli bir delik açtın. Tahta parçası zincirin ucundaki büyük asma kilit için çok küçüktü. Kırılacağından korktun; o zaman ne olurdu?

O zaman mahvolurdun.

Kendine dair parçalar hatırlıyorsun ve bunlar bazen sana yardımcı oluyor. Sadece bazen.

Seni kulübede tutan adam ertesi gün sıcak yemek ve bir çatalla geri geliyor. Ne yediğini anlamaya bile çalışmadan önce, beş koca lokmayı ağzına tıkıyorsun. Spagetti ve köfte. Konuştuğunu, ancak üç lokma daha aldıktan sonra fark ediyorsun ve çatalı bırakabilecek gücü bulmak için iki lokma daha alman gerekiyor. Hayatta kalman için, söylediği şeyler yediğin yemekten daha önemli.

"Bana ismini söyle."

Kulaklarında bir uğultu var. Kapağı yeniden yemek kutusunun üzerine koyarken kalan köfteler seni çağırıyor.

"Hey!"

Kulübenin diğer ucundan yanına gelip çeneni tutarak bakışlarını zorla yukarı kaldırıyor.

Onu kızdırmayı göze alamazsın. Bunu hiçbir zaman göze alamazsın ama özellikle de şu an kesinlikle olmaz.

"Üzgünüm," diyorsun. "Dinliyorum."

"Hayır, dinlemiyorsun. Sana, bana lanet olasıca ismini söylemeni söyledim."

Tupperware'i yere bırakıp parmaklarınla yüzünde baskı yaptığı yerlere masaj yapmamak için ellerinin üzerine oturuyorsun. Uzun bir nefes alıyorsun. Söylediğinde sana inanmalı. Bu bir büyü, kutsal bir metinden okunan bir parça gibi olmalı. Gerçek olmalı.

Ona, "Rachel," diyorsun. "İsmim Rachel."

"Başka?"

Sesini alçaltıp coşkunun yuvarlak hatlarıyla zenginleştiriyorsun. Ona vermene ihtiyacı olan bir şey var ve sana defalarca bunu nasıl verebileceğini öğretti.

"Beni buldun." Sormasına gerek kalmadan gerisini getiriyorsun. "Sadece senin bana öğrettiğin şeyleri biliyorum. Sadece senin bana verdiğin şeylere sahibim."

Ağırlığını bir ayağından diğerine aktarıyor.

"Ben kaybolmuştum," diye devam ediyorsun. "Sen beni buldun. Bana başımı sokabileceğim bir çatı verdin." Bundan sonraki cümle biraz kumar oynamak gibi. Çok abartılı davranırsan, yapmaya çalıştığın büyünün ardındaki niyeti görür. Ama yeterince vurgulu olmazsan, ulaşamayacağın bir yerde kalmaya devam eder.

"Hayatta kalmamı sağlıyorsun." Buna kanıt olarak Tupperware'i yeniden eline alıyorsun. "Sen olmasaydın ölürdüm."

Parmağındaki alyansın kenarlarına dokunup onu birkaç kez çeviriyor. Yüzüğü çıkarıp tekrar takıyor.

Dünyayı istediği gibi gezebilecek, özgür bir adam, bir bahçe kulübesinde kapana kısılmış hâlde. Bir kadınla tanışmış, onun elini tutmuş, tek dizinin üzerine çöküp onu kendisiyle evlenmeye ikna etmiş bir adam. Her şeyi kontrol etme konusunda çok kararlı bir adam ama yine de kadını kaybetmiş. Artık hayatı paramparça ama bu yıkıntının içinde bile hâlâ sana sahip.

Ayrıca hâlâ bir kızı var.

"İsmi ne?"

Sana, *Sen ne diyorsun?* diye sorarmış gibi bakıyor. Evi işaret ediyorsun.

"Neden merak ediyorsun?"

Kulübede gerçeği söylemek bir seçenek olsaydı, *Bunu anlayamazsın*, derdin. *Sen de bir zamanlar kız olduysan, bu içine işlemiştir. Sokakta yanlarından geçersin. Gülüşlerini duyarsın. Acılarını hissedersin. Onları kucağına alıp yolun sonuna kadar taşımak, ayaklarına senin kanını akıtmış dikenlerin batmasını engellemek istersin.*

Dünyadaki her kız biraz benim ve dünyadaki her kız biraz bana ait. Seninki bile. Yarısı sana ait olsa bile.

Ona, *Merak ediyorum çünkü senin onu yaratan parçana ihtiyacım var*, demek istiyorsun. *Kendi kızını asla öldürmezdin, değil mi?*

Sessizce oturuyorsun. İnanmaya ihtiyaç duyduğu şeye inanmasına izin veriyorsun.

Sol elini yumruk yapıyor. Yumruğunu alnına bastırıp bir an için gözlerini sımsıkı kapatıyor.

Sen nefes bile alamadan izliyorsun. Hayatın, gözkapaklarının ardında ne görüyorsa ona bağlı.

Gözleri açılıyor.

Yeniden senin yanında.

"Senin yüzünden sorular sormaya başlamasına izin veremem."

Gözlerini kırpıştırıyorsun. O sabırsızca iç çekerek başıyla dış dünyayı, evinin olduğu tarafı işaret ediyor.

Çocuğu. Çocuğundan bahsediyor.

Yeniden nefes almaya çalışıyorsun ama sanki bunu nasıl yapacağını unutmuş gibisin.

"Ona uzaktan bir tanıdık olduğunu söylerim. Bir arkadaşın arkadaşı. Ekstra odayı kiraladığını söylerim."

Anlatırken hızlı hızlı konuşmaya başlıyor. O böyle biri: kendini kendi yenilmezliğine ikna edene kadar tereddütlü. Sonra kendini işine adıyor ve asla arkasına bakmıyor.

Bunları, sanki tamamen kendi fikriymiş gibi anlatıyor. Sen bir tohum ekmemişsin, böyle bir imada hiç bulunmamışsın gibi. Seni yeni eve gece yarısı götürecek. Kimse seni görmeyecek. Bir odan olacak. Zamanının büyük kısmını o odada geçireceksin. Yemek yemediğin, duş almadığın ve uyumadığın tüm zamanlarda radyatöre kelepçeli olacaksın. Çoğu sabah kahvaltı edeceksin, bazı hafta sonları öğlen yemeği yiyeceksin ve genellikle akşam yemeği yiyeceksin. Arada sırada öğün atlaman gerekecek. Bir kiracı, ne kadar arkadaş canlısı olsa ve buna ne kadar ihtiyaç duysa da, yemeklerini her zaman evsahibi ve kızıyla birlikte yemez.

Geceleri yatağa kelepçelenmiş hâlde uyuyacaksın. O her zamanki gibi seni ziyaret edecek. O kısım değişmeyecek.

Sessiz olacaksın. Tüm bunlar olurken çok sessiz olacaksın.

Kızıyla sadece yemeklerde, şüphe çekmeyecek kadar konuşacaksın. Yemekleri birlikte yemenizin sebebi bu olacak: Kızı sana ulaşabileceği için çekiciliğini kaybedeceksin. Kız senden etkilenmeyecek. Hayatının sıkıcı, sorgulamaya zahmet bile etmediği bir parçası olacaksın.

Her şeyden önemlisi, normal davranacaksın. Duş kuralları, uyku kuralları ve yemek kuralları arasında bu noktayı defalarca vurguluyor. Gerçeği hiçbir şekilde belli etmeyeceksin. Bunu yaparsan canın yanacak.

Başını onaylar anlamda sallıyorsun. Yapabileceğin tek şey bu. Bunu gözünde canlandırmaya çalışıyorsun: O, çocuğu ve sen, hepiniz aynı yerdesiniz. Bir yatak. Bir döşek. Bir yastık. Battaniye. Mobilyalar. Kahvaltı ve öğlen yemeği. Bir tabakta yenen yemekler. Gerçek bir duş. Sıcak su. Konuşmalar. Dış dünyaya açılan bir pencere. Üçüncü bir kişi. Son beş yıldır ilk kez ondan başka birini göreceksin.

Kulübenin içinde dolanmayı bırakıp önünde diz çöküyor. Tırnaklarının etrafındaki deri, yeni dişlendiği için hassas. Yeniden çeneni kaldırıp yüzünü kendisininkine yaklaştırıyor. Bütün dünya orada, gözlerinin içinde.

Parmakları boynuna doğru iniyor, başparmağı boğazına baskı yapıyor. Bunu yapabilir. Şimdi. Bu, bir kâğıt parçasını buruşturmak gibi, çok kolay olur.

"Kimse bilmeyecek." Yüzü kamp fenerinin ışığında parlıyor. "Bütün mesele bu. Bunu anlıyor musun? Sadece ben bileceğim. Ve Cecilia."

Cecilia.

Yüksek sesle söylemeye çalışıyorsun ama bu isim ses tellerinde takılı kalıyor. Yutkunuyorsun. Onun kızı, onun çocuğu. Bunun çok organik bir tarafı var. Çok asil. Onu bir hastanede, üstünde tek kullanımlık bir hastane önlüğü ve titreyen ellerle kanlı, yeni doğmuş bir bebeği kaldırırken hayal ediyorsun. Bir adam, bir babaya dönüşüyor. Gecenin ikisinde, üçünde, beşinde onu beslemek için uyanır mıydı? Beyni uykusuzluktan puslu hâlde, karanlıkta biberon ısıtmaya çalışır mıydı? Onu lunaparka götürür müydü; birinci yaş gününde pastasındaki mumu üflemesine yardım etmiş miydi? Hastalandığında, yatağının yanında, yerde uyumuş muydu?

Artık sadece ikisi var. Kızının bir cep telefonu olmasına izin veriyor mu? Kızı ağlarsa, ağladığında onu teselli edecek doğru sözcükleri bulabiliyor mu? Annesinin cenazesinde, elini omzuna koymayı akıl etti mi? Ona, *Sevdiğimiz insanlar asla gerçekten gitmezler, anılarımız onları canlı tutar, yapman gereken tek şey onu gururlandıracak bir hayat yaşamak*, gibi şeyler söyledi mi?

"Güzel bir isim," diyorsun.

Ama bunu öğrenmeme asla izin vermemeliydin.

8. BÖLÜM

Emily

İsmimi biliyor.

Perşembe günü geliyor ama o gelmiyor. Onu kaybettiğimi düşünüyorum. Ama sonra çok hoş bir sürpriz oluyor: Cuma akşamı, ben onu beklemezken, bir anda barda beliriyor.

"Emily," diye sesleniyor ve ismimin dudaklarından dökülmesi, beni ona bağlayan bir aşinalığın oluşmasına sebep oluyor.

Ona, "Merhaba," deyip kendimi durduramayarak, "dün akşam seni göremedim," diye ekliyorum. Gülümsüyor. Üzgün olduğunu söylüyor. İşiyle ilgili acil bir mesele yüzünden kasabadan ayrılması gerekmiş. Ama şimdi dönmüş.

Kendi kendime, *Ve artık dünyadaki her şey olması gerektiği gibi*, diyorum. Bu kez içimden.

Bunu içimde tutuyorum. Sürpriz ziyareti, nefesinde ismimin çınlayışı. Bunun beni o gece ve ertesi gün boyunca taşımasına, cumartesi akşamına kadar bana eşlik etmesine izin veriyorum.

Cumartesi günleri restoran tam bir savaş alanıdır. Arabalarıyla şehirden gelenler rezervasyon yaptırmak için burada yaşayanlarla rekabete girer. Başta mutlulardır, sonra bir anda değişirler. Yemekler hızla mutfaktan çıkar; sıcak ya da soğuk olmaları önemli değildir. İhtiyacımız olan tek şey masaların üzerine tabakların konmasıdır. Ben barın arkasında bir çift kol daha geliştirmek zorunda kalırım. Cumartesi günleri herkes kokteyl ister. Art arda bir sürü martini hazırlar, sonsuza dek karıştırıcıyı sallayıp zeytinleri yerleştiririm. Bir limonun kabuğuyla birlikte başparmağımın arkasındaki deriyi de soyarım. Karıştırıcıyı her havaya kaldırdığımda bileklerim protesto eder, buz küplerini her salladığımda karpal tünel bileklerime baskı yapar.

Restoranın nadir iyi yönlerinden biri: O kadar kalabalık olduğunda beni uyuşturuyor. Nick'in talimatlarımın çoğunu görmezden geldiğini, ben de dahil herkese berbat davrandığını, uzun zaman önce onu kovmuş olmam gerekse de yeni gelen şefin ondan da kötü olmasından korktuğumu düşünmeye vaktim olmuyor. Son müşteriler gidip Cora kapıları kilitleyene kadar sadece bar ve ben varız.

Her şey bittiğinde de dışarı çıkarız. Bu hiç anlamlı değil ama hepimiz o gece için birbirimizi yeterince görmüş olsak da yapılması gereken bir şey. Çünkü cumartesi akşamları bir savaş alanıysa, biz de askerleriz ve birlikte var olabilmemiz gerekiyor. Ve bunu yapabilmenin yolu da birlikte içmek.

Oraya vardığımda herkes her zamanki masamızda oturuyor. Mekânın sahibi Ryan'a –kötü bir adam değil, sadece bir mekâna Kıllı Örümcek adını vermenin iyi bir fikir olduğunu düşünen biri– el sallayıp Eric ile Yuwanda'nın arasındaki sandalyeyi çekiyorum.

Cora, "Bunun kaza olduğunu söylüyorlar ama ben inanmıyorum," diyor. "Oradaki yolları gördünüz mü? Oradan düşmek gerçekten çok zor."

Ryan bana haftanın birasını getiriyor; balkabağı aromalı ve ekşi. Bir yudum alıp takdir dolu göründüğünü umduğum bir tavırla başımı sallıyorum.

"Ne hakkında konuşuyoruz?"

Yuwanda bana bilgi veriyor. "Geçen hafta kaybolan şu kadından."

Bu haberi haftalık yerel gazetede okumuştum: Otuzlarının ortasında, akıl hastalığı ya da uyuşturucu kullanımı yok. Buranın altmış kilometre kuzeyinde küçük bir atölyesi olan bir ressam. Bir gece ortadan kaybolmuş ve o zamandan beri kimse onu görmemiş. Cep telefonu ya da kredi kartları hiç kullanılmamış.

Sophie, "Polislerden biri kız kardeşime, kadının yürüyüşe çıkıp vadilerden birine düştüğünü düşündüklerini söylemiş," diyor. "Görünüşe bakılırsa dağ yollarını seviyormuş."

Yuwanda araya giriyor: "Ama o akşam saat yedi civarında, bir marketin güvenlik kamerası kayıtlarında görüntüsünü bulmadılar mı?"

Sophie başıyla onaylıyor.

Yuwanda, "Ne yani?" diye devam ediyor. "Markete uğrayıp sonra yürüyüşe mi çıkmış? Kim o kadar geç saatte yürüyüşe çıkar ki?"

Eric birasından bir yudum alıyor. "Belki de günbatımını izlemek istemiştir."

Cora başını iki yana sallıyor. "Hayır. Öncelikle güneş artık çok daha erken batıyor. Saat yedide izleyebileceği hiçbir şey kalmaz. Ve neden o yola gitmekle uğraşsın ki? O kasabayı biliyorum. Günbatımını neredeyse her yerden izleyebilirsin."

Ryan'ın balkabağı aromalı ekşi birasından bir yudum daha almaya niyetleniyor, sonra koklayıp bardağımı geri bırakıyorum. Anlamlandıramadığım bir şey var. "Neden yürüyüş yollarına odaklanıyorlar?"

Cora belli belirsiz, yenilgiyi kabul eden bir edayla aşağıya bakıyor. "Ayakkabısını bir çalının içinde buldular," diyor. "Ama bilmiyorum. Bu sadece bir ayakkabı. Neden o kadar geç saatte, hem de tek başına yürüyüşe çıktığını açıklamıyor."

Eric onun koluna dokunuyor. Yumuşak bir sesle, "İnsanlar hep tuhaf şeyler yapar," diyor. "Böyle şeyler olur."

"Eric haksız sayılmaz," diyorum. "Kazalar gerçekten de olur."

Kimse bana karşı çıkmıyor. Herkes içkisine ve bardaklarının Ryan'ın masasının üzerinde bıraktığı nem çemberlerine bakıyor. Sana kazaların olduğunu söyleyen bir yetimle tartışamazsın. Babam iki yıl önce güneşli bir pazar sabahı kalp krizi geçirdi ve annem bunu takip eden kargaşada araba kazası yaptı.

Bir süre sonra Nick, "Her neyse," diyor. "Şehirden gelen bir şefin, eskiden Mulligan's olan binayı satın aldığını duydum. Görünüşe bakılırsa orayı biftek restoranına dönüştürecek." Bana dönüp hafif azarlayıcı denebilecek bir ses tonuyla, "Belki nazikçe sorarsan sana sığır filetolarını nereden aldığını söyler," diyor.

İçimi çekiyorum. "Biliyor musun, Nick, küçük şeylere takılmaman gerçekten çok sağlıklı. İnsanlar bana şefimin en çok hangi özelliğini sevdiğimi sorduklarında, büyük resmi görebilen biri olması olduğunu söylüyorum."

Bu sözlerim Eric ve Yuwanda'nın gülümsemesine yol açıyor. Diğer herkes bu konuda sessiz kalmayı seçiyor. Ben de haftada elli saatimi Nick ve bir sürü kasap bıçağıyla geçiriyor olsam, ben de susardım.

Birkaç saat sonra Eric bizi eskiden ebeveynime ait olan, artık Eric ve Yuwanda'yla paylaştığım eve götürüyor. Bu, olması gerektiği için olan bir şeydi. İkisi de araba kazasının ertesi günü gelip ancak çocukluk arkadaşlarının yapabileceği gibi benimle ilgilendiler. Buzdolabının dolu olmasını, az da olsa bir şeyler yememi ve uyumamı sağladılar. Aynı anda iki cenazeyi planlamama yardım ettiler. Yalnız kalamadığımda yanımda kaldılar ve ihtiyacım olduğunda beni rahat bıraktılar. Tüm bunlar olurken bir noktada hiç gitmemelerinin daha iyi olacağına karar verdik. Ev tek başına yaşamam için çok büyüktü. Satmak için bazı tadilatlar yapmam gerekecekti ve bu mümkün değildi. Böylece bir hafta sonu ebeveynimin eşyalarını depoya koyduk ve yeni düzenimizi kurduktan sonra kanepenin üzerine yığıldık. Kusurlu ve biraz da alışılmadıktı. Ama anlamlı olan tek şey buydu.

Bu gece, çok yorgun olsam da yatağın içinde dönüp duruyor, bir türlü uyuyamıyorum. Kayıp kadını düşünüyorum. Melissa. Ondan geriye kalanlar bu kadar: bir isim, bir iş, bir kasabanın ismi ve bir yolun yakınında bulunmuş bir ayakkabı. İnsanların ebeveynimin arkasından yaptığı anma konuşmaları gibi, doğru ama çok eksik. Babamın birkaç kelimeye indirgenen hayatı: O bir şef ve bir babaydı, çok çalışkandı. Bir yapbozun diğer yarısı gibi, annemin varoluşunun parçaları: İşi o yürütürdü, garsondu, hesapları tutardı; o her şeyi bir arada tutan kişiydi. Bunların hepsi doğru ama nasıl insanlar oldukları konusunda hiçbir şey belirtmiyor. Babamın gülümsemesinden, annemin parfümünden bahsetmiyor. Onlarla yaşamanın, onlar tarafından yetiştirilmenin, onlar tarafından sevilmenin ve terk edilmenin nasıl bir şey olduğundan bahsetmiyor.

Yeniden kaybolan kadını düşünmeye başlayıp hikâyesindeki eksikleri tamamlamaya çalışıyorum. Onu istediğim gibi doldurabileceğim boş bir tuvalmiş gibi kullanmak ona ihanetmiş gibi geliyor ama hikâyesindeki bir şey beynimi meşgul ediyor.

Belki de biraz bana benziyordu. *Benziyordu*. Şu hâlime bak; henüz ona ne olduğunu bilmesek de, ondan geçmiş zaman kipiyle bahsediyorum. Belki o da dünyaya hem hayranlık hem de dehşet duyarak büyümüştü. Belki o da pantolon giymek isterken elbise giymek zorunda kalmıştı. Belki de yalnız kalmayı tercih edecekken, yetişkinlere, "Merhaba," demek zorunda kalmıştı. Belki her zaman kendini biraz rahatsız ve üzgün hissetmeyi öğrenmişti. Belki de hiç gerçeklemeyen bir ergenlik isyanını bekleyerek büyümüştü ve yirmilerinin ortasına geldiğinde, bu öfkeyi içinden atmadığı için çok pişman olmuştu.

Kendime anlattığım hikâye bu. Etrafta, bana bunun anlamsız olduğunu söyleyecek kimse yok. Bu her ne kadar kaybolan kadına saygılarımı sunmam olarak başlasa da bencillikle sona erdi. Mesele o kadın değil. Mesele benim; ben ve hayatımın beni karanlıkta bulan parçaları. Mesele daha genç hâlimin bana bakışı, bana seslenişi ve cevapları bende olmayan sorular soruşu.

9. BÖLÜM

Kulübedeki Kadın, Küçük Bir Kızken

Uyarı işaretleri 2001 yılında, onuncu yaş gününde gelmişti. En yakın arkadaşının annesi kanser olmuştu. Kuzeninin evi soyulmuş, en değerli eşyaları bir gecede yok olmuştu. Teyzen ölmüştü. Her seferinde, ders daha da netleşmişti: Tanıdığın insanlara kötü şeyler oluyordu.

Bu kötü şeylerin bir gün senin başına da gelebileceğinden şüphelenmeye başlamıştın. Kalbinin bir köşesinde, bunlardan muaf tutulmayı dilemiştin. O âna kadar çok şanslı bir hayatın olmuştu. Riverside Parkı'nda sana bisiklete binmeyi öğreten ebeveynin, sana aptalmışsın gibi davranmayan bir abin vardı. Periler beşiğinin üzerine eğilip sana bu güzel şeyleri verirdi. İyi talihin neden tükenecekti ki?

Çocukluğun bittiğinde, umudun büyük ölçüde sağlamdı. Sonra ergenlik yılları geldi ve yolculuk biraz daha sarsıntılı olmaya başladı. Abin hapları içti. Bir kez, iki kez. Kendini üzgün hissetmeyi öğrendin. Ebeveyninin kalbindeki, bir altın çocuğa ihtiyaç duyan boşluğu doldurmayı öğrendin. On beş yaşına geldin. Birinin, senin gerçekten kim olduğunu görmesine hazırdın. Birinin gerçek seni sevmesine hazırdın.

Bir kayak merkezinde ilk kez bir erkeği öptün. O andan

hatırladıkların şunlar: seninkine dayanmış, hızla atan kalbi; saç jölesinin kokusu; kiralık odanın duvarında şekiller oluşturan kar küreklerinin ışıltısı. Eve döndükten sonra, oğlanın seni bir daha aramaya niyeti olmadığı ortaya çıktı. Kalp kırıklığını öğrendin. Bunu atlatman, yetişkin hayatında yaşadığın gerçek ayrılıkları atlatmandan daha uzun sürdü. Yaz geldi. İyileşmeye başladın.

İki yıl sonra, ilk erkek arkadaşınla tanıştın. Mükemmeldi. Ergenlere sipariş üzerine erkek arkadaş gönderen bir hizmet olsa, tam olarak onu tarif ederdin. Bir cadı sana istediğin gibi şekillendirip canlandırabileceğin bir kil parçası hediye etse, onu yapardın.

Bir kız arkadaş olma işini epeyce ciddiye aldın. Bu, kendini bu alanda kanıtlaman için eline geçen ilk şanstı ve her şeyi doğru yapmak istiyordun. Onu, Woodlawn Mezarlığı'ndaki Duke Ellington'ın mezarını görmeye götürdün. Doğum gününde ona bir sürü küçük hediye –*Love Story*'nin müziğini çalan bir müzik kutusu, marihuanalı bir lolipop, üzerinde bir at resmi olan, karton kapaklı bir *Çavdar Tarlasında Çocuklar* kopyası– aldın ve onları üzerinde çeşitli yerlere sakladın. Arka ceplerine doldurdun, kotunun beline sıkıştırdın. Hediyeleri verme vakti geldiğinde, ona aramasını söyledin. Ellerini üzerine koydu.

Sen hiç seks yapmamıştın. O yapmıştı. Senden altı ay büyüktü. Senin büyümek için acelen yoktu. Bunun utanman gereken bir şey olduğunu biliyor ama utanmıyordun. Fikrini değiştirmene yetecek kadar utanmıyordun.

Ama onunla diğer şeyleri yapıyordun ve ne yaptığını bilen bir erkekle olmak iyi bir histi. Ellerini tişörtünün altına sokmasına izin veriyordun. İki parmağıyla sutyeninin kopçasını çözmesine izin veriyordun. Kotunun düğmesini açmasına izin veriyordun. Bundan sonra geriliyordun ve o da bunu anlıyordu. Duruyordu. Her zaman duruyordu.

İkinci ayın sonlarına doğru ilişkiyi bitirmeyi düşündün. Ama bunun yerine, kendine ona âşık olma izni verdin. Temmuz ayında güneşli bir akşamüstü Columbia'nın yerleşkesindeki bir ağacın altında uzanırken, altı ay olduğunu fark ettin. İnsanlar sana, onun gibi bir adamın seks konusunda baskı yapmadan senin gibi bir kızla bu kadar uzun süre birlikte olduğu için ne kadar şanslı olduğunu söylüyordu. Sen de gülümseyip bunu bildiğini söylüyordun.

Ve gerçekten de biliyordun. Onun sana ait olduğuna inanamıyordun. Bazen uyuyakalıyor ya da belki uyuyakalmış gibi yapıyordu. Bildiğin tek şey yanında ve gözleri kapalı olduğuydu ve kolun uyuşsa bile başının altından çekmeyi hayal dahi edemiyordun. On yedi yaşındaydın. Aşk, tahmin ettiğinden bile daha tatlı bir duyguydu.

Bir akşam ebeveynin bir bağış toplantısı için New Jersey'e gitti. O size geldi. Birlikte "film izlediniz"; bu, oynaşmak için kullandığınız koddu. İki hafta önce *Bir Rüya İçin Ağıt*'ı "izlemiştiniz". Hayatın buna bağlı bile olsa filmden tek bir repliği bile söyleyemezdin.

O gece *Dövüş Kulübü*'nü izliyordunuz. Bu filmi daha önce izlememiştin. O, tüm erkekler gibi, bunun en sevdiği film olduğunu söylüyordu. Bunun bir önemi yoktu. *Dövüş Kulübü* önemli değildi. Önemli olan tenine değen teni ve yüzüne çarpan nefesinin sıcaklığıydı. Parmakları saçlarında, kalçalarında, bacaklarının arasında dolaşıyordu. Kendini çok maceracı hissediyordun, sana rehberlik etmesi için onu bulduğuna çok mutluydun. Dergiler sana hep böyle birini aramanı söylüyordu: hoşlandığın ve senden hoşlanan biri. Güvenebileceğin bir erkek.

Üzerinde bir etek var. Edward Norton ekranda koltuğu, müzik seti ve güzel gardırobu hakkında yakınırken erkek arkadaşın iki parmağını iç çamaşırının altına, sonra da hızla, sen daha fark bile edemeden senin içine sokuyor. Bu, şu âna kadar hiç düşünmediğin bir şey: Etek, kolay erişim anlamına geliyor. Özellikle de yazın, dünyayla aranda taytlar ve kalın yün katmanlarının ördüğü sınırlar olmadığında.

Erkek arkadaşının parmakları işe koyuluyor. Bununla baş edebiliyorsun. Bir nefes alıp kendine gevşemeni söylüyorsun.

Brad Pitt bir bodrumda, Dövüş Kulübü'nün ilk kuralını açıklıyor. Erkek arkadaşın iç çamaşırını bacaklarından aşağıya çekiyor. Kendini daha önce hiç bu kadar çıplak hissetmemiştin. Göğsünden öksürük gibi bir gülüş yükseliyor. Erkek arkadaşın buna, seni daha sertçe öperek karşılık veriyor.

Burada, tam da algılayamadığın bir hızlanma var. Edward Norton'ın yüzü beton zemine çarpıp yarılıyor. Senin de, erkek arkadaşının da belden aşağınız çıplak.

İnsanlar sana "hayır" demen gerektiğini söylemişti. Ama hiçbir zaman bunu nasıl yapacağını söylemediler. Dünyanın senin için durmayacağı ve onu yavaşlatmanın senin sorumluluğun olduğu konusunda çok netlerdi ama kimse bunun ötesinde ne yapman gerektiğini söylemedi. Kimse sana, nasıl sevdiğin insanın gözlerinin içine bakıp durmak istediğini söyleyeceğini belirtmedi.

İdeal olan, tatlı erkek arkadaşının sen söylemek zorunda kalmadan bunu anlaması. Kollarının gevşediğini, dişlerinin takırdadığını fark etmesi. Ama Edward Norton iş arkadaşlarına e-postayla şiirler gönderirken, erkek arkadaşın bir prezervatife uzanıyor. Sırt çantasının iç cebinde prezervatif taşıdığını bilmiyordun. Bunun için bir sistemi olduğu konusunda hiçbir fikrin yoktu.

Brad Pitt reklamların nasıl ruhu mahvettiği hakkında bir tirat atıyor. Erkek arkadaşın içine girerken onu izliyorsun. Bu senin için ilk ve sadece "hayır" diyemeyecek kadar korktuğun için oluyor. Bunu yapan oğlan, gözlerinin içine bakmayı unuttuğu için.

Ertesi hafta ona bir sesli mesaj bırakıyorsun. Bu konuyu

düşündüğünü ve ayrılmanızın daha iyi olacağına karar verdiğini söylüyorsun. Telefonu kapatıp ağlamaya başlıyorsun.

Yıllar sonra, ismini Facebook'un arama çubuğuna yazacaksın. Profili kilitli olacak; fotoğrafının olması gereken yerde gri bir kare göreceksin. Onu arkadaş olarak eklemeyeceksin.

Bu arada, hayatta kalıyorsun. Elbette hayatta kalıyorsun.

Yeniden seks yapıyorsun. Bazen kötü oluyor. Bazen sıkıcı oluyor. Kendini istemediğin kadar sık, yeniden o âna dönmüş buluyorsun.

İlk deneyimini unutmuyorsun. Sana kendi vücudunda bir yabancı olarak hayatta kalmayı öğreten oğlanı asla unutmuyorsun.

10. BÖLÜM

Yoldaki Kadın

Her gece ona ne zaman olacağını soruyorsun ve o her gece sana söylemeyi reddediyor. "Yakında öğreneceksin," diyor. "Zaten ne acelen var ki? Sanki bir yere yetişmen gerekiyor."

Toplanmayı bitirmediklerini söylüyor. Ne kadar eşyaları olabilir ki? O zengin bir adam değil. Giysileri temiz ama yıpranmış. Daha önce yapması gereken ev işlerinden, yerleri paspaslaması, çamaşırları asması gerektiğinden bahsetmişti. Bütün dünyanın yükü onun omuzlarında ve onu rahatlatacak kimse, örneğin parayla tutabileceği bir yardımcısı yok. Ama yıllardır bu evde yaşıyorlardı ve şimdi aile tarihlerinin bütün birikimini, her kâğıt parçasını, kenara atılmış her aleti toplamaları gerekiyor. Bir yolculuğa çıkıyorlar ve nelerin geride kalması, nelerin onlarla gelmesi gerektiğine karar vermeleri gerekiyor. Burayı terk edip başka bir yere yerleşmeleri gerekiyor.

Sonra bir akşam içeri girip, "Gidiyoruz," diyor.

Bunu anlaman biraz zaman alıyor. Anladığında, donup kalıyorsun. Seni çekip ayağa kaldırıyor ve zincirle uğraşmaya başlıyor. Elinde bir anahtar var –hep bir anahtar vardı– ve zinciri birkaç kez çekiştiriyor. Zincir bir çarpma sesiyle ayağından ayrılıp yere düşüyor. Kendini inanılmaz derecede hafif hissediyorsun.

Zincir olmayınca dengeni kaybediyorsun. Duvara dayanıp yeniden dengeni buluyorsun. O şimdiden kolunu çekip seni mümkün olduğunca hızlı şekilde dışarıya çıkarmaya çalışmaya başladı bile.

"Haydi," diyor. "Kıpırda."

Birkaç saniye sonra ayaklarının altında çimenler olacak ve etrafında duvarlar olmayacak.

"Bekle."

Kulübenin arka tarafına doğru bir adım atıyorsun. Neredeyse elinden kurtuluyorsun. Seni yeniden sımsıkı kavrayıp asla ama asla bırakmayacak bir adamın gücüyle tutuyor. Sol kolun o kadar ani kıvrılıyor ki görüşün bulanıklaşıyor. Ağırlığı sırtına baskı yapıyor.

"Benimle taşak mı geçiyorsun?"

Derin bir nefes alıp boştaki elinle kitapları işaret ediyorsun. Uzun zaman önce, onları nemden koruman için plastik bir poşet getirmişti. Bunu, sahip olduğu şeylere nasıl bakacağını bildiğini göstermek için yaptığını düşünmüştün. Ayrıca kasanın üzerinde diğer şeyler, başka insanlardan alıp sana getirdiği şeyler de var.

Sıktığın dişlerinin arasından, "Sadece eşyalarımı almak istiyorum," diyorsun. "Yemin ederim. Özür dilerim."

"Lanet olsun."

Sol kolun hâlâ kalçana dayanmış hâlde kitaplara doğru yürümene izin veriyor. Ayakları seninkilerin önüne geçiyor. Takılıyorsun. O seni yakalayıp doğrultuyor.

"İlerle."

Plastik poşeti almak için eğildiğinde, vücudu seninkiyle birlikte hareket ediyor. Onu diğer eşyalarınla birlikte kasanın içine koyuyorsun.

"Şimdi hazır mısın?"

Başını sallıyorsun. Seni kapıya doğru ilerletiyor. Vedalaşmaya zaman yok. Yanına sadece alabildiğin anılarını, birbirlerine dönüşen günleri, çamura dönüşen beş yılını alıyorsun. Kulübede geçen upuzun zaman. Burası keder ve umutsuzlukla dolu bir yer ama nihayetinde bildiğin bir yere dönüşmüştü.

Burada, hayatta kalmayı öğrendin. Seni götürdüğü yeni ev belirsizliklerle, her köşe başında bekleyen hatalarla dolu.

Kapıya ulaştığınızda seni durduruyor. Bileğinde parlak ve soğuk bir metalin ağırlığını hissediyorsun. Kelepçe. Bir halkasını senin bileğine, diğerini kendi bileğine takıyor.

"Gidelim."

Boştaki eliyle sürgüye uzanıyor. Yüzünü seninkine yaklaştırıyor.

"Dışarıda bir şey yapmaya kalkma. Ciddiyim. Koşar ya da çığlık atarsan, benimle birlikte arabaya doğru yürümek dışında herhangi bir şey yaparsan, bunun sonuçlarına katlanırsın."

Sürgüyü bırakıp elini ensene koyarak başını öne eğdiriyor. Silah. Kalçasındaki bir kılıfta duruyor.

"Anladım," diyorsun.

Başını bırakıyor. Bir klik sesi ve itişin sonrasında –aniden, sen daha buna hazırlanamadan– rüzgârın mucizesini yüzünde hissediyorsun.

"Gel."

Seni ileri çekiyor. Önce bir, sonra iki adım atıyorsun. Dışarıdasın. Ayakta duruyor ve nefes alıyorsun. Saç tutamların yanaklarına değiyor. Etrafta bir sürü şey oluyor; doğa duyulmak, hissedilmek istiyor. Ağaçların yapraklarını kıpırdatan rüzgâr, çıplak ayaklarının altında yayılan toprak. Böcekler vızıldıyor, minik dallar çatırdıyor. Ayak bileklerinde çiyin ıslaklığı.

Seni bir kez daha çekiyor. Park edilmiş kamyonetine doğru yürüyorsun. Hayatında ikinci kez, kulübenin dışını görüyorsun: griye boyanmış dikey kalaslar, kapının etrafında beyaz bir çerçeve. Bakımlı ve düzenli. O, arazisinde yabani otların büyümesine ya da herhangi bir şeyin değişmesine izin verecek biri değil. Biri burayı görseydi, asla kuşkulanmazdı.

Gözlerini kıstığında, sol tarafında evin uzaktaki hatlarını görebiliyorsun. Uzun, geniş ve boş. Bunun bir zamanlar içinde bir ailenin mutlulukla yaşadığı, tavanlarında ışıkların parladığı, parlak ev aletlerinin üzerinden yansıdığı, koridorlarında gülüşlerin yankılandığı bir ev olduğunu düşünüyorsun. Şimdi pencereler karanlık, kapı kapalı. Hatıralar yok olmuş. Kurumuş toprak, duvarlardan silinmiş ortak bir yaşam.

İlerlemeye devam ediyorsun. Meşgul, hevesli bir adam seni kaderine doğru çekiştiriyor. Bu gece senin gecen değil. Bunların hiçbiri senin için değil.

Üzerinde gökyüzünün olduğunu biliyorsun. Belki yıldızlar da var. Hatta ay bile.

Bakman gerek.

Bir bakış atmak için boynunu yukarıya uzatmak sana çok pahalıya mal olabilir. O, bundan hoşlanmaz. Ama beş yıl oldu ve böyle bir şey olacaksa şu an olmalı.

O başını öne eğmiş, bakışlarını ayaklarına dikmiş hâlde önünde duruyor. Tökezlemek istemezsin. Bu adamın yapmak isteyeceği son şey düşmek.

Kendini onun hızına uyduruyor, geride kalmamaya dikkat ediyorsun; havada asılı, sallanan bir asma köprüde yürürmüş gibi yavaş yavaş ilerlerken başını kaldırıyorsun.

Sanki seni beklermiş gibi, işte orada. Karanlık bir gökyüzü ve düzinelerce yıldız. Gökyüzünün seni içine almasına izin verirken yürümeye, art arda adımlar atmaya devam ediyorsun. Sen ve karanlık. Sen sonsuz bir okyanussun ve etrafa saçılmış minik buzdağları. Sen, beyaz boyanın ışıltılarıyla hayat bulmuş siyah mürekkep.

Bir şey daha var. Göğsünde bir ağırlık, yıkıcı bir acılık. Sen ve diğer tüm insanlar aynı gökyüzüne bakıyorsunuz. Senin gibi kadınlar, senin gibi çocuklar, senin gibi adamlar, senin gibi yaşlılar, senin gibi bebekler, senin gibi evcil hayvanlar.

Gökyüzü sana bunu söylüyor: Eskiden hayatında insanlar vardı. Bir annen, bir baban ve bir erkek kardeşin vardı. Bir ev arkadaşın vardı. Kan bağıyla bağlı olduğun bir ailen ve seçilmiş bir ailen vardı. Birlikte konserlere gittiğin, içki içmek için buluştuğun insanlar. Birlikte yemek yediğin insanlar. Seni kollarına alıp yukarıya, dünyaya doğru kaldıran insanlar.

Kendin arandın ve işte buldun. Sessiz bir paylaşım seni paramparça ediyor.

Baldırlarında bir çimdik hissediyorsun. İçinin derinliklerinden bir şey yükseliyor. Onun senden aldığı insanları yeniden bulmalısın. Bir gün onlara doğru koşmak zorunda kalacaksın.

"Ne yapıyorsun?"

Durup arkasına dönmüş. Gökyüzüne bakışını izliyor. Boynun yeniden doğal açısına dönüyor.

"Bir şey yapmıyorum," diyorsun. "Özür dilerim."

Başını iki yana sallayıp seni ileriye çekiyor.

Gökyüzü cesaretini kırdı. Bunun sonun olacağını çok iyi bilsen de çığlık atmak, parmaklarını göğsüne geçirmek ve koşmak, koşmak, koşmak istiyorsun.

Aptal. Dışarıdaki insanları düşünmeye başlayınca işte bu olur.

Kulübenin dışında hayatta kalmanın bir numaralı kuralı: Emin olmadığın sürece koşma.

Yeniden duruyor. Ona çarpmamak için tam zamanında durup sendeliyorsun. Kamyonetinin yolcu kapısının yanındasın. O kapıyı açıyor, sen kasayı arka koltuğa koyuyorsun. Yeşil yapraklara son bir bakış atıyor, temiz havadan bir nefes çalıyorsun. Polyester kaplama ön koltuğa oturuyorsun. Kelepçenin onun bileğindeki yarısı tıkırdayarak açılıyor. İki elini de sırtına çekip onları orada sabitliyor.

"Kıpırdama."

Öne eğilip senin emniyet kemerini takıyor. O, küçük bir trafik kuralı ihlali için kenara çekilmeyi göze alacak bir adam değil. O, beladan uzak duruyor ve dünya bunun için ona teşekkür ediyor.

Emniyet kemerini iki kez kontrol ettikten sonra yeniden doğruluyor. Kot pantolonunun belini düzeltip silahı kılıfından çıkarıyor. Yüzünün önünde sallıyor. Silahın karşısında tenin âdeta yok oluyor. Bedenin sana hiçbir yardım ya da koruma sağlamıyor; sadece kırılmaya hazır parçalardan ibaret. Karşında sadece sonsuz acı ihtimali var.

"Hareket etme. Hareket edersen mutlu olmayacağım."

Başını sallıyorsun. Bir rica, bir dua gibi, *Sana inanıyorum*, demek istiyorsun. *Sana hep inanıyorum.*

Yolcu kapısını çarparak kapattıktan sonra silahı ön cama doğrultmuş hâlde, gözlerini bir an bile senden ayırmadan şoför tarafına geçiyor. Kapısı açılıyor. Koltuğuna oturuyor. Silahı ön panelin üzerine bırakıp kendi emniyet kemerini bağlıyor. Keskin bir nefes veriyor.

"Gidelim."

Bunu senden çok kendisine söylüyor.

Anahtarı çeviriyor. Silahı yeniden kılıfına koyuyor. Sen gaz pedalına basmasını bekliyorsun ama o bunun yerine yüzünü sana dönüyor. Çenen kasılıyor. Fikrini değiştirebilir. Son dakikada bunun yürümeyeceğine karar verebilir. Sonsuza kadar ortadan kaybolmanın daha kolay, daha iyi olacağına.

"Oraya gittiğimizde... geç olacak. Kızım uyuyor olacak. Çok sessiz olacaksın. Onun gecenin bir yarısı uyanıp sorular sormaya başlamasını istemiyorum."

Başını sallıyorsun.

"Tamam. Şimdi gözlerini kapat."

Elinde olmadan kaşlarını çatıyorsun.

"Sana gözlerini kapat dedim."

Gözlerini kapatıyorsun. Kamyonet uyluklarının altında gümbürdeyerek hareketlenirken anlıyorsun: Nerede olduğunuzu ya da nereye gittiğinizi bilmeni istemiyor. Beş yıl önce seni aldığındaki gibi, ama o zaman gözlerini bağlamıştı. Seni buraya getirirken eline bir bandana vermiş ve gözlerini bağlamanı söylemişti. Ama o, o zamandı ve siz şimdi, şu andasınız. Artık seni tanıyor. Sana söylediği her şeyi yapacağını biliyor.

Başka koşullar altında riske girerdin. Gözlerini aralayıp hızlıca çevrene bakardın. Ama bu gece değil. Bu gece önemli olan tek şey hayatta kalmak.

Kamyonetin savruluşlarına ve zıplayışlarına odaklanıyorsun. Kamyonet pürüzsüz, muhtemelen asfalt bir zemine ulaşmadan önce bir garaj yolu olduğunu tahmin ettiğin, bombeli bir zeminde ilerliyor. Bir yol. Araba yolculuğu yüzünden değil, önündeki olasılıkların çokluğu yüzünden başının döndüğünü hissediyorsun. Emniyet kemerinin izin verdiği ölçüde öne eğilip duruşunu bozsan ne olur? Direksiyonu çevirmesine sebep olsan? Direksiyonu dizin, ayağın ya da vücudunun başka bir parçasıyla sen çevirsen? İkiniz birlikte, yolun korkuluklarına çarpsanız ya da bir vadiye düşseniz? Silaha uzanmaya vakti olmazdı. Belki. Belki de kamyoneti birkaç saniye içinde yola döndürmeyi başarır, gözlerden uzak bir yere gidip silahı çeker ve işini bitirirdi.

Bu yüzden kıpırdamadan duruyorsun. Etrafta sadece motorun gürültüsü ve zaman zaman onun parmaklarıyla direksiyonun üzerinde tuttuğu ritmin sesleri var. Ne zamandır ilerlediğinizi söylemek zor. On dakika mı? Yirmi beş dakika mı? Bir süre sonra kamyonet yavaşlıyor, sonra da duruyor. Kontaktan çıkarılan anahtarların şıngırtısını duyuyorsun.

Kıpırdamıyorsun. Gözlerini açmıyorsun. O sana söylemediği sürece yapmadığın şeyler var. Ama biliyorsun. Geldiniz. Bunu hissedebiliyorsun. Ev sana sesleniyor. Özlemle.

11. BÖLÜM

Evdeki Kadın

Şoför kapısı açılıp kapanıyor. Birkaç saniye sonra o yanına geliyor. Hâlâ sırtınla yolcu koltuğunun arasına sıkışmış vaziyetteki ellerine uzanıyor. Sol bileğindeki kelepçe açılıyor. Biraz hareket, bir klik sesi. Sana gözlerini açmanı söylediğinde, yeniden birbirinize kelepçelisiniz.

"Gidelim."

Kamyonetten inmek için harekete geçmiyorsun. O içini çekiyor, sonra emniyet kemerini açmak için öne eğiliyor.

"Bunu kendin yapamaz mıydın?"

Paniğe kapılıp kafamın arkasına silahla vurarak beni bayıltman için mi? Sanmıyorum.

Seni sertçe çekiyor. Çim kaplı bir yere basıyorsun. Arka koltuktaki kasanı almak için eğiliyor. Bu senin etrafa bakma şansın. Küçük bir ön bahçenin sonunda, onun dünyası ile kaldırım arasındaki sınırda duruyorsunuz. Kamyoneti üzerine mıcır dökülmüş, küçük bir garaj yoluna park etmiş; şu an oluştuğunu tahmin ettiğin tekerlek izleri var. Yol iki yöne uzanıyor: biri geldiğiniz yol, diğeri bilinmezlik. Bir ağaç, yanında zil olan bir kapı ve üzerinde "Hoş Geldiniz" yazan bir paspas. Biri yeşil, biri siyah iki tekerlekli çöp tenekesi. Giriş katın altında, bir tepenin yamacına yerleştirilmiş garaj kapısı.

Evin diğer yanında küçük bir veranda, metal sandalyeler ve onlara uygun bir masa.

Her şey çok normal. Banliyö hayatının düzenli eşyaları.

Seni doğrudan eve yönlendiriyor; ulaşabileceğin mesafede bir ev, gerçek bir ev var. Duvarlar ve pencereler kulübedeki gibi tahta kalaslardan yapılmış ama daha büyük ve daha uzunlar ve sonra bir çatı geliyor. Ön kapıda bir asma kilit var ve o cebinden bir anahtar çıkarıp kilide sokuyor; sen daha ne olduğunu bile anlamadan, anahtarın kilitte dönerken çıkardığı ses daha tam olarak kulaklarına ulaşamadan içeridesin.

"Gel."

Seni aceleyle bir merdivene yönlendiriyor. Ev kısa, aldatıcı görüntülerle kendini sana gösteriyor. Bir kanepe, bir televizyon, bir kitap rafında çerçevelenmiş fotoğraflar. Açık mutfak ve ev aletlerinin hafif vızıltısı.

"Gidelim."

Onu takip ediyorsun. Önce bir, sonra iki adım atıyorsun, sonra bedenin öne savruluyor. Çenen yere çarpmadan önce tırabzana tutunuyorsun. Aşağıya, ayaklarına bakıyorsun. Ayağın takılmış; basamakların üzeri halı kaplı ve sen yumuşak zemine alışık değilsin.

Sana bir bakış atmak için dönüyor. Miden kasılıyor.

Ama o yeniden merdivenleri çıkmaya koyulup seni de yenilenmiş bir hevesle çekiyor. Sana ayırdığı odada olmanı istiyor. Kontrol etmek istiyor. İstediği tek şey, hayatın onun planlarına göre ilerlemesi.

İkinci kata ulaşıyorsunuz. Karanlıkta, koridorun diğer ucundaki bir kapıya bantlanmış bir poster görüyorsun. Odaklanıp resmin ne olduğunu görmeye çalışıyorsun: Yüzü olmayan bir figür kendinden daha küçük bir şeyi kucaklıyor, karanlıkta turuncu ve mavi noktalar parlıyor. Gözlerin bütün resmi tarıyor ve beynin –buna inanmakta zorluk çekiyorsun ama– *Keith Haring,** diyor. Bir yıkıntı yığınının içinden şimşek gibi bir aşinalık hissi geçiyor. Kulübenin silemediği parçaların.

Bu, kızının odası olmalı. Adamın odası solda, koridorun sonundaki oda olmalı. Sessizce, sırlarını kendisine saklayan gösterişsiz, kapalı kapının önünde duruyor. Sanki senin onu görmeni bile istemiyor. Kapı sanki seninkinden tamamen ayrı bir dünyayı gizliyor.

Sağında bir kapı daha var. Boş. Kaba. O bir başka anahtar çıkarıp, yuvarlak kapı kulpunun ortasındaki deliğe yerleştirip çeviriyor. Yumuşak ve sessiz. Karanlıkta bile ölümcül derecede becerikli.

Oda küçük ve sade. Hemen sağ tarafında, eski, tel gibi demir karyolasıyla çift kişilik bir yatak var. Bir köşede küçük bir masa ve ona uygun bir sandalye, onun yanında çekmeceli bir komodin var. Odanın diğer yanında da bir radyatör. Simsiyah perdelerle örtülmüş bir pencere. Bu, hayatında gördüğün en muhteşem oda. Burası her şey ve hiçbir şey, senin ve senin değil, evin ve evin değil.

Kapıyı kapatıyor. Tavandan bir lamba sarkıyor ama o ışığı açmak için hareket etmiyor. Bunun yerine, kasayı yere bırakıp kelepçenin kendi bileğindeki halkasını açıyor ve yatağı işaret ediyor.

"Hadi."

Yatmanı bekliyor. Anlaşmanız buydu: Gündüzleri kalorifer peteğine, geceleri yatağa kelepçeli olacaksın. Yatağa oturuyorsun. Yaylar bedeninin altında gıcırdıyor. Beş yıldır ilk kez yumuşak ve yaylanan bir şeyin içine gömülüyorsun. Bacaklarını kaldırıp yatağın üzerine uzatıyor, gövdeni alçaltıp başını yastığa bırakıyorsun.

Bunun sana kendini iyi hissettirmesi gerekiyordu. Tahta

* Amerikalı ressam, grafitti sanatçısı ve sosyal aktivist. *–en*

kalasların üzerindeki bir uyku tulumunda bin geceden uzun süre uyuduktan sonra, meleklerin şarkı söylediğini duyuyor olman gerekirdi. Ama her şey çok yanlış. Yatak sanki seni yutmak istermiş gibi çöküyor. Sanki dünyada senden geriye bir iz, insanların senin var olduğunu bilmesini sağlayacak hiçbir şey kalmayana kadar batmaya, gömülmeye devam edeceksin.

Doğrulup oturarak nefes almaya çalışıyorsun.

"Özür dilerim."

Elleri omuzlarına doğru atılıyor. Seni itip geri yatırırken parmakları köprücükkemiklerinin altına batıyor.

"Sen. Ne. Halt. Ediyorsun?"

"Ben... Özür dilerim. Ben sadece... Bunun işe yarayacağını sanmıyorum."

Seni daha sertçe tutuyor. Onu sakinleştirmek istiyorsun ama göğsün sıkışıyor. Bir batma hissi kaburgalarını yakıyor. Hiçbir şey yapmaya çalışmayacağını, bir şansın olduğunu düşünsen bile kaçamayacağını bilmeye ihtiyacı var. Nefes almaya çalışıp bunu başaramıyorsun.

"Sadece... özür dilerim."

Ellerini kaldırıp bedeninin dile dökemediğin şeyleri anlatmasını umuyorsun. Masum olduğunu, saklayacak hiçbir şeyin olmadığını. Elinde hâlâ silahı var. Susturucu, dizinin yanını çiziyor. Nefesine odaklanıyorsun. Çok uzun zaman önce, bundan önceki hayatında, telefonuna bir meditasyon aplikasyonu indirmiştin. İngiliz bir adam, önceden kaydedilmiş oturumlarla seni burnundan nefes alıp ağzından vermeye yönlendiriyordu. Tekrar tekrar.

Tam da göğsünün sakinleşmeye başladığını düşündüğünde, boğazından bir hırıltı yükseliyor. Yoksa bu, kulaklarının çınlaması mı? Burnundan nefes al. Ağzından nefes ver. Ellerini kaldır. Gözlerini silaha dik.

"Acaba yerde uyumam... sorun olur mu?"

Tek kaşını kaldırıyor.

"Şey... yatak... kulübedekinden çok farklı. Bunun aptalca

olduğunu biliyorum. Üzgünüm. Özür dilerim. Ama olur mu? Bu hiçbir şeyi değiştirmeyecek, yemin ederim."

İçini çekiyor. Silahın namlusuyla şakağını kaşıyor. Bu, emniyetin kapalı olduğu anlamına mı geliyor? Yoksa nişancılığına çok mu güveniyor?

Sonunda omuzlarını silkiyor.

"Keyfine bak."

Yataktan kalkıyorsun. Bir bomba imha uzmanının yavaş, ustaca hareketleriyle zemine uzanıyorsun. Göğsündeki bir düğüm çözülüyor. Bildiğin şey bu. Kulübedeki gibi. Kulübede nasıl hayatta kalacağını biliyorsun. Aynısını burada yapmayı da öğrenebilirsin.

Yanında diz çöküp kelepçeli bileğini tutuyor. Kolunu başının üzerine doğru uzatıp kelepçenin boştaki halkasını karyolanın ayağındaki demir kıvrımlardan birine takıyor. Kelepçenin kapanıp kapanmadığını kontrol etmek için onu sağa sola çekiştirdiğinde, duvardan boya parçacıkları dökülüyor.

Kelepçeyi çözerek özgür kalamayacağından emin olduğunda ayağa kalkıyor.

"Bir ses, herhangi bir ses duyarsam, mutlu olmayacağım. Anladın mı?"

Yere dayalı başını elinden geldiğince onaylar anlamda sallıyorsun.

"Odam koridorun sonunda. Bir şey yapmaya çalışırsan, bunu bilirim."

Yine başını sallıyorsun.

"Yarın sabah geleceğim. Seni aynı yerde görmeyi bekliyorum. Aynı pozisyonda. Her şeyinle aynı."

Yine başını sallıyorsun. Birkaç adım atıyor, elini kapı kulpuna koyuyor ve duruyor.

"Söz veriyorum," diyorsun. "Kıpırdamayacağım."

Gözlerini kısarak sana bakıyor. Sana yönelttiği bakışlarındaki şüphe hep orada. Sana güvenebilir mi? Mesela şimdi? Ya da bir saat sonra? Veya bir hafta sonra?

"Ciddiyim," diye ekliyorsun. "Çok yorgunum. Odadan çıktığın an uykuya dalacağım."

Boştaki elinin işaretparmağıyla odayı göstererek bir daire çiziyorsun.

"Burası çok hoş. Teşekkür ederim."

Kapı kulpunu çevirdiği an olan oluyor. Duvarın diğer yanından bir hışırtı geliyor ve zemin döşemeleri gıcırdıyor. Koridorun diğer ucundan bir ses yükseliyor: "Baba?"

Onun gözlerinden dehşete benzer bir ifade geçiyor. Sana ölüymüşsün gibi, kanı ellerine bulaşmış bir cesetmişsin gibi bakıyor. Kızı size doğru yürümeye başlıyor.

O hızla kendini topluyor. Yüzü gevşiyor. Bakışları keskinleşiyor. Bir elini sana doğru kaldırıyor. *Bu işe karışma. Çok sessiz ol.*

Kıvrak bir hareketle odadan çıkıyor. Kızı onu gördü mü? Yoksa etraf çok karanlık ve kız çok mu uzakta? Bu, hayatta yapmak zorunda kaldığın en zor şey: bakmamak. Başını kaldırmamak, boynunu uzatmamak. Kapı onun arkasından kapanırken ağzını kapalı tutmak. Yüzüne hızlı bir hava akımı çarpıyor. Dudaklarını kapatıp emiyor, yanaklarının içini dişliyorsun.

Duvarın ardından boğuk sesler geliyor: "Her şey yolunda mı?" ve "Evet," ve "Saat çok geç," ve "Biliyorum, biliyorum," ve "Sana mesaj atmaya çalıştım," ve "Duymadım," ve sonunda, "Yatağına dön." Kızı onu dinlemiş olmalı çünkü kısa süre sonra sesler azalıp kayboluyor ve tek başına kalıyorsun. Bir odadasın. Mobilyaları, ısıtma sistemi, bir sürü kapı ve duvarı olan gerçek bir evdesin. Sen, o ve koridorun sonunda bir yerde biri daha.

Kızı neredeyse hissedebiliyorsun. Cecilia. Bir güç alanı gibi. Karanlıkta parlayan bir amber. Beş yıldır ilk kez içinde bir fırtınanın koptuğunu hissediyorsun. Yeni bir insanın sunduğu sonsuz olasılıklar.

12. BÖLÜM

İki Numara

Nişanlıydı.

Bana söylediği ilk şey buydu. Ben dükkânı kapattıktan sonra. Benden kasadaki parayı istedikten sonra. Ben peşinde olduğu tek şeyin para olmadığını anladıktan sonra.

Bunu, benim yüzüğümü alırken söyledi. Aklında mücevherler vardı çünkü yeni nişanlanmıştı.

"Muhteşem bir kadınla," dedi.

Onun hakkında bir şey daha: Düğüm atma konusunda iyiydi. Ellerimi önümde bağladıktan sonra bana, "Bunu görüyor musun?" dedi. "Bu bir kropi bağı. Çeksen de açılmaz. Baskı uygulaman, sadece düğümü daha da sıkılaştırır. Bu yüzden bunu deneme. Sakın denemeye kalkma."

Bakmadığı bir anda denedim. Ama bu adam yalancı değildi. Attığı düğüm kesinlikle çözülmedi.

Öğrendiğim son şey şu oldu: Buna hazırlıklıydı. Sanırım bunu daha önce de yapmıştı. Kendine güvenli ve kararlıydı. Onun planına göre hareket etmediğimde bile sakindi. Çünkü eninde sonunda bunu yapacağımı biliyordu. Dünyanın onun iradesi karşısında diz çökeceğini biliyordu.

Son düşündüğüm şey, bir savaşçıya benzediğiydi. Karşı taraf çırpınmayı bırakmadığı sürece işinin bitmediğini bilen biriydi.

13. BÖLÜM

Evdeki Kadın

Omuzlarında bir titreme var. Üzerine eğilip sarsarak seni uyandırıyor. Ne zaman uykuya daldın? Tek hatırladığın, odanın sert zemininde yatıp kelepçeli elin için rahat bir pozisyon aradığın.

Seni serbest bırakmasını bekliyorsun. O seni çekip ayağa kaldırıyor. Sen gözlerini ovuşturup bacaklarını sallıyorsun. Kulübede, o geldiğinde hep uyanık olurdun. Fark edilmeden içeriye sızabilmiş olması, sen gözlerin kapalı, ağzın hafifçe açık, etrafındaki dünyadan habersiz yatarken tepende belirmesi boğazının tıkanmasına sebep oluyor. Onun farkında olmadan.

"Gidelim."

Kolunu tutup kapıyı açıyor, seni koridor boyunca ilerletiyor. Diğer dirseğinin altına, bir banyo havlusu ve bir dizi giysi sıkıştırmış. Solunuzdaki başka bir kapıyı açıyor –bunu dün gece fark etmemiştin– ve seni içeriye çekiyor. Hızla etrafa göz gezdiriyorsun: küvet, banyo perdesi, lavabo, tuvalet. Duşun suyunu açarken bir parmağını dudaklarına götürüyor. Akan suyun gürültüsünde boğulan alçak bir sesle, "Daha uyuyor," diyor. "Ama hızlı ol. Ve sessiz ol."

Cecilia. Önceki gecenin anısı, kızının meraklı sesi ve onun gözlerindeki panik ifadesi aranızda uçuşuyor. Üçünüz birlikte, el ele tutuşmuş, bir uçurumun kenarında duruyorsunuz.

Kot pantolonunu ve iç çamaşırını bacaklarının altına doğru itiyorsun. Kazağını, tişörtünü, kendi sutyeninin kopçaları koptuğunda sana aldığı ucuz spor sutyeni çıkarıyorsun.

Klozet kapağını kaldırıyorsun. Bu deneyimin gerçekliği karşısında o kadar şoktasın ki bir anlığına onun izlediğini unutuyorsun. Sadece ayaklarının altındaki pamuklu paspası ve uyluklarına batan soğuk emayeyi hissedebiliyorsun. Sağında beyaz, iki katlı bir tuvalet kâğıdı var. O, sanki sen yürüyüşe çıkmışken kakasını yapan bir köpekmişsin gibi, umursamaz gözlerini senden ayırmıyor.

Sol tarafında, küvete çarpan su sıçrıyor. Cecilia'yı, birinin duş alma seslerinin onu uyandırıp uyandırmayacağını sormuyorsun. O bir baba ve çocuğunu neyin uyandıracağını biliyor. Kızının buna alışık olduğunu tahmin ediyorsun. Yıllardır hep ondan önce uyandığını, kızı daha esnemeden tıraş olup dişlerini fırçaladığını biliyorsun.

Tuvalette onu inceliyorsun. İşte. Giyinmiş; altında bir kot, üzerinde temiz bir palto var ve işçi botlarının bağcıklarını bağlamış. Saçını taramış, sakalını düzeltmiş. Sabah erken kalkıp seninkinden önce kendi temizliğini hallediyor. Cecilia bir şey duysa bile, yeni kiracının da babası gibi erken kalkan biri olduğunu düşünecek.

Kalkıp sifonu çekiyorsun. Küvete girmek üzereyken bir şey seni durduruyor. Aynada bir figür var. Bir kadın. Yeni ve tanımadığın biri. Sen.

Birkaç saniyeye ihtiyaç duyuyorsun. Saçlarına bakıyorsun; eskisi gibi koyu renk ve uzunlar ama köklerden ağarmaya başlamışlar. Birkaç tutam beyaz saç omuzlarına kadar iniyor. Kaburgaların belirgin; teninin altında, dışarıya fırlayacakmış gibi, aşağıya doğru uzanıyorlar. Ve yüz hatların.

"Hadi."

Kendine biraz daha iyi bakamadan kolunu tutup banyo

perdesini kenara çekiyor ve seni aceleyle suyun altına sokuyor.

Su çok sıcak. Eskiden her sabah böyle duşlar alırdın. Su göğsünden aşağıya süzülürken dakikalarca orada kalırdın. Başını arkaya eğip suyun kulaklarını, ağzını doldurmasına, seni ele geçirmesine izin verirdin. Kendini tamamen o âna bırakıp hiçbir zaman gerçekleşmeyen, daha yüce bir şeye uzanırdın. Şimdi, yıllarca kendini bir kovadaki suyla temizledikten sonra, bu deneyimin hangi kısmının –suyun sırtından aşağı dökülmesinin mi, yüzünün üzerinden akmasının mı, buharın akciğerlerini doldurmasının mı– daha keyifli olması gerektiğini bilmiyorsun.

Gözlerini açık tutup buharın içinde nefes almaya çalışıyorsun. Bunu nasıl yapacağını hatırlıyor musun? Sabunu eline alıyorsun. Ayakların kayıyor. O seni yakalayıp gözlerini deviriyor. Banyo perdesi hâlâ yana çekilmiş hâlde. Etrafta bir jilet, onu ya da kendini yaralayabileceğin hiçbir şey yok; gözlerine sıkabileceğin bir şampuan şişesi bile yok. Sadece sen, çıplak bedenin ve bir sabun var.

Sabunu akan suyun altına tutuyorsun. Köpüğüyle kollarını, göğsünü, bacaklarının arasını, ayak parmaklarını ovalıyorsun.

"İşin hâlâ bitmedi mi?"

Ona neredeyse bittiğini söylüyorsun. Yeniden sabuna uzanıp yüzünü ve saçını yıkıyorsun. Sonra suyu kapatıp ona dönüyorsun. Sana bir havlu uzatıyor. Kurulanıyorsun. Sarı ışığın altında bedenin çok canlı ve gerçek. Kulübede, kamp lambasının solgun ışığında ayrıntıları göremiyordun; uyluklarının iç kısımlarında şimşeğe benzeyen çatlaklar, kollarında ve bacaklarında koyu renk kıllar, koltuk altlarında kıl yığınları. Kollarında çürükler var, dirseklerinin iç kısımlarında mor ve mavi renklerde izler. Göğsünde bir sürü yara izi var. Tenine kazınmış şiddet dolu yıllar.

Havluyu ona veriyorsun. Kurusun diye asman gereken duvardaki kancayı işaret ediyor. Yere koyduğu yeni giysileri gösteriyor. Diz çöktüğünde yeni, süpermarketlerde satılan iç çamaşırlarından buluyorsun. Aynı siyah pamuktan bir spor sutyeni de var. Temiz bir kot; beyaz bir tişört; önü fermuarlı, kapüşonlu, gri bir svetşört. Her şey ucuz, silik, sıkıcı. Her şey yeni. Hepsi senin.

Giyinirken kendine yeni kimliğinin ayrıntılarını hatırlatıyorsun. *İsmin Rachel. Kasabaya yeni taşındın. Kalacak bir yere ihtiyacın vardı ve bir arkadaşının arkadaşından, burada kiraya verilen bir oda olduğunu duydun.* Sana yeni bir diş fırçası verip lavabonun kenarındaki, muhtemelen ona ait diş macununu gösteriyor.

Bu bir nezaket ifadesi değil. Temel hijyen; kendini temizleme şansın. Hastalanmaman, dişlerinin dökülmemesi, vücudunun iltihap kapmaması onun için daha kolay. Kulübedeyken, sadece ona fazladan iş çıkarmayacak kadar sağlıklı olman yeterliydi. Şimdi kızı için mümkün olduğunca normal görünmene ihtiyacı var.

"Buraya gel."

Seni önüne çektiği aynadaki buğuyu bir bezle siliyor. Bu senin kendine bir kez daha yakından bakma şansın. Hiçbir zaman çok güzel bir kadın olmamıştın ama iyi bir gününde, belli açılardan çekici görünürdün. Simsiyah saçın, kısa kâküllerin. Ayda bir kez, reglinden önce bozulması dışında, iyi bir cildin vardı. Biçimli dudakların. Kırmızı ruju taşıyabilirdin. Kendi kendine göz kenarlarına kıvrımlı kalem çekmeyi, alt gözkapağının altını beyaz kalemle boyamayı öğrenmiştin. Gözlerini mümkün olduğunca büyük ve yuvarlak göstermeye çalışırdın.

Aynadaki kadının kâkülleri yok. Uzun zaman önce uzamışlar. Her nasılsa, cildinin hem kuru hem de yağlı olduğunu hissediyorsun. Alnında, kaşlarının arasında, ağzının etrafında yeni kırışıklıklar var. Şakaklarından çene çizgine kadar iltihaplı sivilceler. Kilo vermek yüzünü de çok değiştirmiş. Yanakların, sonsuza dek öyle kalacaklarmış gibi içe çökmüş.

Eskiden kaslı ve sağlıklıydın. Yulaf ezmesi yiyen ve pazar günleri esneme çalışan bir koşucu, pilates üyeliği de olan, yarı zamanlı bir yogi. Elinden geldiğince çok yürür, acıktığında yer, doyduğunda dururdun. Metabolizman sorunsuzca çalışırdı. Bu itaatkâr makine, ona baktığın için seni ödüllendiren bu organizma, sana bir mucize gibi gelirdi. Ve o bunu mahvetti. Diğer her şeye yaptığı gibi onu da yağmaladı.

"Hareket etme."

Elinde bir makas var. Donup kalıyorsun.

"Çok uzun." Makasla saçını işaret ediyor. Uzayacaklarını tahmin edeceğin kadar çok uzamamışlar. İlk on iki aydan sonra –günde tek öğün yemekle geçen on iki ay– bedenin kaynaklarını daha faydalı şeylere harcamaya karar vermiş. Kürekkemiklerinin bitimine kadar uzanan saçlarının uçları incelmiş.

Şimdikinden daha iyi görünmene ihtiyacı var. Hiçbir zaman saçını kestiremeyecek durumda kalmamış biri gibi görünmene ihtiyacı var.

"Kıpırdama," diyor. "Elimin kaymasına sebep olman çok kötü olur."

Arkanda makasla uğraşırken kıpırdamadan duruyor, metal tenine değdiğinde ürperiyorsun. Birkaç hareketle, saçını omuzlarına gelecek biçimde kısaltıyor.

Makası yeniden arka cebine koyup kolunu tutuyor.

Her zaman bunu yapıyor; seni oraya buraya çekiştiriyor, acele ettiriyor, hiçbir zaman, hiçbir şey için yeterli vakit vermiyor. Ona bakmak için dönüyorsun. Zaman zaman karardıklarına yemin edebileceğin mavi gözleri. Dikkatle şekillendirilmiş sakalı, insanı şok edecek kadar narin, neredeyse kırılgan görünen elmacıkkemikleri.

Muhtemelen lavabonun altındaki çekmecelere saklanmış güzel bir şampuan da vardı. Aloe veralı tıraş losyonu ve aynalı dolapta nemlendirici. Pahalı hiçbir şey yok; her şey kendini temiz, düzgün hissetmene yetecek kadar.

Omurgan boyunca sıcak bir öfke yükseliyor. Gözlerin alıp fırlatabileceğin bir şey arayışıyla odayı tarıyor. Belki de sabunluk kafatasını kırabilir. Ya da ellerini kullanabilirsin; bu sana kendini birkaç saniye nasıl da iyi hissettirirdi – yumruk yaptığın ellerinle defalarca göğsüne vurmak, belki yüzüne bir yumruk indirmek, gözünün hemen üzerindeki kemiğe vurmak, dudağını patlatmak, dişlerini kırmızıya boyamak, burnunu kafatasının içine gömmek... Ama kolunu tutan eli geriliyor. Bu iyi beslenen, sağlıklı adam, silahların nerede durduğunu biliyor. Kendi alanına hâkim.

Sen, "Özür dilerim," deyip svetşörtünün fermuarını çekiyorsun. "Hazırım."

Eski giysilerini alıp sana onu takip etmeni söylüyor. Yatak odasının kapısını hızla açıp eşyalarını içeriye fırlatıyor. Gün ışığında, kapıya daha iyi bir bakış atıyorsun: ortasında bir anahtar deliğiyle yuvarlak, ev arkadaşınla yaşadığında taktığın, içeriden kilitlenen bir kapı kulpu. Bunun amacı, seni içeride tutmak değil. Cecilia'nın buradan uzak durduğundan emin olmak. Buranın anahtarı sadece babasında. Sadece o içeriye girebilir.

Yeniden odaya giriyorsun. Seni yine yatağa kelepçeliyor. Koridorun diğer ucunda bir alarm çalmaya başlıyor. Tam zamanında.

Nemli saçın sırtına değerken oturup bekliyorsun. Geri dönüp kelepçeni yeniden açması uzun sürmüyor. Bu kez kapıyı arkandan kapatıp bileğini tutuyor. Onun arkasından alt kata iniyorsun. Ayaklarının altındaki ev canlanıyor. Basamaklar gri bir halıyla kaplı, duvarlar ve tırabzanlar beyaza boyanmış. Sola dönüp açık mutfağa giriyorsun. *İsmin Rachel; sen*

Rachel'sın. Oturma odası sağ tarafında kalıyor. Antre yok. Sadece seni çağıran ön kapı var. Bir kanepe, bir tekli koltuk, oldukça büyük bir televizyon. Üzerinde birkaç dergi duran bir sehpa. Duvarlarda fotoğraf çerçeveleri ve köşede, karton kapaklı kitaplarla dolu kitaplık. Merdivenin altında bir kapı.

Her şeyi incelemek istiyorsun. Tüm çekmecelerin altını üstüne getirmek, tüm dolapları boşaltmak, tüm kapıları açmak. Ama o seni ahşap, biraz çiziği olsa da yeni cilalanmış mutfak masasına doğru çekiyor. Masaya çok uzak olmayan bir arka kapı var. Bütün ev temiz ve kişilikten yoksun; konuşmaya başlarsa, çok fazla şey söyleyeceğinden korkan biri gibi.

Yine ahşaptan ve arka kapıya en uzakta duran sandalyeyi işaret ediyor. Oturuyorsun. Masanın üzerinde üç tabak, iki boş fincan, üç mutfak bıçağı var. Tezgâhın üzerinde bir Mr. Coffee* homurtu gibi sesler çıkarıyor. Ellerini omuzlarına koyup seni sarsıyor. Beline bakıyorsun.

Silah kılıfı yok.

"Unutma."

Sen Rachel'sın. Bir arkadaşın arkadaşısın. Onun boğazına bir bıçak dayamayacaksın. Doğal davranacaksın.

Gümüş rengi buzdolabını açıyor, bir poşetin içindeki beyaz ekmeği alıp dilimleri ekmek kızartma makinesine yerleştiriyor. Aklına çocukluğunun kahvaltıları geliyor: iki kâğıt havluya sarılmış, hâlâ sıcak, okula giderken yolda yediğin Pop-Tartlar. Daha sonra da benzer bir rutinin vardı ama bunun yerini, yumurtalı sandviç ve seyyar kahve satıcısından aldığın kahveler almıştı. Hayatın boyunca ebeveyninle kahvaltı masasına oturduğunu hatırlamıyorsun. Hele hafta içi günlerde.

Oturduğun sandalyeden, etrafta gördüğün her şeyi zihnine kaydediyorsun: tezgâhın üzerindeki bıçaklıkta bir sürü bıçak, kurutma rafında maşalar. Kepçe, konserve açacağı, uzun bir makas. Fırın kapağının koluna asılmış bir havlu. Her şey

---

* Bir kahve makinesi markası. *–en*

temiz, her şey yerli yerinde. Kutularını açmış. Bu yeni alanı evi hâline getirmiş. Burası, artık onun kontrolü altında.

Gidip tırabzanlara yaslanıyor, başını üst kata doğru kaldırıyor.

"Cecilia!" diye bağırıyor.

Sallanarak dönüp, Mr. Coffee'nin işini bitirip bitirmediğini kontrol ediyor. O, günlük rutininde kahvaltı görevini yerine getiren bir baba.

Önce ayaklarını görüyorsun. Merdivenlerden inen bir çift açık mavi çorap. Dar, siyah bir pantolon ve pofuduk, leylak rengi kazak. Basamakların yarısına geldiğinde eğilip mutfağa bakıyor.

"Selam," diyorsun.

Sesin onu, babasını ve herkesten çok seni irkiltiyor. Adamın bakışları senden ayrılıp kızına yöneliyor. Yanlış bir şey yaptığından endişeleniyorsun. Tek bir kelime söyledin ve şimdiden her şeyi mahvettin. Ama Cecilia ilerleyip masada karşına oturuyor.

"Selam," diyor.

Aynı şeyi tekrar söyleyemeyeceğin için hafifçe elini sallıyorsun. Gözlerini ona dikmemeye çalışıyorsun ama elinde değil; yüzünü inceliyor, yüz hatlarıyla kendine bir ziyafet çekiyorsun.

Yüzünde babasına benzeyen çizgileri arıyor, nasıl yetiştirildiğine dair izler bulmaya çalışıyorsun. Babasına biraz benziyor –sokakta onları birlikte gören bir yabancı, akraba olduklarını düşünür– ama kendine has bir görünümü var; yüzü babasınınkinden daha yuvarlak ve daha yumuşak hatlı. Çillerle kaplı suratı dalgalı, kızıl saçlarla çevrili. Ama gözleri babasınınkilerin aynısı; aynı mavi-gri renk ve gözbebeğinin etrafında aynı sarı ışıltılar.

Masaya bir tabak kızarmış ekmek bırakıyor. Arkası kızına dönükken sana bakıp kaşlarını kaldırıyor. *Bu işin içine sıçma.*

Bunu yapmamaya çalışıyorsun ama nasıl başaracağına dair hiçbir fikrin yok. Hiçbir şey seni bu adamın mutfağında oturup, içindeki arkadaş canlısı parçaları toplayıp onları kızına sunmaya hazırlayamazdı.

Kıza, "Ben Rachel," diyorsun.

Başını sallıyor. "Cecilia."

"Tanıştığımıza memnun oldum."

Cecilia hafifçe gülümsüyor. Babası mutfak tezgâhına yaklaşıp kahve sürahisini alıyor ve dönüp masadaki yerine oturuyor. Yüzünü ona dönüyor.

"İyi uyudun mu?"

Cecilia gözlerini boş tabağına dikip başını onaylar anlamda sallıyor. Onun yaşındayken sabahları nasıl olduğunu belli belirsiz hatırlıyorsun: Her zaman yorgun olurdun, asla aç olmazdın ve kesinlikle konuşmak istediğin bir ruh hâlinde olmazdın. Babası kendine bir fincan kahve doldurup sürahiyi senin Amerikan servisinin yanına bırakıyor. Sana kahve alabileceğini ima ediyor, hatta bunu yapmanı söylüyor. Önündeki fincanı dolduruyorsun. Fincanı dudaklarına yaklaştırdığında, seramiğin diğer tarafındaki yazıyı fark ediyorsun: Büyük, siyah harflerle "DÜNYANIN EN İYİ BABASI" yazıyor.

Kahvaltı masasındaki dünyanın en iyi babası, uzanıp kızının bir tutam saçına dokunuyor. Onu kızının burnuna yaklaştırıp yukarı aşağı hareket ettirerek burnunu gıdıklıyor. Cecilia başlangıçta tepki vermiyor. Babası onu üçüncü kez gıdıkladığında onu hafifçe itiyor ve bunu istemediğini belirtirmiş gibi gülüyor.

"Kes şunu!"

Babası biraz ona, biraz kendine gülümsüyor. Birbirlerinin yanında rahat bir baba kız.

Kızını seviyor. Bunu sen bile görebiliyorsun.

Sevgiyle ilgili sorun şu: İnsanları güçsüz düşürebiliyor.

Onların dikkati birbirine yönelikken, gözlerini kapatıp

yıllardır ilk kez kahve içiyorsun. Tadı bir anda, o seni almadan önceki son sabahına geri dönmene sebep oluyor. Bundan önce bir haber merkezinde yaptığın stajın, yorgun çalışanların akşamüstünün ilerleyen saatlerinde bir makineye yerleştirdiği kahve kartuşları var. Ve tüm bunlar olurken, kahve dükkânlarına yaptığın ziyaretler. Şimdi, konu kahve olduğunda, hiçbir zaman sadık olmadığını hatırlıyorsun. Aklına gelen tüm çeşitleri denerdin: sade filtre kahve; duble espressolu, beyaz çikolatalı, fındık şuruplu latte; ekstra köpüklü cappuccino. Bağlanmayı reddederdin. Dünyanın sana sunabileceği her şeyi denemek isterdin.

Yeniden gözlerini açtığında, çocuk tereyağı kutusunun arkasındaki yazıları okuyor. *Normal davran.* Bir dilim kızarmış ekmek alıp tabağına koyuyorsun. Dünyanın en iyi babasına bakıp kör bir bıçağı eline almadan önce sessizce izin vermesini bekliyorsun. Kızı okuduğu şeyi elinden bıraktığında, yağı ekmeğinin üzerine sürüyorsun. Bu hiç önemli değilmiş, sanki beş yıldır ilk kez bir yiyecekten ne kadar yiyeceğine kendin karar vermiyormuşsun gibi bir tavırla, yağın üzerini bir reçel tabakasıyla kaplıyorsun. Elinden geldiğince belli olmayacak bir kutlama hissiyle ilk ısırığını alıyorsun.

Dişetlerinin bitiminde keskin bir acı hissediyorsun. Reçel o kadar tatlı ki boğazına yapışıyor. Dişçiye gitmeyeli uzun yıllar oldu. Ağzının içindeki karmaşayı düşünmek bile istemiyorsun. Çürükler, dişeti iltihabı, diş ipi kullanacak olsan kanayacak bir ağız. Kızarmış ekmek canını yakıyor ama aynı zamanda sıcak ve çıtır çıtır; tereyağının bir kısmı erimiş ve sen o kadar açsın ki doymanın nasıl bir his olduğunu bile hatırlamıyorsun. Belki de açlığını, boş midenle kalça kemiklerinin uçları arasında saklıyordun ve kulübedeyken kaybettiğin her kaloriyi geri almadan yemeyi bırakamayacaksın.

"Bayan Newman'a yazdığım notu aldın mı?"

Bir babanın sesi seni mutfağa geri getiriyor. Masanın üzerindeki ellerine, yerdeki ayaklarına, bu adam ve kızının çok hoş görünen sabah rutinlerine. Cecilia, Bayan Newman'a götüreceği notun yanında olduğunu doğruluyor. Aralarında biraz daha konuşuyor, Cecilia'nin bir sonraki sınavından, bu akşam gideceği sanat dersinden ve babasının onu beş buçukta alacağından bahsediyorlar.

Babaların böyle davranabileceğini bilmiyordun. Hatıralarında ne kadar geriye gidersen git, kendi babanın sana kahvaltı hazırladığını, saçlarınla oynadığını, öğretmenlerinin ismini ve ders programını bildiğini hatırlamıyorsun. Baban işe gitmek için evden çok erken çıkar, akşam yemeğinden sonra üzerinde hoş bir takım elbise, elinde bir evrak çantasıyla, yorgun ama mutlu bir şekilde eve dönerdi. Seninle ve erkek kardeşinle oyun oynamak için vakit ayırır, okul gösterilerinize gelir, sizi pazar öğleden sonraları parka götürürdü. Ama sen, yapılacaklar listesindeki bir maddeydin. Daha çocukken bile, kimse babana bu görevini hatırlatmasa, baba olduğunu tamamen unutabileceği, çocukluğunun kuru temizlemeye verilmiş, kimsenin almaya zahmet etmediği bir giysi gibi bir kenarda unutulabileceğini hissediyordun.

Dünyanın en iyi babası kahvesini bitiriyor. Kızı çiğnemeye çalıştığı kızarmış ekmeği yemekten vazgeçiyor. Ayağa kalkıyorlar. Adam kızına, "Beş dakika," diyor ve kızı da bunu bildiğini söyleyip üst kata yöneliyor ve gözden kayboluyor. Banyo kapısının kapanma sesi mutfağa ulaşır ulaşmaz adam sana dönüyor.

"Gel. Hemen."

Önüne geçip merdivenleri çıkmanı işaret ediyor. Seni çok yakından, vücudu seninkine değerek takip ediyor. Yeniden yatak odasına dönüyorsun. Radyatörün yanına gitmeni söylemesine gerek yok. Yere oturup sağ elini havaya kaldırıyorsun. Kelepçeyi cebinden çıkarıp bir halkayı bileğine, diğerini metal boruya takıyor. Yukarı aşağı hareket ettirip mekanizmanın tam olarak kapandığından emin oluyor.

"Önce onu okula bırakmam, sonra da işe gitmem gerek. Şimdi, bak."

Telefonunu çıkarıyor. Daha önce bunu hiç görmemiştin. Bunun, beş yıl önce hatırladıklarından çok daha büyük bir ekranı var.

"Kameralarım var. Bu odada, ön tarafta, her yerde. Gizliler. Buradaki bir aplikasyona bağlılar." Birkaç kez ekrana dokunup telefonu sana çeviriyor. Gösterdiği şey kamera görüntüleri değil; bunu sana göstermez. Bu, çok fazla şeyi açık etmesine sebep olur. Çevrimiçi bir video gösteriyor. Bir örnek.

Videoyu, sesi çok kısık şekilde oynatıyor. Bir evin girişini gösteriyor. Bir kadın, bir kapıyı açıp kapatıyor. Bunu görüyor, duyuyorsun. Ekranın sağ alt köşesinde, kırmızı bir ikon beliriyor.

Evi, kapıyı ve aslında ona ait olmayan bir yuvaya girmesi için para alan kadının görüntülerini izliyorsun. Teknoloji. Onun sürekli üzerinde olacak kötücül gözleri ve kulakları.

Çenen kasılıyor. Kulübe. Kulübede seni göremiyordu. Uzaktayken göremiyordu. Kulübedeyken kitap okuyabiliyordun. Yere uzanabiliyordun. Oturabiliyordun. Bunları yapabiliyordun ve o bunları nasıl ve ne zaman yaptığını bilmiyordu. Bu çok büyük bir şey değildi ama sana ait bir şeydi.

Bunun daha iyi olması gerekiyordu, demek istiyorsun ve hemen böyle düşündüğün için kendine küfretmek istiyorsun. O, *daha iyi* bir şeye sahip olmana izin vermez. *Daha iyi*, bir peri masalı.

Ekran kararıyor. Telefonu tekrar kilitliyor.

"Herhangi bir şey yaparsan, çığlık atar ya da hareket edersen ve birinin neler olduğunu kontrol etmek için geldiğini görürsem, bana bildirim gelir. Ve bu beni hiç mutlu etmez." Çekilmiş perdelerle karartılmış yatak odası penceresine bakıyor. "İşyerim buraya çok yakın. Anlıyor musun?"

Ona anladığını söylüyorsun ama bir şey gitmesini engelliyor. Yanında diz çöküyor. Bir eliyle yüzünü tutup seni ona bakmaya zorluyor. Anladığını gözlerinde görmesi gerek. Ona inandığını görmesi gerek; karşılığında o da sana inanacak.

"Ne iş yaptığımı biliyor musun?"

Bunu gerçekten mi soruyor? Bunu sana hiçbir zaman söylemediğini gerçekten hatırlamıyor mu?

Başını iki yana sallamaya çalışıyorsun.

"Hat işçisiyim." Ona boş bir ifadeyle bakmış olmalısın çünkü gözlerini devirip, "Bunun ne anlama geldiğini biliyor musun?" diye soruyor.

Bildiğini düşünüyorsun ama o bunu o kadar gergin bir tavırla soruyor ki bilmediğini düşünmene sebep oluyor.

"Sayılır," diyorsun.

"Elektrik hatlarını tamir ediyor ve bakımlarını yapıyorum. Hiç direklerin üstündeki elektrik telleriyle çalışanları görmüş müydün?"

Senin de böyle tahmin ettiğini söylüyorsun. İşinin bu olması sana mantıklı geliyor. Bütün gün, o ölümcül güçle arasında sadece bir plastik katmanıyla, bir direğin tepesinde duruyor.

"Burası küçük bir kasaba," diye devam ediyor. "Ve ben çalışırken oradan, yukarıdan, ne kadar uzakları görebildiğime inanamazsın."

Yüzünü bırakıp tavanın ötesindeki bir şeyi görebiliyormuş gibi bakışlarını yukarıya çeviriyor. Onu arkasındaki ağaçlar, etrafındaki kuşlarla hayal ediyorsun. Yeniden telefonuna dönüyor.

Bu kez sana Google Görseller'de yaptığı bir arama sonucunu gösteriyor. Bir ayakları on iki metrelik bir direğin ucunda durmuş diğeri havada sallanırken kablolarda asılı duran adamlar. Sert kasklar ve kalın eldivenler. Makaralar ve kancalardan oluşan bir karmaşa. Tüm bunları incelerken bakışlarını üzerinde hissediyorsun. Sana birkaç saniye veriyor, sonra telefonu uzaklaştırıyor.

"Orada, yukarıdayken her şeyi görebiliyorsun." Gözleri yeniden pencereye dönüyor. "Her sokağı. Her evi. Her yolu. Her insanı." Bakışları yeniden sana dönüyor. "Hepsini görüyorum. Anlıyor musun? İnsanlar bunun farkında olmadığında bile. İzliyorum. Hep izleyeceğim."

"Anlıyorum," diyorsun. Sesinin elleri olsaydı, şu an dua pozisyonunda olurlardı. "Anladım."

Birkaç saniye daha sana baktıktan sonra kapıya yürüyor.

"Bekle!"

Parmağı hızla dudaklarına gidiyor. Sesini alçaltıyorsun. "Eşyalarım." Senin burada, kitaplarınınsa ulaşamayacağın kadar uzakta olduğu gerçeğini vurgulamak için kelepçeyi çekiştiriyorsun. Kitapları alıp yakınında bir yere üst üste bırakıyor.

"Teşekkür ederim."

Saatine bakıp aceleyle odadan çıkıyor. Ayak seslerini, sonra alt kattan gelen sesini duyuyorsun: "Hazır mısın?"

Cecilia başıyla onaylamış olmalı. Ön kapı açılıp kapanıyor. Kamyonet çalışıyor, sonra motorun homurtusu uzaklaşıyor.

Onlar olmayınca ev sessiz. Bu, huzurlu bir sessizlik değil. Boş, baskıcı ve bir yabancının kucağında oturmak gibi rahatsız. Oda aynı anda hem çok büyük hem de çok küçükmüş gibi hissediyorsun. Sanki duvarlar birbirine doğru kayıyor, yüzeyler küçülüyor, etrafındaki yapı üzerine kapanıyor.

Gözlerini kapatıyorsun. Yeniden kulübeyi, başının altındaki sert, ahşap zemini, dünyanı oluşturan tahta kalasları düşünüyorsun. Avuçlarını gözlerine bastırıp kulaklarını kapatacak şekilde kaydırıyorsun. Bir deniz kabuğu gibi, içinden geçen hava akımını hissediyorsun.

Buradasın.

Nefes alıyorsun.

Bu sabah bir sınavdı ve sen geçtin. Anlayabildiğin kadarıyla sınavı geçtin.

14. BÖLÜM

Emily

Aidan'ın eşi öldükten ve kadının ailesi bilinmeyen sebeplerle onu evlerinden kovduktan sonra, Yargıç Byrne ona Hudson yakınlarındaki küçük köydeki evini kiralamayı teklif etti. Büyük bir ev değil. Duyduğum kadarıyla, Yargıç Byrne ona kira için kimsenin reddedemeyeceği kadar büyük bir indirim yapmış. Klasik Yargıç Byrne işte.

Yargıç Byrne kendisinin, bu kasabayı bir arada tutan zamk olduğunu düşünür. Benim doğumumdan bile öncesinden beri, çapı on kilometrelik bir alanın içinde kalan herkesi o evlendirmiştir. İşler zorlaştığında, Yargıç Byrne seni bulur. Her zaman seninle konuşmaya vakit ayırır. Bunu yapmamasını dilediğin zamanlarda bile arkanı kollar.

İşte bu yüzden Yargıç Byrne üç gün önce kasabanın Facebook sayfasında 5 kilometrelik bir yardım koşusunu duyurdu. "Herkesin en sevdiği tamirci ve kasabamızın en iyi adamlarından biri olan Aidan hem karısını hem de evini kaybetti ve hâlâ bir yandan karısının hastane faturalarını ödemeye çalışırken, aynı zamanda kızını yetiştirmeye çalışıyor," yazmıştı. "O bunu itiraf etmeyecek ya da bundan yakınmayacak kadar gururlu biri ama ben biraz yardımın ona iyi geleceğini biliyorum."

İnsanlar bu fikre bayıldı. Gönüllü itfaiyecilerden biri kasaba merkezinde başlayıp yine kasaba merkezinde biten rotayı çizdi. Yorumlar bölümünde Garcíalar organik manavlarından malzeme –içleri kuru üzüm ve portakal parçalarıyla dolu kesekâğıtları– getirmeyi teklif etti. Eski okulumdan çocuklar karton bardaklarda su dağıtmak için gönüllü oldular. Babalar golf sahası görevlileri gibi etrafta gezdiler. Herkes yardım etmeye o kadar hevesliydi ki neredeyse asıl amacı unuttuk: Yarışa kaydolmanın fiyatı en az beş dolardı, buna ek bağışlar da kabul ediliyordu. Toplanan para Aidan ve kızının faturalarını, kiralarını, geriye kalan cenaze masraflarını ve diğer ihtiyaçlarını karşılayacaktı.

Bu süreçte, Aidan Thomas sessizliğini korudu. Kasabamız ona yardım etmek için kenetlenirken bunu izleyişini hayal ettim. Kaba davranmak istemiyor ama bu ilgiden nefret ediyor.

Bu akşamüstüne kadar.

Facebook'ta arkadaş olmasak da Aidan'ın profilini biliyorum. Eski eşinin hesabı da dahil olmak üzere, üç arkadaşı var. Ama onun fotoğrafını hemen tanıdım, gerçi fotoğrafta kendisi yok elbette. Sadece Hudson'ın, motelin yanındaki tepeden çekilmiş donuk bir görüntüsü.

Yargıç'ın gönderisinin altına, "Herkese çok teşekkür ederim," yazmış. "Cecilia ve ben, bu topluluğa minnettarız."

Yorum iki saat önce paylaşılmış ve şimdiden elliden fazla kişi beğenmiş. Bazıları bir kalp ya da minik, çizgiden kolları sanal bir kucaklamayla birleşmiş, özen gösteren emojiyle tepki verecek kadar ileri gitmiş.

Yatak odamda oturup işaretparmağımı dizüstü bilgisayarımın dokunmatik faresinde gezdiriyorum.

Beynimde durmadan aynı film dönüyor: eski moda bakire içtiği gece bardağının arkasından beni izleyen Aidan'ın mavi gözleri. Sadece ikimize ait bir şey.

Facebook'ta "Yorum Yaz"a tıklayıp yazmaya başlıyorum. Duruyorum. Tekrar başlıyorum. Tekrar duruyorum.

Kesinlikle gereğinden hevesli görünmek istemiyorum.

Hayır, bu doğru değil.

En son istediğim şey umursamıyormuş gibi görünmek.

"Amandine tüm koşuculara (ve onların destekçilerine) yardım etmek istiyor. Bitiş çizgisinde sıcak çikolata standı kurmaktan memnuniyet duyarım."

Restoran bu sıcak çikolata dağıtma işini her yıl Noel'de yapar. Bu yıl makineyi biraz daha erken kurmak benim için sorun olmaz. Yarış günü geldiğinde yapacak bir şeyim ve etrafta dolaşmak için bir sebebim olur.

Yorumumu bir kez daha okuduktan sonra "Gönder" kutucuğuna tıklıyorum.

Akşam yemeği servisine hazırlanırken gelişmeleri kontrol etmek için yeniden ekrana dönüyorum. Ekranın başından ayrılmak üzereyken sağ üst köşede bir bildirim beliriyor.

İki yorum.

Biri, birkaç yıl önce kocası ve iki çocuğuyla birlikte buraya taşınan Bayan Cooper. "Ne kadar harika bir fikir!" yazmış. Bayan Cooper. Her zaman biraz fazla heveslidir. Her zaman kendisinin ve ailesinin ortama uyum sağlayamamasından korkar.

İkinci yorum ise ondan. Hızla okurken bir panik hissi göğüs kafesime baskı yapıyor (*Ya aptalca olduğunu düşünürse, ya çok abartılı bulursa, ya yeterli bulmazsa*). Sonra hiç acele etmeden tekrar okuyorum. Her kelimenin tadını çıkarıyorum.

"Ne kadar naziksin."

Burada, yeni bir paragrafa geçmek için *shift* ve *enter* tuşlarına aynı anda basmış.

"Bence bu kulağa çok lezzetli geliyor."

15. BÖLÜM

Evdeki Kadın

Radyatöre yaklaşıp en az rahatsız edici pozisyonu bulmaya çalışıyorsun. Sırtını duvara dayadığında bacaklarını uzatabiliyorsun.

Gözlerini kapatıp dinliyorsun. Dışarıdan bir ağaçkakanın tıkırtıları geliyor. Başka bir kuş şakıyor. O seni almadan önce, kuş şakımalarını öğrenmeye başlamıştın. İçinde türler ve çıkardıkları seslerin betimlemeleri olan bir kitap bulmuştun ama hepsi teoride kulağa çok netmiş gibi gelse de, kulübede yıllarca pratik yaptıktan sonra bile hiçbir zaman bir kuş ile çıkardığı sesi kesin olarak eşleştiremedin. Şehirli kulakların için tüm kuşlar aynı.

Kamyonet döndüğünde perdelere vuran ışık loşlaşmış. Kapılar açılıp kapanıyor. Mutfaktan sesler yükseliyor. Konuşmadan parçalar yakalıyorsun: "ev ödevi", "akşam yemeği", "Jeopardy".* Biri merdivenleri çıkıyor. Tuvaletin sifonu çekiliyor, banyo lavabosu borulara şarkı söyletiyor. Yoğun, sıcak ve –doğru hatırlıyorsan– tereyağlı yemeğin kokusu evde süzülüyor.

Seni uyardı: Akşam yemeği her gün olmayacak. Her sabah kahvaltı olmayacak. Uygun zamanlarda o gelip seni alacak. Ama bu gece ilk gece. Bu yüzden bu gece geliyor.

---

* *Riziko!* adlı bilgi yarışmasının orijinal adı. *–çn*

Bu dansı zaten biliyorsun. Kelepçeni açıp sana acele etmeni söylüyor. Ayağa kalkıp, birkaç kez dizlerini büküp açıyor, canlanmaları için ayaklarını ovuyorsun. Alt kattaki masa sabahki gibi kurulmuş; kahve fincanlarının yanında içleri suyla dolu şarap kadehleri var. O fırını açıp içinde pişen şeyi kontrol ediyor.

"Cecilia!"

Evinde yemek yapan bir adam. Çocuğunu besleyen. *Bir baba.*

Seni, *Ne bekliyorsun?* der gibi dürtüyor. Senin için kahvaltıda belirlediği yere oturuyorsun.

Cecilia merdivenlerden iniyor. Esnemesini bastırıyor. Onun yaşında olmayı; öğrenmen gereken bir sürü şey, okuman gereken bir sürü kitap, ezberlemen gereken bir sürü matematik formülü olmasının ne kadar yorucu olduğunu hatırlıyorsun. Dünya parmaklarının ucunda ve senin –ders aralarında, teneffüslerde– nasıl bir insan olmak istediğini ve oraya ulaşmanın en iyi yollarını bulman gerekiyor.

Cecilia oturma alanında durup uzaktan kumandayı televizyona doğrultuyor. Odayı bir açılış müziği dolduruyor; üflemeli çalgılar, cansız bir nakarat, sonra patlayan bir ses. "*Jeopardy* başlıyooorr!" Ekranda isimleri ve geldikleri yerlerle yarışmacılar beliriyor. Silver Springs'den Holly, Park City'den Jasper ve Buffalo'dan Benjamin. Takım elbiseli ve kravatlı bir adam sahneye çıkıyor.

"Ve işte *Jeopardy*'nin sunucusu Alex Trebek."

Kolların uyuşuyor. Bacaklarının ve ayaklarının karıncalandığını hissediyorsun. Evle başa çıkabilitsin. Hatta Cecilia'yla, gençliği ve hayatının gizemleriyle odada duran üçüncü bir kişinin varlığıyla başa çıkabilirsin. Ama televizyon, insanların para kazanmak için soru cevaplaması, Alex'in Holly, Jasper ve Benjamin'i eski dostlarıymış gibi selamlaması çok fazla geliyor. Çok dış dünyaya ait. Dünyanın sen olmadan da dönmeye devam ettiğinin çok büyük bir kanıtı.

Evin içinde bir baba, kızının yanına gidip kolunu omzuna doluyor. Beynin, *Eskiden babanın yaptığı gibi,* diye fısıldıyor. *Seni yakınına çekip sana arkadaşın olduğunu hatırlatırdı.*

"Yemek hazır."

Cecilia ona yalvaran gözlerle bakıyor.

"Sadece ilk tur? Lütfen?"

Baba içini çekiyor. Sana bir bakış atıyor. Belki de dikkat dağıtacak bir şeyin o kadar da kötü olmayacağını düşünüyor. Kızın dikkatini, masadaki yeni kadın yerine televizyonun üzerinde tutmanın.

"Sesini kısarsan açık bırakabilirsin."

Cecilia kaşlarını kaldırıyor. Bir an için aynı babası gibi; o aynı şüpheci, her zaman bir numara arayan, hep tetikte ifadeyle bakıyor. Şansını zorlamak istemediği için Alex'in televizyondaki sesi anlaşılmaz bir vızıltıya dönüşene kadar sesi kısıyor. Biraz daha düğmelerle oynuyor. Ekranda altyazılar beliriyor. Akıllı kız.

Parmaklarını mutfak havlusuna sarmış bir baba, seramik bir kâseyi masanın ortasına, bir somun dilimlenmiş sarımsaklı ekmeğin yanına bırakıyor. Cecilia öne eğilip kokluyor.

"Bu da ne?"

Babası ona bunun sebzeli lazanya olduğunu ve oturmasını söylüyor. Cecilia önce babasına, sonra kendisine yemek koyduktan sonra elindeki kaşığı bir soru işareti gibi havaya kaldırarak sana bakıyor. Tabağını ona uzatıp kendine bir dilim sarımsaklı ekmek alıyorsun. Cecilia birkaç saniye, babası televizyonu işaret edene kadar seni izliyor. Kategori "Kalp Meseleleri". Sekiz yüz dolarlık soru. Alex önündeki karttaki metni okurken altyazı beliriyor. "Kalbin etrafında hayati tehlike yaratacak kadar fazla sıvı toplandığında olur."

Bir baba yüksek sesle, "Tamponad nedir?" diyor. Bunu bir soru sorar gibi değil, bir cümleyi dümdüz ifade eder gibi söylüyor.

Buffalo'dan Benjamin de aynı cevabı veriyor. Kazandığı paraya, sekiz yüz dolar ekleniyor.

Kız, "Bu haksızlık," diyor. "Sen bunların eğitimini aldın."

Kulübenin anahtarına –yatak odanın anahtarına– sahip olan adamın doktor olmadığını biliyorsun. Burada senin bilmediğin bir hikâye var. Gerçekleştirilememiş hedefler, değişen planlar. Sen bu konuda soru sormanın zekice bir yolunu bulamadan, Buffalo'dan Benjamin "Takma İsimler" kategorisinin iki yüz dolarlık sorusunu seçiyor. Alex ipucunu veriyor: "'Sessiz Böcek' diye de bilinirdi."

İçinde bir hareketlenme oluyor. Geçmişten gelen bir bilgi. Eskiden söylediğin şarkılar. Babanın evdeki ofisinden yürüttüğün CD'ler. "It's all Too Much"ın ilk akorları, distorsiyonlu bir elektro gitar iniltisi.

Baba ve kızı, hiçbir fikirleri olmadığını belirtecek biçimde birbirine bakıyor. Sonra senin sesin. "George Harrison kimdir?"

Buffalo'dan Benjamin, John Lennon deyip kaybediyor. Park City'den Jasper da Ringo'yu seçiyor. Silver Springs'den Holly süre dolana kadar cevap vermeyi reddediyor. Alex üzgün bir ifadeyle bakıyor. Yakın çekimlerde, "John değil, Ringo değil," diyor. "Doğru cevap... George Harrison kimdir?"

Cecilia, *Aferin sana*, der gibi, küçük bir gülümsemeyle sana bakıyor. Babası bakışlarını tekrar sana döndürmeden önce onun gözlerinin ekrana dönmesini bekliyor. Hafifçe omuzlarını kaldırıyorsun. *Ne var? Normal davranmamı sen söyledin.* O, Benjamin yine "Takma İsimler" kategorisinde dört yüz dolarlık soruyu seçerken, yeniden televizyona dönüyor.

"Brixton, Londra'da doğmuş bu ikonik İngiliz, 'İnce, Beyaz Dük' olarak da bilinir. Gerçek ismiyse budur."

Silver Springs'den Holly önündeki düğmeye basıp dudaklarını büzüyor. Aklına yeni anılar geliyor: Cadılar Bayramı gecesi yüzüne çizdiğin şimşek. İncecik dudakları, hipnotize edici gözleriyle sıska bir siluete âşık olurken göğsünde hissettiğin çarpıntı. Koca bir lokma lazanyayı hızla yutup konuşuyorsun: "David Jones kimdir?"

Ekrandaki Holly zaman dolana kadar tereddütte kalıyor. Diğer iki yarışmacının şansını denemesini bekleyen Alex'e özür dileyen bir gülümsemeyle bakıyor. Alex açıklıyor: "Cevap, David Jones... David Bowie olarak da bilinirdi."

Cecilia yeniden sana dönüyor.

"Bunu nasıl bildin?"

Ona doğruyu söylememek için bir sebep bulamıyorsun.

"Müziği çok severim."

Cecilia sandalyesinde hafifçe kıpırdanıyor. "Ah. Ben de."

Babası yemek yemeyi bırakmış, çatalını tabağın kenarında dengede tutuyor. Gözleri, bir tenis maçı izliyormuş gibi Cecilia ve senin aranda gidip geliyor.

Bir şey daha hatırlıyorsun: Onun yaşındayken bir öğretmenin Cher hakkında sunum yapmanı istediğinde ne kadar da heyecanlanmıştın. Bir başkasının gözleri de, Bob Dylan'ın adı geçince böyle aydınlanıyordu. Müzik nasıl da on üç yaşın getirdiği ezici yalnızlığı sona erdiren yakınlıkların kurulması için kestirme bir yol olmuştu.

Cecilia'ya gülümsüyorsun. Yarısı ona ait olan, babasının gölgelerde neler yaptığını bilmemesi gereken kıza. "Sen kimleri dinliyorsun?" diye soruyorsun.

Düşünüyor. Eskiden bu soruyu hem çok sever hem de nefret ederdin. Çok severdin çünkü o isimlerin dilinde bıraktığı tattan asla sıkılmazdın: Pink Floyd, Bowie, Patti Smith, Jimi Hendrix, Stones, Aerosmith, Beatles, Deep Purple, Flatwood Mac ve Dylan. Nefret ederdin çünkü seni gerçek bir rock uzmanından sadece sıradan bir ergen kıza dönüştürecek, yanlış bir isim söylemekten çok korkardın.

Cecilia birkaç isim söylüyor: Taylor Swift, Selena Gomez ve Harry Styles. Sen ortadan kaybolduğunda ortaya çıkan isimler. Yokluğunda çiçek açan yetenekler.

Ona, "Güzel," diyorsun. Hâlâ dışarıdaki dünyadayken insanlarla tanışmayı, yeni arkadaşlar edinmeyi, takdir dolu olmayı ama küçümseyici olmamayı başarmayı denemeyi ne kadar da zor bulurdun.

Başını sallıyor. "Sen?"

Bir babanın yakıcı bakışlarını hissediyorsun. Daha sonra, sorarsa, *İnsanlar böyle yapar*, diyeceksin. *Konuşurlar. En sevdikleri şeyleri paylaşırlar.*

Ona birkaç isim söylüyorsun. "The Rolling Stones; 2012 yılında konserlerine gitmiştim. The Beach Boys, The Pointer Sisters. Elvis ama sanırım Elvis'i herkes sever. Ve Dolly Parton. Büyüdüğüm yıllarda Dolly'i çok severdim. Aileme beni Dollywood'a götürmeleri için yalvarır–"

Sanki kilisede küfrettin. Sözlerine devam edemiyorsun. Öylece kalakalıyorsun. *Ailem*. İlk kez onun önünde, seni yanlarından aldığı insanlardan bahsettin.

Senin kendi hayatın vardı. Mezuniyetine birkaç hafta kalmış bir üniversite öğrencisi. Hazırlaman gereken ödevler, yapman gereken işler, arkadaşların, bir işin vardı. Ama sen hâlâ onlara aittin. Bunu sevsen de, sevmesen de. Hâlâ her hafta onlara yemeğe gidiyordun. Telefon ediyor ve mesajlar gönderiyordun. Paylaştığın bir hayatın vardı.

Cecilia boğazını temizliyor. Servis kaşığına uzanıp sana kendini toplaman için zaman veriyor. Tekrar deniyorsun. "Her yaz bunu isterdim. Ama hiçbir zaman olmadı."

Tabağına bir kaşık dolusu lazanya alıyor. Gözlerini yeniden sana çevirdiğinde, bu seni mahvediyor. Biri sana böyle bakmayalı çok uzun zaman oldu. Nezaketle. Fikirlerinin ve duygularının bir önemi varmış gibi.

Cecilia'nın ne düşündüğünü bilmiyorsun. Muhtemelen bir şekilde ebeveyninden ayrıldığını ya da seni Dollywood'a götüremeden önce öldüklerini. Kendine hangi hikâyeyi anlatıyorsa, seni anladığını bilmeni istiyor.

"Şey," diyor. "Artık ne zaman istersen gidebilirsin."

Tabağında kalan yemeğe bakıyorsun. "Doğru. Ne zaman istersem."

Daha sonra, babası ona gidip dişlerini fırçalamasını söylediğinde, Cecilia gizlice sana bir bakış atıyor. İşyerindeki ilk gününde yanında oturabileceği birini bulmuş bir stajyer gibi bakıyor. Bir cenazede karşılaşılan, uzun zamandır görmediğin, tören sırasında konuşabilecek birini bulduğun için seni rahatlatan bir kuzen gibi.

Bu gözleri biliyorsun. Onları daha önce de gördün. Bunlar yalnız ve canı yanmış birinin gözleri.

16. BÖLÜM

Cecilia

Bazen boğazımın arka tarafında korkunç bir baskı hissediyorum. Bu çığlık atmayı ya da bir şeyleri yumruklamayı istememe sebep oluyor. Birini değil, asla birini değil. Sadece bir şeyleri.

Babam bunu bilseydi, başını birazcık ölmek istememe sebep olan şekilde iki yana sallardı. Annem ona, *Herkesi kendi yüksek standartlarınla yargılayamazsın. Onun bir çocuk olmasına izin ver. Senin gibi olmak için önünde koca bir hayat var,* derdi.

Daha fazla dayanamayacak gibi olduğumda, tepenin üstünde, mezarlığın yanındaki ağaçlık bölgeye gidiyorum. Bir ağaç bulup onu birkaç kez tekmeliyorum. Yumuşak başlıyorum ama attığım her tekmeyle daha da sertleşiyorum. Babam bunu bilmiyor. Elbette bilmiyor. Bunu okulla sanat kursum arasında yapıyorum, bu yüzden beni görmüyor. Şu an uğraşması gereken yeterince çok şey var.

Önce annem vardı, sonra Rachel geldi.

Taşınmadan önce bana ondan bahsetti. Bir arkadaşının arkadaşının arkadaşı olduğunu söyledi. Her neyse. Kim olduğu pek de umurumda değildi; sadece, çok da sevmediğim yeni evde bizimle birlikte yaşayacağını biliyorum.

Rachel'ın yardıma ihtiyacı olduğunu söyledi. Başına kötü

şeyler gelmiş. Tam olarak nasıl kötü şeyler yaşadığını sordum. Ayrıntılara girmek istemediğini ama Rachel'ın canının yandığını ve ona yardım edebilecek başka kimsesi olmadığını söyledi. Bu yüzden Yargıç'ın evindeki boş odayı ona verecek, yemeklerimizi ve eşyalarımızı onunla paylaşacaktık.

Babama söylemediğim bir şey var: Ben de zor bir dönemden geçiyorum ve yemeklerimi hiç tanımadığım bir yabancıyla paylaşmaya deli olmuyorum ama tabii, neden olmasın.

Bana, "Çok şey yaşadı," dedi. "Bu yüzden onu bunaltma. Sorular sorma. Sadece nazik ve kibar ol ve ona alan tanı."

Ona bunun sorun olmayacağını, zaten benim de tanımadığım bir kadınla arkadaş olmak için can atmadığımı söylemek istedim. Ama bu nazik bir tavır olmazdı. Ve babam nazik biridir. Şu an yaptığı şey, Rachel'a yardım etmek, nazik bir şey, özellikle de annem –eşi– öldükten hemen sonra. Ona, "Tamam," dedim. "Elimden geleni yaparım."

Ben aptal değilim. Eşin ölür ölmez hiç tanımadığın birinin evine taşınmasına izin vermenin çok da normal bir şey olmadığını biliyorum. Bu yüzden başta Rachel'ın kız arkadaşı falan olduğunu düşünmüştüm. Bir sürü film izledim. Eşleri ölen kocaların neler yaptığını biliyorum. Hayatlarına devam ediyorlar. Evet, babamın bu kadar hızlıca hayatına devam etmesini beklemediğimi söylemek zorundayım ama bu konuda bir söz hakkım yok.

Ama sonra birbirlerinin yanında nasıl davrandıklarını fark ettim ve böyle bir şey olmadığını anladım. Annemle babamın el ele tutuşmalarını, annemin ona, "Tatlım" deyişini, kavga ettikten sonra bile birbirlerine nasıl baktıklarını hatırlıyorum. Babamla Rachel arasında bunların hiçbiri yok. Kıvılcım yok. Kelebekler yok. Hiçbir şey yok.

Babam hakkında öyle düşünmem haksızlıktı. O asla annemi bu kadar hızlı unutup yerine yeni birini getirmeye kalkmaz. Annemi seviyordu. Onu hâlâ çok seviyoruz.

Şimdiye kadar Rachel hakkında fark ettiğim en şaşırtıcı şey ondan hoşlandığım. Kesinlikle tuhaf biri ama bu kötü bir şey değil. Dürüst davranmak gerekirse, ben de tuhaf biriyim. Ama Rachel benimle, diğer yetişkinlerin konuştuğu gibi konuşmuyor. Bana benim hakkımda, sevdiğim şeyler hakkında sorular soruyor. Annemden hiç bahsetmiyor. Bana kırılmış veya bozulmuş bir şeymişim gibi davranmayan birinin olması ferahlatıcı bir şey.

O buraya taşınmadan önce, babam bana bunun aramızdaki hiçbir şeyi değiştirmeyeceğine dair söz verdi. Ama kesinlikle değiştirdi. Kötü anlamda değil. Bizimle birlikte yaşıyor. Bizimle birlikte yemek yiyor. Elbette bir şeyler değişti. Babamın nasıl değişmemesini beklediğini bilmiyorum. O böyle şeyleri kontrol edebildiğini, zamanı durdurabileceğini düşünmeyi seviyor. Ama her şey her zaman değişir.

Mesela şu duruma bakalım: Annem öldükten sonra, bir süre yemek yemek konusunda sorun yaşadım. Şimdi iştahım geri geldi. Daha da kötüsü, yeniden akşam yemeklerinden keyif almaya başladım. Üçümüz birlikte oturup *Jeopardy!* izliyoruz ve kısa süreliğine her şey neredeyse normal oluyor.

Ve o geldiğinden beri, o zavallı ağacı tekmeleme ihtiyacını giderek daha az duyuyorum.

Ağacın bundan çok memnun olduğuna eminim, peki ama ben? Bunu söylemek beni öldürüyor. Annem öleli sadece birkaç ay oldu. Bu, nasıl bir evlat olduğum anlamına geliyor?

Üzülmeyi henüz bırakmamalıyım. Hâlâ canımın yanıyor olması gerekiyor.

Onu, evimizdeki kadını seviyorum ama beni hüznümden sıyırdığı için birazcık da nefret ediyorum ondan.

Ama genel olarak sadece babamla o işi yapmadıklarına memnunum.

17. BÖLÜM

Evdeki Kadın

Ev karanlığa gömüldüğünde seni buluyor.

Kulübedeyken yaptığı şeylerin neredeyse aynısını yapıyor. İçini çekiyor. Seni baştan ayağa süzüyor. Artık yemeğini bitirmeni ya da kovayı kullanmanı beklemesi gerekmiyor. Bunun yerine, kelepçeni çözüp yatağa geçmeni işaret ediyor. Sonra fikrini değiştirip sana yeniden yere inmeni söylüyor. Kafan karışıyor ama itaat ediyorsun.

Kısa süre sonra anlıyorsun. Kızının yatak yaylarının gıcırtısını, neler olduğunun belirgin bir göstergesi olan yatak başlığının duvara çarpma sesini duymasını istemiyor.

18. BÖLÜM

Evdeki Kadın

Günlerin sana ait.

Karton kapaklı kitaplarını okuyorsun. Artık onları neredeyse tamamen ezbere biliyorsun. *Bir Genç Kız Yetişiyor*'un ilk bölümünü ezberden okumaya çalışıyorsun. Önceki hayatından bildiğin, zihninin zamanı kısaltmasını ya da uzatmasını sağlayan meditasyonları hatırlamaya çalışıyorsun.

Ev onlar olmadığında o kadar sessiz ki, bazen kulaklarının hâlâ duyduğundan emin olmak için mırıldanıyorsun.

Bir koşucu olarak yaşadığın hayat sana bazı yetenekler kazandırdı. Bir maraton koşmanın püf noktası, sonunu düşünmemektir. Gözünün önünde bitiş çizgisini canlandırmazsın. Hareket etmeye devam edersin. Şu anda var olursun. Bunu yapmanın tek yolu budur: her seferinde bir adım. Güzel olması gerekmez. Keyifli olmasına kesinlikle gerek yoktur. Önemli olan tek şey, bitiş çizgisinde hâlâ hayatta olmaktır.

Etrafta kameraları arıyorsun. Tek başına olduğun yatak odanda ve yemek zamanlarında mutfakta. Onun sana doğru mu yoksa yalan mı söylediğinden emin olamıyorsun. Hiçbir şey göremiyorsun ama onları iki kitabın arasına, bir asma tavanın köşesinin ardına, bir mutfak dolabının arkasına saklamak ne kadar zor olabilir ki? Onun her şeyi görebildiğine inanıyorsun.

Hafta sonu sabahları, hazırladıkları öğlen yemekleri ve dolu sırt çantalarıyla evden çıkıyorlar. Akşama kadar kuşların şakımaları dışında hiçbir şey duymuyorsun. Cecilia çok yorgun ama yürüyerek, keşfederek, bir kütüphanede ya da müzede gezerek geçirdiği akşamüstü hakkında hikâyeler anlatmaya istekli hâlde dönüyor. Cümlelerinin hepsinde bilgi arıyorsun. Üşüdüğü yürüyüşler: Dağlara yakın, belki hâlâ eyaletin üst kesiminde olmalısınız. Emin olman imkânsız. Cecilia bazı günler civardaki kasabaların isimlerini söylüyor. Hiçbiri sana bir şey çağrıştırmıyor. Herhangi bir yerde olabilirsin.

Seni sınavdan geçiriyor. Cecilia. O burada olmadığında neler yaptığını bilmek istiyor. Ona babasının uydurduğu yalanı tekrarlıyorsun: Bir teknoloji şirketinin müşteri hizmetleri temsilcisi olarak uzaktan çalışıyorsun. Bunun etrafında Rachel için, Cecilia'nın olmanı istediği kişi için bir hikâye kuruyorsun. Akşamüstlerini kitap okuyarak geçiriyorsun; bu, tam olarak yalan sayılmaz. Arada bir babasının bahsettiği dükkânların adlarını söylüyorsun. Rachel'a bir aile ve arkadaşlar yaratmadan önce duruyorsun. Beynine güvenmiyor, bir sürü karakter yaratıp her birinin hayat hikâyelerini aklında tutabileceğine inanmıyorsun. Cecilia zeki. Bir hata yaparsan fark eder.

Hiçbir şeye dokunmaya iznin yok ama gözlerinin güçleri var. Onlar, her yere seyahat edebiliyor. Çocukken annen seni alışverişe götürdüğündeki gibi. *Sadece gözlerinle dokun.* Bakışlarını mutfakta gezdirip oturma odasına göz atıyorsun. Kitaplıkta birkaç tıbbi gerilim romanı var. Kanepede oturup başını yana eğerek isimlerini okumaya çalışıyorsun. Ne arıyorsun? Bir kalıp mı? Bir tema mı? *Postmortem* ve *The Andromeda Strain* arasında, onun kim olduğuna ve ne yaptığına dair bir açıklama mı?

Burada; duvarlarda nabız gibi atıyor, sert ahşap zeminlerin

altında sessiz bir uğultu gibi ilerliyor. Onun gerçekliği bu evin kalbine işlemiş.

Her eşya doğru olabilecek ya da olmayabilecek bir hikâye anlatıyor. Tıbbi gerilim romanları: ölmüş bir eşin karton kapaklı kitap koleksiyonu; birkaç yazlık kitabın birikimi mi, yoksa insan bedenine karşı karanlık bir takıntıya dair bir uyarı işareti mi? Cecilia'nın bir motel havuzunda yüzmeyi öğrenirken, üçüncü sınıftan "mezun olurken", Cadılar Bayramı'nda bir cadı şapkasının altında kaybolmuş hâlde çekilmiş fotoğrafları. Aile hayatının alışıldık ifadeleri mi, yoksa adamın varoluş tiyatrosunda görüntüyü kurtarmak için buraya yerleştirilmiş dekorlar mı?

Bu ev onu tanıyor mu? Yoksa burası bir film seti, gerçek benliğini saklamak için parça parça inşa edilmiş alternatif bir dünya mı?

Bir yanda gördüğün, bir yanda yokluğunu fark ettiğin şeyler var. Ev telefonu yok. Masaüstü bilgisayar yok. Bir yerlerde, bir çekmecede kilitli duran, bir şifreyle korunan, sadece yasal işlemler ve ev ödevleri için çıkarılan bir dizüstü bilgisayar olduğunu tahmin ediyorsun. İkisinin de telefonları ceplerinde duruyor. Cecilia'nın telefonunu yanında tutma izni bile yok; onu sadece okula ve sanat sınıfına giderken, babasından uzak olduğunda yanına alıyor. Eve gelir gelmez babası elini uzatıyor ve Cecilia telefonu veriyor. On üç yaşında. Cecilia'nın telefon kuralı hakkındaki nadir şikâyetlerine, onun zamanını sosyal medyada harcamasını istemediğini söyleyerek karşılık veriyor ve daha sonra ona teşekkür edeceğine yemin ediyor. Cecilia içini çekiyor ama ona itiraz etmiyor.

Gözlerin yeniden karton kapaklı kitaplara, fotoğraflara, sehpanın üzerine özenle konmuş doğa dergilerine dönüyor. Cevaplar arıyorsun. Bir adamın, bir hayatın izlerini. Onun hikâyesini öğrenmeye çalışıyorsun.

Gece rüya görüyorsun. Kulübeden görüntüler seni takip

ediyor. İki yanı ağaçlarla kaplı bir taşra yolunda hızla koşuyorsun. Arkanda onun nefesi, adımlarının tehlikesi gittikçe sana yaklaşıyor.

İrkilerek uyanıyorsun. Rüyalarında bile senin peşinde. Ama koşuyorsun ve bir an için sanki bunun gerçek olduğunu hissediyorsun. Karanlıkta o hislere, bedeninin giderek hızlanmasına, kollarının iki yanında hızla hareket etmesine, boğazında yukarı aşağı hareket eden havanın lezzetli yanma hissine elinden geldiğince uzun süre tutunuyorsun.

En şaşırtıcı keşfini bir akşam, sebzeli yahni yerken yapıyorsun. Cecilia'nın gözleri televizyonda. Arkansas'tan Nick "Mottolar" kategorisinin dört yüz dolarlık sorusunu seçiyor.

Alex Trebek, "Bu iki Latince kelime, ABD Deniz Kuvvetleri'nin ruhunu temsil eder," diyor.

"*Semper fidelis.*"*

Aynı anda konuşuyorsunuz. Sen ve mükemmel baba. Başını yavaşça sana doğru çeviriyor. İlk kez yanınızda kızı varken doğrudan gözlerinin içine bakıyor.

"Nereden bildin?"

Ses tonu belirli bir amaca yönelik ve odaklı. Bu konudaki bir şey onun için çok önemli.

Ona gerçek sebebi söylemek istemiyorsun. 2012'deki Deniz Kuvvetleri Maratonu'nun anılarını kendine saklamak istiyorsun. Penn İstasyonu'ndan Union İstasyonu'na akşam treniyle yolculuk, bir otelde bir gece ve sabahın dördünde gelen bir uyandırma telefonu. İçi naylon siluetlerle dolu bir otobüs, gün doğumundan önce Pentagon'a puslu bir yürüyüş. Üniformalı adamlar bel çantanı arıyor; kafeinli jel paketleri, Advil tabletleri ve besleyici atıştırmalıkları karıştırıyorlar. Ulusal marş, sonra yarışın başladığını belli eden silah atışı. Otuz bin koşucu. Dört saat yirmi dakika. İki yanında Virginia

---

* (Lat.) "Her zaman sadık." *–en*

ormanlarıyla yol, boğucu sıcakta sonsuzca uzanan bir otoban ve sonunda bitiş çizgisi. Daha fazla üniforma. Elleri, madalyaları takıyor. Bacakların yorgun, vücudun terli, boynunda bir kurdele. Yanındaki koşucu önündeki denizciye iki kelime söylüyor. *Semper fi.*

Onun buna sahip olmasını istemiyorsun. Bir gün, öyle bir fırsat karşına çıkarsa, koşabileceğini bilmesini istemiyorsun.

Gerçi artık bu doğru değil. Bedenin şu an bunu yapamaz. Kulübenin dışında hayatta kalmanın iki numaralı kuralı: Hazırlanacaksın. O zamana kadar oturacaksın. Yemek yiyeceksin. *Jeopardy*'yi seyredeceksin. Akşam yemeği masasında sorular soracaksın.

Cevabını bekleyen baba ve kızın karşısında, zihninde en inanılabilir yalanı arıyorsun.

"Eskiden denizci olan bir spor antrenörüm vardı," diyorsun. "Bize o öğretmişti."

Kafası karışan baba bir kaşını kaldırıyor. Yahnisiyle oynuyor. Bu hiç ona göre bir tavır değil. O tereddüt eden bir adam değil. Yemeğini yer ya da yemez.

Cecilia şüpheyle öne eğiliyor. "O da denizciydi." Çenesiyle babasını işaret ediyor. Babası sözünü kesmeye çalışıyor. "Cecilia–" Ama Cecilia devam ediyor. "Denizci olmak için üniversiteyi bıraktı."

Çatalın tabağına çarpıp tıkırdıyor.

Bir denizci.

"Vay canına."

Söyleyebilecek başka hiçbir şey bulamıyorsun.

O alçak sesle, "Hastanede ceset taşıyordum," diye mırıldanıyor. Sana, kendinden bir parça vermek zorunda kalıyor. Bu, senin maratonu kendine saklamak istemen gibi, sana söylemek istemediği bir şeydi.

Hastanedeki bir ceset taşıyıcısının ne olduğunu bilmiyorsun. Bir ceset taşıyıcısının neler yaptığını bilmiyorsun. Bu iş için üniversiteyi bırakmış olduğuna göre, hastanede ceset taşıyıcı olmak için tıp okumaya gerek yok.

Kendi kendine bir hikâye oluşuyor: doktor olmak istemiş ama bunu başaramamış bir adam. Beyninin içinde dönüp duran düşünceler, takıntılı bir döngü, içinde giderek derinleşen bir boşluk onu yolundan çevirmiş. O, kızının söylediği gibi, orduya hizmet etmek için okulu bırakmamış. Daha çok, okulu bırakmış ve orduya girmiş. Bir ceset taşıyıcısı olmuş. Bu işten onurlu biçimde ayrılıp ayrılmadığını anlamanın hiçbir yolu yok. Bir şey onu buraya getirmiş. Bir iş bulmuş. Bir eş bulmuş. Bir evi ve bir ailesi olan bir adam olmuş. Tanıdığın adam olmuş.

Çatalını bırakıp elini tabağın altındaki servisin üzerine koyuyorsun. *Orduda hizmet etmek için okulu bırakmış.*

Anılar: Arlington Mezarlığı'nda bir arkadaşın büyükbabası. 4 Temmuz barbeküleri, baban mangalın arkasında, annenin üzerinde kırmızı bir elbise var. Bayrak, özgürlük ve intikam hakkında bir halk şarkısı. New York Üniversitesi'ndeki dersinde, sınıfın maskotu hâline gelen köpeğiyle bir gazi. Sözcükler. Üç sözcük. İnsanların zamanı geldiğinde bazı şeyleri ima etmek için söylediği şeyler.

Babasının ülkesine hizmet etmek için okulu bıraktığını düşünerek büyümüş Cecilia'nın duymayı beklediği sözcükler.

Çatalını yeniden eline alıyorsun. Ona bakamadığın için sözcükleri söylerken onun omzunun üzerinden arkaya bakıyorsun.

"Hizmetin için teşekkürler."

O başını sallıyor. Ağzının içi âdeta asitle doluyor.

19. BÖLÜM

Evdeki Kadın

Kramplar cuma akşamüstü başlıyor. Yıllardır hiç kramp girmemişti. Başlangıçta reglinin stres yüzünden kesildiğini düşünmüştün. O tedbirsiz bir adam değil. Prezervatif kullanıyor. Bir süre, döngünün yeniden başlayacağından korkmuştun. Sonra üzerindeki bütün ağırlık yok oldu, durumun buna dönüştüğünü düşündün. Belki de vücudun, kulübedeki hayatın o şekilde daha kolay olacağını biliyordu.

Yakında kanamaya başlayacaksın. Pedlere veya tamponlara ihtiyacın olacak ve bunları senin için onun alması gerekecek. Ondan bunu istemek zorunda kalacaksın. Bu düşünce, iç organlarının daha da büzüşmesine sebep oluyor.

Onu daha bu sabah kızdırdın. Banyoda giyinirken, kotunun daralmış belini, karnına baskı yapan düğmeyi gösterdin. Sana bir sürü yemek verdiği için kilo aldın. "Şey, acaba..." diye başlayıp durdun, sonra tekrar denedin. "Çok üzgünüm. Ama bir beden büyük bir pantolon alman mümkün mü? Ne zaman yapabilirsen." O içini çekti. Sana sanki bunu özellikle, onu kızdırmak için yapmışsın gibi baktı.

Daha fazla talepte bulunabilecek bir noktada değilsin. Bunu bir süre yapamazsın.

Cenin pozisyonunda, başını kelepçeli koluna yaslamış hâlde yatmaya çalışıyorsun. Bu duruma dair her şey seni rahatsız ediyor. Karnındaki ısrarlı donukluk. Bedenin, sınırlarını zorlayarak seni daha fazla acıya katlanmak konusunda sınıyor.

Akşam yemeğinde telefonunu cebinden çıkarıyor. Bu, evin içinde sürekli olan bir şey: Telefonlar aniden ortaya çıkıyor, televizyon çalışmaya başlıyor, sen mutfakta otururken bir araba geçiyor. Bu tip olaylar olduğunda parmak uçların karıncalanıyor.

"Bu hafta sonu markete gideceğim." Baba dönüp kızına bakıyor. "Bir şeye ihtiyacın var mı?"

Cecilia düşünüyor. Dört renkli bir kalem ve belki de bir şampuandan bahsediyor. Babası başını sallayıp telefonuna dokunuyor.

"Başka bir şey?"

Bakışları hâlâ onun üzerinde. Cecilia başını iki yana sallıyor.

Karnının alt kısmı yanıyor. Yemek boyunca dik oturmak için mücadele ettin. Kramplar hatırladığından daha kötü; merkezinden etrafa acı yayılıyor. Çeneni sıkıyorsun. Dişlerini gıcırdatıyorsun. Bir şey geliyor ve onu durdurmak için yapabileceğin hiçbir şey yok. Yardıma ihtiyacın var. Lanet olasıca pedlere ya da tamponlara ihtiyacın var.

Telefonu yeniden cebine koymak üzereyken konuşuyorsun.

"Aslında bana tampon ya da ped alabilirsen... çok hoş olur." Hâlâ özel hayatı olan ve bunun bir parçasını açık etmiş biri gibi kıkırdıyorsun.

Alnı kırışıyor. Parmağı birkaç saniye telefonun üzerinde asılı kalıyor. Kızının önünde sana iyi davranmaya çalışıyor. Bunu yapması gerekiyor. Sana çatal bıçak veriyor, bazen senin almana fırsat bırakmadan tabağına yemeğini koyuyor. Ama az önce söylediğin şey hiç hoşuna gitmedi. Hiçbir şey yazmadan telefonunu yeniden cebine koyup masayı toplamaya başlıyor. Cecilia ona yardım ediyor.

Ona, "Yukarı çık," diyor. "Ben hallederim."

Cecilia'nın yatak odası kapısının kapandığını duyana kadar bekliyor. Sen onun ulaşamayacağı bir yere kaçmayı düşünemeden parmakları sana uzanıyor; seni kolundan yakalayıp masadan çekiyor ve mutfak duvarına yapıştırıyor. Boğazını, yutkunmanı zorlaştıracak kadar sıkıyor. Yeniden kulübedesin. İçeriye hiç ışık girmeyen, tamamen ona ait bir dünyadasın. Dört duvar, pencere yok. Günde bir öğün yemek. Rachel'ın bildiği tek dünya.

"Sence bu iyi bir fikir mi? Benden senin için alışveriş yapmamı istemen? Ayak işlerini yaptırman?"

Başını olumsuz anlamda sallamaya çalışıyorsun. Kıpırdayamıyorsun. Konuşamıyorsun. Ona üzgün olduğunu, bunu kastetmediğini söyleyemiyorsun.

"Hep bir şey çıkıyor. Yeni pantolonlar, tamponlar."

Boğazından gargara yapıyormuşsun gibi bir ses yükseliyor. Seni sarstıktan sonra bırakıyor. Kıpırdamadan duruyorsun. Yeniden sandalyene oturmayı, başını dizlerinin arasına dayayıp nefesini düzenlemeye çalışmayı ne kadar istesen de o an bunun zamanı olmadığını biliyorsun. Mutfaktaki adamın işi daha bitmedi.

"Seni buraya getirmenin bir hata olduğunu düşünmeye başlıyorum."

Boynunun arkasını ovuşturup başını önce yukarı aşağı, sonra iki yana, bilgisayar başında geçirdiğin bir günden sonra yaptığın gibi sallıyorsun.

"Özür dilerim," diyorsun. "Öyle bir şey yapmaya... ama haklısın. Kesinlikle haklısın."

Yüzünü pencereye dönüyor –perdeler her zaman kapalı–, böylece sana da arkasını dönmüş oluyor. Ona yapabileceğin şeylerden korkmuyor. Sırtına atlayabilir, boğazına uzanabilirsin. O, senden korkmak için sebebi olmayan bir adam.

Ona, "Bunu düşünmedim," diyorsun. "Özür dilerim."

Önce koluna uzanıyor, sonra elini geri çekiyorsun. Çok istikrarsız. Yanlış bir anda yanlış bir temas kurarsan, bu sonun olabilir.

Bunun yerine, "Gel hadi," diyorsun. "Hadi yukarı çıkalım."

Hızla sana dönüyor. Geriye doğru bir adım atıyorsun. Bu sadece onu daha da sinir ediyor.

"Yukarı mı?" diyor. Sesi öfkeli bir fısıltı hâlinde. Parmakları yeniden kolunu sarıyor. "Harika bir fikir. Gerçekten harika." Bakışlarını kaldırana kadar anlamıyorsun. "Cecilia daha yeni üst kata çıktı. Siktiğimin dâhisi seni."

Cecilia. Odasında ve hâlâ uyanık. Bu çocuk. Onun, senin sonunu getireceğini düşünüyorsun.

Seni sandalyene itiyor. "Sadece otur ve çeneni kapat," diyor. "Bunu yapabilir misin? Bir saniye çeneni kapatabilir misin?"

Birkaç saniye daha üzerine eğilmiş hâlde dururken, dudaklarını sımsıkı kapatıp oturuyorsun. Sırtını dikleştirip her zamanki gibi uzaklara bakmaya başlıyor; göremiyorsun ama mutfak masasının altındaki baldırına inen botunu hissediyorsun. İrkiliyorsun. Dudaklarını ısırıp iniltini bastırıyorsun. O çok sık tekme atan bir adam değil. Sıkmak, burkmak ve çekmek gibi şeyleri çok daha kolay yapıyor. Tekme atmak sadece aklına yapacak başka hiçbir şey gelmediğinde oynadığı bir kart. En başta, kulübede asma kilitle oynadığını anladığı –sadece sana bakarak, gözlerindeki suçluluktan, bedeninin kapının yanındaki duruşundan anladığı– zamanki gibi. O akşam da seni tekmelemişti. Bunu birkaç kez daha yaptı. Saldırdığında, bunu hep ayağıyla yapıyor. Asla elleriyle saldırmıyor.

Gözlerini seninkilerden kaçırıp mutfak tezgâhına dönüyor. Bazen sana bakamıyor. Bunlar, bu adamın içinde bir yerde, hâlâ bir utancın yaşadığını anlatan anlar. Gömülmüş, üzeri kapatılmış ve görmezden gelinmiş ama yine de utanç.

Arada bir bunun onu ele geçirdiğine inanmayı seviyorsun. Bunun onun canını yaktığına inanmayı.

Daha sonra, kızı uykuya daldıktan sonra, odana geliyor.

Hâlâ krampların var ama daha kanama başlamadı.

O gittikten sonra, içinden yükselen yeni bir acı dalgası seni ele geçiriyor. Boğulan birinin suyun üzerinde yüzen bir tahta parçasına tutunması gibi, yatak çerçevesine tutunuyorsun.

Yanaklarının içini ısırıp metal tadı alıyorsun.

Bununla savaşma. Acının seni ele geçirmesine izin ver. Acının içinde kendini kaybet.

Buradasın.

Kanıyorsun.

Hayattasın.

Dalga çekildiğinde, başka bir hayattan, başka bir tepki geliyor: Boştaki elini hem yaralı hem de sağlam baldırlarının üzerinde dolaştırıyorsun. Kemiklerini yokluyorsun, kırık yok. Ayak parmaklarını esnetmeye başlıyorsun.

20. BÖLÜM

Emily

Beş kilometrelik koşu günü sabah altıda kalkıp babamın Honda Civic'ini çalıştırıyorum. Eric ve Yuwanda hâlâ uyuyor. Eric mesaj grubuna, "Koşan insanları izleyemeyecek kadar akşamdan kalmayım," yazmış. "Ama sen çok eğlen, güzel kız. Dul Adam'a benden selam söyle."

Kasaba meydanında duruyorum. Gönüllüler etrafı temizlemek ve koşu pistini hazırlamak için gün doğumunda gelmiş. Bana, yarım kilometre kadar ileride ilk içecek istasyonu ve Garcia'nın portakal dilimleri olacağı söylendi. Etrafımdaki koşucular naylon, dar koşu giysileriyle oldukları yerde pratik yapıyor, birbirlerine katıldıkları ve katılmak istedikleri yarışları anlatıyorlar. Yargıç Byrne herkesi selamlayarak etrafta dolaşıyor.

Parmaklarımı ısıtmak için ceplerimin kumaşlarını etraflarına sarıyorum. Aslında planım yarış başlamadan önce sıcak çikolata standını kurmuş olmaktı ama ben de Eric gibi önceki gece biraz içtim ve o kadar erken yataktan çıkmam fiziksel olarak mümkün değildi. Artık burada olduğuma ve insanlar civarda oyalandığına göre, ben de etrafa bakınıp Aidan'ı görmeye çalışabilirim.

Beyaz kamyonetiyle geliyor. Uzaktan bile haksızlık denecek kadar güzel. Eski, kürklü şapkası, kayak eldivenleri ve kar botlarıyla bile. Paltosunun fermuarını tamamen çekmemiş; içinden, yakası açık, ekose gömleği ve boynu görünüyor. Ben onun yerine ürperiyorum. Üzerinde pastel renkli, kabarık bir ceket, beyaz bir bere olan ve ellerini ceplerine sokan kızı çok yakınında duruyor. Üzerinde, ona biraz fazla gelen, ağır bir hava var. Bunun utangaçlıktan mı, üzüntüden mi yoksa ikisinden de mi kaynaklandığını söylemek zor. Belki de ergen kızlar hep böyle görünüyordur ve sadece ben bunu şimdi fark ediyorumdur. Hatırladığım kadarıyla, genç kız olmanın hiçbir yanı kolay değildi. Özellikle de kısa süre önce annesini kaybetmiş bir genç kız olmak.

Sonunda, saat yedi gibi yargıç Byrne mikrofonu eline alıyor. Mikrofondan yükselen yankı, ağaçlardaki kuşları korkutuyor. Yargıç mikrofonu kapatıp yeniden açmaya uğraşırken insanlar gülüyor.

Mikrofonu boyun eğmeye ikna ettiğinde, "Herkese günaydın," diyor. "Başlamadan önce birkaç şey söylemek istiyorum." Kalabalık sessizleşiyor. "Bugün burada, çok ama çok özel bir aileye destek olmak için toplandık. Ben bu topluluğun bir parçası olduğumu bilmekten büyük bir gurur duyuyorum. Üyeleri birbirleriyle ilgilenen bu topluluğun."

Bir alkış kopuyor. Yargıç devam etmeden önce birkaç saniye bekliyor. "Bugün burada olan herkese teşekkür etmek istiyorum. Gönüllülerimiz, izleyicilerimiz ve elbette koşucularımıza." Yine alkış. Topluluk sessizleşene kadar Yargıç yine bekliyor. "Bildiğiniz gibi, bu bir yardım koşusu. Herkesin cömert bağışları sayesinde, komşularımız ve arkadaşlarımız için şimdiden iki bin dolar topladığımızı duyurmaktan çok memnunum."

İnsanlar tezahürat ediyor, ben irkiliyorum. Aidan'ın nasıl bir tepki verdiğini bilmiyorum çünkü ona bakamıyorum. Bu kasabanın, onun kendini yardıma muhtaç biri gibi hissetmesine sebep olmadan ona yardım edebileceğini umarken kimi kandırdığımı bilmiyorum. Meseleyi bizim hakkımızda olmaktan çıkarıp onun hakkında bir şeye dönüştüreceğimizi umarken.

Yargıç Byrne etrafına bakınıyor. Mikrofon yeniden inlemeye başlarken, "Şimdi," diyor. "Onur konuğumuz nerede?"

Aman Tanrım.

Kısa bir süre kimsenin onu görememesini ve Yargıç'ın konuşmaya devam etmesini umuyorum ama Bayan Cooper onu ispiyonluyor.

"İşte burada, Yargıç!"

Aidan, Yargıç'ın yanına gidip mikrofonu alıyor. Mikrofon yankı yapmıyor. Neredeyse elektrikli ekipmanlarla ne yapması gerektiğini bilen bir adammış gibi görünüyor.

Onu paltomun altına saklamak ve bu kalabalıktan kaçırmak istememe sebep olan bir ses tonuyla, "Ben topluluk önünde konuşmaya pek alışık değilim," diyor. "Ama teşekkür etmek istiyorum. Ve hem ben hem de Cecilia bu topluluğun üyesi olduğumuz için ne kadar müteşekkir olduğumuzu söylemek istiyorum. Annesini çok özlüyoruz. Onu her gün daha da çok özlüyoruz. Bugün onu çok mutlu ederdi."

Kalabalık kendinden geçiyor. Yine bir alkış tufanı kopuyor. Aidan birkaç kez daha teşekkür ettikten sonra mikrofonu Yargıç Byrne'a veriyor.

Yargıç boğazını temizliyor. "Şimdi, o kadar da sevimli olmayan kısma geldik. Yarışa katılmak için kayıt yaptırmış olabilirsiniz ama hâlâ koşmanız gerekiyor." Hafif gülüşmeler duyuluyor. "Güvenli bir yarış olsun. Bu güzel günün tadını çıkarın. Ve üşürseniz, bitiş çizgisinde sizi bekleyen sıcak çikolatalar olduğunu unutmayın."

Bu ben oluyorum.

Yargıç'ın önceki yaz polis akademisinden mezun olan yeğeni silahı ateşliyor. Jacob Dylan'ın boğuk sesi, "One Headlight" şarkısını söyleyerek hoparlörlerden birinde patlıyor. Koşucular yarışa başlıyor.

Ben restorana doğru yürüyüp ön kapının kilidini açıyor, bir ışığın düğmesini çevirip yemek salonunu canlandırıyorum. Burası sakin ve sessiz. Hepsi benim.

Arka tarafta, böyle durumlar için kilerde tuttuğumuz katlanan masayı arıyorum. Bitiş çizgisi bir blok mesafede. Restoranı yeniden kilitleyip masayı oraya taşıyor ve koşucuların bana ulaşmadan önce nefeslerini düzenlemesine olanak sağlamak için bitiş çizgisinin biraz ilerisine kuruyorum.

Eğilmiş güvenlik mekanizmasını kontrol ederken bir ses duyuyorum.

"Selam."

Başımı şaşkınlıkla kaldırıyor ve büyük bir gürültüyle masanın kenarına çarpıyorum. Kafatasımın tepesinden keskin bir acı yayılıyor.

Siktir.

Parmakları, sanki geriye dönüp başımı çarpmanı engelleyebilecekmiş gibi, vurduğum noktaya dokunuyor.

"Özür dilerim," diyor. "Seni korkutmak istememiştim."

Başıma masaj yaparak ayağa kalkıyorum. Kolumun yanından tutup dengemi bulmama yardım ediyor.

"İyi misin?"

Beynimin içinde bir şey, herhangi bir şey, biraz olsun işe yarayabilecek bir harf kombinasyonu arıyorum.

"Selam," demeyi başarıyorum. "İyiyim. Gerçekten." Gülümseyip bir şeyi kanıtlamaya çalışırmış gibi kafatasımı ovmayı bırakıyorum.

Omzunun üzerinden arkasına bakıyor. Kızı, muhtemelen kasabamızın tarihinin göz alıcı bir kısmını anlatarak onu konuşmaya dahil etmeye çalışan Yargıç Byrne'ın yanında duruyor.

Az sonra bir sıcak çikolata standına dönüşecek şeye bakıp

bana, "Bunu yaptığın için teşekkür ederim," diyor. "Özellikle de cumartesi sabahı, bu kadar erken saatte."

Başımı sallıyorum. "Sorun değil. Restoran hemen şu köşede."

Bir elini katlanan masanın üzerine koyuyor. "Dur yardım edeyim. Başını öyle çarpmana sebep olduktan sonra en azından bunu yapabilirim."

"Hiç gerek yok."

"Lütfen."

Kısa bir an için arkasındaki Yargıç'a bakıyor. "Burada olduğum için mutluyum. Gerçekten. Ama... bunu nasıl ifade edebilirim ki?"

"Kalabalıkları sevmiyorsun."

Dudağını ısırıyor. "Ve bunu saklamayı çok iyi başarıyorum, değil mi?"

Kaburgalarımın arasında bir şey kanat çırpıyor.

"Düşündüm de," diyorum, "aslında bir yardımcı şefim olması iyi olabilir. Özellikle de, söylediğin gibi, az önceki yaralanmamdan sonra."

"Başka bir şey söylemene gerek yok."

Elini hafifçe enseme götürüp beni restorana doğru ilerletiyor. Kızına bakarak, "Cece," diyor, "İşlere yardım edeceğim. Biraz burada kalman sorun olur mu?" Döndüğümde, kızının ona çok da ikna edici olmayan bir tavırla başını salladığını görüyorum.

Restoranın önünde, hareketlerimin çok fazla farkında olarak, anahtarı bulmak için ceplerimi arıyorum. Kilit bana sorun çıkarıyor. "Buldun mu?" diye soruyor.

Ona, "Evet," deyip birkaç saniye daha oyalanıyorum. Sonunda kapı açılıp boş yemek salonunu gözler önüne seriyor. Masalar bu gece için hazırlanmış; çatallar, bıçaklar ve şarap kadehleri görünmez bir kalabalık için parıldıyor. Cumartesi günleri sadece akşam yemeği servisi var; *brunch* pazar günleri.

Ona, "Amadine'in perde arkasına hoş geldin," diyorum.

Etrafına bakınıyor. "Demek hepimiz gittiğimizde böyle görünüyor."

Bakışları benimkilerle buluşuyor. En son bu odada baş başa kaldığımızda ben ergendim, o da evliydi.

"Beni takip et."

Burası benim dünyam. Onu yönlendirecek, kullanacak olan benim. Paltolarımızı çıkardığımızda onu mutfağa yönlendirip temiz tezgâhları gözler önüne sermek için ışıkları açıyorum. Tüm yüzeyler görev bilinciyle silinmiş, tüm aletler yerli yerinde, tüm kaplar etiketlenip yerine kaldırılmış. Tüm krom yüzeyler parlıyor, tüm seramikler bembeyaz. Hafif bir ıslık çalıyor.

Sanki bu çok önemli değilmiş gibi, "Evet, tabii," diyorum. "Sen buraya gelmeyeli uzun zaman oldu."

"Kimse beni davet etmedi."

Yani giremedin, demek istiyorum. *Kapı eşiğinde duran bir vampir gibi.*

Vampirlerle ilgili düşüncelerimi kendime saklıyorum.

"Burası... inanılmaz derecede temiz," diye devam ediyor.

Bana bir Oscar ödülü vermiş gibi gülümsüyorum. "Baş aşçımla bu dünyada aynı fikirde olduğumuz tek bir şey varsa bu, gecenin sonunda mutfağın ilk günkü gibi temiz olmadan eve gitmeyeceğindir."

En yakınındaki tezgâhın üzerinde bir parmağını gezdirip başını aşağı yukarı sallıyor, sonra yeniden etrafa bakınıyor.

"Peki, ben ne yapabilirim?" diye soruyor.

"Şey, öncelikle ellerini yıkayabilirsin."

Ona lavaboyu gösteriyorum. Sessizce ellerimizi sabunlayıp sıcak suyun altında sırayla ellerimizi duruluyoruz. Ona temiz bir kurulama bezi veriyorum. Parmaklarını tek tek, büyük bir özenle kuruluyor.

"Şimdi ne yapacağız?"

"Bu taraftan."

Arkamdan kilere iniyor. Toz kakao, vanilya ve tarçın alıyorum.

Ona, "Üzerinde 'tozşeker' yazan plastik bir kap görebiliyor musun?" diye soruyorum. "Buralarda bir yerde olmalı."

Birlikte gözlerimizi kısıp etrafa bakıyoruz. O, "İşte burada," deyip üst raftaki hava geçirmez kaba uzanıyor. Ekose gömleği karnının üzerine yükselip kilerin karanlığında bir an için çıplak tenini ortaya çıkarıyor. Kendimi gözlerimi kaçırmaya zorluyorum.

"Harika."

Bunu sanki her şey yolundaymış, sanki bu adamla sonsuza kadar kilerde kapalı kalmak için bir böbreğimi vermezmişim gibi söylüyorum.

Bir sonraki adım soğuk oda. İçeriye girip iki elime birer galon süt alıyorum. O da aynısını yapıyor.

"Şu hâline bak," diyorum. "Doğuştan yeteneklisin."

Kıkırdıyor. Buna benim sebep olduğumu bilmenin, yeni pişmiş çikolatalı kurabiyenin ilk ısırığı, yağmurlu bir günden sonra yapılan sıcak banyo, bir martininin ilk yudumu gibi bir hissi var.

Mutfağa dönüp süt şişelerini bırakıyoruz. Ben köşede tuttuğumuz, paslanmaz çelik sıcak çikolata makinesini alıyorum. Aiden yardım etmek için atılıyor ama ona sorun olmadığını, makine boş olduğunda hafif olduğunu söylüyorum. "Merak etme, içi dört galon sıcak çikolatayla dolu olduğunda bu işi sana yaptıracağım." Yeniden gülüyor. Onun yanında olmak çok kolay, çok rahat; bu, dünyanın geri kalan zamanlarda ne kadar dolambaçlı bir yer olduğunu da gösteriyor.

Yan yana çalışıyoruz ve o benim hareketlerimi taklit ediyor. Birlikte, büyük kazandaki sütü kaynama noktasına getiriyoruz. Toz kakao, şeker, vanilya ve tarçın ekliyoruz. Yeniden hızla kilere iniyorum. Döndüğümde ona, "Şunu bir koklasana," diyorum. Koklamak için öne eğiliyor. "Ancho toz biberi,"* dediğimde, "Gerçekten mi?" diye soruyor. Ona bunun doğru olduğunu, babamın bu konuda çok ısrarcı olduğunu, bunun onun tarifi olduğunu ve bir kez denediğinde vazgeçemeyeceğini söylüyorum.

"Sana güveniyorum," diyor. Bu beni etkilemesi gerektiğinden daha fazla etkiliyor.

Bir tutam toz biberi karışıma ekleyip karıştırırken beni izliyor. Tam yeniden vanilyaya uzanacakken bir şey –yan gözle gördüğüm bir hareketi– beni durduruyor.

"Bu da ne?"

Eli boğazımın alt kısmında, ses tellerimin başladığı ufak çukura doğru ilerliyor. Parmakları o sabah taktığım kolyeme dokunuyor. Boynumdan karnıma doğru ilerleyen bir elektrik akımına kapılıyorum.

"Ah, bu annemindi," diyorum. Tasarımını görebilmesi için kolyeyi havaya kaldırıyorum. Üç kadın –mücevherci anneme bunların üç zarafet timsali olduğunu söylemişti– uçuşan elbiseleriyle el ele tutuşmuş, aralarından biri uzaktaki bir şeyi işaret ediyor. Belki de gökyüzünü. Tasarımcının zihninde kadınlar bir yürüyüşe çıkmış olmalı ama benim için her zaman bir ritüel yapıyormuş gibi görünüyorlar. Bir büyü.

Aidan'a, "Onu işe giderken takmıyorum çünkü biraz... fazla," diyorum. "Annem bunu çok severdi çünkü bu sahip olduğu her şeyden farklıydı. Ben de seviyorum çünkü bana onun da neşeli olabildiğini hatırlatıyor."

Yeniden kolyeye dokunuyor, ağırlığını ölçmek istermiş gibi onu iki parmağının arasında tutuyor.

"Bence bu çok güzel bir hatıra," diyor.

Kolyeyi bırakıyor. İkimizin hayaletleri mutfakta uçuşuyor. Yeniden sessizliği bozmadan önce, bize biraz musallat olmalarına izin veriyorum. "Mutfakta uzun zaman geçirir misin?

---

* Meksika ve ABD'nin güneybatısında çok kullanılan bir biber cinsi. *–çn*

Evdeyken yani. Yoksa daha çok dışarıdan mı yemek söylersin?"

Bana yemek yaptığını söylüyor. Çok gösterişli şeyler pişirmediğini de ekliyor. Sonra mutfağı işaret edip, "Burada olanların yanından bile geçemez," diye ekliyor. O fonksiyonel bir ev aşçısı. Kızının iyi beslenmesini istiyor. Mutfakta olmak onun için sorun değil. Yemek hazırlamak onu rahatlatıyor. "Her zaman yaptığım işler arasındaydı," diyor. "Şeyden önce bile..." Duruyor. Süt köpükleri. Ben bakışlarımı kabın içindekilere dikip, sıvının içine dalıp çıkan kepçeye odaklanıyorum. "Biliyorsun işte," diye ekliyor.

Ona bakıyorum. Bu, üzerimdeki katmanlardan birini kaybetmeme, altındakileri görmesine izin vermeme mal oluyor ama buna değer. Aramızda bir bilgi akışı oluşuyor. Dünya bana bu adamı, bu mutfakta birkaç dakikalığına sadece bana ait olan bu adamı hediye etti. Ona yüksek sesle söyleyemeyeceğim şeyleri duyduğunu umuyorum.

Elimin arkasında bir yanma hissediyorum. Kaynarken kaptan sıçrayan, ateş gibi bir sıcak çikolata damlası. "Şu işe bak." Isıyı düşürüp elimi daha önce kullandığımız havluya siliyorum. "Bence bu hazır."

Ona dönüyorum. "Tadına bakmak ister misin?"

"Buna ancak bir aptal hayır diyebilir."

Zihnimde bir görüntü beliriyor: Bir elimi damlamasına önlem olarak altında tutarak kepçeyi dudaklarına yaklaştırıp yukarı çeviriyor, onun içişini izliyorum. Çok fazla. Çok belli, çok riskli. Kepçeyi bırakıp tezgâhın üstündeki dolaptan beyaz bir kupa alıyorum. Sıcak çikolata yoğun ve rengi, babamın yaptıkları gibi, mükemmel. Bunu biz yaptık. Bunu birlikte yaptık.

"İşte."

Kupayı alırken parmakları benimkilere değiyor. Midem büzüşüyor. Bir yudum alıyor. O gözlerini kapatırken beklentiyle izliyorum. Gözlerini yeniden açtığında, içlerinde bir ışıltı var.

"Yok artık," diyor. "Pardon. Sadece, kakaonun böyle bir tadı olabileceğini bilmiyordum."

Bir yudum daha alıyor. Gülümsüyorum. Söylenecek, buna eklenecek hiçbir şey yok. Bu mükemmel bir an ve ben bile burada yapılabilecek en doğru şeyin geri çekilip bunun tadını çıkarmak olduğunu biliyorum.

Boşalan kupasını yıkamak için ısrar ediyor. Ona bunu benim yapabileceğimi, zaten diğer mutfak aletlerini de yıkamam gerekeceğini söylüyorum. O, "Onlar için endişelenme," deyip onları da ovalıyor. Ben kuru malzemelerimizi kaldırıp boş süt kutularını atıyorum. Birlikte, sıcak çikolatayı aktardığımız çelik kabı kaldırıyoruz. Biraz homurdanıyor.

"Gördün mü?" diyorum. "Ağır olacağını söylemiştim."

Dikkatli adımlarla mutfaktan çıkıp yemek salonuna geçerken bedenlerimiz birbiriyle uyumlu hareket ediyor. Kapıya ulaştığımızda dayanıp iterek açıyor. Rüzgâr saçını dağıtıyor ve yüzüne ışık vuruyor.

"İşte buradasın!"

Biz kabı katlanan masanın üzerine yerleştirirken, Yargıç Byrne bizi izliyor. Ben karton bardakları ve peçeteleri almak için koşarak mutfağa dönüyorum. Aidan beni takip ediyor.

"Bunu yapmana gerek yoktu," diyorum.

"Biliyorum. Ama artık ben bu sıcak çikolata görevinin bir parçasıyım. Son dakikada pes etmeyeceğim."

Yeniden bitiş çizgisine döndüğümüzde, denizci mavisi pantolonu ve beyaz yeleğiyle tombul ve zarif Bayan Cooper bize yaklaşıyor. Atkuyruğu, attığı her adımla zıplıyor.

Ellerimi ağzıma götürüyorum. "Neredeyse bitti, Bayan Cooper!" Yaptığım şeyin zorlama bir performans olduğunu hissediyorum. Ama mutfakta Aidan'la olan şeyler beni heyecanlandırdı ve artık ben de bu oyunu oynamak istiyorum. Bayan Cooper bana hafifçe el sallıyor. Ve bir dakika bile geçmeden, ilk 5 Kilometre Thomas Ailesi Koşusu'nun resmi birincisi oluyor.

Yargıç Byrne alkışlayıp onu tebrik ediyor. Bir madalya ya da ödül yok. Sadece benim bir karton bardağa dolduracağım sıcak çikolata sözü var.

Aidan yanımda beliriyor. Ben bardağı çeşmenin altına koyarken o musluğu indiriyor. Ben daha hiçbir şey söyleyemeden iki koşucu daha beliriyor; eski lise arkadaşım Seth ve onun babası, şehirde çalışan Bay Roberts. Birlikte iki bardak daha dolduruyoruz.

Sonra, istikrarlı bir hızla, diğer koşucular da yaklaşmaya başlıyor. Bir ritim buluyoruz. Ben bardak görevindeyim, o çeşmeyi kullanıyor. Ben karton bardakları koşuculara uzatırken hayranlık dolu sözler söylüyorum: *Çok iyiydin, muhteşemdin, ben bunu asla yapamazdım.* Aidan elindeki işe odaklanıyor. Bardak yığınlarıyla oyalanıyor, dokunup kabın hâlâ sıcak olup olmadığını kontrol ediyor. Barımda oturan adam bu işte: ilgiye karşı alerjik, omuzlarını öne çıkarmış, gözleri seninkiler dışında her şeye odaklanmaya eğitilmiş. Çocuğu yolun karşısındaki bir bankta oturuyor; kulaklığının kablosu ceplerinden kulaklarına yılan gibi uzanıyor. Tam babasının kızı.

Yaklaşık kırk dakika sonra, bitiş çizgisine ulaşanlar etrafa yayılıyor. Bayan Cooper Yargıç Byrne'la konuşup ona kuzeninin üç hafta sonra Poughkeepsie'de yapılacak nikâhını kıyıp kıyamayacağını soruyor. Aidan ve ben sessizce bir sonraki koşucumuzu bekliyoruz. Yarışın hızlı anlarında tutturduğumuz ritim yok oldu. Ellerimizi meşgul tutmamızı sağlayan işlerimiz bitti.

"İşler nasıl?" diye sormayı deniyorum.

Gülümsüyor. "İşler iyi."

"Sana bir sır verebilir miyim?"

Elbette verebileceğimi söylüyor.

"Sanırım ben bir hat işçisinin ne yaptığını bilmiyorum. Elbette, elektrik hatlarıyla ilgili bir şey olduğunu biliyorum. Ama sadece bunu biliyorum."

Gülüyor. "Kimse hat işçilerinin ne yaptığını bilmiyor." Gözlerini yuvarlıyor. "Bazı hat işçilerinin bile bu konuda kafası karışık gibi."

Bana görevlerinin, temel olarak insanların evlerinde elektriğin kesilmemesini sağlamak olduğunu söylüyor. "İşte bu yüzden bizi yukarıda, elektrik hatlarıyla uğraşırken görüyorsunuz. Bozuk olanları tamir ediyor, olmayanların bakımını yapıyoruz. Bir fırtına yüzünden hatlar koparsa, onları da düzeltiyoruz. Bazen insanların evlerine gidip tesisatlarını yeniliyoruz."

Başımı sallıyorum. "Yükseklikten korkmadığını tahmin ediyorum."

Başını iki yana sallıyor. "Orada, yukarıda olmayı seviyorum. Orası çok... huzurlu. Bu sana anlamlı geliyor mu?"

Ona anladığımı söylüyorum. Kelimenin tam anlamıyla başı bulutlara değerek bir proje üzerinde çalışırken onu rahatsız edecek kimse yok. Bu kulağa, ona uygun bir şeymiş gibi geliyor.

"Ayrıca," diye ekliyor, "orada, yukarıda her şeyi çok iyi görebiliyorsun. Nehri, dağları... Mesela bak geçen gün ne gördüm."

Telefonunu cebinden çıkarıp bana doğru eğiliyor. Çam yapraklarının, çamaşır deterjanının ve yeni şampuanlanmış saçlarının kokusunu alıyorum. Gözlerimi kapatıp bu karışımı hafızama kaydetmek istiyorum; böylece gece onu hatırlayabilecek, bir daha giysilerimi yıkarken ya da bir yürüyüşe çıkarken onu arayabileceğim. Ama bana göstermek istediği bir şey var ve odaklanmam gerek. Başparmağı birkaç fotoğrafı kenara atıyor. Tepelerin ve çatıların görüntülerini, sebzeli lazanya tarifinin kaydedilmiş ekran görüntüsünü, kızının toprak bir yoldaki fotoğrafını yakalıyorum.

Parmakları aradığı görüntünün üzerinde duruyor. İri bir yırtıcı kuş, kanatlarını açmış, kilisenin arkasındaki kayın ağaçlarının üzerinde süzülüyor.

"Vay canına."

Yaklaşma sırası bende. Artık bir bahanem var. O kuşu görmem gerek. Bunun çok yakınımda duran bedeniyle; güçlü kolları, sımsıkı karnı ve bir kuğununki gibi uzun, ince, zarif ve gururlu boynuyla hiçbir ilgisi yokmuş gibi davranabilirim.

"Bu çok... görkemli," diyorum.

"Ben de böyle düşünmüştüm."

Bir süre kuşu izledikten sonra bakışlarını bana çeviriyor. Sanki haftalardır bu fotoğrafı, kendisi kadar takdir edecek birisini arayarak saklamış gibi görünüyor.

"Bu, kırmızı kuyruklu bir şahin. En azından internete göre," diyor.

"Ne kadar büyük. Eminim küçük bir köpeği avlayabilirdi."

Başıyla onaylıyor.

İki parmağımı telefonunun ekranı üzerinde kaydırıp şahine daha da yaklaşıyorum.

"Şuna bak," diyorum. "Bölgesini gözlüyor. Av arıyor. Çok güzel."

İkimizin de kelimelerle nasıl ifade edebileceğini bilmediği daha gerçek bir hakikat aramızda asılı duruyor.

"Affedersiniz?"

Bayan Cooper'ın kocası Bob elinde bir karton bardakla masanın önünde duruyor.

Ona, "Özür dilerim," deyip sıcak çikolata doldurmaya koyuluyorum. Aidan da telefonunu cebine koyuyor.

Koşucular, yürüyüşçülere dönüşüyor. Huzurevinde kalan üç kişi el ele tutuşmuş, bitiş çizgisini geçiyor. Birkaç dakika daha bekliyoruz ama Yargıç Byrne bunların son katılımcılar olduğunu onaylıyor. Son kez havada tebrikler uçuşuyor, sonra insanlar dağılmaya başlıyor.

Ben boş karton bardakları toplayıp masaya damlamış sıcak çikolata lekelerini siliyorum. Aidan peşimden restorana gelip sıcak çikolata makinesini ve katlanan masayı geri götürmeme yardım ediyor. Bunu yapmasına gerek olmadığını söylemiyorum. Yardımını istemiyormuş gibi davranmayı bıraktım.

Sıcak çikolata kabı pırıl pırıl olacak şekilde yıkandıktan ve katlanan masa kilerdeki yerine konduktan sonra, Aidan söyleyecek bir şeyler bulmaya çalışıyor.

"Seninle vakit geçirmeme izin verdiğin için teşekkürler," diyor. "Bu gerçekten... Çok keyif aldım."

"Teşekkür etmesi gereken kişi benim." An, çok uzun zamandır çok gizli tutulmuş bir sırrın hafifliğiyle ısınıyor. "Daha iyi bir yardımcım olamazdı."

Gülümseyip kızını bulması gerektiğini söylüyor. Ona gitmesini söyleyip yanımdan ayrılması beni mahvetmiyormuş gibi elimi sallıyorum.

Restoranı kilitleyip paltomu arka koltuğunda bıraktığım Civic'e doğru ilerliyorum. Başımı kaldırıp baktığımda bedenim geriliyor. Araba anahtarlarım avucumun içine batıyor. Koltuk altlarım terle kaşınıyor.

Arabamın diğer tarafında, yolcu penceresinden görebildiğim bir siluet var. Biri arabaya eğiliyor. Birkaç saniye önce otoparka girdiğimde orada olduğunu duymadığım biri.

"Üzgünüm. Seni yine mi korkuttum?"

Bedenimdeki tüm kaslar gevşiyor.

Ona, "Hayır," diyorum. "Üzgünüm. Benim yüzümden. Seni tanımadım."

Aidan telefonunu cebinden çıkarıp hafifçe sallıyor. "Telefonumun sende olmasını istiyorum. Bir şeye ihtiyacın olursa diye, anlarsın ya. Bir mesaj at. Ya da ara."

Bir hastasının göğüs boşluğunu açan bir cerrahın konsantrasyonuyla kotumun arka cebindeki telefonuma uzanıyorum. Ben telefonu çıkarıp rehberi açarak hazır olana kadar bekliyor, sonra sayıları söyleyerek bana yazdırıyor.

Yazmayı bitirdiğimde, "İşte böyle," diyor.

Bir adım geri çekilip duraksıyor ve Civic'e bakıyor.

"Bunu yanlış anlama ama, araban yaşça senden büyük değil mi?"

Gözleri parlıyor, dudaklarında çarpık bir gülümseme var. Benimle alay etmiyor. Sadece takılıyor.

Ona, "Neredeyse," diyorum. "Eskiden babamındı. Transmisyon kayışının gıcırtısını duyana kadar bekle. Ve transmisyonun kendisinden bahsetmek bile istemiyorum."

"Çok mu kötü?"

"Korkunç. Ve düz vites."

Sempatiyle burnunu kırıştırıyor.

"O kadar da kötü değildir," deyip Civic'in kaportasına hafifçe vuruyorum. "O da çok şey atlattı."

Başıyla onaylıyor. Hâlâ numarasının göründüğü telefon ekranıma bakıp "Yeni Kişi" butonuna basıyorum. İsmini yazıp kaydettiğimde, yanımdan gitmiş.

Telefonu pantolonumun ön cebine koyuyorum. Eve dönüş yolculuğum boyunca uyluğumun üzerindeki telefon sıcak kalıyor.

21. BÖLÜM

Evdeki Kadın

Kanama başladıktan sonraki sabah bir cumartesi günü. Ayak parmaklarının ucuyla kanlı iç çamaşırını banyonun bir köşesine itiyorsun. Sana yeni bir iç çamaşırı veriyor. İçini, şu an için en iyi seçeneğin olan tuvalet kâğıdıyla dolduruyorsun. Bir anlığına seni izledikten sonra bakışlarını kaçırıyor.

Kahvaltıda Cecilia, çırpılmış yumurtasından aldığı lokmaların arasında, bugünün o gün olup olmadığını soruyor. Babası yarışı mı kastettiğini sorduğunda Cecilia, "Evet," diyor ve o da, "Evet," diye karşılık veriyor. Cecilia homurdanıyor.

Babası ona, "Her şey çok güzel olacak," diyor. "Çok uzun sürmeyecek."

Kahvaltıdan sonra seni tekrar odaya götürüyor. Bir açıklama yapmıyor. Sen de soru sormuyorsun. Yerde büzüşmüş bir yumruya dönmek için onun gitmesini bekliyorsun. Karnının çevresindeki ağrı hafiflemeye başladı ama hâlâ geçmedi. Hâlâ iki büklüm olmana sebep oluyor.

Bundan saatler sonra ön kapı açılıp çarpılarak kapanıyor, sonra hemen yeniden açılıyor.

"Cecilia!"

Bu öfkeli çığlık karşısında gülümsüyorsun. Ondan önce içeriye girip kapıyı babasının suratına kapatmış olmalı. Babasına açıkça, belirgin biçimde öfkeli bir kız.

Öfkeli adımlar merdivenleri çıkıyor. Sana daha yakın bir kapı daha çarparak kapanıyor; Cecilia'nın odasının kapısı. Onun –ağır, bir amaca yönelik, hızlı ama asla acele etmeyen– adımları bunu takip ediyor.

"Cecilia!"

Kızının odasının kapısını çalıyor. Boğuk bir ses ona gitmesini söylüyor. Sessizlik, sonra bir iç çekiş. Yeniden koridorun sonuna yürüyüp alt kata iniyor.

Bu çocuk. Onun çocuğu. O an o kızı çok seviyorsun.

Günün ilerleyen saatlerinde, onun mutfakta bir şeyler yaptığını duyuyorsun. Gelip akşam yemeği için kelepçeni çıkarıyor. Cecilia'yla birlikte sessizce, gözlerini peynirli makarnalarından ayırmadan yiyorlar. Yemeğin ortasına doğru babası, bir girişimde daha bulunuyor.

"Sadece bir arkadaşıma yardım ediyordum. Hepsi bu."

Cecilia lokmalarını çiğnemeye devam ediyor.

"Cecilia. Seninle konuşuyorum."

Kız gözlerini kısıp bakışlarını kaldırıyor. "Beni görmezden geliyordun," diyor. "Ben gitmek istememiştim ama sabah beni yanında sürükledin. Ve bütün sabahı orada geçirmemize sebep oldun. Ve beni tamamen unuttun."

Meselenin kahvaltıda bahsedilen ve günün büyük bir kısmını kaplamayacağı konusunda söz verilen yarış olduğunu tahmin ediyorsun. Cecilia çatalını kâsesinin içindekilere batırıyor. Bu yüz ifadesini tanıyorsun; bakışlar aşağıda, çene kasılmış, kaşlar çatılmış. Cecilia gözyaşlarını bastırıyor. İçinde onu kendine çekip sımsıkı sarılma arzusu duyuyorsun. Annesinin bir zamanlar yaptığını umduğun gibi, onu kucağında ileri geri sallamak istiyorsun.

Babasına, "O Yargıç'ın bok gibi sıkıcı olduğu konusunda herhangi bir fikrin var mı?" diye soruyor.

Babası, kullandığı dile dikkat etmesi konusunda bir şey söylüyor. Cecilia onu dinlemiyor ve özür dilemiyor. Bunun yerine kâsesini bir yana itip ayağa kalkıyor. Babası kolunu tutmak için uzanıyor ama Cecilia onu itip fırtına gibi üst kata çıkıyor. Sen o kadar keskin bir dikkatle izliyorsun ki nefes almayı unutuyorsun. Babasının patlayacağını düşünüyorsun. Cecilia'nın arkasından koşacağını. Gerekirse onu saçlarından yakalayıp mutfağa geri çekeceğini. Ona burayı kimin yönettiğini hatırlatacağını.

Ama o kıpırdamıyor. Bakışları kızından ayrılıp boş sandalyesine dönüyor. Birkaç saniye sandalyeye baktıktan sonra telefonunu cebinden çıkarıyor. Ekranı açıp kontrol ediyor ve telefonu yeniden yerine koyuyor. İçini çekiyor. Bacakları ileri geri sallanıyor. Sabırsızlanıyor. Sanki gelmesini beklediği bir şey var.

Yemekten sonra seni yine üst kata çıkarıyor. Birkaç saat sonra, kızı uyuyup ev sessizleştiğinde geri dönecek. Şimdilik ona zarar veremeyeceğin bir yerde, odada, radyatöre kelepçelenmiş hâlde olmanı istiyor.

Sen önden gidiyorsun. O, böylesini tercih ediyor. Seni her zaman önünde, görebileceği bir yerde yürütüyor. Odanın kapısını açıp seni içeriye itiyor.

Ayağın yumuşak bir şeye değiyor. Karanlıkta bunun ne olduğunu göremiyorsun ama onun bunu görmesini istemediğini biliyorsun.

Dikkatle dinlermiş gibi başını bir yana eğerek, "O da neydi?" diye soruyorsun. Çok incelikli değil ama aklına gelen tek strateji bu. O da durup dinliyor. Ayağınla yumuşak nesneyi yatağa doğru itip doğru hedef almış olmak için dua ediyorsun.

"Ben bir şey duymuyorum," diyor.

"Bir kuş filan olmalı. Özür dilerim."

İçini çekiyor, seni içeri sokma işine dönüyor ve kapıyı kapatıyor. Işığı açtığında, yumuşak nesneyi göremiyorsun.

Gecenin, akşam yemeğinin ardından gelen kısmının bitmesini bekliyorsun. Bazı akşamlar Cecilia'yla birlikte aşağıda konuştuklarını duyabiliyorsun. Bu gece sadece sessizlik var.

Gözlerini kısıp yatağın altına bakmaya çalışıyorsun ama bir şey göremiyorsun. Az önce oraya gizlediğin şeyin dış hatlarını bile seçemiyorsun.

Suyun borularda akışını, sifonun çekilişini duyuyorsun. Cecilia dişlerini fırçalayıp yatmaya hazırlanıyor olmalı. Yatak odasının kapısı bugün için son kez kapanıyor.

Dünyanın sessizleşmesini bekliyorsun. Kapı kulpu tıkırdıyor. Bir baba içeriye girip kapıyı arkasından kapatıyor. Sana, birine yapılması gerektiğine karar verdiği şeyleri yapıyor.

Sonrasında, her zamanki hareketlerini tekrarlıyorsun; yatağın yakınında yere yatıp o gece için yerine yerleşiyorsun. Kolunu tutup seni karyolaya kelepçeliyor. Birkaç kez çekerek zinciri kontrol ettikten sonra gidiyor.

Sen onun da yatmasını bekliyorsun. Ayak seslerinin koridorun sonuna doğru uzaklaşmasını, yatak odası kapısının çarpılarak kapanmasını. Sonra biraz daha bekliyorsun. Sonunda, artık olabileceğin kadar güvende olduğundan emin olduğunda, ayağını karyolanın altına uzatıyorsun.

Hiçbir şey yok. Başını çevirip gözlerini kısıyorsun. Bir fenere ihtiyacın var. Yatağa kelepçeli olmamaya ihtiyacın var. Pozisyonunu değiştirip kalçalarını bir o yana, bir bu yana yatırıyorsun. Omuz kaslarına baskı uyguluyorsun. Bedenin sancıyor, ileri geri hareket ediyor ve kendini doğal olmayan pozisyonlara sokuyor. Sonunda onu hissediyorsun.

Topuğunla onu kendine doğru itiyorsun. Ayak parmaklarınla hareket ettiriyorsun. Sessizce çalışıyor, onun yatak odasından gelebilecek bir sese karşı tetikte davranıyorsun. Evin sessizliği bozulmuyor. Sonunda, parmakların nesnenin üzerine yerleşiyor.

Gözlerinin karanlığa biraz daha alışmasını bekliyorsun. Bakışlarını odaklayıp kapkara perdelerin etrafından sızan ay ışığının görevini yapmasını bekliyorsun. Parmaklarının arasında parlak yeşil ve mavi renkteymiş gibi görünen ve üzerinde geometrik bir desen olan plastik bir ambalaj var. Bükülebilir, yumuşak ve esnek bir şey. Üzerinde, bir zamanlar her ay görmeye alışık olduğun bir logo var.

Hijyenik pedler. Bir paket lastiğiyle birbirine tutturulmuş üç, dört ped.

Pedlerin arkasında bir parça kâğıt. Neyse ki Cecilia mor, keçeli bir kalem kullanarak, büyük, yuvarlak harflerle yazmış. Kelimeleri tek tek deşifre ediyorsun. "Umarım bunlar işine yarar. Daha fazlasına ihtiyacın olursa bana söyle. Cecilia."

Cecilia duymuş. Dinlemiş. Bu akşam yemekten sonra –hışımla masadan kalkışının ardından– gidip kendi pedlerinden birkaçını almış. Notu yazıp paketi kapının altından içeriye itmiş. Babası ona senin odandan uzak durmasını söylemiş olmalı ama Cecilia bunu umursamamış. Babasının daha markete gitmediğini biliyor. Yardıma ihtiyacın olduğunu biliyor. Sana yardım etmeye karar vermiş. Onu değil, seni seçmiş.

Pedleri göğsüne bastırıyorsun. Onları kullanmayacaksın. Kullanamazsın. Babası bunu fark edip nereden geldiklerini sorar. Babası pes edene –tabii pes ederse– ve marketten bir kutu en ucuz marka tamponla gelene kadar bekleyip o zamana kadar iç çamaşırına tuvalet kâğıdı doldurmaya devam edeceksin.

Şimdilik sadece göğüs kafesinin üzerinde alçalıp yükselen hijyenik pedleri hissediyorsun. Birisi seni umursuyor. Birisi bir şeye ihtiyacın olduğunu duydu ve bunu sana vermek için bir çaba sarf etti. Kendini beş yıldır karşılaştığın ilk nazik hareketin yarattığı hisse bırakıyorsun.

Sonra donup kalıyorsun. Parmakların plastik ambalajı sıkıyor. Kameralar. Lanet olası kameralar. Her yerde olduğunu söylediği kameralar; *bu odada, ön kapıda.* Onun söylediklerine inanmak zorundasın. *Seni izliyorum. Hep izleyeceğim.*

Kendi kendine, yanlış bir şey yapmadığını söylüyorsun. Ama bunun bir önemi yok. Hiçbir zaman olmadı.

Sadece kötü seçimler vardır. Pedleri ortada bırakmak, bunlar arasında en kötü olanı. O zaman onları mutlaka görür. Onları gizlersen, bir olasılıklar dünyasına adım atarsın. Belki de videoyu izlemez. Belki de bunu görmez. Belki de Cecilia ve sen paçayı bundan kurtarabilirsiniz.

Kitapların yatağın yakınında duruyor. Kalın, karton kapaklı *O* kitabına uzanıyorsun. Pedleri iki bölümün arasına sıkıştırıyorsun. Notu başka bir kitabın, yıpranmış *Bir Genç Kız Yetişiyor* baskısının içine koyuyorsun. Kanıtları dağıtmak en iyisi. Pedler onu öfkelendirir ama notu kaldıramaz. Kızı, onun arkasından iş çeviriyor. Bu senin sonun olur. Her şeyin sonu olur.

Uykuya dalmıyorsun. Uzunca bir süre.

Farkına vardığın şeylerin yoğunluğu ve beklentiyle titreşiyorsun.

Bir arkadaşıma yardım ediyordum.

Cecilia'ya böyle söyledi.

Bir arkadaş. Bir adam, toplum içinde bağlarını kuvvetlendiriyor. Başka insanların kalbini, kendininkine yaklaştırıyor.

İnsanlar arkadaş olduklarından bahseder ama aslında sevgilidirler. Sonunda hep sevgili olurlar.

Ve şimdi, yıllar sonra sen de ilk kez bunun nasıl bir şey olduğunu biliyorsun. Hiçbir şüpheye yer bırakmayacak şekilde biliyorsun. Biri seni kolluyor. Biri senden hoşlanıyor.

22. BÖLÜM

Üç Numara

Baba olmak üzereydi. Çok kısa süre sonra.

Bunu öğrendikten sonra, hamileliğin daha en başında içki içmeyi bırakmıştı.

"Birden kestim," demişti. Etrafta sallanarak dolaşamazdı. Çok fazla şey söyleme riskini göze alamazdı. Bunu hiçbir zaman yapamazdı ama evde bir çocuk olduğunda kesinlikle yapamazdı.

"Kız mı, erkek mi?" diye sordum.

"Kız," dedi.

Kızının bir gün benim yaşıma geleceğini düşündüm.

"Ya beceremezsem?" dedi.

Ona ne demek istediğini sordum.

"Doğduktan sonra," dedi. "Ya bunu yapamazsam?"

"Bu" derken kastettiği şeyin baba olmak mı, yoksa az sonra bana yapacağı şey mi olduğunu sormak üzereydim.

Sonra, "bunu" yaptığında, sanırım cevabımı aldım. Kendine bir şey kanıtlamaya çalışıyordu.

Bana yaptığı şey hayatının en büyük bilmecesiydi ve bunu çözmeyi bitirmemişti.

Bana izin verseydi, ona endişelenmesine gerek olmadığını söylerdim. Tahmin yürütmem gerekirse, bunu daha çok uzun süre yapacağını söylerdim.

23. BÖLÜM

Emily

Ona kısa süre içinde mesaj göndermeyecektim. Bir, iki, belki üç gün beklemek istiyordum.

Akşam yemeği servisinden dönüp yatağıma uzandığımda, telefonumun kilidini açıp kırmızı kuyruklu şahinler hakkında bilgi edinmeye başladım. Aradığım şeyi bulduğumda da yazmaya koyuldum. Sonra durdum. Tereddüt ettim. Yeniden yazmaya döndüm.

"Selam. Ben Emily (sıcak çikolata suç ortağın). Bugünkü tüm yardımların için tekrar teşekkür ederim. Bu arada, kırmızı kuyruklu bir şahinin dokuz kiloluk bir köpeği kaldırabildiğini biliyor muydun?"

Sonuna bir ":O" ekledim. Başparmağım silme tuşunun üzerinde dolandı. Aidan emoji kullanan biri miydi? Bu konuda spektrumun neresinde olduğunu tahmin etmek için elimde hiçbir bilgi yoktu ve bu konuda hata yapmaya hazır değildim. Sil. Sil.

Mesajı bir kez, iki kez, kelimeler artık anlamını kaybedene kadar tekrar tekrar okudum. "Selam" kelimesini daha gelişigüzel bir ifadeyle değiştirip, "N'aber?" yazdım. "(sıcak kakao konusunda suç ortağın)" kısmını çıkardım. Bu konuda biraz daha kıvrandım. Ya onu rahatsız edersem? Ya bana telefon numarasını vermesi, profesyonel bir davranıştan başka bir şey değilse? Ya, "Herhangi bir şeye ihtiyacın olursa," derken, *Elektrik konusunda tamirata ihtiyacın olursa ücreti karşılığında bunu yapabilirim çünkü bu benim işim*, demek istediyse?

Gözlerimi kapadım. Yeniden açtığımda nefesimi tutuyordum. "Gönder" butonuna basarken nefesimi tutmaya devam ettim. Mesaj benim telefonumdan onunkine doğru atılırken küçük bir ses çıkardı.

On beş dakika geçti. Cevap gelmedi. "Okundu" bildirimi gelmedi. Sadece mesajın iletildiğine dair bir bildirim. Mesaj gönderdiğime pişman olup olmadığımı bile bilmiyorum. Beynim endişeyle yanıyor.

Banyoya gidip makyajımı temizliyorum. Üniformamı çıkarıyor, kolalı gömleğimi ve siyah pantolonumu seramiğin üzerine bırakıyorum. Buhar odayı dolduruyor.

Onu düşünmeyeceğim. Akan suyun altına girerken kendime bunu söylüyorum. Ellerim saçımı geriye iterken. Parmaklarım memelerimden karnıma, oradan da bacaklarımın arasına doğru ilerlerken. *Onu düşünmeyeceğim*. Ama sürekli düşünüyorum. İçimde taşıdığım bir özlem var ve bazen bu duygunun beni yutmasına izin vermek çok iyi geliyor.

Her şeyi unutmamı sağlayan yerleri ovuyorum. O an, o duşta, aşk acısı çeken zavallı bir köpek yavrusu değilim. Kendi bedenini tanıyan, bedeninde güzel hisler uyandırmayı bilen bir kadınım. Kaburgalarım yükselip alçalıyor. Avcumu duvara bastırıyorum. Gözümün önünde, güveler gibi hızlı ve aldatıcı görüntüler var: granül şeker kavanozuna uzanırken açılan gömleği; öpmek istediğim, köprücükkemiği ile boynunun birleştiği nokta; masanın üzerinde, benimkilerin yanında dolaşan elleri; beni tutan, bana dokunan, beni kendi görüntüsüne doğru çeken elleri. Bütün varlığım onunkiyle birleşiyor. Titreyip kendi kendime adını fısıldıyorum. Beynimin bir yerlerinde suyun seramiklere çarpışının çıkardığı sesin benim seslerimi bastıracağını umuyorum.

Gözlerimi açıyorum. Yeniden yalnızım. Sabunlanıyor, saçımı duruluyor, köpüklerin giderden aşağıya yuvarlanışını izliyorum. Duştan çıktığımda kendime, telefonuma bakmadan önce biraz oyalanacağımı söylüyorum. Bir havluya sarınıp bunu yapmaktan bıkana kadar saçımı tarıyorum. Telefonum birkaç metre uzağımda dururken ben burada ne yapıyorum? Var olmayan bir seyirciye karşı umursamaz görünmeye mi çalışıyorum? Sendeleyerek banyodan çıkıp odama dönüyorum. Telefonum, ekranı aşağıya bakar hâlde, yatağımın üzerinde. Telefonumu açarken avuçlarım terliyor, başparmağım ana düğmenin üzerinde.

"Dokuz kilo mu? Vay canına! Ve hiç önemli değil. O zevk bana aitti."

İmza olarak yazdığı basit bir "A."nın ardından gelen bir ":)" var.

Yatağa, kalbim kulaklarımda gümbürdeyerek giriyorum.

24. BÖLÜM

Evdeki Kadın

Onun sana pedler hakkında soru sormasını bekliyorsun. Çünkü eli, kolunu kavramış vaziyette ve seni sarsıyor. Çünkü sesindeki telaş, cevap talep ediyor. Seni önce kahvaltı, sonra akşam yemeği için alt kata indiriyor. Bekliyorsun, bekliyorsun ama hiçbir şey sormuyor.

Bilmiyor mu? Görmedi mi?

Kamera yok mu yoksa sadece kontrol mü etmedi?

Yoksa seni test mi ediyor? Biliyor ama maskeni düşürmek için mi bekliyor?

Ama dikkati senin üzerinde değil. Cecilia'nın bakmadığı anlarda, hatta bazen bakarken bile, telefonunu cebinden çıkarıp masanın altından kontrol ediyor. Arada sırada, telefonda hızla bir şeyler yazıp yeniden yerine koyuyor.

Akşam yemeğinin daha yarısına bile gelmeden bunu beş kez yaptı. Masanın ortasına tavuk rostosunu koyup kızına seslendikten hemen sonra. Dev bir çatal ve bıçakla ve büyük bir dikkatle kuşun içini oyduktan sonra. Bir gösteri hâline getirerek –sana bir şeyler sormayı gerçekten de bir gösteriye dönüştürüyor– sana but mu yoksa göğüs eti mi tercih edeceğini sorduktan sonra. (Sen but istediğini söylüyorsun. Ulaşabileceğin tüm kalorilere ihtiyacın var. Midende boş proteine ayrılacak yer yok.) Ve şimdi de Cecilia başını her öne eğdiğinde, su sürahisine her uzandığında gözleri ekrana kayıyor.

Akşam yemeğinden sonra Cecilia film izleyip izleyemeyeceğini soruyor. Babası ona, ertesi sabah okula gitmek için erken kalkması gerektiğini söylüyor. Cecilia biraz yalvarıyor. "Lütfen," diyor, hâlâ hafta sonu olduğunu ve ev ödevlerini bitirdiğini söylüyor. Babası içini çekiyor.

Ne kadar şanslı olduğunu biliyor mu? Bu yüzyılda, on üç yaşındaki kızının tek isteği pazar gecesi bir film izlemek. Sen onun yaşındayken durmadan arkadaşlarında kalmaya gider, ailenle Hudson'ın diğer tarafındaki alışveriş merkezlerine gitmek için pazarlık eder, sürekli ebeveynin olmadan evin dışında gidebileceğin alanı genişletmeye çalışırdın.

Babası, "Tamam," diyor. "Ama onda yatakta ol."

Cecilia sana dönüyor. "Sen de izlemek ister misin?"

Nefesini tutuyorsun. Ona müdahale etmesi için birkaç saniye veriyorsun. *Cecilia, eminim Rachel bu gece meşguldür*, diyebilir. Telefonu titreşiyor. Telefonunu çıkarıyor, ekranına bakıyor, yazmaya başlıyor.

"Elbette," diyorsun.

Cecilia masayı toplamaya yardım ediyor. Bundan sonra ne yapacağını bilemiyorsun. Bu noktada genellikle babası onu dişlerini fırçalaması için üst kata gönderir ya da kâğıt havluları yenilemesi için dolabı karıştırmakla görevlendirir; seni odana götürürken onun dikkatini dağıtmak için aklına gelen herhangi bir şeyi yapar. Ama bu gece orada kalıyorsun. Bu gece film gecesi. Büyük bir bilinmezlik, yol boyunca her şeyi sıçıp batırmaya yönelik bir sürü olasılık.

Arkalarından oturma odasına giriyorsun. Bacağındaki seğirmeyi saklıyor, iki gün önce tekme attığı yerdeki yanmayı umursamamaya çalışıyorsun. Baba tekli koltuğa yerleşiyor. Cecilia etrafta uzaktan kumandayı ararken babası sana koltuğa oturmanı işaret ediyor. Kızı hemen yanındaki yastığa kıvrılıyor. Cecilia uzaktan kumandayı ekrana çevirip canlı televizyon seçeneğini geçiyor ve bir yayın platformu seçiyor. Arayüzü tanımakta güçlük çekiyorsun ama logo değişmemiş. O seni aldığında, bu platform büyümeye, içeriklerini çeşitlendirmeye ve kendi içeriklerini üretmeye başlamıştı. Cecilia sonsuz gibi görünen dizi ve film listesi arasında gezinmeye başlıyor; bazıları eski, bazılarını bilmiyorsun ve bazılarının üstünde "orijinal" yazıyor.

"Bu iyi mi?"

İmleç, platformun aynı isimli genç-yetişkin kitap serisinden uyarlanmış, ergenler için romantik komedi olarak tanımladığı içeriğinin üzerinde dolaşıyor.

"Harika görünüyor," diyorsun.

Cecilia utangaç bir gülümsemeyle arkasına yaslanıyor. Onun yaşındaki hâlini, sevdiğin her şeyden biraz utanma duygusunu hatırlıyorsun.

Ekrana odaklanmak için elinden geleni yapıyorsun. Çok uzun zaman oldu. Tüm bu sesler, renkler, insanlar ve isimler. Beynin uyum sağlamakta zorlanıyor. Bir yan hikâyeden diğerine atlıyor, senaristlerin beş dakika önce sana ne söylediğini unutuyorsun. Kalp atışın hızlanıyor. Yumruğun tedirginlik, belki de panik duygusuyla sıkılıyor.

Gözünün kenarında mavi bir ışık parlıyor. Telefonu. O, filmi hiç umursamadan boynunu minik ekranın üzerine eğmiş, başparmağı bir gölün üzerindeki suböceği gibi bir köşeden diğerine kayıyor.

Büyük ekranda, âşıklardan biri komik bir şey söylüyor. Cecilia kıkırdıyor. Kendini durdurup senin de sahneyi komik bulduğundan emin olmak istermiş gibi sana dönüyor. Umutsuzca onaylanmak isteyen bir kız. Yeniden pedleri, mor kalemle yazdığı notu hatırlıyorsun. *Umarım bunlar işine yarar. Daha fazlasına ihtiyacın olursa bana söyle.* İnsani olan tek şeyi yapıyorsun. Gülüyorsun.

Cecilia yeniden kıkırdayıp bakışlarını tekrar ekrana çeviriyor. Koltuğun üzerindeki pozisyonu rahatlıyor, sağ yanını neredeyse sana dayıyor.

Cecilia burada. Bir müttefik, bir arkadaş. Onun yanındayken kendini, kulübede olduğundan bile daha yalnız hissediyorsun.

Âşıklardan biri ukalaca bir espri daha patlatıyor. Cecilia seni dirseğiyle hafifçe dürtüyor. Yeniden gülüyorsun. Kendini gülmeye zorluyorsun. Onun için.

Sana bunu o yaptı. Kız bunu istemese de, yumuşak dünyası seninkinin içine sızıyor. En yumuşak ve en sert parçalarını senden çalıyor. Kulübede hayatta kalmana yardımcı olan parçalarını. Cecilia onları soyup yerlerine daha önceki benliğinin tonlarını bırakıyor. Seven kişinin. Kendini diğer insanlara açan kişinin.

İncinebilir kişinin. Acı çekmiş kişinin.

25. BÖLÜM

Kadın – Evden Önce, Kulübeden Önce

Lise hayatın boyunca yazdın. Öğrenci gazetesinde editörlük yaptın. Üniversitelere kabul edildin. Columbia yerine New York Üniversitesi'ni seçtin. Doğma büyüme şehirlisin ve bundan hiç bıkmadın. Arkadaşların gitti. Yazlarını California'da geçirmek, Silikon Vadisi'ni ziyaret etmek ya da iyi Colorado otunun tadını çıkarmak için ülkenin başka uçlarına gidiyorlar. Sen kalıyorsun. Sen olduğun yerde mutlusun. Yeterince mutlusun.

Zaman içinde bunun vücudunu mahvedeceğini bilsen de koşmaya başlıyorsun. Kemiklerini çatlatacak, kaslarını sertleştirecek, tendonlarını aşındıracak. Göğüs kafesinin içindeki o yanma hissini; ciğerlerinin, içindeki öfkeli fırtına için bir iletken hâline gelmesini sevmeyi öğreniyorsun. Koşuyorsun çünkü sadece kendini sağlıklı yollarla mahvetmeyi biliyorsun.

Etrafındaki kadınlar da yazıyor. Ekonomik çöküş, tuhaf işler ve her şeyi yeniden yaratma dönemi. Genç kadınlar en iyi internet sitelerinde yazıyor ve kiralarını ödemek için barlarda çalışıyorlar. Derslere yorgun, belleri ağrıyarak, gözleri uykusuzluktan kapanarak geliyorlar.

Bir sürü şey oluyor. Yarı zamanlı işler, yaz işleri, stajlar var. Sınıf arkadaşlarının üçü, herkesin çalışmak istediği dergi grubunda staj yapıyor. Filmlere ve televizyon dizilerine ilham olan grupta.

Bazıları edebiyat dergilerinde kısa hikâyelerini yayımlatıyor. Ödüller kazanıyor, sınıf arkadaşlarından övgüler alıyorlar. Sen de ayak uydurmaya çalışıyorsun ama herkes çok iyi. Herkes senden daha iyi. Sen sadece New York'ta bir sürü kitap okuyarak büyümüş bir çocuksun. Notların iyi. Sana dair her şey sadece iyi.

İkinci yılının ikinci sömestrinin ilk gününde haber duyuluyor: Sınıf arkadaşlarından biri, bir kitap anlaşması imzalamış. Fısıldaşmalar başlıyor. Beş, belki altı sıfırlı sayılar havada uçuşuyor. Bazıları, sınıf arkadaşları için gerçekten mutlu oluyor. Bazılarıysa onu kötüleyecek bir şey bulana kadar devam ediyor: Kitabın hikâyesi zayıf, bu anlaşma bir lütuf olduğu kadar bir lanet. Bu çok büyük, çok görünür ve çok erken gelen bir başarı. Bundan sonra inişe geçecek. Bunu hayal edebiliyor musun?

Sen bunu yapamıyorsun. İyi hayatın, iyi notların ve çok iyi yazılarınla sen bunu hayal etmeye başlayamıyorsun bile.

Bir internet sitesi var. Artık basılmayan, eski bir gençlik dergisinin çevrimiçi versiyonu. Zamanında devrimci bir dergiydi çünkü kızlarla beyinleri varmış gibi konuşuyordu. Bu siteyi seviyorsun. Her gün orada bir şeyler okuyorsun. "Ben Bunu Yaşadım" diye bir bölüm var. Bölüm, adının hakkını tam olarak veriyor: Birbirlerini tanımayan insanlar, başlarına gelen çılgınca şeyleri anlatıyorlar. "Ben Bunu Yaşadım: Uçağımda Pilot Yoktu", "Ben Bunu Yaşadım: İki Yıllık Bir Komadan Uyandım", "Ben Bunu Yaşadım: Bir Tarikat Kurdum".

Öğlen yemeği molalarında yazıları okuyorsun. Sonra yaratıcı yazarlık hocanın pestilini çıkardığı sınıfına dönüyorsun. Hocan annenle aynı yaşta, belki daha büyük. Kişisel olarak nazik biri olsa da yazılar konusunda çok acımasız. Yazdığı beş kitap ve sayısız dergi makalesi var. Ona, sevgiye benzeyen bir hayranlık duyuyorsun.

Hocan sana yazılarının iyi olduğunu söylüyor. Ama sessiz olduklarını. Tuhaf biçimde tutuk olduklarını. Hocan sana gerçek hayatta böyle biri olmadığını söylüyor. Duyarlı ve komik olduğunu. İnsanları güldürebildiğini. Sana insanları güldürebildiğini söylediğinde, bir an için büyük bir tatmin duyuyorsun.

Ona bu konuda çalışacağını söylüyorsun. Sesim üzerinde çalışacağım.

Hocan başını iki yana sallıyor. Meselenin sesin değil üzerine yazdığın konular olduğunu söylüyor. Önemli şeyler hakkında yazmıyorsun. Saklanıyorsun. Saklanmaya devam ettiğin sürece, okurun seninle ne yapması gerektiğine karar veremeyecek.

Yeniden kadınların yazılarını okuyorsun. "Ben Bunu Yaşadım: En Yakın Arkadaşım Erkek Kardeşimle Kaçıp Evlendi", "Ben Bunu Yaşadım: Doğduğumda Başka Bir Bebekle Değiştirildim", "Ben Bunu Yaşadım: Komşumun Bir Casus Olduğu Ortaya Çıktı".

Sen de yaşadığın şeyleri düşünüyorsun. İnternet sitesine yazabileceğin tek bir şey buluyorsun. Günler boyunca bunu görmezden gelip, bir gece oturup tamamını yazıyorsun. Kelimeler sana geliyor; iskeletler, topraktan çıkarılmayı talep ediyor. "Ben Bunu Yaşadım: Erkek Kardeşim İntihar Notunda Benden Bahsetti".

Bu hikâyeyi anlatmanın sana düşmediğini hissediyorsun. Bu, senden önce erkek kardeşinin hikâyesi. Hem ilk hem ikinci seferde hapları içen o. Hayatta kalan o. Notu yazan o.

O notu görmemen gerekiyordu. İkinci denemenin gecesinde, ebeveynin hâlâ hastanede evrak işleriyle uğraşırken, eve geldin.

Erkek kardeşin, "Hayatımdaki her şey beni yeniden ona döndürürken, dünyadaki yerimi nasıl bulabilirim?" yazmıştı.

Senden bahsediyordu. Başını belaya sokan erkek kardeşin. Kendini kaybetmeden sevmeyi bilmeyen erkek kardeşin. Çalkantılı ergenliği sana olabileceğin en iyi çocuk olmaktan başka bir seçenek bırakmamış olan erkek kardeşin. Sen toplumun ödüllendirdiği biçimde hareket etmeyi bilirken, o bilmiyordu. Senin için onun zihni bir dâhinin zihni, benzersiz taşların üretildiği bir volkandı. Sen kendini sıkıcı bulurdun. Erkek kardeşinin işleri farklı görüyor olabileceği hiç aklına gelmemişti.

Yazı haftalarca bilgisayarında duruyor. Onunla ne yapacağını bilmiyorsun. Onu hocana göndermeyi düşünüyorsun ama bir türlü "Gönder" tuşuna basamıyorsun. Yazının karmaşık, bencilce ve toy olduğunu hissediyorsun. Bir gün pişman olabileceğin bir şeymiş gibi hissediyorsun.

Kitap anlaşması imzalayan sınıf arkadaşın Facebook'ta bir fotoğraf paylaşıyor. Elinde kalemiyle, bileği bir kitap yığınının üzerinde dururken çekilmiş bir fotoğrafı. Sınıf arkadaşın, "Muhteşem haber," yazmış. "Sözleşme imzalandı. Artık resmi: *Küçük Mavi Ev*, film olacak. Yani belki. Bir gün! Her şey yolunda giderse! Ama hakları satıldı ve bu devasa bir ilk adım. Kendimi çok müteşekkir hissediyorum."

Bir sürü şey oluyor. Bunların sana da olmaya başlamasına ihtiyacın var. Dizüstü bilgisayarında yazıyı bulup beş cümlelik bir e-posta yazıyorsun. Dosyayı ekliyorsun. Gönderiyorsun.

Yazın, derginin bir hafta sonraki sayısında yayımlanıyor.

Başlangıçta erkek kardeşin hiçbir şey söylemiyor. Sonra, bir pazar gecesi geliyor. Ailece tavuk rostosu ve limonlu patates yiyorsunuz. Ebeveyniniz oturma odasındayken ikiniz mutfakta bulaşıkları yıkıyorsunuz.

Kardeşin bir tabağı ovalarken, "Biliyor musun," diyor, "gördüm. Yazını."

Bu seni gafil avlıyor. Annenin mutfak havlusuyla bir kadehi parlatmaya odaklanıyorsun.

Kardeşin, "Sorun değil," diyor. Onu inceliyorsun: senden iki yaş büyük, uzun boylu ama kırılgan. Çok hassas ve narin bir çocuk; annen bir keresinde onu okuldaki bir öğretmene böyle anlatmıştı. Güçlü bir çene hattı, çarpık bir gülümseme. Babanın yürüyüşü. Annenin gözleri.

Kardeşin eline başka bir tabak alıp ovma işine dönüyor. Sesinde ergenlik yıllarından tanıdığın bir sertlikle, "Ama yine de, bir bakıma söylemek istediğim şeyi kanıtladın," diyor.

Daha sonra, yeniden paltolarınızı giyip metroya binme vaktiniz geldiğinde, erkek kardeşin sana veda ediyor. Genellikle sana sarılır. Sana boğuşmayı öğreten erkek kardeşin. Koşmayı, yumruk atmayı öğreten. Nefessiz kaldığınız oyun zamanlarında sevgisi ortaya çıkan erkek kardeşin. Giysilerinizde çamur lekeleri, saçlarınızın arasında ot parçaları. O akşam erkek kardeşin sadece hafifçe omzuna dokunuyor.

"Eve güvenle ulaş," diyor. Çok kontrollü. Senden bağımsız.

Erkek kardeşin platformun diğer yanından sana el sallıyor ve sen biliyorsun. Onu sonsuza dek kaybettiğini biliyorsun.

26. BÖLÜM

Evdeki Kadın

Kendini, pazar günkü film izleme deneyini tekrarlamak isterken buluyorsun. İstediğin şey film değil, etrafındaki her şey. Cecilia'nın koltukta yanında oturması. Rotanda bir değişiklik, mutfakla yatak odası arasında bir durak. Akşam yemeği ile gecenin sessizliği ve adamın sana yaptığı şeyler arasında bir mola.

Bu yüzden Cecilia oturma odasına doğru ilerleyip sana sorgulayıcı bir bakış attığında, babasına bakıyorsun. Babası ise telefonuna bakıyor. Cecilia'ya dönüp başını sallıyorsun. Cecilia senin sessiz desteğini aldığında, pazarlık etmeye başlıyor. Babasına, "Filmin tamamını izlemesek de olur," diyor. "Sadece bir dizi de olabilir. Bir bölüm. Yirmi dakika."

Babasının bakışlarını yakalamak için elinden geleni yapıyorsun. Önce gizlice, sonra açıktan açığa telefonuna bakıyorsun. Subliminal bir mesaj. Bunun kendisi için de iyi olabileceğini anlaması gereken kişi o. Kızının gözleri ekrana yapıştığında, o da mesaj yazma konusunda özgür olacak.

Pes ediyor. "Tek bir bölüm," diyor. Ve anlaşma yapılıyor.

Bir akşam, canlı televizyon akışından yayın platformuna geçerken, Cecilia bir müzikal hakkındaki bir haberde durakliyor. Müzikalin ülkenin kurucuları hakkında olduğunu anlıyorsun. Heyecanlı bir gülümsemeyle, "Sen de onların hayranı mısın?" diye soruyor. Televizyonda iki kişi müzikal hakkında konuşuyor. *Tarih*, *ulusal tur*, *başyapıt* gibi kelimeler yakalıyorsun. Müzikalin sadece Cecilia için değil bütün dünya için önemli olduğu sonucunu çıkarıyorsun. Ona, "Elbette," diyorsun. "Yani, tabii ki."

Eskiden tiyatroyu severdin. En son, o seni almadan kısa süre önce, hayatın mahvolmaya başlamış olsa da hâlâ bir şeylerin kurtarılabilir göründüğü zamanlarda, bir oyun izlemiştin. Oda arkadaşın Julie'nin, Broadway taklidi bir gösteriye bileti vardı. Senden onunla birlikte gitmeni istemişti. "Üç gündür evden çıkmadın," demişti. "Bu sana da iyi gelecek." Pes etmiştin. Doğru bir karardı.

Cecilia hâlâ müzikal hakkında konuşuyor. "Yeni oyuncular hakkında ne düşünüyorsun?" diye soruyor. "En sevdiğin şarkılar hangileri?" Bunun üzerine babası bakışlarını kaldırıp ona oynatma düğmesine basmasını söylüyor.

Her gece telefonu parmaklarının altında parlayarak koltuğunda oturuyor. İzlediğiniz şey bittiğinde, Cecilia'ya gidip yatmaya hazırlanmasını söylüyor. Burası, iyi geceler dileyip odana dönmen gereken yer. O, birkaç dakika sonra kelepçeyle geliyor. Daha sonra tekrar geliyor. Her zaman tekrar geliyor.

Her şey normalden daha geç olmaya başlıyor. Gece ziyaretleri, yatak çerçevesine çarpan kelepçe. Belki de bunu fark etmeye başlamanın sebebi bu. Bu olduğunda uyuyor olurdun ama artık uyanık oluyorsun ve bunu reddetmenin bir yolu yok.

Her gece, sabahın ilk saatleri olduğunu tahmin ettiğin saatlerde, koridordan ayak sesleri geliyor. Başta, birinin tuvalete gittiğini düşünüyorsun. Ama bunun bir düzeni yok. Art arda, geceler boyunca dinliyorsun. Bir kapı açılıp kapanıyor. Biri, bir yerden başka bir yere yürüyor. Sessizlik oluyor. Ve sonra hepsi tekrarlanıyor. Adımlar, açılıp kapanan bir kapı.

Zihninde teoriler belirmeye başlıyor. Cecilia korkuyor.

Kâbuslar ve karabasanlar görüyor. Babası onu sakinleştirmeye gidiyor. Ama hiçbir zaman ses duymuyorsun. Babasını çağıran, uykusunda çığlık atan kimse yok. Sadece adımlar, kapılar ve sessizlik.

Önce bunu düşünmeye diren sen de sonra pes ediyorsun. Her gece Cecilia'nın odasına giriyor. Midende bir kaya var. Çığlık atmak, bir şeyleri duvarlara fırlatmak, evi ateşe vermek istiyorsun. Kusmak istiyorsun.

Bundan emin olamazsın ama her şey çok mantıklı geliyor. Onun, mahvetmeden sevebileceği bir dünya hayal edemiyorsun.

Cecilia'yı kollarının arasına alıp her şeyin düzeleceğini söylemek istiyorsun. Ona güvenli bir yere, yeni bir dünyaya gideceğine dair söz vermek istiyorsun. Gerekirse o dünyayı kendi ellerinle kuracaksın ama Cecilia'yı oraya götüreceksin.

Ama belki de yanılıyorsun. Belki de bu düşündüğün şey değil. Yanıldığının kanıtlanmasını isteyerek uyumadan, öylece yatıyorsun. İnancını başka senaryolara yöneltmeye çalışıyorsun; belki de Cecilia karanlıktan korkuyordur ve babası, o seslenmeden yanına gitmesi gerektiğini biliyordur. Belki de o bir babadır ve babalar kızlarının ne zaman onlara ihtiyacı olduğunu bilirler.

Ama onun nasıl bir adam olduğunu biliyorsun. Ve daha öncesinden, içinde yaşadığın dünyadan hatırladığın şeyler var. Bu işin sonunun nereye varacağını biliyorsun. Ne kadar uğraşırsan uğraş, ne kadar geriye bakarsan bak, onun gibi bir adamın her gece kızının odasına gitmesi için iyi bir sebep bulamıyorsun.

27. BÖLÜM

Cecilia

Bir anda babamın bir sürü arkadaşı oldu.

Önce Rachel geldi. Ve bu iyiydi. Rachel'ı anlayabiliyordum. Onun kalacak bir yere ve insanların ona iyi davranmasına ihtiyacı vardı.

Ama bu yeni kadın? Hiç sanmıyorum.

İsmini bile bilmiyorum ve öğrenmek de istemiyorum. Onu daha önce kasabada görmüştüm. Babamın sevdiği restoranda çalışıyor. Sanırım oradan tanışıyorlar. Yine de bu, babamın o aptal yarış sabahının tamamını neden onunla geçirdiğini açıklamaya yetmiyor.

Beni oraya zorla götürmeseydi, bunu bu kadar önemsemezdim. Ama bana bir yere gitmek zorunda olduğumu söylüyorsan, en azından oradayken birkaç kez benimle konuşabilirsin. Bunun bir kural olması gerektiğini hissediyorum.

Babam kuralları anlar. Her zaman kuralları çok sevmiştir. *İnsanların eşyalarına dokunma, insanların işine burnunu sokma.* Eskiden ona, "Eşyalarına dokunmak falan istemiyorum," derdim. "Kusura bakma ama eşyaların hiç umurumda değil." Ama bir gün annem bana bu alışkanlığı denizciyken edindiğini, çünkü orada kimsenin sınırlarını bilmediğini, sürekli eşyalarının çalındığını, bu yüzden çok korumacı olduğunu söyledi. Ve bu sorun değil. Bir denizci olarak hizmet verdikten sonra insanın birkaç tuhaf alışkanlığı olabilir.

Ama yarış konusunda hâlâ kızgınım. Babam her zaman yarışları çok sevmiştir. Ve ona Rachel adına da kızmıştım. Bunun biraz tuhaf olduğunu biliyorum ama kızmıştım işte. Babam tuhaf bir kadın arkadaş edinecekse kontenjan doluydu. Rachel doldurmuştu.

Sanırım ona pedleri vermemin sebebi de buydu. Babam hiçbir koşul altında Rachel'ın odasına yaklaşmamam gerektiği konusunda çok kesin konuşmuştu ama yarıştan sonra kuralları umurumda bile değildi. Sadece yapmak istediğim şeyi yaptım.

Gerçi Rachel bana teşekkür bile etmedi. Teşekkür etmesi hoş olurdu.

Ve şimdi hem Rachel hem de Restorancı Kadın var ve mesajlar yazılıp duruluyor.

İnsanlar ergen kızların sürekli mesajlaştığını düşünür. Babamın son birkaç gündür ne hâlde olduğunu görmeliler. Sürekli, özellikle de benim onu görmediğimi düşündüğü anlarda, mesajlaşıyor.

Belki de Restorancı Kadın'dır. Belki üçüncü bir kadın vardır. Bu noktada bunu kim bilebilir ki? On beş yıl boyunca babamın gözü annemden başka hiç kimseyi görmedi. Acımasız davranacak olursam, kaybettiği zamanın acısını çıkardığını söyleyebilirim.

Ama ben acımasız biri değilim. Ve buna gerçekten inanmıyorum.

Yine de anlaşmamızın böyle olmadığını söylemek zorundayım. Annemin de babamın bu davranışları karşısında pek mutlu olacağını sanmıyorum. Bunu düşünmek beni çok üzüyor ama gerçek bu.

Annem ölmeden kısa süre önce benimle bir konuşma yapmıştı. Bunun için babamın bir doktorla konuşmaya gitmesini bekledi. O zamanlar babam sürekli bir sürü doktorla konuşuyordu ama bu hiçbir şeyi değiştirmedi. Annemi iyileştirmek konusunda fikirleri tükendi.

İkimiz yalnız kaldığımızda, annem eliyle yatağına, yanındaki boşluğa hafifçe vurdu.

"Buraya gel."

Son anlarına yaklaşmışken ona bu kadar yakın olmak çok tuhaftı. Artık kendisi gibi değildi. Çok kilo vermişti. Kemoterapi bittikten sonra saçları yeniden uzamaya başlamıştı ama artık daha incelerdi ve aralarında gri tutamlar vardı. Ona her sarıldığımda, parmaklarımın altında sadece kemiklerini hissediyordum.

Bir kolunu omuzlarıma dolayıp beni kendine doğru çekmişti. "Korkmuyorum," demişti. Gözlerime bakmaya korkuyormuş gibi, bakışlarını tavana çevirmişti. "Şey, bazen korkuyorum, ama senin için korkmuyorum. Seni olabilecek en iyi adamın yanında bıraktığımı biliyorum." Güçlükle yutkunmuştu. "Birlikte geçirdiğimiz zaman için çok minnettarım. Üçümüzün birlikte geçirdiği zaman için."

Bu bir vedaydı ve ben vedalaşmak istemiyordum. Ben, annemin eve gelmesini istiyordum. Böyle bir şeyin mümkün olmadığını biliyordum ama bilmem bunu istememe engel olmuyordu.

Aslında kanser hastası birinin kızı olmak istemiyordum. Her sabah uyanıp onun öldüğünü hatırlamak istemiyordum. Okuldaki Cathy adlı kızın erkek kardeşi, önceki yıl kan kanserinden ölmüştü. Cathy birkaç hafta okula gelmemişti ve döndüğünde herkes ona küçük, kırılgan bir şeymiş gibi davranmıştı.

Ben küçük, kırılgan bir şey olmak istemiyordum.

Ama hazır olsam da olmasam da, annem bana veda ediyordu. Bana biraz daha sıkıca sarılıp devam etmişti. "Bir noktada sadece ikiniz olacaksınız. Bu sorun değil. Tamam mı? Bunun benim için sorun olmadığını bilmeni istiyorum. Sana çok iyi bakacağından eminim. Ve sen de ona çok iyi bakacaksın. Ona sahip olduğumuz için çok şanslıyız."

Bana sarılmadığı eliyle gözlerini ovuşturmuştu. Ben de ağlamam gerektiğini hissediyordum ama çok kısa süre içinde bir sürü üzücü şey olmuştu ve çok kısa süre içinde bir sürü üzücü şey olduğunda insan artık ağlayamadığı bir noktaya geliyordu.

Annem hâlâ tavana bakıyordu. "İkinizin, birbirinizin yanında olmanız gerek. Bunu ona da söyledim, tamam mı?" Başımı sallamıştım. "Büyükannen ve büyükbaban da orada olacak," demişti. "Babanın her zaman onlarla anlaşamadığımı biliyorum ama onlara güvenebilirsin. Umarım bunu hatırlarsın." Ben yeniden başımı sallayana kadar bana bakmıştı. "Ama babanla sen bir takım olacaksınız. Ve her zaman birbirinize sahip olacaksınız."

Her zaman konusunda emin değildim. Ama annem diğer kısım konusunda haklıydı. Üç hafta sonra öldü ve geriye sadece babamla ben kaldık.

Evde pek bir şey değişmedi. Umarım bu kulağa acımasızca gelmiyordur. Ama annem sağlıklıyken bile ev işlerinin çoğunu babam yapardı. Yemek pişirir, temizlik yapardı. Her zaman bize yiyecekler hazırlayıp bizi bir yerlere götürürdü.

O yemek yapmaya devam etti, ben de ona temizlikte yardım ettim. O çalışmaya döndüğünde, ben de okula döndüm. Babam, "Daha yılın başlarındayız," dedi. "Bir düzen oturtmak iyi olabilir."

İşleri benim için kolaylaştırmaya çalıştığını biliyordum ama kendine bu kadar iyi hâkim olabilmesinden nefret ediyordum. Ev asla dağınık olmuyordu. Cenazeden sonra insanlar ihtiyacımız olmayan yemekler getirdi. Babam eski hayatımı sürdürebilmem için elinden gelen her şeyi yaptı. *Yas Tutan*

Ergenlerle Baş Etmek adlı bir kişisel gelişim kitabı okuyup tüm bölümlerini ezberlemiş gibi davranıyordu.

Bunu yapmayı bırakmasını istiyordum. Etrafın kirlenmesine izin vermesini, üzülüp dağılmamıza izin vermesini. Annemin yokluğuyla kolayca başa çıkabiliyormuşuz gibi hayata devam etmek saygısızca geliyordu. Evin, içimdeki duyguları yansıtmasını istiyordum. Kaos istiyordum.

Ve sonra, annem öldükten yaklaşık bir ay sonra, bir gün beni okuldan alıp –ona sürekli otobüsle gelebileceğimi söylesem de beni asla dinlemiyordu– taşınmamız gerektiğini söyledi. Annemin ailesi bizi evden atıyordu. Bunu bu şekilde söylemedi ama anafikir buydu.

Büyükanne ve büyükbabaların neden bu kadar önemli olduğunu anlamıyorum. Babamın annesiyle babası ben doğmadan önce ölmüş ve babamın onlar hakkında harika şeyler söylediğini hiç duymadım. Anneminkiler beni yeterince seviyor ama babamdan çok hoşlanmıyorlar. Bunun sebebinden emin değilim. Annem sadece biricik kızlarını ellerinden aldığı için ona kızgın olduklarını söyleyerek şaka yapardı. Babam bazen olayın para olduğunu söylerdi çünkü annemin biraz parası vardı ve babamın hiç yoktu. Annem ona hep böyle yapmamasını söylerdi. Sürekli onu kolundan tutup, *Yapma, biliyorsun ki seni seviyorlar, sadece bunu nasıl göstereceklerini bilmiyorlar. Hepsi bu,* gibi şeyler söylerdi.

Annemin ikinci kez hastalandıktan sonra, ölmeden önce babamla konuştuğunu duymuştum. Uyuyor olmam gerekirdi ama bir bardak su almak için kalkmıştım. Sesler mutfaktan geliyordu. Annem, "Bunu yapmamız gerektiğini söylemiyorum," diyordu. "Sadece bunu teklif ettiklerini bilmeni istedim. Kendini, bunu tek başına yapamayacakmışsın gibi hissedersen... ona bakabilirler."

Babam çok sinirlenmişti. "Buna inanamıyorum!" demişti. Yemek masasının üzerine yumruğunu indirdiğini duymuştum. Ertesi gün, masada onun yerinin hemen yanında büyük bir iz vardı. "O benim kızım. Onlar ancak yılda bir-iki kez ziyarete geliyorlar. Ve böyle araya girip onu bizden alabileceklerini mi düşünüyorlar? Benden?" Odanın içinde dolaşıyordu. Beni görmeyeceğinden emin olmak için birkaç adım geri çekilmiştim. "Benim hiçbir şeyi doğru yapamayan bir pislik olduğumu düşündüklerini biliyorum ama o benim çocuğum. Onu ben yetiştirdim."

Mutfak zemininin üzerinde kayan bir sandalye gıcırdamıştı. Annemin ayağa kalkıp onun yanına gittiğini, elini omzuna koyup onu sakinleştirmeye çalıştığını düşünmüştüm. "Seni üzmek istememiştim," demişti annem. "Üzgünüm. Sadece bilmeni istemiştim. Sorun yok. Bu konuyu daha fazla konuşmayalım."

Bundan sonra ne olduğunu bilmiyorum. Büyükannemle büyükbabamı en son cenazede gördüm. Törenden sonra yanımıza geldiler. Babam nazikti; sırtı dikti ve omuzları, bir daha asla gevşemeyeceklermiş gibi kasılmıştı. Kimse çok fazla konuşmamış, sadece insanların bunun gibi durumlarda söyledikleri şeyleri söylemişlerdi. *Nasılsın?* ve *O çok iyi biriydi* ve *Umarım artık huzur bulmuştur*. Hepimiz çok sevdiğimiz birini kaybetmiştik ama bu aniden birbirimizden hoşlanmaya başladığımız anlamına gelmiyordu.

Büyükannemle büyükbabam bizi evden attı. Belki de cenazeden sonraki haftalarda asla onların istediği gibi bir bağ kuramayacağımızı ve pes etme vaktinin geldiğini fark ettiler. Belki de babam artık onlarla görüşmeyeceğini söyledi ve bu da onların evi geri almasına sebep oldu. Bunu orada yaşamak istedikleri için yapmadılar. Kuzeyde, bizden çok uzakta bir evleri daha var. Sadece bizim oturduğumuz evi satmak istediler. Sonuç aynıydı. Hayatım boyunca yaşadığım evden ayrılmak zorunda kaldık. Anneme ait tüm anılarımın olduğu yerden.

Oradayken onu hâlâ görebiliyordum. Ben küçük bir çocukken koltukta yanımda oturuşunu, cumartesi sabahı yayımlanan çizgi filmleri benimle izleyişini. Banyo aynasının önünde bana saçlarımı atkuyruğu yapmayı öğretişini. Bana ilk üç *Harry Potter* kitabını okuyuşunu ve daha sonra diğer dört kitabı ben kendi başıma okurken yanımda uzanışını. Mutfakta, tahta bir kaşık ya da bir ıspatulayı mikrofon olarak kullanarak *Hamilton*'ın tüm şarkılarını söyleyişini ve hangimizin "My Shot" ya da "Non-Stop"ın sözlerini karıştırmadan, baştan sona söyleyebildiğini kontrol edişini.

Yeni evde annem yok. Burada değil. Hiç burada olmadı.

Artık sadece ben ve babam varız.

Aslında ben, babam ve Rachel varız ve listeye yeni birileri de eklenebilir çünkü babam yeni başvurular alıyormuş gibi görünüyor.

Ben şöyle düşünüyorum.

Babamın karmaşık biri olduğunu düşünüyorum. Onun kolay bir hayatı olmamış. Babam asla çocukluğundan bahsetmez ve ben bunun, korkunç bir çocukluk geçirmiş olmasıyla ilgili olduğunu tahmin ediyorum. Bir doktor olmak istemiş ama bunun yerine denizci olmuş çünkü ülkesine karşı bir sorumluluk hissediyormuş ama aynı zamanda... Bilmiyorum... Bir doktor olmak zor bir iş ve bunu başaran insanların genellikle iyi bir ailesi ve parası vardır ve babamda ikisi de yokmuş.

Tüm bunlara rağmen kendisine iyi bir hayat kurmuş. Ve annemle birlikte benim için de güzel bir hayat kurmuş. Babamla tartıştığımızda ve annemin aramızı düzeltmesi gerektiğinde bana şöyle söylerdi: "Baban baba olmayı seviyor." Ve bu doğru. Bunu biliyorum. *Benim* babam olmayı seviyor. Beni bir yerlere götürüyor. Bana giysiler alıyor. Benim için yemek pişiriyor. Ne düşündüğümü umursuyor. Bana bir şeyler öğretiyor. Onun bildiği şeyleri bilmemi istiyor.

Ama her nedense, ben kendimi yeterince iyi değilmişim

gibi hissediyorum. Sanki sadece ikimiz olmalıydık ama ben bunu başaramadım (tam olarak neyi başaramadığım konusunda emin değilim) ve bu yüzden, bu boşluğu doldurmak için yeni arkadaşlar edinmesi gerekiyor.

Belki de bunu düşünmem çok yanlıştır. Üzgünüm.

Babamın da annemi kaybettiğini biliyorum.

Ama babamla etrafımızda ne kadar çok kadın dolaşmaya başlarsa, kendimi o kadar çok yalnız hissediyorum.

Belki de böyle olması gerekiyordur. Belki de bundan alacağım ders budur. Günün sonunda, insanın güvenebileceği tek kişinin kendisi olduğudur.

28. BÖLÜM

Emily

O, hayatımın bir parçası. Bunun nasıl olduğundan emin değilim ama hayatımın bir parçası oldu ve bu konuda kendini rahat hissediyormuş gibi.

Kırmızı kuyruklu şahinler hakkındaki mesajımla başlayan konuşmamız olabilecek en güzel şekilde gelişti. Sonrasında mesajlaşmayı hiç bırakmadık. Artık gün boyunca konuşuyoruz. İşteyken telefonumu önlüğümün ön cebinde tutuyorum. Müşterilerin arasında, tezgâhın altında kontrol ediyorum. Tuvalete gittiğimde kontrol ediyorum. Eric'in arabasının arka koltuğunda kontrol ediyorum. Dişlerimi fırçalarken, yatmadan önce, sabah kalkar kalkmaz telefonumu kontrol ediyorum. En son mesajları zihnimde sonsuz bir döngü hâlinde dolaşıp duruyor.

İlk başta, kırmızı kuyruklu şahinler ile diğer yırtıcı kuşları karşılaştırdık. Daha sonra, bütün Hudson Vadisi'nin faunası hakkında konuştuk. Ufkumuzu işleri, kasabayı, yiyecekleri ve havayı da kapsayacak biçimde genişlettik. Bana ilginç kuşların fotoğraflarını gönderiyor. Birbirimize yemek tarifleri veriyoruz. Her sabah nasıl olduğumu soruyor ve her gece iyi geceler diliyor. Restoranı nasıl idare ettiğimi bilmek istiyor. Nasıl olduğumu bilmek istiyor. İşin çok zor olduğunu duymuş. Benim iyi olduğumu umuyor. Ona gördüğüm bir rüyayı anlatıyorum: karanlık bir koridor boyunca dizilmiş, hepsi de kilitli bir sürü kapı. İnternette rüyamın anlamını araştırıyor. "Kapalı kapılar," diyor, "yolunu kapatan biri ya da bir şey olduğu anlamına geliyormuş. Ama açık bir kapı, hayatında yeni bir dönemi, olumlu bir değişimi sembolize ediyormuş. Tüm kapıların kapalı olduğundan emin misin?"

Kelimelerin tamamını yazıyor; "nbr" ya da "tmm" yazmıyor. Cümleleri büyük harfle başlıyor ve noktayla bitiyor. Emojileri nadiren kullanıyor; arada sırada gönderdiği ":)" ifadesi özel anlamlarla yüklü oluyor.

Hiç açmadığı konular var ve ben bunlara girmemem gerektiğini biliyorum. Eşi. Kızı. Sorularımı geniş tutuyorum: "Nasılsın? Günün nasıldı?" Kapı açık. Konuşmak isterse konuşur.

Her zamanki gibi, salı ve perşembe günleri bara geliyor. Ona eski moda bakireler yapıyorum. Her vaktim olduğunda konuşuyoruz. Yan yana olduğumuzda çok da geveze değiliz; bedenlerimiz, mesajlaşmalarımızla ulaştığımız mahremiyet seviyesini yakalıyor.

Mesajlara her zaman hızlı cevap vermiyor. Mesajlarım bir, iki, üç saat boyunca cevaplanmayabiliyor. Ben bu aralarda eski mesajlarımızı yeniden okuyor, her sözcükte bir yanlış anlaşılma olasılığı arıyorum. Kendimi her şeyi mahvettiğime inandırdığım an cevap yazıyor. Dostça. Açık.

Restoranda zeytin, temiz bir kaşık ve atıştırmalık bir şeyler almak için mutfağa koşuyor, dönüş yolunda yavaşlıyorum. Bar taburesinin üzerinde oturan güzel adamı inceliyorum.

Varlığı içimi hafifletiyor. Başım yukarıda, sırtım daha dik yürüyorum. Sesim hoş bir özgüvenle yükseliyor ve cümlelerimin sonunda keyifli bir kıvrılışla düşüyor. Aramızdaki bu gizli akımın netliğini uğurlu bir eşya gibi taşıyorum. Sürekli kalbimin üzerinde duruyor.

Ve buna ihtiyacım var. Adımlarımdaki bu fazladan enerjiye, bu küçük mucizeye. Buna çok ihtiyacım var.

Kasaba hâlâ ortadan kaybolan kadının haberiyle çalkalanıyor. Kadın bu civarda yaşıyordu. Herkes onu tanıyan birini tanıyor. Daha bulunamadı. Kimse söylemiyor ama biliyoruz. Sadece biliyoruz. Bulunduğunda –tabii bulunursa– canlı olmayacağını biliyoruz.

İnsanlar birbirine biraz daha nazik davranıyor. Sokaklarda, dükkânlarda, hatta restoranda bile. İletişimlerimizde bir yumuşaklık var ama tabii bu, mutfağın başladığı yerde bitiyor. Ama insanlar ellerinden geleni yapıyor. Kendine has tavrıyla Nick bile bunu yapıyor. Çok dolu olmamamız da bize yardımcı oluyor. Şükran Günü gelmek üzere ve kasaba boşalmaya başladı. Kasaba sakinleri uzun hafta sonu tatillerine çıkıyor, ailelerini ziyarete gidiyor, tatil programlarını gerçekleştirmeye başlıyorlar. Kısa süre sonra yılın en karmaşık zamanı başlayacak ama şimdilik her şey insanı huzursuz edecek kadar sakin. Fırtına öncesi sessizlik.

Bu gece akşam yemeği servisi erken bitiyor. Saat ondan önce yatağa girmiş olmalarını sağlamak istedikleri çocuklarıyla iki ebeveynden oluşan son masamız da kalktığında kapıyı kilitliyorum. Eric kalan tabakları topluyor. Cora ertesi gün için temiz masa örtülerini serip ışıltılı, gümüş çatal ve bıçakları yerleştirmeye başladı bile. Nick mutfaktaki kirli tavaları, maşaları, ıspatulaları toplayarak kendini meşgul ediyor. Sophia geriye kalan bütün enerjisini kullanarak birkaç kek tavasını ovuyor. Ben kullanılmış bardakları toplamak için yemek salonunda dolaşıyorum.

Önlüğümün içinde bir titreşim hissediyorum. Elimdeki bombeli şarap kadehini bırakıp telefonumu çıkarıyorum.

"Yoksa şansımı kaçırdım mı? Öyleyse sorun değil. Sadece, bu gece bir eski moda bakire içmeden uyumak istemedim."

Günlerden cuma. Salı değil. Perşembe değil. Dün her zamanki programına sadık kalarak geldi. Ve şimdi daha fazlasını istiyor.

Mutfağa bir bakış atıyorum. Eric ve Sophie bulaşıkları neredeyse bitirmiş. Nick eline bir havlu almış, her şeyi kurulamalarına yardım ediyor. Cora bahşişlerini sayıyor.

"Maalesef kaçırdın," yazıyorum. "Ama seni gizlice içeri sokabilirim. Sadece... bana yirmi dakika ya da yarım saat ver. Ondan sonra içeceğini içebilirsin."

Buna, sonuna bir ":)" koyarak, "Onur duyarım," diye yanıt veriyor.

Parmaklarımın arasına üç şarap kadehi sıkıştırılmış hâlde mutfağa giriyorum.

"Çocuklar." Nick ve Eric bakışlarını kaldırıp bakıyorlar. "Ben kapatırım. Daha bir sürü bardağı parlatmam gerekiyor ama sorun değil. Haydi gidin, kendinizi kurtarın."

Bundan on beş dakika sonra restoran sadece bana kalıyor. Kamyonetini dışarıya park ediyor. Önlüğüm yeniden titreşiyor.

"Her şey yolunda mı?"

Derin bir nefes alıp, "Yolunda," yazıyorum. Kapının kilidini açmaya gittiğimde, onu gergince ellerini ceplerine sokmuş, saçı şapkasının altından dışarıya çıkmış hâlde beklerken buluyorum. Boynuna kalın, yün bir atkı sarmış; gülümsemesini hafifçe gösterecek kadar yukarı çekmiş.

"İçeri gel."

Attığı her adımla kalçasının üzerinde zıplayan silindir spor çantası da geri gelmiş. Paltosunun fermuarını açarken titriyor ve her zamanki bar sandalyesine oturmadan önce ellerini ovuşturuyor. Silindir çanta sadık bir köpek gibi ayağının yanında duruyor. İçeceğini hazırlamaya başlıyorum. Bir sessizlik oluyor. Bu, her an birbiriyle konuşmak zorunda olmayan insanların arasındaki gibi, rahat bir sessizlik.

İçeceğini karıştırıp üzerine bir kiraz yerleştiriyorum.

"Bu gece nasıldı?" diye soruyor.

"Ah, bilirsin işte. Çok kalabalık değildi. Ama gelecek hafta asıl çılgınlık başlayacak. Ve yılın sonuna kadar da durmayacak."

Bardağı ona doğru kaydırıyorum. Bir yudum alıp başını takdirle geriye atıyor.

"Beni gizlice içeriye aldığın için teşekkür ederim."

"En sadık müşterilerimiz için daima bir yol buluruz."

İçeceğini yaparken kullandığım acı şurubu ve portakalları kaldırıyorum. Yanındaki bar taburesini işaret ediyor.

"Neden gelip oturmuyorsun?"

Yemek salonuna göz gezdiriyorum. Üzerimde aptalca bir gerginlik var. O, dudaklarını yalıyor. "Bar çalışanı kurallarını çiğnemeni istemiyorum. Sadece... bütün gece ayakta durmuş olmalısın." Öne eğiliyor. "Ve burada, bu kural ihlaline şahit olacak kimse yok."

Gülüyorum. Muhtemelen haklı olduğunu söylüyorum. Barın arkasından çıkıp kendimi yanındaki bar taburesinin üzerine bırakıyorum. Her zamanki duruşumuzdan –o oturur hâlde, ben ayakta, tezgâh ikimizin dünyasını birbirinden ayıran bir engel konumunda– uzaklaştığımızda, kendimizi birbirimize her zamankinden daha yakın hissediyoruz; neredeyse bir haftadır fiziksel olarak olmasa da sanal dünyada oynadığımız rolleri ortaya çıkarmaya başlıyoruz.

İçeceğini bana uzatıyor. "İstersen bir yudum alabilirsin. Tek başıma içince kendimi kaba hissettim."

Ona teşekkür edip reddetmeyi düşünüyorum. Ama bu teklifi yapışında öylesine derin bir kırılganlık var ki, onu reddetmeyi imkânsız hâle getiriyor. Bardağın etrafını saran parmaklarım onunkilere değiyor. Başımı geriye attığımda buz küpü dişlerime çarpıyor.

Bir barda oturup bir içeceği paylaşıyoruz; bunu daha önce görmüştüm. Bir filmde. Bir casus martinisini yudumluyor, tuvalet giymiş bir kadın içkisini elinden alıyordu.

"Biliyor musun," diyorum, "birinin bardağından içersen, onun düşüncelerini okuyabileceğini duymuştum. Tüm sırlarını öğrenebileceğini."

Kısık sesle gülüyor. "Öyle mi?"

Başımla onaylayıp bardağı bırakıyorum. Beni inceliyor. Kendimi bakışlarımı kaçırmamaya zorluyorum.

"Şey..." diyor. "Bu oldukça ilginç olmaz mıydı?"

Etrafımızda bir enerji alanı oluşuyor. Bizi birbirimize doğru itiyor. Geri çekiliyorum. Sırtımı dikleştirip boğazımı temizliyor, saçlarımı kulaklarımın arkasına sıkıştırıyorum.

"Tatilde güzel bir şey yapacak mısın?"

Soru dudaklarımdan çıkar çıkmaz sorduğuma pişman oluyorum. Çok klişe. Çok amatörce. Ve çok kısa süre önce çok büyük bir kayıp yaşamış birine sormak için çok uygunsuz.

İçeceğinden bir yudum aldıktan sonra başını iki yana sallıyor.

"Bu yıl yapmayacağım. Sadece Cece ve ben olacağız. Eyalet dışında bazı akrabalarımız var ama... durum biraz karışık."

"Ah, inan bana anlıyorum."

Bardağının dibindeki buz küplerini çeviriyor. "Peki ya sen?"

"Çalışacağım. Sadece Şükran Günü'nde bile üç servis açacağız."

Bir dayanışma duygusuyla irkiliyor.

Ona, "Sorun değil," diyorum. "Ben pek tatil seven biri değilimdir." Sonra söylemeye karar veriyorum çünkü yas tutarken insanlar kayıplarından bahsetmeni beklemez ama onun bunu anlayacağını biliyorum: "Annemle babam tatilleri pek önemsemezlerdi. Hep çok meşgullerdi, bilirsin işte."

Ona söylemediğim şey şu: Annemle babam beni ihmal etmezdi ama sanki hayatımın ilk on yılını ebeveynliğin nasıl bir şey olduğunu *anlamaya* çalışarak geçirmiş, sonra da bir gün hepsinin bu olduğuna, ellerinden gelenin bu kadar olduğuna karar vermişlerdi. Babam beni belli bir mesafeden, mutfağından seven bir adamdı ve ilgi gösterme güdüleri restoranında oturan yabancılara yönelmişti. Benim planım her zaman bir bar çalışanı olmaktı çünkü bunun, insanları daha samimi bir şekilde sevebilmek için bir şans olduğunu düşünüyordum. Elbette, çoğu kişinin, barmenlerin onları yalnız bırakmasını istediğini bilmiyordum.

Bar taburesinden kalkıp Aidan'ın boş bardağını alıyorum. Bir eliyle kolumu tutarak beni durduruyor. Yumuşak hareketlerle parmaklarımı bardaktan ayırıp kendi parmaklarının arasına geçiriyor.

"O hâlde ikimiz aynı gemideyiz."

Yapabildiğim tek şey başımı sallamak. Avucuma dayadığı avucu sıcak ve nabızlarımız birbirinin üstünde atıyor. Parmaklarımızı birbirinden ayırıyor. Onun teninin temasını ânında özlüyorum. Elleri yüzüme doğru ilerliyor. Üç parmağıyla, atkuyruğumdan kurtulmuş bir saç tutamını tutup yüzümden uzaklaştırıyor.

İzin istermiş gibi kaşlarını kaldırıyor. Ben başımı sallayıp bunu yaparken yüzlerimizin biraz daha yaklaşmasına sebep oluyorum. Bunu sonsuza dek böyle hatırlayacağım: öne ilk eğilen, onu davet eden benim. Bir an için her şeyi tamamen yanlış anladığımı düşünüyorum. İrkilip tezgâhın üzerine bir yirmilik bıraktıktan sonra gideceğini. Bunun yerine, yanağımı kavrayan avucunun yumuşaklığıyla ödüllendiriliyorum. Başparmağı ağzımın kenarını okşarken mikroskobik ölçüde titriyor.

Dudaklarımız buluşuyor. Ayaklarımın altında yepyeni bir dünya açılıyor. Bir cuma akşamı ve ben, bomboş restoranda, Aidan Thomas'ı öpüyorum. Bunun karma olduğunu hissediyorum; sanki hayat yol boyunca önüme çıkardığı tüm engelleri telafi ediyor, her şey unutuluyor, her şey affediliyor ve ben artık hepsinin beni bu noktaya getireceğini bildiğim için, her şeye değer.

Aidan hâlâ bar taburesinde oturuyor. Ellerimi ensesinde birleştiriyorum. Onun parmakları da belimin arkasında birleşiyor.

Dili benimkini buluyor. Üstdudağımı çok hafifçe ısırıp omurgam boyunca, ayak bileklerime kadar bir titremenin yayılmasına sebep oluyor. Beni her şeyin yeni olduğu ve bedenlerin keşfedilmesi gereken şeyler olduğu, her milimin çözülmesi gereken bir gizem olduğu lise dönemimden beri öpülmediğim gibi öpüyor. Dili, dudakları ve dişleriyle. Bu biraz çarpık, biraz fazla aç. İstendiğimi hissetmemi sağlıyor. Kutlandığımı. Sevildiğimi.

Tabureden kalkıp bedenlerimizin birbirine dayanmasını sağlıyor. Birkaç saniye için öpüşmeyi bırakıyoruz. Bu, o ânın tüm ayrıntılarını kaydetmeme ve onu içime çekmeme yetiyor. Aidan alnını benimkine dayıyor. Aramızda bir iç çekiş oluşuyor. Bu sesin ondan mı yoksa benden mi geldiğini bilmiyorum; sadece sıcak, titrek ve özlem dolu olduğunu biliyorum.

Elleri aşağıya kayıp bel çukurumda duruyor. Aramızdaki mesafeyi kapatan, onu kendine doğru çeken ben oluyorum. Daha yakın. Daha derin. Bedenim ona asla yüksek sesle söyleyemeyeceğim şeyleri söylüyor: onu ne kadar istediğimi, bunun için ne kadar uzun zamandır beklediğimi, nasıl onun benim ismimi ya da göz rengimi bilmediği zamanlardan beri, bunca zamandır sadece ona ait olduğumu.

Onu öpüyorum. Dudaklarım şişiyor, tenim sakalıyla gıdıklanıyor. Birbirine dayalı duran göğüs kafeslerimiz birlikte genişleyip daralıyor; ellerimiz düğmeleri çözüyor, kumaşları yoldan çekiyor, umutsuz bir ten arayışıyla kıyafetlerin altında yılanlar gibi ilerliyor.

Kendimi geri çekilmeye zorluyorum. Elini tutuyorum. "Gel," diye mırıldanıyorum. Onu mutfaktan geçirip kilere götürüyorum.

Aidan soru sormuyor. Beni takip ediyor. Önemli olan tek şey bu. Önemli olan tek şey hep buydu.

Bedenlerimiz raflara çarparak demir atabileceği bir yer arıyor. Beceriksizce ikimizi birden boş bir duvara yönlendiriyorum. Bana yardım ediyor; bedenimin üzerindeki bedeninin baskısını kullanarak beni yüzeye sabitliyor. Ben tek ayağımı yerde tutarken diğer bacağımı beline doluyorum.

"Şuna bak," diye fısıldıyor. "Ne kadar esneksin."

Gülüyorum. Önlüğümün düğümünü çözüyor. Bu, hayatım boyunca birinin bana yaptığı en seksi şey. Eli gömleğimin altına girip karnıma çok hafif bir baskı uyguluyor. Utanmayı unutup inliyorum.

Parmaklarım arayıp dursa da bir türlü aradığı şeyi bulamıyor. Tereddüde düştüğümü fark edip bana yardım ediyor. Sonunda o sesi duyuyorum; yepyeni bir dünyaya açılan bir kapının sesi. Kemer tokasının açılma ve kot pantolonun yere düşme sesi.

29. BÖLÜM

Evdeki Kadın

Saat geç. Çok geç. Bugün akşam yemeği yoktu ve hâlâ eve gelmedi. Belki de seni yine terk etmiştir. Belki de bir süre seni yalnız bırakmanın iyi olacağına karar vermiştir. Bunca yıldır seni hayatta tutan kişinin kim olduğunu hatırlatmaya karar vermiştir. O olmasa öleceğini. Açlıktan öleceğini.

Sonra kapı kulpu dönüyor. İşte geldi. Seni asla unutmayan adam.

Kelepçeni açıyor. Önce ayakkabılarını, sonra pantolonunu, kazağını ve atletini çıkarıyor. Zihninin bedeninden kaçmasına izin veriyorsun. Beynin çok eskilerde kalmış bir tren yolculuğunun anılarını izliyor: Kararan gökyüzünün önünde sıralar hâlinde dizilmiş sayısız ağaç; giderek loşlaşan gün ışığı dalların arasından süzülüyor.

Yeniden gerçekliğe dönüyorsun. Odada, sert ahşap zeminin üzerinde, onun bedeninin altındasın. Sol omzu çenene dayandığında görüyorsun: Derisinde dört kırmızı çizgi var. Kıpkırmızı birer kuyruğu olan hilaller. Bu izleri tanıyorsun. Tırnaklarını kendi avuçlarına batırmandan, bacaklarının solgun derisi üzerine şekiller çizmenden, acının seni geçici de olsa rahatlatmasından biliyorsun. Bunlar, birisi tırnaklarını en yumuşak yerlerine geçirdiği zaman oluşan izler.

Bu izleri onda ilk kez görüyorsun. Bir yolculuktan sonra

bile hiç görmemiştin, *şeyden* sonra bile. Her zaman çiziksiz dönerdi.

Bittiğinde, o pantolonunu giyerken onu inceliyorsun. Gitmek için acele etmiyor. Üzerinde bir rahatlık, bir neşe var. Kendini iyi hissediyor.

"Şey..." diye fısıldıyorsun. "Saat her zamankinden geç, değil mi?"

Ağzının köşesi yukarı kıvrılıyor. "Neden? Gitmen gereken bir yer mi var?"

Kendini kıkırdamaya zorluyorsun. "Hayır. Sadece merak ettim, anlarsın ya. Neredeydin?"

Başını yana eğiyor. "Beni özledin mi?"

Cevabını beklemeden atletini pantolonunun içine sokuyor. "Sadece halletmem gereken birkaç iş vardı," deyip burnunu ovuşturuyor. "Bilmen gerekiyorsa."

Yalan söylüyor –elbette yalan söylüyor– ama onu okuyabiliyorsun. *O şeyi* yapmamış. Gözlerinde bir ışıltı, bedeninde dalgalanan elektrik yok.

Sırtını tırnaklayan her kimse, onun iyi olduğuna inanmak zorundasın. Hâlâ hayatta olduğuna inanmak zorundasın.

Bir an için rahatlıyorsun. Sonra boğazın yeniden düğümleniyor. Artık o kadın varsa, sana ihtiyacı var mı? Yoksa sadece yemeğiyle mi oynuyor?

O gittikten sonra da bu düşünce seninle kalıyor. Bir adamın sırtını tırnaklamak, etine yapışmak, onun üzerinde izini bırakmak, ancak çok özel durumlarda yapılacak bir şey.

Bundan hoşlanmıyorsun. Bundan hiç hoşlanmıyorsun.

Bundan hem o kadın adına hem de kendi adına hoşlanmıyorsun.

Dışarıda bir yabancı var. Tehlike altındaki bir yabancı.

Ve senin sonunun gelmesine de sebep olabilir.

Kulübenin dışında hayatta kalmanın üçüncü kuralı: Onun dünyasında olacaksan, özel olmak zorundasın. Kendine has olmak zorundasın.

30. BÖLÜM

Evdeki Kadın

Kırmızı çizgilerin ertesi sabahı. Gözkapakların ağır, zihnin bulanık. Öte yandan o, oldukça hızlı yürüyor. Bakışları gururlu. Teninin parladığına yemin edebilirsin. Belki de o kadını çoktan öldürmüştür.

Önce kahvaltı geliyor. Üçünüz de sessizsiniz. Cecilia'nın gözleri etrafta dolaşıyor. Önündeki kahvaltılık gevreği yemekten çok onunla oynuyor. Babası masanın altında telefonuna bir şeyler yazıyor. Kısa süre sonra tekrar yatak odasındasın. O gelip seni radyatöre kelepçeledikten sonra gidiyor. Her şey normal. Her şey her zamanki gibi.

Kamyonet garaj yolundan uzaklaşıyor. Belinde donuk bir ağrı var. Duruşunu, mümkün olduğunca uzanmaya çevirmeye çalışıyorsun. İşte o zaman hissediyorsun.

Kelepçe. Bileğine yapıştırılmış sakız gibi. İşe yaramaz. Doğrulup oturuyorsun. Sol elinle metale dokunuyorsun. Çember açılıp kolundan çıkıyor.

Bir anda.

Özgürsün.

Özgür müsün?

Bir şey var. Etrafındaki havada uçuşan, beyninin arkasını tırmalayan. Kesinlikle orada ama ona ulaşamıyorsun. Bacakların titremeye başlıyor. Onları açman gerek. Ayağa kalk. Bacaklarını aç, koşmaya başla.

Koşmaya başlaman gereken an bu mu?

Her zaman doğru an geldiğinde bundan emin olacağını düşünmüştün.

Korkuyor musun?

Bir korkak mısın?

Senin gibi kadınların cesur olması gerekir. Eskiden böyle şeyler duyardın. Haberlerde, dergilerdeki yazılarda. Kaybolduktan sonra eve dönmeyi başaran kızlar hakkındaki uzun yazılar. Korkunç adamların emrinde çalıştıktan sonra çıkış yolunu bulan kadınlar. *Çok cesurdu.* Bir teselli ödülü gibi: *Üzgünüz, seni kurtarmayı başaramadık ama şimdi, yürüdüğün yollara bile tapıyormuşuz gibi davranacağız.*

Gözünün önünde canlandırıyorsun.

Kafanın içinde, ayağa kalkıyorsun. Özgür olmak böyle bir his mi? Yatak odasının kapısına gidiyorsun. Bu cesaret gerektiriyor ama sen zaten cesur bir kadınsın, unuttun mu? Sen cesur bir kadınsın, bunu sakın unutma. Bu hayalde, kapıyı açıp dışarıya bakıyorsun. Orada değil. Orada kimse yok. Bunu biliyorsun. Kızıyla birlikte az önce çıktıklarını biliyorsun. Merdivenlerin birkaç basamağını iniyorsun. Sonra bir klik sesi duyuluyor. Koşmaya başlıyorsun. Oturma odasına, ön kapıya doğru koşuyorsun. Etrafına son bir kez baktıktan sonra, yapıyorsun. Kapıyı açıyorsun.

Sonra ne oluyor?

Kapıyı açtıktan sonra ne oluyor?

Hayal et. Dışarıdasın. Tek başınasın. Nerede, hangi eyalette, hangi kasabada ve sokakta olduğunu bilmiyorsun. Hiçbir fikrin yok. En yakındaki komşuların nerede yaşadığını ya da evde olup olmadıklarını bilmiyorsun. Onları tanımıyorsun. Yabancılara güvenmek senin için kolay değil, hatta artık bu aklına bile gelmiyor. Onlara hayatını emanet etmek. Seni kurtaracaklarına inanmak.

O hâlde komşuları unut. Tek başına koşmaya devam edebilirsin. Nereye? Bir kasaba merkezine mi? Bir polis karakoluna mı? Markete mi? Oralar da tanımadığın insanlarla dolu ama en azından tanımadığın insanların evleri değiller. Oralarda, etrafında bir kalabalık olur. Şahitler.

Peki tüm bunlar olurken o nerede?

Çocuğu nerede?

Kameralar.

Kameraları hatırlıyorsun.

Ama pedleri görmemişti. O zaman hiçbir şey olmamıştı.

Odada kamera var mı?

Emin olamıyorsun.

Peki ya bulutlara uzanarak yaptığı işi?

Yukarıdan sana bakıyor.

Tepene inmeye hazır.

Belki de kaçabilirsin. Birinin evini ya da dükkânını bulmaya çalışırsın. Açık bir kapı. Seni dinleyecek biri.

Peki ya bu sırada ne olacak? Telefonuna bir uyarı gidecek. Aplikasyondaki canlı yayına bakacak. Seni görecek, duyacak. Aceleyle eve dönecek. Çok öfkeli olacak. Ona, onun güvenine ihanet etmiş olacaksın. Bunun geri dönüşü olmayacak.

Sen güvenliğe ulaşamadan seni bulacak. Seni ormanın derinliklerine götürüp beş yıl önce yapmış olması gereken şeyi yapacak. Her şey kararacak. Her şeyin böyle bittiğine inanamayacaksın. Kimse, bunca zamandır hayatta olduğunu bilmeyecek. Kimse, kurtarılabileceğini anlamayacak.

Ama belki de telefonuna bakmayacak. Eve geldiğinde senin orada olmadığını fark edecek. Bundan sonra neler olacağını anlayacak. Polis sirenleri, yakalanma, hesaplaşma. Bunlar olurken burada olmak istemeyecek. Silahını kafasına dayayıp kendini vuracak.

Başka bir senaryo: Çocuğunu kamyonete bindirecek. Ona hemen gitmeleri gerektiğini, çanta hazırlamaya zamanları olmadığını söyleyecek. Arabayı sürmeye başlayacak ve asla bulunmayacak. Cecilia'yla birlikte, FBI'ın internet sitesinde yaşlandırılmış resimler olarak yaşayacaklar.

Ya da silahını alacak, kızını kamyonete bindirecek ve ıssız bir yere gidecek. Belki kendini öldürmeden önce kızını öldürecek. Bunu evde geçirdiğin ilk gecede, kızı onu neredeyse yakaladığında, ismini söylediği an gözlerinde oluşan dehşetten biliyorsun. Geceleri sesler, koridorda ilerleyen ayak sesleri duyuyorsun. Kızı onun belli türde bir adam olduğunu zannediyor. Kızının bu inancını korumak için her şeyi yapar.

Onun ölmesini istemiyorsun. Bu kafanı karıştırıyor ama istemediğini biliyorsun. Ve çocuğunun ölmesini de istemiyorsun.

Her zaman doğru an geldiğinde bundan emin olacağını düşünmüştün.

Doğru an şu an değilse ne zaman?

Şu an çıkmayacaksan, ne zaman dışarıya çıkacaksın?

Annen, baban ve erkek kardeşin.

Asla hak etmediğin arkadaşın Julie. Matt.

Beş yıldır bekliyorlar.

Senin canlı olmana ihtiyaçları var.

Senin, canlı kalmaya ihtiyacın var.

Her zaman doğru an geldiğinde bundan emin olacağını düşünmüştün.

Bu, doğru an değil.

Yatak odasında, yerde bağdaş kurmuş, radyatörün yanında oturuyorsun.

Bu, ikinci bir şansın olacağına inandığın anlamına mı geliyor? Başka bir fırsatla karşılaşacağına mı inanıyorsun? Daha iyi, daha güvenli bir seçenekle?

Bu senin hayatın. İlk gün kendini kurtardın ve o günden beri de her gün kendini kurtarıyorsun. Kimse seni kurtarmaya gelmedi. Tüm bunları tek başına yaptın ve bunun içinden tek başına çıkacaksın.

Şu an doğru an değil.

Peki bu ne anlama geliyor?

Kendine inanamıyorsun. Dudaklarını ısırıyor, üzerlerindeki hassas deriyi soyuyor, bir şey ikiye ayrılana kadar onu daha da sert ısırıyorsun. Metal tadı alıyorsun. Sıcaklığı hissediyorsun. İçinde bir öfke büyüyor, seni yiyip bitirmekle tehdit ediyor. Ağlamak, çığlık atmak, inlemek istiyorsun. Zihin gücünle gök gürültülü bir fırtına yaratmak istiyorsun. Uyuşmak istiyorsun. Her şeyin üzerine çıkmak istiyorsun. Artık parçalarına ayrıldığını hissetmemek istiyorsun.

Bir şey daha var.

Eve gelip açık kelepçeyi görürse, dikkatinin dağıldığını fark edecek. Yüzeyde seni suçlayacak ama derinlerde işin aslını bilecek. Kendine güvenmeyi bırakacak. Yeniden daha dikkatli olacak.

Onun dikkatsiz ve dağınık olmasına ihtiyacın var. Kendine güveninin sağlam olmasına ihtiyacın var.

Yap şunu.

Bu, yapabileceğin en büyük ihanet. Bu, bir inanç eylemi.

Ayağa kalkmıyorsun. Bunun yerine, parmaklarını kelepçenin etrafına sarıp metal uçları birbirine doğru itiyorsun.

Mekanizma bir *klik* sesiyle kapanıyor.

31. BÖLÜM

Dört Numara

Kızı henüz ilk adımlarını atmış.

"Yakında bana ihtiyacı kalmayacak," dedi.

Ne yapmamı istiyordu? Bunun doğru olmadığını söyleyip yemin etmemi mi?

Benim de üç çocuğum vardı.

Ona, çocuklarım dışında her konuda yalan söyleyebilirdim.

Bu yüzden doğruyu söyledim.

"Belki de bu doğrudur," dedim. "Belki de bir gün sana hiç ihtiyacı kalmayacak."

Bu onu yaraladı.

Elbette, bunu söylemenin yanlış olduğunu biliyordum. Ama elimde sadece bu vardı.

Ne olursa olsun yapacaktı zaten. Bundan emindim. Bunu yapmaya ihtiyacı vardı. Dahası, bunu yaparken kendisini izlemeye ihtiyacı vardı. Olay gerçekleşirken onu gördüm. Kendine bakıyordu. Arabamın dikiz aynasındaki yansımasına bakışlar atıyordu.

Sanki bunu hâlâ yapabildiğinden emin olmak istiyordu. Sanki buna inanmak için görmeye ihtiyacı vardı.

Kızı hakkında söylediklerime pişman değilim. Bu, hayatımı birkaç dakika kısaltmış olabilir ama o atışı yaptığıma pişman değildim.

Dediğim gibi, elimde bir tek bu vardı.

32. BÖLÜM

Emily

Kaybolan kadını aramayı bıraktılar. Yerel gazetenin dördüncü sayfasındaki habere göre, dava hâlâ kapanmadı ama hepimiz bunun ne anlama geldiğini biliyoruz. Dedektiflerin bakacağı yeni yerler, takip edebilecekleri ipuçları kalmadı. Ellerinde hiçbir şey yok.

Hayatlarımıza devam ediyoruz. Bencilce. Aptalca. Başka ne yapabiliriz ki? Tatil sezonu çok yaklaştı. Hepimizin mutlu olması gerekiyor.

Şükran Günü çok zor geçiyor. O güne *Açlık Oyunları*'ndaki çocuklar gibi hazırlanıyorum ama benim silahlarım rahat ayakkabılar, atkuyruğum için fazladan bir toka, kalınca bir saç spreyi katmanı ve ancak zeytinyağıyla ovulduğunda çıkan mat renkli bir ruj.

Tüm bu önlemlere rağmen, akşam altı servisinden sonra ayaklarım mola vermek için çığlıklar atıyor. Barın arkasındaki aynaya attığım bir bakış yanaklarımın kızarmış, alnımın terle kaplanmış olduğunu ve mükemmel saçımın bir anıya dönüştüğünü gösteriyor. Kollarım elmalı martinileri sallamaktan ve yanlarındaki espressoları yapmaktan yorgun düştü. Belimde bir ağırlık var. Her adım attığımda bacaklarıma doğru keskin bir acı yükseliyor.

Acı sorun değil. Acı, planın bir parçası. Ben ilk adımlarımı babamın restoranında attım. Çocukluğumu bahşiş toplayarak, hesapları götürerek, su bardaklarını doldurarak, sıcak tabaklarla ellerimi yakarak geçirdim. Acıya katlanabilirim.

Beni bir sürü küçük parçaya ayıran şey, her şeyi berbat ettiğim, haksızlıkların olmasına izin verdiğim zamanlar. Eric dört kişilik bir masanın ordövr tabaklarını mahvediyor ve ben ona kendini toparlamasını söyleyemiyorum. Mezelerden biri, "çok zayıf" olduğu söylenerek geri dönüyor. Tabii bir de Shirley Temple bozgunu var. Nick tarifi bana akşamüstü verdi; *sert seltzer, creme de cassis,** *biraz sallıyorsun; yetişkinler için Shirley Temple gibi bir şey.* İlk servisten önce onu deniyorum. İşe yarıyor. Ve menüye giriyor.

Cora, hazırlanmış üç bardağı tezgâhın üzerinde gördüğü ikinci servise kadar içkiler hakkında konuşmuyor.

"Bu benim fikrimdi," diyor.

"Ne?"

"Tarif. Onu ben buldum. Öğlen yemeğinde Nick'e söyledim."

Cora kızgın bile değil; sadece şok geçirmekle kabullenme arasında bir yerde sıkışıp kalmış. Nick onun fikrini çalmış. Çizgi filmlerdeki kötü adamlar ya da bir komedi dizisindeki kabadayılar gibi. Öylece fikrini çalmış. Ve benim bu konuda hiçbir fikrim yoktu.

Ona, "Üzgünüm," diyorum.

"Sorun değil." Aslında bu bir sorun ama ben onun patronuyum, bu yüzden sorun değilmiş gibi davranıyor. Ben ondan yeniden özür dileyemeden gidiyor.

İnsanlar iş hayatının kişisel bir şey olmadığını düşünmeyi sever. Ama biraz olsun işini önemseyen herkes bunun büyük bir saçmalık olduğunu söyleyecektir. Burada yaptığımız iş, olabilecek en kişisel şey. Ve ben hata yaptığımda insanlar acı çekiyor. Bunun sadece iş olmasının bir önemi yok. Günün sonunda, her şey üzüntüye dönüşüyor.

---

* Siyah frenk üzümü esanslı bir likör. *–çn*

Şükran günü atom bombalarının yarattığı mantar şeklindeki bulutlar gibi üzerimizi kaplıyor ve sonra erken bitiyor. Bu, ailelerin birlikte geçirdiği bir tatil. Kimse saat on birden sonra dışarıda olmak istemiyor. Restoran sakinleşiyor. Birkaç dakika boyunca, bu karmaşanın ardında bıraktığı yıkıntının içinde nasıl var olabileceğimizden emin olamadan, amaçsızca etrafta geziniyoruz. İçimizi çekiyoruz. Boyunlarımıza masaj yapıp burunlarımızı siliyor, su şişelerini kafamıza dikiyoruz. Bir hortumdan sonra olduğu gibi, temizlik başlıyor.

"Bunları eve götürmek isteyen var mı?"

Sophie, içi kurabiye poşetleriyle dolu bir karton kutuyu havaya kaldırıyor. Yarısı çikolatalı, yarısı lavanta aromalı. Gece boyunca hesapla birlikte onları ikram ediyorduk. Geriye on tane kadar kalmış.

Kimse hiçbir şey söylemiyor. Hiçbirimiz bedava yiyeceği kaçırmayız ama hepimiz bu gece restorana fazlasıyla doyduk. Kimse evine bu geceyi hatırlatacak bir şey götürmek istemiyor.

Sophie odayı gözden geçiriyor.

"Hadi ama, millet. Bunların ziyan olmasına izin vermeyeceğim ama hepsini de yiyecek hâlim yok."

Bakışları bana dönüyor.

"Patron?"

Sophie'ye hayır demek mümkün değil.

"Olur, tabii."

Kutuyu alıp ona teşekkür ediyorum. Temizliği bitirdiğimizde, Eric ve Yuwanda'ya önden gitmelerini söylüyorum.

Yuwanda, "Sen nereye gidiyorsun?" diye soruyor. "Neredeyse gece yarısı oldu."

Hemen bir iş uydurup eczaneden almam gereken bir şey olduğunu söylüyorum. Yuwanda bana ters ve şüpheci bir bakış atıyor. Ben onun beni zorlamaya devam etmesini –eczanenin onda kapandığını ve Şükran Günü gecesinde kesinlikle açık olmayacağını söylemesini– bekliyorum ama Yuwanda bunu yapamayacak kadar yorgun. Ebeveynimin öldüğü dönemden, bazen yalnız kalmaya ihtiyacım olduğunu ve bunu sorgulamanın bir işe yaramadığını biliyor.

"Arabayı dikkatli kullan."

Civic'e geçip oturduğumda telefonumu çıkarıyorum. Kilerdeki geceden sonra, Aidan ve ben sanki konuşamayacak kadar şaşkınmışız gibi, yirmi dört saat boyunca mesajlaşmadık. Sonra, ben tam yatmak üzereyken, "Seni düşünüyorum :)" yazdı.

"Öyle mi?" yazdığımda, "Evet," diye cevap verdi. "Ben de :)" diye yanıtladım ve o zamandan beri yeniden normal mesajlaşma hızımıza döndük. Ayrıca, salı günü yine restorana geldi. O geceyi, bedenimde bir elektrik akımı dolaşarak, henüz vaktinin gelmemiş olduğunu bilsem de sürekli kapıya bakarak geçirdim. Sonunda içeriye girdiğinde, midemde büyük bir boşluk oluştu. Bakışları benimkileri buldu. Gülümsedi. Ben de ona gülümsedim. Birkaç saniye için orada sadece ikimiz vardık. Dünyadaki en lezzetli sırrı paylaşan, iki mutlu aptal.

Kilerdeki kaçamağımızı tekrarlamadık. Ama birbirimize anlamlı bakışlar attık; o hesap fişini alırken hızlıca bileğimi okşadı, kimse bakmazken belime sarıldı. Ve kapanış vaktinden hemen önce bir mucize oldu: Yemek salonu tamamen boşalana kadar bekledi ve bana, gözlerimi kapatıp elimi uzatmamı söyledi. Bunu yaptığımda, avucuma soğuk bir şey koyup parmaklarımı kapattı. "Hadi," dedi. "Gözlerini aç. Ona bir bak."

Parmaklarımı açtığımda küçük, gümüş bir kolye gördüm. İnce zincirin ucunda bir sonsuzluk sembolü sallanıyordu ve kolyenin arkasına bir pembe kuvars yerleştirilmişti. "Aman Tanrım," diye fısıldadım. "Bunu nereden buldun?"

Bir şey söylemedi. Bana arkamı dönmemi söyledi.

"Umarım işyerinde takamayacağın kadar abartılı değildir."

Ona mükemmel olduğunu söyledim. Saçlarımı toplayıp nazikçe kenara çekti. Kancayı takarken hiç kıpırdamadan durdum ve parmak eklemleri boynuma değdiğinde ürperdim.

Artık sıra bendeydi. Benim mücevherlerim yoktu ama o an ona verebileceğim en iyi şey Sophie'nin kurabiyeleriydi.

Telefonu açıp yazmaya koyuldum: "Selam. Sana bir sürprizim var."

"Gönder"e basıp Civic'i çalıştırıyorum. Yargıç'ın evi kasaba merkezine uzak değil; restorandan çıkıp anayol boyunca gidilen on dakikalık bir araba yolculuğu. Yola çıkabilirim. Yaklaşık beş dakika sonra cebimde bir titreşim hissediyorum. Yavaşlayıp telefonuma bakıyorum.

"Neymiş o?" yazmış.

Tek elimle yanıtlıyorum: "Çok yakında öğreneceksin. Eve teslimat yapıyorum. :)"

Telefonum yeniden titreştiğinde, Honda'nın gaz pedalını köklemek üzereyim.

"Ne zaman?"

"Yaklaşık... iki dakika sonra. Neredeyse sokağının sonuna geldim. Hahaha."

Mesajı gözden geçirip "hahaha" kısmını sildikten sonra gönderiyorum. Hemen üç nokta beliriyor.

"Tamam. Kıpırdama. Ben senin yanına gelirim. Cece uyuyor ve onu uyandırmak istemiyorum. Annesi olmadan geçirdiği ilk Şükran Günü, anlarsın ya."

Başımı sertçe koltuğun başlığına yaslıyorum. Bunu nasıl düşünemedim? Bu sabah her zamanki gibi, "Selam" ve "Günün iyi geçsin" mesajlarımızı gönderdik. Bundan sonra Şükran Günü çılgınlığı, telefonumu istediğim kadar sık kontrol etmemi engelledi. Ona sadece, kısa –ve şimdi fark ettiğim üzere aptalca– bir "Şükran Günün kutlu olsun" mesajı gönderebildim. Bunu yaparken bile Eric tuvalet kapısını yumruklayıp kaz otu hakkında bir şeyler söylüyordu.

"Elbette," yazıyorum. "Haber vermeden geldiğim için özür dilerim. Bloğun köşesinde bekleyeceğim."

Buna cevap vermiyor. Lanet olsun. Hiçbir şey söylemeden buraya gelirken ne düşünüyordum?

Geri dönmek için çok geç. Yola çıkmış olmalı. Sokağın sonuna doğru ilerleyip sola sapıyor ve motoru kapatıyorum.

Birkaç saniye sonra Civic'e doğru hızla ilerlediğini görüyorum. Dışarı çıkıyorum. Üzerinde palto yok, sadece bol, bej rengi bir kazak var. Eldiveni ya da şapkası da yok.

Yanıma geldiğinde kıkırdayıp çıplak boğazını ve ellerini işaret ediyorum. "Evden ne kadar hızlı çıktın?"

Aidan tepki vermeden önce, yalnız olduğumuzdan emin olmak istermiş gibi etrafına bakınıyor. Sonra, kalçalarını benimkilere yaklaştırıp önce dudaklarıma hafif bir öpücük konduruyor, sonra daha uzunca öpüyor. "Sanırım seni görmek için acele ediyordum." Elleri paltomun altına kayıp kalçalarımı buluyor. Beni yumuşakça Honda'ya bastırıyor. Ben de kollarımı onun omuzlarına dolayıp bedenimin onun içinde erimesine izin veriyorum.

Bir an için Şükran Günü'nü unutuyorum. Restoranı unutuyorum. Kâr marjlarını, zayıf mezeleri, çalınan tarifleri unutuyorum. Geleceği düşündüğümde boğazımda oluşan yumruyu, kendimi bundan beş, on, yirmi yıl sonrasında hayal etmeye çalıştığımda akciğerlerimde hissettiğim donmuş suyu.

Bu beni öldürse de, ona kurabiye kutusunu verebilecek kadar uzaklaşıyorum.

"En sevdiğimiz müşterimiz için, Sophie'den."

O, poşetlerden birini alıp sokak lambasının ışığında havaya kaldırıyor.

"Kurabiye. Bu çok hoş. Teşekkür ederim. Ve lütfen Sophie'ye de teşekkür ettiğimi ilet."

Ona bunun sorun olmadığını söyleyip yeniden habersiz geldiğim için özür diliyorum. Bunu düşünmüş olmam gerektiğini ama düşünemediğimi, onu rahatsız etmek istemediğimi söylüyorum.

"Önemli değil." Kutuyu Honda'nın üzerine bırakıyor. "Geri dönmem gerek," diyor ama harekete geçmiyor. Bir şey onu burada tutuyor. Bir tutku. Hayal ettiğinden bile güzel bir şeye dönüşen bir an, biraz daha uzamak için yalvarıyor.

Tekrar bana dokunuyor. Elini enseme götürüp hafifçe saçımı çekiyor. Hızlıca altdudağımı ısırıyor. Karnımda bir ateş yanmaya başlıyor.

Nefesim derinleşiyor. Ağrıyan kollarımın izin verdiği ölçüde, onu kendime bastırıyorum. Onu istiyorum, her şeyini istiyorum ve onun da benim her şeyime sahip olmasını istiyorum. Beceriksizce, kazağım ve gömleğimle uğraşıyor. Aceleci parmaklar tenime değiyor. Sıcak bedenimin üzerindeki soğuk parmakları. Gözlerimi kapatıyorum.

Belki de o şeyi, biz duymadan önce hissediyor. Dudakları benimkilerden ayrılıyor. Elleri üzerimden çekiliyor. Ben henüz bunları algılayamadan –onu özlemeye başlayamadan– o şey bize ulaşıyor.

Geceyi tam ortasından yırtacak kadar acı bir çığlık.

33. BÖLÜM

Evdeki Kadın

Sana, Cecilia'ya Şükran Günü hakkında nasıl bir yalan söyleyeceğini anlatıyor. Bir gece, "Ona ailenle görüşmediğini söyle," diyor. "Seyahatte olduklarını söyle. Hayatları boyunca çok çalıştıklarını ve artık tüm tatillerini bir yolcu gemisinde geçirdiklerini söyle."

Cecilia senin Şükran Günü'nde ne yapacağını pek de umursamıyor. Sana eskiden yılın bu zamanında annesiyle birlikte yaptıkları şeyleri anlatıyor. Yemekleri genellikle babası yapmasına rağmen, Şükran Günü yemeğini hep annesinin yaptığını söylüyor. Annesinin özel bir salamura tarifi var; patates püresini çok az deriyle karıştırıyor. Birlikte pişirip komşulara götürdükleri karamelli kurabiyeler de var.

Cecilia bunları anlatırken babası dişlerini gıcırdatıyor. Üzerinde bir sertlik var, omuzları gergin. O bir baba. Çocuğunu tek başına yetiştiren bir ebeveyn.

O gece uğraşıyor. Yani, uğraşıyor sayılır. Masaya her zamanki kâğıt havlular yerine Cecilia'nın uzun zaman önce bulduğu, hindi biçiminde halkalara geçirdiği gerçek peçeteler koyuyor. Turuncu mumlar, altın rengi, kenarlarında kırmızı birer şerit olan kâğıt tabaklar.

Hindi yerine kaz pişiriyor. Onu, işyerindeki bir arkadaşının kendi elleriyle yakaladığını söylüyor. Kazı dondurmuş ve birkaç gün önce ona satmış. Boğazının gerisinden safra yükseliyor. Tabağındaki beyaz ve parçalanmış etle oynuyorsun. Kendini çiğnemeye ve yutmaya, çiğnemeye ve yutmaya zorluyorsun. Ormanda yakalanıp öldürülmüş bir yaratığı yemek sana doğal gelmiyor.

Biberiye soslu havuç. Parmak patatesler. Cecilia'nın sevdiği gibi, konserve kızılcık sosu. Uğraşan bir baba. Karşısındaki onun küçük kızı ve onu sevmesine ihtiyacı var. Kızın uysal, kör olmasına ve babasına hayranlık duymasına ihtiyacı var. Onu mutlu etmek için yaptığı her şeyi görmesine ihtiyacı var.

Akşam yemeğinden sonra film vakti geliyor. Cecilia tatil klasiklerini sevmiyor. Onları sen de sevmiyorsun. Kimse büyük, mutlu aileler hakkında filmler izlemek istemiyor.

Cecilia önerilerin arasında geziniyor. Noel temalı bir romantik komedide karar kılıyor. Genç İngiliz bir oyuncu, hayatının kontrolünü kaybetmiş bir kadını oynuyor; çıkmaz sokak gibi bir işe mahkûm olmuş ve kız kardeşiyle yabancılaşmış. Onu kurtarmak için ölümden dönen bir melek olduğu çok belli olan bir adam çıkageliyor. Onu Londra civarında maceralara sürüklüyor ve ona unuttuğu tüm tuhaf ve göz alıcı şeyleri gösteriyor.

Genç İngiliz oyuncu meleğin ardından bir ara sokağa girerken, "Daha önce sana, seri katilleri hatırlatan bir yanın olduğunu söyleyen oldu mu?" diye soruyor. Yakışıklı melek ona, "Hayır," diyor. "En azından, bunu bir kereden fazla söyleyen olmadı." Cecilia buna gülüyor. Babası tepki vermiyor. Belki de bunu duymadı bile. Belki de mesaj yazıyor. Bilmiyorsun. Ekrana odaklanıyorsun.

Zihnin, o seni aldıktan sonraki ilk Şükran Günü'ne dönüyor. Tam o zamanlar, uzun süre onun yanında kalacağını anlamaya başlamıştın. Kulübede geçireceğin zamanın aylarla değil yıllarla ölçüleceğini. Aileni, akşam yemeği masasında kendilerini kontrol etmeye çalışan ebeveynini düşünmemeye çalışmıştın. Erkek kardeşin Maine'den gelmiş miydi, yoksa bütün kutlamayı es geçmeyi mi tercih etmişti?

Eskiden, kendinden daha büyük bir bütünün parçasıydın. Genellikle annen, baban ve erkek kardeşini sen bir arada tutardın. Bir kavgadan sonra ortamı yumuşatır; eve iyi notlar, neşeli haberler, Noel kartlarına yazılabilecek şeyler getirirdin. Sensiz devam edebildiler mi? Yoksa ailen dağılıp, genellikle büyük bir kayıp yaşandıktan sonra olduğu gibi, bağlarını kopardı mı?

"Siktir."

Bakışlarını telefonundan ayırıyor. Gözleri kısılıyor.

Filmi durdurmadan, "Kısa süreliğine bir yere gitmem gerekiyor," diyor. "Burada kalın."

Görünüşte bunu Cecilia'ya söylüyor ama aslında sana söylediğini biliyorsun. Telefonu titreşiyor. Bakışlarını ona kaydırıp yeninden kaldırıyor. "Hemen döneceğim. Sadece bir şey almam gerekiyor."

Hızla bir şeyler yazdıktan sonra botlarını ayaklarına geçirmek için telefonu tekli koltuğun kolçağına bırakıyor. Cecilia filmi durduruyor. "Neler oluyor?"

Bir botu ayağında, diğeri elinde, kızına bakıyor. "Hiçbir şey olmuyor. Sadece bir arkadaşım bana bir şey vermek istiyor."

Yüzünde, seni eve getirdiği gece kızının neşeli sesinin koridorun diğer tarafından duyulduğunda beliren ifadenin aynısı var. Onu çok nadiren böyle görüyorsun. Gafil avlanmış, iki hayatının birbiriyle çarpışmasını engellemeye çalışırken.

"Hemen döneceğim." Evin anahtarlarını alıyor. "Uzak bir yere gitmiyorum." Yavaş yavaş, bunun senin iyiliğin için olduğunu ima ederek ekliyor: "Hemen köşede olacağım." Evin batısındaki bilmediğin bir noktayı işaret ediyor. "Sadece birkaç dakikalığına gidiyorum."

Filmi yeniden başlatmak için sabırsızlanan Cecilia ona hızla el sallıyor. Sen de hafifçe başını sallıyorsun.

Koşar gibi kapıya gidip sana son bir bakış attıktan sonra dışarı çıkıyor. Kapı dışarıdan kilitleniyor. Bu faydasız bir önlem; dışarıdan gelecek kişileri engelleyecek olsa da –bunun son derece farkındasın– birinin evden çıkmasını engelleyemez.

Beynin hızla çalışmaya başlıyor. Düşünceler, vızıldayan ve senin için çok hızlı olan sivrisinekler gibi dolaşıyor. Onlara tutunmaya, her seferinde birine odaklanmaya çalışıyorsun.

O gitti. Bunun uzun sürmeyeceğini söyledi ama gitti. Artık sadece ikiniz varsınız. Sen ve Cecilia. Karnında hissetmeye başladığın bir baskıyla koltukta kıpırdandığında, onu görüyorsun.

Telefonu.

Çıkmak için o kadar acele etti ki telefonunu koltukta unuttu.

Etrafına bakınıyorsun. Kamyonetinin anahtarı kapının yanında asılı duruyor. Ama o nerede?

Nereye gitti?

Dışarı çıkıp koşmaya başlarsan seni görebilir mi?

Cecilia yanına sokuluyor. Sen odağını korumak için savaşıyorsun. Beynin mısır ununun ya da yoğun bir şerbetin içinde ilerliyormuş gibi hissediyorsun. Onu bırakabilir misin?

Kaburgalarının ortasında bir yumruk sıkılıyor.

Bu kız için burada kaldın. Seni doğru düzgün kelepçelemediği gün. Kendine, kameralar yüzünden kaldığını söyledin. Çünkü emin değildin. Çünkü korkuyordun. Ama kendini ikna edebilirdin. İçinde bu cesareti bulabilirdin.

Sebep kızdı. Kız için kaldın. Artık bunu biliyorsun.

Bu işin içinden nasıl çıkarsan çık, onunla birlikte çıkmalısın. Onun güvende olmasını istiyorsun. Sürekli gözlerini üzerinde tutmak istiyorsun.

Babası, çıkmadan hemen önce batıyı işaret etti. Seni eve getirdiği gece diğer yönden gelmiştiniz. Düşünüyorsun. Yola, lastik izlerine ve geldiğiniz yöne dair anılarına güvenebilmeye ihtiyacın var. Doğuya doğru gidip aynı yolları takip edebilirsin. Sana gözlerini kapatmanı söylemişti ama sen, altındaki kamyonetin asfalt bir yolda ilerlediğinizi gösteren yumuşak hareketlerini hissedebiliyordun.

Onun bir hata yapmasını bekliyordun. Çok dikkatliydin. Emin olmak için bekledin.

Doğru an gelmiş olmalı.

Şu an –telefonu ve araba anahtarını ulaşabileceğin şekilde bırakıp dışarı çıkmışken ve elinde kaçış planına benzer bir şey varken– gitmeyeceksen, ne zaman gideceksin?

Kulakların uğuldamaya başlıyor. Bunları düşünürken kaç dakika kaybettin; iki mi, üç mü?

Bunu şu an yapmak zorundasın.

Noel'de evde olabilirsin. İşte bu. Uçurumdan atlamak için ihtiyacın olan son düşünce bu. Uzaktan kumandayı eline alıp filmi durduruyorsun. Cecilia kaşlarını havaya kaldırıp sana bakıyor. Sanki, *Bir sorun mu var?* diyor.

Bunu ona nasıl açıklayabileceğini bilmiyorsun. İkinizin de gitmesi gerektiğini nasıl söyleyeceğini. Senin bildiğin, onun bilmediği şeyler olduğunu ve sana güvenmesi gerektiğini.

Senin de kendine güvenmen gerekiyor.

Ona, "Ben gidiyorum," diyorsun. "Kamyonetle biraz dolaşacağım."

Cecilia kaşlarını çatıyor. "Şu an mı?"

"Evet." Yutkunuyorsun. Sürekli kamyonetle gezintilere çıkan, arabasını köşeye park eden birinin net ses tonuyla konuşmaya çalışıyorsun. "Aklıma bir şey geldi. Gitmem gerek." Bu, ağzından çok gerçek bir tavırla çıkıyor. *Gitmem gerek. Gitmem gerek. Gitmem gerek.* "Uzun sürmeyecek."

Cecilia omzunu silkiyor. Onun buna, yetişkinlerin gecenin bir vakti gitmelerine, bilinmeyen sebeplerle ortadan kaybolmalarına ve bu dünyanın en doğal şeyiymiş gibi geri gelmelerine alışık olduğunu fark ediyorsun.

Sonra ona söylüyorsun.

"Senin de benimle gelmen gerekiyor."

Alnı kırışıyor. Kafası karıştığında babasına benziyor. Onunla konuştuğunda, ona bir şeyler sorduğunda. O, Cecilia. Tam babasının kızı.

"Sadece, benimle gel," diyorsun.

Cecilia yüzünü yeniden ekrana çeviriyor. "Gelemem. Bunu babama söylemem gerek. Ve bir de film var."

O kadar tatlı ve nazik ki. Duygularını incitmemek için dolambaçlı konuşuyor. Gerçek sebebi söylemek yerine bahaneler üretiyor: *Gecenin bir yarısı tanımadığım biriyle dışarı çıkamam.*

"Sorun yok," diyorsun. "Baban bunu önemsemez."

Cecilia kaşlarını çatıyor. Yalan söylüyorsun ve bunu biliyor.

"Hiçbir sorun olmayacak," diye ısrar ediyorsun. Onu ikna edebilecek cümlelerin yok ve bunları düşünecek zamanın da yok. O her an dönebilir.

Gitmek zorundasın.

"Gel."

Ayağa kalkıyorsun. Cecilia hareket etmiyor. On üç yaşında. On ya da altı yaşında değil. Sen öyle istediğin için seninle gelmeyecek.

Onu yumuşakça dürtüyorsun. "Hadi gidelim."

Hafifçe irkiliyor. Onun sinirini bozuyor, onu korkutuyorsun. Onu rahat bırakmanı istiyor.

Şimdi geri çekilmenin zamanı değil. Bunu ona daha sonra açıklayacaksın. Şu an için bilmesi gereken tek şey senin onun tarafında olduğun ve seninle gelirse hayatının daha iyi olacağı.

"Endişelenmeni gerektirecek hiçbir şey yok. Sadece biraz dolaşacağız. Tamam mı? Sadece biraz dolaşacağız."

Ona güven vermeye çalışıyorsun ama sesinde seni bile geren tiz bir tını var. Sabrın tükenmeye başlıyor.

Tek başına kaçacak mısın?

Kız kendisini kurtarmana izin vermezse, arkana bakmadan kendini kurtarabilecek misin?

Son kez deniyorsun.

Yeniden yanına oturuyorsun. Yarısı babasına ait olan gözlerine bakıyorsun.

"Dinle." Alçak sesle konuşuyorsun ve nefesin, görünmez bir camın üzerinde buğu oluşturuyormuş gibi sıcak ve nemli. "Bu önemli bir şey değil. Sadece bir gezinti. Yani sorun yok. O yanında olmadan da vakit geçirebilirsin. Bunu istemen yanlış değil."

Vücudunu toparlayıp kollarını bacaklarının üzerinde kavuşturuyor. "Sen ne dediğini bilmiyorsun."

Ona geceleri neler olduğuna dair ürettiğin teorilerden bahsetmek istemiyorsun. Yanılıyor olabileceğini biliyorsun. Hiçbir şey bilmediğini biliyorsun.

Sesini elinden geldiğince yumuşatıyorsun. "Ben de annem ve babamla vakit geçirmeyi severdim," diyorsun. "Senin yaşındayken." Boğazın karıncalanıyor. Cecilia, bir kayanın üzerine yapışmış istiridye gibi, seni buraya demirliyor. Kendini bu evden koparman gerekiyor. Cecilia'yı ondan koparman gerekiyor. Onu bir istiridye gibi açman, tek bir hareketle kabuğun açılmasını, etlerin dışarıya dökülmesini sağlaman gerekiyor.

Ona, "Ben de annemle babamı severdim," diyorsun. "Hâlâ seviyorum. Onları seviyorum. Ama kendi başına bir birey olmak da iyidir. Onu bırakman iyi bir şey. Sadece kısa süre için."

Başını kaldırıp sana bakıyor. Yanakları ısınmış ve kızarmış, gözleri öfkeyle kararmış. Tam babasının kızı.

"Anlamıyorsun. Hiçbir şeyi anlamıyorsun." Sana karşı acımasızca davranmak onun da canını yakıyor. Ellerini öfkeyle büküp eklemlerinin bembeyaz kesilmesine, derisinin kızarmasına sebep oluyor. "Bunun nasıl bir şey olduğunu bilmiyorsun." Bakışlarını tavana çevirdiğinde, kalbin binlerce parçaya bölünüyor. Cecilia gözyaşlarını bastırıyor. "Kimse bilmiyor," diyor. Sesi, gökyüzünden yere çakılmakta olan bir uçak gibi titriyor. "Kimse anlamıyor."

"Dinle." Bunu söylemek zorundasın. Bunu denemek zorundasın. "Biliyorum, tamam mı? Sana ne yaptığını biliyorum."

Sana boş gözlerle bakıyor. "Ne?"

Onu kandırmak için yapabileceğin başka hiçbir şey yok. Karşındaki bu akıllı kız, babasına çok sadık. İstediği tek şey sevmek ve sevilmek. Ve sen onu köşeye sıkıştırdın. Onu seçim yapmaya zorluyorsun ve bunun için senden nefret ediyor. Onu suçlayamazsın.

Bedenindeki her kas seni dış dünyaya çekiyor ve bedenindeki her kas seni yeniden buraya, kızın yanına çekiyor.

Bunu yapamazsın. Bunu yapabilmeyi ne kadar istesen de, o olmadan buradan gidemezsin.

Onun adına bir seçim yapmalısın.

"Pekâlâ." Ayağa kalkıyorsun. Kolunu tutup onu çekmeye başlıyorsun. "Gidelim."

Sesine otoriter bir tını katmaya çalışıyorsun. Kolunu çok sıkmamaya, onu omzunu acıtacak kadar sert çekmemeye çalışıyorsun. Onun canını yakmak istemiyorsun. Ne şimdi ne de hiçbir zaman.

Kısmen de olsa başarılı oluyorsun. Koltuktan kalkmak zorunda kalıyor. Ama sana direniyor ve seni ters yöne çekiyor.

"Ne yapıyorsun?"

Ses tonu panikten çok öfke dolu. Diğer kolunu da sol elinle yakalayıp çabanı iki katına çıkarıyorsun.

Düşündüğünden daha güçlüsün. Belki de bunun sebebi, yediğin bir sürü yemektir. Belki de kasların gelişmiştir. Belki de artık o kadar kırılgan değilsindir. Ama sebebi muhtemelen damarlarında dolaşan adrenalin, dışarıdaki gecenin çekimi ve az sonra üzerinde ilerleyeceğin asfaltın çağrısı.

Gücünü toplayıp bir kez daha onu kollarından çekiyorsun. Bir şey yanlış gidiyor; bir şeyi yanlış hesaplıyorsun ve Cecilia'nın ayak bileği büyük bir gürültüyle sehpaya çarpıyor. Sana gözlerinde o kadar ihanete uğramış gibi bir ifadeyle bakıyor ki gözlerini kaçırmak zorunda kalıyorsun. Kızın canını yaktın. Bu, bu hayatta ve daha sonraki tüm hayatlarında, yapmayı en istemediğin şey.

Sen daha özür dileyemeden, evin içinde yaralı ve ilkel bir ses yükseliyor. Sanki beş yıl boyunca biriktirdiğin bütün acı ve öfke bir elektrik akımı gibi senin teninden onunkine doğru akıyor. Cecilia durmadan çığlık atıyor. Ağzını kocaman açmış, gözlerini sımsıkı kapatmış ve giderek daha yüksek sesli, daha uzun ve daha önce hiç duymadığın kadar öfkeli çığlıklar atıyor. Durmasını istiyorsun ama hâlâ onun yanındasın; bütün bu an boyunca ona çok yakınsın. Nefesinin bitmek üzere olduğunu düşünürken Cecilia'nın içinde yeni bir nefes akımı başlıyor ve yeniden çığlık atıyor. Bir yandan seni korkutan ama aynı zamanda gizlice, fark ettirmeden seni özgürleştiren biçimde çığlık atıyor. İkinize de yetecek kadar çok çığlık atıyor.

34. BÖLÜM

Emily

Yan yana duruyoruz. Birkaç kısa an boyunca fark ettiğim tek şey saçlarımın arasındaki ellerinin, birbirimizden uzaklaştıktan sonra bile hızla inip kalkmaya devam eden göğsünün üzerimde yarattığı baskının yokluğu oluyor. Nefesi yükseliyor, buz gibi havada nemli damlacıklar oluşturuyor.

Gerçeklik bana soğuk bir duş gibi çarpıyor. O çığlık. Bu tam da kanlı bir korku filminde, perdenin açılıp ardındaki silueti ve bir bıçağın parıltısını gözler önüne serdiği sahnede atılan çığlık gibi.

Boş bir sokağın ortasında duruyoruz. Bu çığlığa sebep olan şey, en fazla yüz elli metre uzağımızda olabilir. Donakalıyorum.

"Bu da neydi?"

Sesim titriyor. Onun bedeni, artık evinden geldiğini anladığım sese yöneliyor. Yüzü geriliyor. Sonra sanki bir şeyi anlıyor ve yüz hatları gevşiyor.

"Kızım olmalı."

Kaşlarımı çatıyorum. Bu, nasıl iyi haber olabilir ki?

"Kâbuslar görüyor. Karabasanlar. Sen bana mesaj attığında uyuyordu, demiştim ya."

Doğru ya. Hissettiğim rahatlamayla bacaklarım titremeye başlayınca Honda'ya yaslanıyorum. On üç yaşındaki kızı, gördüğü bir kâbus yüzünden uyandı.

"Gidip ona bakmalıyım," diyor.

Çok rahatlıyorum. Kalbim göğsümde bir helyum balonu gibi şiştikçe hafiflerken, bir kıkırtıyı bastırıyorum.

Yeniden ciddi bir ses tonuyla, "Elbette," diyorum. "Gitmelisin."

Arabanın kilidini açıp şoför koltuğuna oturuyorum. O, kapı kapanana kadar bekliyor, bana hızlıca el sallıyor, sonra eve doğru koşmaya başlıyor. Dikiz aynasından onu izliyorum. Adımları gerçek bir koşuya dönüşüyor. O, görevi olan bir baba.

Hızla geri geri gidiyorum. Bir çarpma sesi duyuluyor. Kalbim yeniden boğazımda atarak fren pedalına basıyorum. Bir şeye mi çarptım? Hiçbir şey görmedim ama belki iri bir sincap olabilir.

Ya da bir insan?

Az önce birine mi çarptım? Buranın lanet olasıca yolları çok karanlık. Yargıç bile sürekli bundan yakınıyor; belediye meclisinden, buraya birkaç sokak lambası dikmek için para ayırmasını istiyor.

Kusmaya hazır hâlde durup ön lastiklerimi kontrol ediyorum.

Yeni bir rahatlama dalgası her yanımı sarıyor. Bu, onun arabanın üzerine koyduğu ve aceleyle giderken almayı unuttuğu kurabiye kutusu.

Arabayı sürmeye devam ediyorum. Duyduğum çığlığın önemli olmadığını bilsem de, yolun karanlık bir yerinde tek başıma olmak istemiyorum. Hemen eve dönüyorum.

35. BÖLÜM

Evdeki Kadın

Cecilia çığlık atmaya başladığı an onu bırakıyorsun. Parmaklarını açıyorsun. Çılgınca debelenen kızı bırakıyorsun. Ona defalarca durmasını, susmasını söylüyorsun ama çok geç. Cecilia, babası öfkeli bir karaltı hâlinde içeriye girip doğrudan ikinize yönelene kadar çığlık atmaya devam ediyor.

Bu, beş yıldır yaptığın en büyük hata. Bunu anında, kör edici bir netlikle anlıyorsun.

Onun gördüğü şu: Kıymetli çocuğu, biricik kızı ağlıyor. Cecilia aniden çığlık atmayı bırakıyor ve sen ellerini havaya kaldırmış hâlde yanında yere çöküyorsun.

Kapı onun arkasından kapanıyor. Üç adımda yanınıza geliyor. Seninle kızının arasına girip iki eliyle bileklerinizi yakalıyor.

Cecilia durumu açıklamaya çalışırken sözcükleri birbirine karışıyor. "Sorun yok," diyor. "Her şey yolunda. Sadece, bir şey gördüğümü sandım. Çok korktum ve çığlık attım ama hiçbir şey yoktu. Yaralanmadım. Kimse yaralanmadı. Rachel sadece yardım etmeye çalışıyordu, baba."

İçgüdüsel olarak bunu yapması gerektiğini biliyor. Seni kurtarma umuduyla yalan söylüyor.

O, uzun bir nefes veriyor. Cecilia ve senin bileklerinizi bırakıyor. Göğsü hızla inip kalkıyor ve nefes alıp verişini düzenlemeye çalışıyor.

Gülümsüyor. Bu sadece bir gösteri. Altında nabız gibi atan öfkeyi hâlâ hissedebiliyorsun. Burun delikleri genişlemiş, bakışları odaksız.

Sakin bir sesle, "Sen iyi misin?" diye soruyor. Bir babanın sesiyle.

Cecilia başıyla onaylıyor.

O senin de aynı soruyu yanıtlamanı istiyormuş gibi sana dönüyor. Hepsi bir oyun. Hepsi Cecilia için.

Sen de başınla onaylıyorsun.

Dikkatini yeniden kızına yöneltiyor.

"Neden biraz odana gitmiyorsun?"

Cecilia, "Tamam," deyip arkasına bir daha bakmadan uzaklaşmaya başlıyor. O, elinden geleni yaptı.

Üst katta, Cecilia'nın odasının kapısı kapanıyor.

"Üzgünüm," diye fısıldıyorsun. "Söylediği gibi, bir şey gördüğünü sandı ve korktu ve–"

"Kapa çeneni."

Yeniden, "Üzgünüm," diyorsun. "Özür dilerim."

Seni duymuyor.

"Ne bok yedin?"

Elleri senin üzerinde. Seni tutuyor, sarsıyor. Ondan önce, sadece fiziksel olarak senden daha güçlü birinin yanında olmanın umutsuz basitliğini bilmiyordun. Daha önce hiç, birinin kollarını saran elleriyle seni hiçliğe dönüştürdüğü olmamıştı. Daha önce hiç, boynunun bir kamçı gibi öne arkaya sallanmasına sebep olacak kadar sert sarsılmamıştın.

"Bir yanlış anlamaydı," diyorsun. "Ben sadece–"

"Sana çeneni kapamanı söyledim."

Seni sessiz ve ölümcül bir hareketle duvara itiyor.

Yapabilseydin, sen de Cecilia gibi üst kattaki odana koşardın. Onun hayatından tamamen yok olur, bir an için seni tamamen unutmasına izin verirdin. Ama bunu yapamıyorsun çünkü o oda ona ait, bu dünya ona ait ve o hem gitmeni hem de burada, görebildiği bir yerde olmanı istiyor.

Kolu, boğazına gömülüyor. Gözlerinin önünde siyah noktalar belirene kadar itiyor.

Bunu daha önce de yaptı ama her zaman son anda durur. Bu kez durmuyor.

Nefes alamıyorsun. Sanki hiçbir zaman nefes almayı bilmiyordun. Deniyor, deniyorsun ama soluk borun çöktü ve içinden hiçbir şey geçemiyor.

Bedeninden endişe verici sesler yükseliyor. Hırıltılar. Sızlanma girişimleri. Ölüm sesleri.

On saniye. Bunu bir keresinde bir *podcast*te duymuştun. Bilincini kaybetmeden önce on saniyen var. Bedeninden sonsuza dek ayrılıp, kurtulma şansını tamamen kaybetmeden önce on saniyen var.

Kollarından ya da bacaklarından hareket etmelerini istemiyorsun. Ama onlar bunu yapıyor. Seni tutan elleri hafifçe gevşeyene kadar, ne olduğunu bile anlamıyorsun.

Sonunda soluk borundan geçen havayı hissedemeden önce keskin nefes sesini duyuyorsun. Öksürüyorsun. Boğulduğunu hissediyorsun. Bir nefes daha alıyorsun.

Kendini hayata döndürmeye o kadar odaklandın ki, bir an için onun da burada olduğunu unutuyorsun.

Sana bunu hatırlatıyor.

Az önce onu ittin. Az da olsa karşı koydun. Ve bu hoşuna gitmedi. Hiç hoşuna gitmedi.

Yeniden üzerine çullanıyor. Bir kolunu beline dolayıp diğer eliyle ağzını ve burnunu kapatıyor. Öksürüğünü bastırıyor. Bir kez daha havayı senden çalıyor.

Kulağına, "Siktiğimin çeneni kapat," diye fısıldıyor. Arkana geçip bütün ağırlığını üzerine veriyor. "Sadece. Şu. Sikik. Çeneni. Kapat."

Bu adamın istediği tek şey, bu adamın en başından beri istediği tek şey konuşmaman. Hareket etmemen. O sadece durmanı istiyor.

Kulübenin dışında hayatta kalmanın dördüncü kuralı: Bilmiyorsun.

Bu her neyse, az önce o kuralı çiğnedin.

Büyük bir çaba sarf ederek başını birkaç santim sola kaydırıyorsun. Bir an için bakışların onunkilerle buluşuyor. Bu adam. Seni uzun zaman önce öldürmüş olmalıydı. Şimdi bunu anlıyor ve sen de anlıyorsun. Bu çok açık, reddedilmesi imkânsız. Ona beladan başka hiçbir şey getirmiyorsun.

Sol kolu, boynuna dolanıyor. Ensende bir baskı hissediyorsun; muhtemelen sağ eli. Bu bir boğma hareketi. Seni boğma hareketinin kıskacına aldı.

Kıpırdayamıyorsun. Düşünmek de çok zor.

Nefes alıp almadığını bilmiyorsun. Bu bilgi sana ait değil. Sadece bulanıklaşan görüşünü, zayıflayan kol ve bacaklarını, nabzının kulaklarında atışını, kanını ve her attığında teli çekilen bir gitar gibi hissettiren kalbini biliyorsun.

Sesler içini dolduruyor.

Kalp atışların yavaşlıyor.

Her atışın arasındaki süre uzuyor.

Son bir deneme yaptığında, onun göğsüne dayalı duran omurgan boyunca bir parlaklığın yükseldiğini hissediyorsun.

Sonra hiçbir şey olmuyor.

Her şey kararıyor.

36. BÖLÜM

Cecilia

Küçükken bana okumayı babam öğretti. Her gece bana sorular sorardı: Bir i ve bir n harfi yan yana geldiğinde, nasıl bir ses çıkar? Peki ya iki o yan yana geldiğinde? Ya da iki e? Daha sonra, bana kelimeleri öğretti. Yiyecek sözcükleri, doğa sözcükleri, bitki sözcükleri. İnşaat sözcükleri, tıbbi sözcükler, elektrikle ilgili sözcükler. Bir keresinde yol kenarındaki birkaç hindinin yanından geçerken –altı ya da yedi yaşındaydım sanırım– buna bir hindi çetesi dendiğini söylemişti.

Bunu bir takıntı hâline getirdim. Bir süre, farklı hayvan gruplarına verilen isimlerin hepsini öğrenmek istedim. Bir arı kümesi, bir kobra ailesi. Babam internette bulduğu bir listenin çıktısını alıp her gün bir tanesini bana öğretti. Bir yarasa kolonisi, kampı ya da sürüsü. Bir ayı sürüsü. Deve kervanı. Bir jaguar sürüsü. Bunu, beni arabayla bir yerlere götürürken oynadığımız bir oyun hâline getirdik. O, "Şahin," derdi ve ben de, "Şahin kitlesi," derdim. "Timsah?" Timsah ailesi. "Gergedan?" Gergedan sürüsü. "Lemur?" Bir lemur topluluğu. "Karga?" Karga sürüsü.* En sevdiğim buydu. Karga sürüsü. Kargalar, çok gotik hayvanlardır. Sürü olmaları şart.

Babamla kavga da ederdik.

---

* İngilizcede birkaç kargadan oluşan bir sürüye "murder" denir ve bu, "cinayet" kelimesiyle eşanlamlıdır. *–çn*

Elbette kavga da ederdik. O benim babamdı. Ama onun beni sevdiğini biliyordum.

Bazı kız çocukları bu şekilde sevilmenin nasıl bir şey olduğunu bile bilmiyor. Okulda insanları duyuyorum. Onların hayat hikâyelerinde babaları hep arka planda; geceleri işten geç dönen, gerçek ebeveyn gibi değil de tiyatro gösterileri ya da tatiller için eve gelmiş konuklar gibi.

Ben hep biliyordum. Bazen hayatım boyunca emin olacağım tek şeyin bu olduğunu düşünüyorum. Genç yaşta ya da yaşlanınca ölmemin, hasta ya da sağlıklı, mutlu ya da üzgün olmamın, evlenip evlenmememin hiçbir önemi yok. Bir gün biri bana bu soruyu sorarsa, mesela aniden ünlü olursam ve insanlar ismimi bile öğrenmeden önce ben olmanın nasıl bir şey olduğunu merak ederlerse, emin olarak söyleyebileceğim tek bir şey var.

Bütün dünyaya babamın beni sevdiğini söyleyebilirim.

37. BÖLÜM

Tehlikedeki Kadın

Seni ormana götürüyor.

Her şey şöyle oluyor: O, bir bez bebek kadar kontrolsüz bedeninin oturma odasının zemininde kaymasına izin veriyor. Canın yanıyor ama nefes alıyorsun. Bu senin önemli bir özelliğin: Hiçbir zaman nefes almayı bırakmıyorsun.

Bir kolunu sırtının arkasına yerleştirip diğeriyle dizlerinin arkasını tutuyor. Belki de seni kamyonete böyle taşıyacak. Belki de, patates çuvalıymışsın gibi, seni omzuna atacak. Sen küçük, kırılgan bir şey değilsin. Ne olduğunu biliyorsun: halledilmesi gereken bir iş. Çözülmesi gereken bir sorun.

Belki de seni dürter ve gözlerini açarsın; tam olarak kendine gelmesen de, seni kaldırabileceği kadar uyanık olursun. Belki de ikiniz birlikte, senin kolun onun omzunda, bir elinin parmakları sımsıkı bir şekilde bileğine, diğer eli beline sarılmış hâlde ilerlersiniz. Belki de bir gece birlikte içmekten dönen iki arkadaş gibi görünürsünüz; sen sarhoşsundur ve o seni güvenli bir yere götürüyordur.

Bir kapı açılıyor. Soğuk hava yüzüne çarpıyor. Rüzgârın ağaç dalları arasındaki fısıltısını duyuyor ama hiçbir şey göremiyorsun. Tek bir yaprak bile göremiyorsun. Biri, kafanın içindeki ışıkları söndürdü; beynin, kırılmış ampullerle dolu bir karmaşa. Sessiz hıçkırıklarla ağlıyorsun. Ölmek üzereysen, ağaçları son bir kez görmen gerek. Köklerinin seni istikrara kavuşturmasına, yapraklarının tatlı salınışının seni uykuya çekmesine ihtiyacın var.

Seni yolcu koltuğuna oturtuyor. Başın cama doğru düşüyor. Tenine değen cam bir buz kütlesi gibi. Emniyet kemerini göğsünün önünden geçirmek için seni dikleştiriyor. *Bunun ne önemi var ki?* diye sormak istiyorsun. Araba kayıp yoldan çıksa ve sen ön camdan dışarıya uçsan bile bu kimin umurunda? Böylece ölmüş olurdun ve onun hiçbir şey yapmasına gerek kalmazdı.

Ama o işini kadere bırakan bir adam değil. Kapını çarparak kapatıp diğer tarafa doğru yürüyor.

Bu olursa, seni hayattayken gören son kişi o olacak. Gözlerini kırpıştırdığını, yutkunduğunu gören son kişi. Göğsünün bir metronom gibi inip kalkışını izleyecek son kişi.

Konuşmayı tercih edersen, sesini duyan son kişi o olacak. Söyleyip kurtulmak istediğin herhangi bir şey var mı? Çok geç olmadan birinin duymasını istediğin bir şey?

Kamyoneti çalıştırıyor.

Ona, *Benim bir annem vardı*, diyebilirsin. *Babam vardı. Senin kızın gibi, benim de babam vardı. Bir erkek kardeşim vardı. Fırtınalı bir yaz gecesinde doğmuşum. Annem hamilelikten epey bıkmış. Sonunda dünyaya geldiğimde çok rahatlamış. Mutlu da olmuş ama en çok rahatlamış. Doğumum, uzun ve keyifsiz bir dönemin sonunu getirmiş.*

Sen bunu hiç görmedin ama ben hayatımı severdim. Mükemmel değildi. Rahattı ama her zaman kolay değildi. İlk erkek arkadaşım beni incitmişti ve ben de onu incitmiştim; telesekreterine bıraktığım öfkeli bir mesaj, bu genç aşkın noktalanmasına sebep olan, hırçın bir ünlem işareti. Erkek kardeşim iki kez kendine zarar verdi ve ben onu da incittim.

Ben dünyada kendi yerimi arıyordum. Bazen bunu bulduğumu hissediyor, sonra bunun elimden alınacağı konusunda endişe-

leniyordum. Tanımadığım biri beni incitti; sen değil, senden önce başka biri. Sen tek değildin. Bunu bilmiyorsun. Sen hiçbir zaman sormadın, ben de hiçbir zaman söylemedim. Ama sen beni bulmadan önce, dünyanın nasıl bir yer olduğunu biliyordum. Hiç tanımadığın, daha önce hiç karşılaşmadığın birinin, senin bir parçanın sonsuza dek ona ait olması gerektiğine karar verdiğinde neler olduğunu biliyordum.

Tanıştığımız gün, yaptığın tek hata buydu. Beni şaşırtacağını düşünmüştün. Başıma gelen ilk kötü şey olduğunu düşünmüştün. Ama ben bu işin nasıl yürüdüğünü biliyordum. Ben Kitty Genovese'in öldürüldüğü şehirde doğmuştum; bazı insanlar çığlıklarını duymuş ama polisle konuşmaktan korkmuştu ya da kafaları karışmıştı ya da polisi çağırmanın bir işe yaramayacağını düşünmüştü. Kitty Genovese bana şunu öğretmişti: Dünya senin arkanı kollamadığında, sen de başkalarının arkasını kollayamazsın.

1986 yılının ağustos ayında bir sabah, tanıdığı bir oğlanla bardan çıktıktan birkaç saat sonra, on sekiz yaşındaki kızın cesedini buldukları parka adımımı attım. Aynı parkın karşı sokağında, 1980 yılında bir şarkıcı, cebinde ergenliğimde en sevdiğim kitabın karton kapaklı bir kopyası olan bir adam tarafından vurulmuştu.

Yani hayır, sen beni bulduğunda buna şaşırmadım. Elbette beni bulmuştun. Birinin başına gelmen gerekiyordu ve benim başıma gelmiştin.

Kamyonet duruyor. Motor kapanıyor.

Doğum yılım: 1991. Bir keresinde Wikipedia'dan o yıl dünyada neler olduğuna bakmıştım. Astroloji gibi. Hangi önemli olaylar esnasında doğduğumu bilmek istemiştim.

Belki de hatırlarsın. Super Bowl'u Giants kazanmıştı. Dick Cheney askeri bir uçağın elli yedi milyon dolarlık kontratını iptal etmişti. Ölümcül bir jet, görünmeden bombalar atabilen bir katil, yok etmek için tasarlanmış bir makine. Bunları söyleyerek nereye varmaya çalıştığımın farkında mısın?

O yıl, şu kadın –kim olduğunu biliyorsun, hani Charlize Theron bir filmde onu canlandırmıştı– yedi erkeği öldürdüğünü itiraf etmişti. Onu dövdüklerini söylemişti. Tecavüz etmeye çalıştıklarını. Başka şansı olmadığını.

İstikrarsız bir zamandı. Arka planda Çöl Fırtınası Harekâtı devam ediyordu. Bir jüri, Mike Tyson'ı suçlu bulmuştu. Polisler Jeffrey Dahmer'i tutuklamıştı. Avrupa'da Sovyetler Birliği'nin sonu gelmişti.

Dünya berbat hâldeydi. Karmakarışıktı. Onu o zaman da seviyordum, şimdi de seviyorum. Bu, benden alamadığın tek şey oldu. Diğer insanları sevmeyi bıraktım. Kendimi sevmeyi bıraktım. Bu çok ağır gelmeye başladığında, ailemi sevmeyi de bıraktım. Ama hiçbir zaman, hep birlikte oluşturduğumuz o büyük, tuhaf, güzel topluluğu sevmeyi bırakmadım.

Bunu neden bu kadar kişisel algıladığını, sana ve düşüncelerine yapılan bir saldırıymış gibi hissettiğini bilmiyorum; bu, dünya üzerindeki insan yaşamının istatistiksel olasılıksızlığı.

Bir iç çekiş duyuluyor ve onun emniyet kemerinin açılma sesi geliyor. Dışarıda, kamyonetin etrafından dolaşan ayak sesleri. Yolcu kapısı açılıyor. Seni araçtan indiriyor. Göremiyorsun ama bu ormanı hatırlıyorsun; burası, o seni almadan önce, upuzun ağaçları ve yumuşacık otlarıyla en sevdiğin yerdi.

Zemin yumuşak değil. Sert bir çarpma sesiyle düşüyorsun. Kafatasın şiddetle bir şeye –köklere, bir ağaç kalıntısına, belki de bir kayaya– çarpıyor. Sen sadece başının yandığını, kafa derinin gerildiğini ve canının çok acıdığını biliyorsun.

Canının bu kadar acıması gereksiz geliyor.

Ama kuralları sen koymuyorsun. Kuralları hiçbir zaman sen koymadın.

İşte burada sonun gelecek. Zeminin üzerinde titreyen bir yığın. Yakında her şey bitecek. O yapması gereken şeyi yapacak ve sen öleceksin. Sonunda.

Hayatta kalmanın ne kadar çok enerji gerektirdiğini şu âna kadar hiç fark etmemiştin. Her şey senin aleyhine çalışırken atan kalbine, nefes alan ciğerlerine tutunmaktan ne kadar yorulduğunu.

Gitme vakti geldi.

Bir silahtan gelen *klik* sesini duyuyorsun. Hemen yanındaki otlar hışırdıyor. Eli, ensene yerleşiyor. Seninkinin hemen yanındaki bedeninin sıcaklığını, şakağına dayanmış metal namlunun soğukluğunu hissediyorsun.

Böyle mi olacak? Sen hep, silahın sadece göstermelik olduğunu düşünmüştün. Bunu elleriyle yapacağını, boğazını sıkıp bekleyeceğini, izleyeceğini, nefes alma çabalarını, bir daha geri dönmemek üzere bedenini terk eden havanın çıkardığı tıslama sesini dinleyeceğini.

Belki de onu o kadar kızdırdın ki buna sabrı kalmadı. Belki o da bunun olabildiğince hızlı bitmesini istiyor.

Kıpırdanıyor. Sıcak ve kesintili nefesi kulağına çarpıyor. Duyamadığın bir şeyler fısıldıyor. Bekliyorsun. Büyük bir patlama duyacağını, gözkapaklarının ardında havai fişekler göreceğini, bir acı dalgasının kafatasını ikiye yaracağını gözünde canlandırıyorsun. Bekliyorsun, bekliyorsun ama hiçbir şey olmuyor.

Bir çarpma sesi duyuluyor. İki eli de senin üzerinde.

Zihnine bir düşünce üşüşüyor.

Yoksa silahı mı düşürdü?

Parmakları kafa derinin arka tarafında, kafatasının yarıldığı yere dokunuyor. Beyninde bir acı dalgası patlıyor. Acı bütün vücuduna yayılıp üşümene, midenin bulanmasına ve inlemene sebep oluyor. Ayak parmaklarını hissedemiyorsun, ellerini hissedemiyorsun, kollarını hissedemiyorsun ve sonra hiçbir şey hissedemiyorsun.

Karanlığın içinde kayboluyorsun.

38. BÖLÜM

Kadın, Uzun Zaman Önce

Erkek kardeşin senden kaçınmaya başladıktan sonra bir psikoloji dersi aldın. Profesörün, TSSB* hastası gazileri tedavi etmeye alışık. Bir gün, travmanın, insanın kendisini ölürken gördükten sonra yaşadığı şey olduğunu anlatıyor. Kendi ölümünün hikâyesine tanıklık ediyorsun ve bu kulağa o kadar gerçek geliyor ki bir daha asla eskisi gibi olamıyorsun.

Bunu bir süre anlamıyorsun, sonra bir anda anlıyorsun.

Bir cumartesi akşamı, Julie seni dışarı çıkmaya ikna ediyor. Yeni bir kız arkadaşı var. Dans pistinde, senin önünde onu öpüyor. Arkadaşın –en iyi arkadaşın, birlikte yaşayabileceğini hayal ettiğin tek kişi– ilk kez âşık olmuş. Bu bilgiyi, değerli bir hediye gibi karşılıyorsun.

Parmakların hissizleşiyor. Neler olduğunu hemen anlamıyorsun. Bu, böyle işliyor; kayıyor ama fark etmiyorsun ve yeniden kendine geldiğinde, çok geç oluyor. Tuhaf bir sükûnet etrafını sarıyor. Kalabalıktan görünmez bir perdeyle ayrılmış hâlde dans pistinin üzerinde süzülüyorsun. Tüm ışıkların etrafında mavi hareler dalgalanıyor. Birkaç dakika huzurlusun, sonra kendini tuhaf hissediyorsun.

Dans pistinden uzaklaşıyorsun. İçkini en yakındaki masa-

---

* Travma sonrası stres bozukluğu. –*çn*

ya bırakıyorsun. İçkini daha önce hiç böyle başıboş bırakmamıştın. Ama sürekli avucunu üzerinde de tutmamıştın. Bardağın bir kapağı yok. Dans ediyordun. Kapıyı çok hafif aralık bıraktın. Hiç tanımadığın birinin içeriye süzülüp sana zarar verebileceği kadar aralık.

Dışarı çıkıyorsun. Seni bu histen uzaklaştırması için soğuk rüzgâra, buz gibi havanın yüzüne çarparak seni bu ruh hâlinden çıkarmasına ihtiyacın var. Kuzeydoğudan esip yanaklarına çarpan serin rüzgârın sana canlı olduğunu hatırlatmasına. Ama o gece hava sıcak ve yapış yapış; kafanın içi sanki şurupla dolu.

Bir taksi durduruyorsun. Bunu yapabilmen seni hem şoka sokuyor hem de rahatlatıyor.

Taksiye bindiğinde, bilincin gidip geliyor. Hiçbir şey canını yakmıyor ama her şey yanlış. Şoföre, "Beyefendi," diyorsun. "Lütfen, beyefendi." Dikiz aynasından sana bakıyor. Yüzünü hatırlamıyorsun. Yüzünü hiçbir zaman hatırlamayacaksın.

Ondan arkadaşını aramasını rica ediyor ve muhtemelen birinin içkine bir şey koyduğunu söylüyorsun. Kendi sözlerine inanamıyorsun. Taksi şoförü kenara çekiyor, en azından sen bunu yaptığını düşünüyorsun. Sana telefonunu veriyor.

Beyninden tamamen silinmeden hemen önce, elinden geldiğince hızlı bir şekilde Julie'nin telefon numarasını tuşluyorsun. Bedenin sana, *Çabuk ol,* diyor. *Ben tamamen kapanmadan tüm rakamları yazmalısın. Kapanmak mı*? diye düşünüyorsun ve bedenin, *Evet, kapa–* diyor ve her şey kararıyor.

Doktor dizilerindeki gibi, bir hastanenin acil servisinde uyanıyorsun. Julie'nin endişeli yüzü, seninkinin üzerinde dolanıyor. Sana, "Beni duyabiliyor musun?" diye sorduğunda, bir süredir kısmen de olsa uyanık olduğunu algılıyorsun, sadece bunu hatırlamıyorsun. Anılarının olması gereken yerde bir kara delik var. İçi hiçbir zaman dolmayacak. Hayatının muhteşem filminde, ekran birkaç dakika boyunca simsiyah kalıyor. Senden çok değerli bir şey alınmış gibi, kendini soyulmuş gibi hissediyorsun.

Eldivenli eller omuzlarından tutuyor. Doğrulup oturmak zorunda kalıyorsun. Göğsüne elektrotları yapıştırabilmeleri için tişörtünü yukarıya çekmek zorunda kalıyorsun. Kan testleri için kolunu uzatmak zorunda kalıyorsun. Onlara, "Kan testi istemiyorum," diyorsun. "Sağlıklı bir günümde bile kan verirken bayılırım." Ama ısrar ediyorlar ve sen ne kadar çok, "Hayır," dersen onlar o kadar az dinliyor. Nefesin alkol kokarak, bilinçsiz hâlde, bir sedyenin üzerinde getirildin. Söylediğin hiçbir şeyin önemi yok. "İzin vermiyorum," diyorsun. "Bu testleri yapmanıza izin vermiyorum." Üzerinde doktor önlüğü olan bir adam sana bakıp gözlerini deviriyor.

Julie'ye kusmak üzere olduğunu söylüyorsun. Önünde plastik bir poşet beliriyor. İçi yarısına kadar dolu; daha önce de kusmuş olmalısın. Mideden safra yükseliyor. Miden boş ama karın kasların kasılmaya devam ediyor. Boğazından senin sesine benzemeyen, korkunç sesler geliyor. O kadar sert bir kasılmayla kusuyorsun ki, ertesi gün karın kasların ağrıyacak.

Öğürme dalgalarının arasında neler olduğunu anlatıyorsun. Bunu farklı biçimlerde ifade ediyorsun. *Bana uyuşturucu verildi. İçkime bir şey karıştırıldı. Biri içkime bir şey koydu.* Bundan birkaç saat sonra, taburcu edilmeye hazır olduğunda, eline bir teşhis belgesi veriliyor. Üzerinde "Alkol Zehirlenmesi" yazıyor.

Kimse sana inanmıyor.

Julie bir Uber çağırıyor. Eve döndüğünüzde, duş aldıktan sonra kendini daha iyi hissedeceğini söylüyor. "Üzerindeki acil servis hissini atarsın," diyor. Vücudunu yıkıyorsun ama saçınla uğraşamayacak kadar yorgunsun.

Julie'ye, "Yarın," diyorsun. "Onu yarın yaparım."

Başın yastığa değiyor. Burada bir uyumsuzluk var; her şey

normal, her şey olağandışı. Hayatta olduğun için çok şanslısın. Kendi yatağında uyuduğun için çok şanslısın.

Ertesi gün çok bulanık. Baş ağrısıyla uyanıyorsun. Bir ekmeği kemiriyorsun. Yürüyüşe çıkıyorsun. Dünyayla aranda büyük bir uçurum var. Burada ama ona dokunamıyorsun. Artık dünyanın içinde nasıl var olacağından emin olamıyorsun.

Bunu henüz bilmiyorsun ama bir daha kendini asla bütün hissedememene sebep olacak parçaların kırıldı.

Bunu henüz bilmiyorsun ama bu, hayatındaki en büyük trajedi değil.

Onun tahmin edemediği şey bu kısımdı. Ormanın yakınında olduğunuz o gün şaşırmana, birinin sana zarar vermek istemesi ihtimali karşısında şoka girmene ihtiyacı vardı.

Ama o kulüpte olan şey seni değiştirmişti. O seni bulduğunda, sadece bir parçan, nasıl hayatta kalınacağını bilen parçan yaşıyordu.

39. BÖLÜM

Evdeki Kadın

Sırtın soğuk ve sert bir yüzeye dayalı. Başının üzerinde hafif bir metal tıkırtısı duyuyorsun. Kafatasının arka tarafı yanıyor. Gözkapakların ağır. Bedenin koskocaman bir yara.

Her şey çok bulanık. Karanlık duvarlar ve daha da karanlık şekiller... mobilyalar mı?

Kutular.

Üst üste yığılmış kutular. Bir sandalyenin dış hatları. Onun bir tezgâh, üzeri aletlerle dolu bir masa olduğunu düşünüyorsun.

Yukarıdan sesler geliyor; önce bir, sonra iki kişinin konuştuğunu duyuyorsun.

Evdesin. Evin bağırsaklarında.

Bodrum. Orada olmalısın.

Çok hafif hareket edip irkiliyorsun. Her şey canını yakıyor. Ama hayattasın.

40. BÖLÜM

Evdeki Kadın

Kaç gün geçtiğini bilmiyorsun. Çocuğuna ne söylediğini bilmiyorsun. Bunu bilmek senin işin değil. Her şey olurken kendini taşıyıp durmaktan çok yorgun düştün. Yalanlarını desteklemekten, onun oyununu oynamaktan.

Bu, birbirinize karşı en dürüst olduğunuz an.

İçeri geliyor ve hiçbir şey söylemiyor. Sana su ve bazen de çorba getiriyor. Seni besliyor. Su bardaklarını ve tavuk çorbasıyla dolu kaşıkları ağzına yaklaştırıyor. Dirseğini büküp seni oraya yerleştiriyor. Bir şey boğazına kaçtığında sırtına, kürekkemiklerinin arasına vuruyor.

Bazen, istediği tek şeyin bu olduğunu düşünüyorsun. Birine tamamen ve mutlak biçimde sahip olmak. Birinin ona, sadece ona ihtiyaç duyması.

O şeyi yapmamasının sebebi bu olmalı. Ormanda. Sende, ölümden daha ilginç bir şey gördü. Acı ve senin acıyı sonsuzca hissedebilme, sergileyebilme yeteneğini. Seni yeniden bir araya getiren kişi o olduğu sürece, yeniden bütün olma ihtimalinin keyfini çıkaracak.

Kulübenin dışında hayatta kalmanın beşinci kuralı: O da sana, en az senin ona duyduğun kadar ihtiyaç duymalı.

Bir sabah, Cecilia okula gitmek için evden çıktıktan sonra, seni banyoya götürüp başını küvete eğiyor. Su, başının üzerinden akıp kulaklarına ve ağzına doluyor. Kan tadı alıyorsun. O, kafa derini nazikçe ovarak saçını şampuanlıyor. Kafa derin hâlâ yanıyor. İrkildiğinde kıpırdamamanı, kıpırdamadan durursan daha kısa süreceğini söylüyor.

Sonrasında kusuyorsun. Seni omuzlarından tutup tuvalete taşıyor. Sen sarhoşmuşsun, o da bir arkadaşınmış gibi; sen hastaymışsın, o da annenmiş gibi, saçını eliyle toplayıp arkada tutuyor. Karın kasların o kadar şiddetli kasılıyor ki nefes alamıyorsun. İçeride hiçbir şey kalmamış olsa da öğürmeye devam ediyorsun; gürültülü, acı verici öğürme seslerin tuvaletin içinde yankılanıyor. Elini tutuyorsun. Bu bir refleks. O elini hafifçe sıkıncaya kadar, bunun farkında bile değilsin.

Bunu birlikte yaşıyorsunuz.

Seni yeniden yatak odasına götürüp yatağa yatırıyor. Artık altında sert, ahşap zemin yok. Bedenine yatağa gömülme izni veriyorsun; yanaklarına değen çarşaf yumuşak. Gerekirse, yorgan seni yutacak. Oda üzerine çökecek. Sen hepsinin olmasına izin vereceksin.

Savaşmaktan bıktın.

Avucunu senin alnına dayıyor. Ateşin var. Görüşün bulanıklaşıyor. Doğrulup oturmaya her çalıştığında, sanki altındaki zemin ikiye ayrılıyor. Ona birilerini görmeye, doktora gitmeye ihtiyacın olduğunu söylüyorsun. Sana endişelenmemeni söylüyor. Sen sakin olduğun sürece her şeyin yoluna gireceğini söylüyor.

Beynin alev almış durumda. Yaralısın ve o burada; üzerine yeni bir battaniye katmanı örtülürken bile üşüdüğünü, çok üşüdüğünü hissediyorsun. Keder içini donduruyor. Ağlamaya başlıyorsun. Kendin için, Cecilia için, ölmüş annesi için, onun şu an peşinde olduğu diğer kadınlar için ağlıyorsun. Tüm üzüntüler tek tek üzerine yığılıyor, sonra o ne olduğunu soruyor.

Hıçkırıklarının arasında, "Karın," diyorsun. "Zavallı karın."

Söyleyebildiğin tek şey bu oluyor. Duraksayıp keskin gözlerle sana bakıyor.

"Ne olmuş karıma?"

Bunu ona açıklamaya, onu da içinde bulunduğun acı dalgasının içine çekmeye çalışıyorsun. Ona, "Daha çok gençti," diyorsun. "İkisi de çok gençti. Hem karın hem çocuğun. Çocuğun için üzülüyorum." Ve bu konuda ciddisin. Onun kaybını, kendi annenin yokluğunu hissettiğin kadar yoğun hissediyorsun. Hâlâ bir annen var mı? Ve hâlâ hayattaysa, senin de hâlâ hayatta olduğuna dair umudu var mı?

"Kanser," diyor. "Pis iş."

Kanser mi? demek istiyorsun. *Gerçekten mi?*

Ateşin yarattığı bulanıklığın içinde, gözlerini kısarak ona bakıyorsun. Bunu belki de onun yaptığını düşünmüştün. Belki de eşini öldürenin o olduğunu. Ama o doğruyu söylüyor. İkiniz daha önce birbirinize karşı hiç bu kadar açık, bu kadar yakın olmamıştınız.

Bacaklarının üzerindeki battaniyeyi düzeltiyor. "Bazen sadece şansın yaver gitmez," diyor. "Onu bir kere yendi ama hastalık beş yıl önce nüksetti."

Korkmayı bırakıyorsun. Planlar kurmaktan, bir gün daha hayatta kalmaya çalışmaktan o kadar bıktın ki.

Bu yüzden, ona söylüyorsun. O gece, daha geç saatlerde geri geldiğinde, söylüyorsun.

"Bir hata yaptın. Bir süre önce. Kelepçeyi kontrol etmedin."

Yatakta, yanında oturuyor. Elindeki Tylenol şişesiyle oynuyor.

"Kelepçe açıktı," diye devam ediyorsun. "Tamamen açıktı. Kaçabilirdim, anlıyor musun? Ama kaçmadım."

Tylenol'ü bırakıyor. İçini çekiyor; nefesi yüzüne, boynuna, göğsüne vuruyor. Üzerine eğilip kulağına fısıldıyor:

"Biliyorum."

Kısacık bir an için ışığı görüyorsun. Trajik bir düşünce bir giriş, bir de çıkış yarası açarak içini parçalıyor. Seni irkiltip uyandırıyor. Çözülmene sebep oluyor; varlığının bütün geometrisini, düz çizgilerini, eğrilerini ve keskin açılarını gürültüyle yere döküyor.

O hata yapmadı.

Onu bir kere yendi ama hastalık beş yıl önce nüksetti.

Bu bilgi gece boyunca yanından ayrılmıyor.

Sana ulaşması zaman alıyor ama seni bulduğunda, bütün benliğine bir iltihap gibi yayılıyor.

Beş yıl.

Düşünüyorsun.

Seni bulduğu zaman.

Seni öldürecekti ama öldürmedi.

Onun başına gelen şeyler de vardı. Engel olamadığı şeyler.

Başına, kurduğu ailenin başına gelen şey ölümdü. Ve bu konuda yapabileceği hiçbir şey yoktu.

Bu onu dağıtmış olmalı.

Kontrole ihtiyacı vardı. Bunun onun için anlamı bu. Bir kadının nerede başlayıp nerede bittiğine karar vermek. Her şeye karar vermek ve bunun yanına kalması.

Seni aldı. Kamyonetteydin.

Seni öldürecekti ama öldürmedi.

41. BÖLÜM

Numarası Olmayan Kadın

Onu arıyorsun. İçkine ilaç atan kişiyi. Bir erkek olduğunu tahmin ediyorsun. Bu konuda ne kadar şansın var? Bulmaya çalışıyorsun. Dizüstü bilgisayarını alıp arama motoruna "içkiye ilaç atma istatistikleri", "içkiye ilaç atma suçluları", "insanların içkisine ilaç atan kişiler" yazıyorsun. Aradığın şeyi bulamıyorsun. Senin gibi insanlar, başlarına gelen şeylerden bahsetmiyorlar.

Sokaktaki herkes şüpheli. Kahve dükkânında önünde duran adam. Yoga hocası, otobüs şoförü, profesörlerin. Kimse şüpheli olmaktan kurtulamıyor.

Geceleri uyuyamamaya başlıyorsun. Her akşam saat yedi civarı üzerine bir gölge çöküyor. Yatmadan önce kapının kilitli olup olmadığını kontrol ediyorsun. Tekrar tekrar kontrol ediyorsun. Dolapların içine bakıyorsun. Banyoyu kontrol ediyorsun. Yatağının altını kontrol ediyorsun. Durmadan seni bir gölge gibi takip eden tehdidi arıyorsun.

Hikâyeleri dinliyorsun. Onları okuyorsun. Senin için bu konudaki gizemleri çözen *podcast*ler, çevrimiçi konuşmalar var. Arkadaşlarıyla dışarı çıkıp bir daha evine dönmeyen öğrencinin haberini okuyorsun. Ortadan kaybolan kadın ve bunu onun yaptığından emin olsalar da yakalayamadıkları kocası. Bahar Tatili'nde ortadan kaybolan kız. Arabasıyla kaza yapıp polis oraya ulaşmadan ortadan kaybolan kadın.

Belki de öyle çok hikâye okudun ki sonunda seni ele geçirdiler.

Odaklanma becerini kaybediyorsun. Profesörlerinin anlattığı dersler, birer arka plan gürültüsüne dönüşüyor. Sınıfta uyuyakalıyor ve geceleri tavana bakıyorsun. Notların dibe vuruyor. İçki içmeyi tamamen bırakıyorsun. Arkadaşlarınla görüşmeyi bırakıyorsun. Neredeyse erkek arkadaşın olan Matt'e mesajlar göndermeyi bırakıyorsun. Sadece duruyorsun.

Bir süre sonra geriye sadece sen, Julie ve hayaletler kalıyor. Julie asla senden vazgeçmiyor. Medya Kanunu dersinde oturduğun yerde horladığın için dersten atıldıktan sonra, "Senin için endişeleniyorum," diyor.

Ona, "Ben iyiyim," diyorsun.

"Hayır, iyi değilsin," diyor. "Ve bu sorun değil."

"Sanırım sadece biraz ara vermeye ihtiyacım var," diyorsun.

Julie sana, bunun da sorun olmadığını söylüyor. Böylece ara veriyorsun. Akademik danışmanınla konuşup izin alıyor, internette ağaçlar, açık hava ve sessizlik bulabileceğin yerleri araştırıyorsun. Şehrin tam tersi olan yerleri.

Kulübe küçük. Çiftlik tipi, tek odalı. Tüm pencerelere panjur taktırmış, Avrupalı bir kadına ait. Kadın kilitlere ve güçlü bir güvenlik sistemine inanıyor. Orada güvende olacaksın.

Panjurlu ev, Manhattan'a iki saat uzakta. Dört yıllık tatil işlerinin, adını öğrenmeye bile zahmet etmeyen editörlere kahve ve yiyecek taşıdığın stajların sonunda biriktirdiğin cüzi parayı bir araba kiralamak için kullanıyorsun. Bir pazar akşamüstü, bavulunun içini eşofman altları, yumuşak svetşörtler ve tuhaf kitaplarla dolduruyorsun. Eyaletin kuzeyine doğru ilerliyorsun. Giysilerini, Avrupalı kadının çekmecelerine yerleştiriyorsun. Sonunda bir nefes alıyorsun.

Şehirden uzaklaşmak, beyninde masaj etkisi yaratıyor. O hafta, geceleri erkenden uyuyup kuşlar şakımaya başladığında uyanıyorsun. Okulla ilgili işlerine biraz devam etsen de, çoğunlukla çay içip minik, keyifli kitaplarını okuyor ve bol bol uyuyorsun. Doğa hakkında bir kitap bulup kuşların şakıyışları hakkında bilgi ediniyorsun. Yeni bir dünyaya inanmaya başlıyorsun.

Sevdiğin bir yer var. Ormanda. Anayoldan çok uzak değil. Sabahları, güneş doğduktan sonra ama etrafı ısıtmaya başlamadan önce, oraya yürüyorsun.

Sevdiğin yer bir açıklık. Etrafı ağaçlarla çevrili bir çimenlik. Ağaçlar bir daire oluşturuyor. Senin yerin yeşil, sonra kahverengi, sonra yeniden yeşil ve sonra mavi. Etraftaki yumuşacık sesler dışında her zaman sessiz. Rüzgâr ağaç yapraklarının arasında esiyor, çimenlerin arasında dolaşıyor. Ağaçkakanlar ve sincaplar. Çok uğraşmana rağmen türlerini tahmin edemediğin kuşlar.

Orada oturup gözlerini kapatmayı seviyorsun. Nemin eşofman altına sızışını ve altındaki zeminin seni kavrayışını hissetmeyi seviyorsun. İçinde var olduğunu hissetmek için dünyayı dışarıda bırakıyorsun.

Bir sabah, açıklıktan eve doğru yürüyorsun. Tam olarak ormanda sayılmazsın ama kasaba merkezinde olduğun da söylenemez. Burası bir köy yolu. Bir kaldırım yapılmasını gerektirecek kadar trafik yok. Burası, kimsenin seni görmediği bir yer. Çığlık atacak olsan –bu birkaç kez aklından geçti– kimse seni duymaz.

O gün, yolda bir araba var. Sireni çalışıyor. İçinden, Pavlov'un köpeği gibi bir tepki yükseliyor; bir siren sesi duyduğunda, direksiyonun arkasındaki kişinin yetkili olduğunu düşünüyorsun.

Omzunun üzerinden arkaya bakıyorsun. Bu bir polis arabası değil. Beyaz bir kamyonet. Polislerin bunu yaptığını düşünüyorsun. Sivil araç kullanırlar.

Direksiyondaki adam ön camın ardından sana yolun kenarında durmanı işaret ediyor. Duruyorsun. İçinde, çocukluğundan beri taşıdığın bir güvenlik kuralı su yüzüne çıkıyor: Kamyonetle arandaki mesafeyi koruyorsun.

Adam kamyonetten iniyor. Onu inceliyorsun. Beynin onu ölçüp biçiyor. Dost mu yoksa düşman mı? Sana yardım mı edecek yoksa saldıracak mı? Elini mi sıkmalısın yoksa kaçmalı mısın?

Adam temiz görünüyor. Gülümsüyor. Gözlerinin etrafında çizgiler oluşuyor. Beyaz dişler, palto, kot pantolon. Saçları yeni kesilmiş. Elleri temiz.

O an ona güvenmeye hazırsın. O an korkmuyorsun.

Adam biraz daha yaklaşıyor. Kokusu da hoş. Kötülerin iyi kokmasını hiç beklemezdin. Nasıl bir şeytan, tıraş kolonyası kullanır ki?

Daha sonra, etçil bitkileri düşüneceksin. Böcekleri çekmek için nasıl parladıklarını. Onlarla kendilerine bir ziyafet çekmeden önce göz alıcı nektarlarıyla onları nasıl kandırdıklarını.

Sonra, üzerinde siyah bir susturucu olan siyah tabancayı görüyorsun. Onu önce görüyor, sonra hissediyorsun. Hayatında ilk kez bir silah, kürekkemiklerinin arasına batıyor.

Sana, "Kıpırdama," diyor. "Kaçmaya çalışırsan, canını yakarım. Anlıyor musun?"

Başını aşağı yukarı sallıyorsun.

"Cüzdan? Telefon?"

Eşyalarını ona veriyorsun. Bir gün silahlı soyguna uğrarsan ne yapacağını daha önce düşünmüş ve kendine, hayatını bağışlaması karşılığında her şeyi vereceğine dair söz vermiştin.

"Silah? Biber gazı? Bıçak?"

Başını iki yana sallıyorsun.

"Bunu kontrol edeceğim ve bana yalan söylediğini görürsem, mutlu olmayacağım."

Üzerini arıyor. Hiç kıpırdamadan duruyorsun. Bu ilk test ve sen geçiyorsun. Ona yalan söylemedin.

"Mücevher?"

"Sadece üzerimdeki."

Kolyeni çıkarmanı bekleyip onu cebine atıyor. Başka bir hayatta, her şey burada biterdi. Burada o kamyonetine döner, sen de önce yavaş yavaş yürümeye, sonra da koşmaya başlar, hemen eve ve şehre dönerdin. İnsanları bulup onlara neler olduğunu anlatırdın.

Ama bu hayatta, karşındaki adam telefonunu yere atıp botuyla parçalıyor. Silahı kamyonete doğru sallıyor.

"Bin," diyor.

Bunun, hayatının bir trajediye dönüştüğü an olduğunu hissediyorsun. Bu ânı bekliyordun. O an, hayatın senin olmaktan çıkıp bir suç öyküsüne dönüşüyor.

Sanki bacakların kurşuna dönüyor, kaburgaların donup hareketsizleşiyor ve beynin hızla bir sürü olasılığı sıralıyor: Koş, çığlık at, boyun eğ. Ama genel olarak hiçbir şey hissetmiyorsun. Yer ortadan ikiye yarılmıyor. Sen hâlâ sensin. Değişen şey, etrafındaki dünya. Senin dışındaki her şey değişiyor.

Kaç, çığlık at, boyun eğ. Kaçman mümkün değil. Onu geride bırakabilirsin ama elinde silah olan bir adamdan koşarak kaçılmaz. Seni yakalama ihtimali varsa, bunu yapmazsın. Çığlık atmak? Ancak duyulacağını bildiğin zamanlarda çığlık atman gerekir. Etrafta başka kimsenin görünmediği, sessiz bir yoldasın. Çığlık atmıyorsun.

Boyun eğmek. O noktada, bu adamın senden ne istediğini bilmiyorsun. Boyun eğersen, belki gitmene izin verir.

Kamyonete biniyorsun.

Adam şoför tarafına geçiyor. Sakin ve akıcı hareket ediyor. Üzerinde, dünyanın ona boyun eğmesine alışık bir adamın yumuşak odaklılığı var.

Silahı, beline tutturduğu silah kılıfına koyuyor. Doğrudan ona bakmıyorsun; göz teması kurmak, ölümcül bir fikirmiş gibi geliyor. Dümdüz, ön camından dışarıya bakıyorsun. Etrafındaki görüntülere odaklanmaya çalışırken, beyninin arkasında bir şey hareket ediyor. Bir şey gördün. Birkaç saniye önce, kamyonete binmek için öne eğildiğinde. Bakışların arka koltuğa kaydı ve onu gördün. Bir kürek, ip ve kelepçe. Bir paket çöp torbası.

Adam bir düğmeye basıyor. İki tarafın da kapıları kilitleniyor.

İçindeki tüm umutlu parçalar hep birlikte ölüyor.

Adam sessiz kalıp gözlerini yola dikiyor. Çok dikkatli. Bir rutini olan bir adam. Bunu daha önce yapmış biri.

Konuş. Yapabileceğin tek şey bu. Kaçamazsın, çığlık atamazsın. Ama konuşabilirsin. Konuşabileceğini düşünüyorsun.

Yutkunuyorsun. Cüretkâr ama kişisel sözcükler arıyorsun. Seninle onun arasında kurulacak bir köprü. Yaprakların altında kalmış bir kaçış rotası.

"Buralarda mı yaşıyorsun?"

Elinden gelenin en iyisi bu ama ondan hiçbir tepki alamıyorsun.

Gözlerini yoldan ayırıp ona bakıyorsun. *Genç*, diye düşünüyorsun. *Çirkin de değil.* O bir markette ya da kahve dükkânı sırasında karşılaşabileceğin bir adam.

"Biliyor musun," diyorsun, "bunu yapmana gerek yok."

Hâlâ seni duymazdan geliyor.

"Şu hâline bak," diye ısrar ediyorsun. Sonra gergin sesin iyice alçalarak, "Bana bak," diye ekliyorsun.

Bakmıyor.

Hikâyeleri düşünüyorsun. *Podcast*leri. Haber makalelerini. Günlük gazetelerin, hepsi de büyük harfle yazılmış en korkunç SÖZCÜKLERLE dolu uzun ve karmaşık başlıklarını. Bazı hikâyelerde tavsiyeler var. *Sizi kaçıran kişinin, sizi bir insan olarak görmesini sağlayın. Anahtarlarınızı parmaklarınızın arasına alıp silah olarak kullanın. Gözüne batırın. Burnuna vurun. Testislerine tekme atın. Çığlık atın. Çığlık atmayın. Onu şaşırtın. Onu şaşırtmayın.*

Hikâyelerin hiç bahsetmediği şey şu: Bir adam seni öldürmek istiyorsa öldürüyor. Onu bunu yapmamaya ikna etmek senin elinde değil.

Pencereden dışarıya bakıyorsun. Düşünüyorsun: *Neredeyse. Başıma kötü bir şey geldi ve öleceğimi düşündüm ama ölmedim ve neredeyse kurtulacaktım. Kısmet değilmiş.*

Ölmek istemiyorsun ama ölüm sana mantıklı geliyor.

İçinde bir şey yükseliyor. Belki de korkmayı bırakıyorsun. Belki de hayatında hiç korkmadığın kadar korkuyorsun ve bu, içindeki pervasız parçayı uyandırıyor. Konuşmaya devam ediyorsun. Artık umurunda değilmiş gibi, bir sürü saçma şey söylüyorsun. Şu an sana ait olan tek şey konuşmak ve bunu sonuna kadar kullanacaksın.

"Burada hava çok iyi," diyorsun. "Geçen akşam bir film izledim ve sonunun iyi bitmesini bekliyordum ama bitmedi. Böyle olmasından sen de nefret etmiyor musun?"

Hafifçe tek kaşını kaldırıyor.

"Çok fazla film izlemiyorum," diye devam ediyorsun. "Tam da bu yüzden. Sonunda hayal kırıklığına uğrayacaksam, iki-üç saatimi buna vermek istemiyorum. Ya da üzüleceksem."

Adamın parmakları direksiyonun üzerindeki görünmez bir toz zerreciğini uzaklaştırıyor. Uzun parmakları, güçlü elleri var. Her yerden yeni kötü haberler geliyor.

"Kapa çeneni," diyor.

Yoksa ne yaparsın? Beni öldürür müsün?

Yeniden dışarıya bakmaya başlıyorsun. Yolun tanımadığın bir kısmında ilerliyorsunuz; görebildiğin her yerde ağaçlar ve çamur var.

Sonra bir geyik. Adam onun gelişini uzaktan görüp yavaşlıyor ve onun geçmesini bekliyor. Sorumlu bir sürücü. Şu an kaza yapmanın ya da oyalanmanın vakti değil. Öyle olsa ne yapardı; Vahşi Hayvanlar Kurumu'nu mu arardı? Yolcu koltuğunda oturmuş titreyen kadını ve arkadaki malzemeleri nasıl açıklardı?

Geyiğin uzaklaşmasını izliyorsun. Seni kurtarmaya gelmiyor. Ama onun arkasında bir şey görüyorsun. En az on tane siyah kuş bir ağaç gövdesini gagalıyor.

"Buna bir sürü* deniyor," diyorsun.

Kamyonet, kuşları geride bırakıyor. Varlığın onları bir şeye inanmaya ikna ediyormuş gibi, boncuğa benzeyen gözlerini sana çeviriyorlar.

Adam ayağını gaz pedalından çekiyor. Kamyonet duruyor. Adam dönüp sana bakıyor. İlk kez sana gerçekten bakıyor.

Mavi gözler, diye düşünüyorsun. *Nasıl mavi gözlü olmaya cüret edersin? Nasıl bunu herkes için mahvetmeye cüret edersin?*

"Az önce ne dedin?" diye soruyor.

Başınla kuşları işaret ediyorsun.

"Bir karga topluluğuna böyle denir. Topluluk, aile ya da çete değil. Sürü."

Âdemelması yukarı aşağı hareket ediyor. Az önce söylediğin şeyin, onun için bir anlamı olmalı. Bunun iyi mi yoksa kötü mü olduğunu bilmiyorsun. Bunun bir değerinin olup olmadığını bilmiyorsun.

Henüz bilmiyorsun ama bu adamın bir ailesi var. Bir kızı ve kanser hastalığı yeni nüksetmiş bir eşi var.

---

* İngilizcede "karga sürüsü", "a murder of crows" olarak ifade edilir ve "murder" sözcüğünün ilk anlamı "cinayet"tir. Burada da karakter "murder" diyor. *–çn*

Henüz bilmiyorsun ama bu adamın bir şeylere inanmak konusunda sorunları var. Öldürmeye başladığından beri ilk kez kendine inanmakla ilgili sorunları var.

Yüzünü yola çeviriyor. Elleriyle direksiyonu kavradığında, siyah poliüretanın üzerindeki parmak eklemleri bembeyaz.

Kamyonetin dışında bir karga havalanıyor.

Kamyonet yeniden çalışmaya başlıyor. Adam gaz pedalına hafifçe basıp direksiyonu sağa kırıyor. Kamyonet duruyor. Direksiyonu diğer tarafa çevirip yolun karşısına geçiyor ve gaza basıyor. Yaptığı manevralarla sarsılan vücudun koltuğun üzerinde kayıyor.

Bir u dönüşü.

Lanet olasıca bir u dönüşü.

Bunun ne anlama geldiği konusunda hiçbir fikrin yok.

Tek elini direksiyondan ayırıp torpido gözünü, içindeki bandanayı bulana kadar arıyor.

"Bunu tak," diyor.

Hareket etmiyorsun.

Adam sabırsızca, *Fikrimi değiştirmeme sebep olma*, dermiş gibi, "Gözlerine," diyor.

Bandanayı yüzüne geçirip kendini kör ediyorsun.

Kamyonet sürekli ilerliyor. Kırk, altmış ya da iki yüz dakika geçmiş olabilir. Arada bir iç çekişleriyle bölünen yavaş nefesini duyabiliyorsun. Parmaklarının direksiyonun üzerinde ritim tutuşunu. Pedallar ayaklarının altında inliyor.

Birkaç sarsıntıdan sonra sonu gelmeyen düz bir şeritte ilerlemeye başlıyorsunuz. Kamyonet yavaşlıyor. Frenin ve bir o yana bir bu yana hareket eden vitesin seslerini duyuyorsun. Motor sessizliğe gömülüyor.

Başının arkadan çekildiğini hissediyorsun. Bandana yüzünden aşağıya kayıyor. Etrafına bakınmaya çalışıyorsun ama o kendisine odaklanman için çeneni tutuyor.

Sana, "Bunu çok hızlı yapacağız," diyor. Silahını yine eline almış, yüzüne doğru sallıyor. "Buradan çıkıp birlikte yürüyeceğiz."

Sonra kurallar geliyor. "Herhangi bir şey yapmayı denersen, kamyonete döneriz." *Az önce ne dediğimi duydun mu?* dermiş gibi bir bakışla bekliyor.

Başını onaylar anlamda sallıyorsun. Kamyonetten inip arka koltuktan bazı malzemeleri –görebildiğin kadarıyla kelepçeyi ve ipi– alıyor ve diğer tarafa geçerek yanına geliyor. "Etrafına bakınma," diyor. "Gözlerini yerde tut." Eli, sol kolunu o kadar sıkı tutuyor ki altında oluşmaya başlayan morlukları hissedebiliyorsun.

Seni kamyonetinden uzaklaştırıp uzun, dönemeçli, toprak bir yol boyunca ilerletiyor. Etrafa kaçamak bakışlar atıyorsun. Şimdiden, alabileceğin her şeyi almayı öğrenmeye başladın. Arazideki evin ve ona uygun inşa edilmiş yan binalardan anlık bir görüntü yakalıyorsun. Etrafta komşu yok. Bahçesi çok hoş ve bakımlı. Sen bunlara bakmaya devam etmek istiyorsun ama o, bir amacı olan ve bir tepeyi tırmanan bir adam. O, seni bir kulübeye götüren adam.

Kapı arkandan kapanıyor. Bunu henüz bilmiyorsun ama her şey şimdi olacak. Dünyan donup yeni bir şekle bürünecek.

Oraya ilk gittiğinde, kulübe hâlâ üzerinde çalışılan bir proje. Aletler zemine yayılmış, bir köşede bir torba gübre var. Katlanır bir sandalye ve bir masa, bir dergi yığını. Bunların silah dergisi mi yoksa porno mu olduğuna emin olamıyorsun. Belki de ikisinin bir karışımıdır.

Burası onun alanı. Daha sonra burayı, çok küçük bir ihtimal de olsa, bir gün senin gibi birini koymak için yapmaya başladığını öğreneceksin. Tutmak isteyebileceği biri. Burayı, ses geçirmeyecek biçimde inşa etmiş. Zemini bir kauçuk katmanıyla kaplamış, ellerini duvarların üzerinde dolaştırıp tüm delikleri dolgu malzemesiyle kapatmış. Ama işini henüz bitirmemiş. Burada tutmaya niyetlendiği kişi sen değildin. Sen aniden verilmiş bir karar, dürtüsel bir alışverişsin.

Ertesi gün, işini bitirmek için geri gelecek. Duvara bir çivi çakacak. Eşyalarını kaldırıp biraz alan açacak. Burayı, senin evin hâline getirecek. Şimdilik ellerini sırtında birleştirip kelepçeliyor. Ayak bileklerine bir ip sarıp onu kapı koluna sabitliyor.

"Kısa süreliğine eve gitmem gerek," diyor. "Evde tek başımayım. Çığlık atarsan, seni duyacak tek kişi benim ve bu beni mutlu etmez. İnan bana."

Ona inanıyorsun.

Kapı arkasından kapanır kapanmaz kurtulmaya çalışıyorsun. El ve ayak bileklerini kıpırdatıyor, etraftaki aletlere uzanmaya çalışıyorsun. Ama o, birini nasıl kelepçeleyeceğini biliyor. Nasıl düğüm atması gerektiğini biliyor. Ve bahçe kulübesinde bağladığı kadının aletlere ulaşmasını nasıl engelleyeceğini de biliyor.

İnsanların seni arayacağına güvenmeye ihtiyacın var. Fotoğrafın sosyal medyada dolaşacak. Ailen ve Julie –onları düşündüğünde boğazın düğümleniyor– etrafa kayıp ilanları asacak. Röportajlar verip eve güvenle dönmeni dileyecekler.

Bunun geçici olduğuna ve bir gün dünyanın seni bulacağına güvenmeye ihtiyacın var.

Ama senin bildiğin, onunsa bilmediği şeyler var. Onun için avantaja dönüşecek şeyler. Tanıdığın herkes, son zamanlarda pek kendin gibi olmadığını söyleyecek. Kaybolmadan önce içine kapandığını. Sınıfta uyukladığını. Notlarının çok düştüğünü. Eşyalarını toplayıp sevdiğin şehirden ve tanıdığın insanlardan uzaklara gittiğini.

Yeni bir hikâye ortaya çıkacak. Günler haftalara, haftalar aylara dönüşecek. İnsanlar bunu önce kendilerine, biraz rahatladıktan sonra birbirlerine söylemeye başlayacak: Belki de bilerek ortadan kayboldun. Belki arabayla bir yerlere giderken varlığına son verdin. Bir uçurumdan aşağıya ya da denize düştün. Belki de başka bir yerde, yeni bir hayata başladın. Belki de sonunda şeytanlarından kurtuldun.

Kimse ölülerinin yeniden canlanmasını beklemez.

Sonunda insanlar seni aramayı bırakacak. Fotoğrafını göstermeyi bırakacaklar. Kayıp gitmene izin verecekler. Hikâyeni anlatmayı bırakacaklar ve bir gün, hatırlayan tek kişi sen olacaksın.

42. BÖLÜM

Evdeki Kadın

Ateşin düşüyor. Kusman duruyor. O sana yemek getirmeye devam ediyor ama seni izlemiyor. İlgisi azaldı.

Dünya yeniden netleşmeye başlıyor. Başının arkasındaki ezikler düzeliyor. Yaralar iyileşmeye başlıyor. Uyandığında, yastığının üzeri kanla kaplı değil.

Bir akşam yanında hiçbir şey getirmeden geliyor. Yeniden alt kata dönmenin vaktinin geldiğini söylüyor. Akşam yemeği hazır.

Güçlükle kalkıyorsun. Zemin su gibi. Zemin dalgalı bir deniz gibi. İki yana sallanan bir gemidesin. O, "Hadi, çabuk," diyor. Bir elini duvara dayayıp dengeni buluyorsun. Ona, *Buna hazır olup olmadığımdan emin değilim*, demek istiyorsun. *Kilo verdim. Hâlâ çok yorgunum.* Ama o ne istediğini biliyor. Titreyen bacakların seni alt kata taşımak zorunda.

Kız burada.

Cecilia.

Utangaç bir tavırla gülümsemeye çalışıyor. Aranızın nasıl olduğunu merak ediyor olmalı. Belki de senin başını bir tür belaya soktuğunu hissediyordur. Babası fırtına gibi oturma odasına girmeden önce birlikte geçirdiğiniz son anlarınızı, o da senin kadar net hatırlıyor olmalı.

Cecilia'ya ne söyledi? Yüzünde, kafasının karışmış olduğuna dair bir ifade arıyorsun. Babası çığlığını duydu. Kızının korktuğunu ya da yaralandığını düşündü. Mümkün olduğunca hızla ona ulaşmak istedi. Bu yüzden de ikinizin arasına girdi. Hem seni hem de onu tuttu. Cecilia bundan sonra olanları görmedi. Ama bir şeyler gördü ve bunu anlamlandırmanın bir yolunu bulması gerekiyor.

Babası, öfkesini ondan sakladı. Saklamaya çalıştı. Cecilia bunu hissettiyse bile, babasının öfkesine ve beklenmedik patlamalarına alışık olduğunu görebiliyorsun. Sonra her şeyin başladığı kadar hızlıca sakinleşmesine. Biraz beklediğinde, o geri geliyor. Tanıdığı babası. Güvendiği babası.

Cecilia sana da öfkeliydi. Babası hızla içeriye girmeden önce. Ama şimdi aranızı düzeltmeye çalışıyor; masanın diğer yanından uzatılan bir el gibi bir gülümsemeyle bakıyor. Sana uzun süre öfkeli kalamayacak kadar yalnız.

Ama sen gülümseyerek karşılık vermiyorsun. Kendini bunu yapmaya ikna edemiyorsun.

Kaçmış olabilirdin.

Hareket etmeye devam ederken, bu düşünce peşini hiç bırakmıyor. Kaçmış olabilirdin, kendini kurtarmış olabilirdin. Bedenin güçleniyordu. Ve şimdi bu oldu.

Kendini, Cecilia olmadan gidemeyeceğine ikna etmiştin ama o, onu kurtarmana izin vermedi. Her şeyi mahvetti. Senin için her şeyi mahvetti.

Artık ondan nefret ediyorsun.

Bu beklenmedik düşmanlık seni gafil avlıyor ama içinde hissediyorsun. İliklerinde yangın gibi tuhaf bir nefret yükseliyor. Giderek yükselişini hissediyor ve adamın bunu fark etmesinden endişeleniyorsun. Hemen yanında oturuyor. İçindeki bu yeni gücü, her noktandan etrafa yayılan bu ısıyı nasıl hissetmez?

Aklından en korkunç düşünceler geçiyor. Küçük bir kızdan nefret etmek doğal gelmiyor. Daha önceki hayatında her zaman kızlara ve kadınlara daha müsamahalı davranırdın. Bunu çok önemserdin. Objektif olarak kınanması gerekenleri bile linç etmeye dayanamazdın. Hiçbir zaman, *Ne orospu ama, Bu nasıl bir kaltak, Lanet olası bir fahişe*, diyemezdin. O sözcüklerin kirli bir yanı vardı. Onların ağzından çıkmasını istemezdin.

Ama şimdi, onun kızını görüyorsun. O olmasaydı, buradan gitmiş olacaktın. Kaçmayı başaracaktın. Kamyoneti çalıştıracaktın. O, motor sesini duyacaktı ama her şey için çok geç olacaktı. Bir market ya da bir benzin istasyonu, içinde güvenlik kameraları ve şahitler olan bir yer bulana kadar kamyoneti sürmeye devam edecektin.

Akşam yemeği masasında, Cecilia tuza uzanıyor. Tuzluk elinin sadece birkaç santim solunda ama sen kıpırdamıyorsun. Cecilia onu senden istemeye cesaret edemiyor. Açıktan açığa yapılan acımasızlıkların yanı sıra, bir de bu var: inkâr etmenin çok kolay olacağo küçük hareketler. O kadar küçükler ki, Cecilia bir şey söyleyecek olsa, kulağa delice gelecek. Paranoyakça. Bencilce. Ama her ikiniz de ne olduğunu biliyorsunuz ve onun kendini küçücük hissetmesi, seni ne kadar hayal kırıklığına uğrattığını ve artık senin için ne kadar değersiz olduğunu bilmesi sana kendini iyi hissettiriyor.

Cecilia gözlerini masadan ayırmadan ayağa kalkıp tuzluğu alıyor.

Sen çorbana bakıyorsun. Babasıyla bazı enerjileri paylaştığının farkındasın. Zaman zaman, birilerini incitmekten zevk alan parçanın.

Hiçbir zaman mükemmel birisi olduğunu söylemedin.

Cecilia bir süre çorbasıyla oynadıktan sonra sonunda kaşığını bırakıyor, babasına dönüyor ve artık odasına gidip gidemeyeceğini soruyor. Aç olmadığını ve kendini pek iyi hissetmediğini söylüyor. Babası başıyla onaylıyor. Cecilia'nın ağır adımlarla üst kata çıkışını izliyorsun. Bu gece film yok. Kanepe yok. Kaybedilen sevgililer yok.

Ev. Ev, etrafında bir kurt kapanı gibi kapanıyor. Bu hikâyede ve bu bakış açısında, kurt sen olacaksın.

Gece olduğunda uyumuyorsun. Öfken kendine yöneliyor.

Kız olmadan gidemeyeceğine karar veren sendin. Odağının dağılmasına izin verdin. Ardında bıraktığın herkese ihanet ettin. Annene. Babana. Erkek kardeşine. Julie'ye. Matt'e. Sen onların hayatlarındaki en büyük soru işaretisin ve bunu sona erdirmek için bir şansın vardı. Şüphe, bilinmezlik. Masadaki boş sandalye, Noel ağacının altındaki boş yer.

Hayatlarına devam etmenin yollarını bulduklarını hayal ediyorsun. Kimse hayatını sonsuza dek beklemeye almaz. Ama bu hâlâ onları rahatsız ediyor olmalı. Sıcak bir pazartesi sabahı ofise gitmek üzere karşıdan karşıya geçmek için beklerken, düşünceler onları gafil avlıyor olmalı. Cumartesi gecesi sinemada, parmakları bir kova tereyağlı patlamış mısırın içindeyken. Hayatlarına devam etmeye, bu dünyadaki zamanlarının keyfini çıkarmaya çalışırken, beyinlerinin bir kenarından şu soru geçiyor olmalı: *Ona ne oldu?*

Öldüğünü düşünüyor olmalılar. Kaçınılmaz olarak, kendini öldürdüğünü düşünüyor olmalılar. Bunu her düşündüğünde, sessiz bir çığlık içini parçalıyor. Üzerine düşündüğünde, aslında sana çıldırtacak kadar yakın olduklarını fark ediyorsun; hepsi de aynı gezegende, aynı ülkede, aynı varoluş düzleminde. Ama yine de sen kayıpsın. Sen, Odysseus'sun. Bazı şeyleri çözmeye çalışıyordun. Bir yolculuğa çıktın ve şimdi eve dönemiyorsun.

Şu an onlara gerçeği anlatıyor olabilirdin. Anlattığın her şeyi hemen anlayamazlardı. Böyle şeylerin nasıl olduğunu biliyorsun. Bu konuda makaleler ve kitaplar okudun. Filmler izledin. Yeniden dünyaya dönmenin kolay olmadığını biliyorsun. İnsanlar yanlış soruları sorarlar. Hiçbir şeyi anlamazlar. Ama insanlar denerler.

Bu kız olmasaydı, şu an hep birlikte bunu yapıyor olabilirdiniz. Bu çocuk, kalbin ve sen olmasaydınız. Hassas, aptal kalbin, tüm bunlardan sonra –beş yıl boyunca olanlardan sonra– bir kız görüp sana, *Burayı o olmadan terk etmiyoruz*, dedi.

Ertesi akşam seni yine alt kata indiriyor. Sözcükler seni masada buluyor. Sana asla söylemediği iki sözcük.

Önce oturup sonra ayağa kalkıyor ve kotunun arka cebinden bir zarf çıkarıyor. Onu masanın üzerine bırakıp oturuyor.

Zarfı hemen gözden geçiriyorsun. Hatasını anlaması çok kısa sürüyor, belki de buna cesaret edemeyeceğini düşündü, belki unuttu, belki de hâlâ çok yavaş ve çok yaralı olduğunu düşündü. Zarfı masadan alıp kotunun ön cebine tıkıştırıyor.

Adresi ve kasabanın ismini göremedin. Ama başka bir şey gördün.

Bu, bir yangın musluğundan boşalan su gibi beynini dolduruyor. Parlak, yeni bir bilgi. Keşfedilecek bir dünya. Bir babanın ismi.

Aidan Thomas.

Bunu sana söylememişti. Sen de hiç sormadın. Bunu sana söylemek istemediği çok belliydi. Kulübede bir isim ne işine yarardı ki? Ama şimdi... Şimdi evdesin ve seni burada tutan adamın bir ismi var.

Aidan Thomas.

Daha sonra, karanlıkta, ismi oluşturan heceleri sessizce tekrarlıyorsun. Ai-dan Tho-mas. A-i-d-a-n T-h-o-m-a-s. Bu ismin tadına bakıyorsun. Her harfte, parmağınla bir kez yere vuruyorsun. Bu hem bir başlangıç hem de bir son. Bir doğum ve bir ölüm. Bir efsanenin son sözcüğü. Gerçek bir hikâyenin ilk sözcüğü.

Önceki hayatında, *podcast*ler dinleyip internetteki forumlarda gezinirken, suçları araştıran tuhaf bir arkadaşken ayrıntıları, teorileri, takma isimleri öğrenmiştin. Golden State Katili'ni biliyorsun. Unabomber'ı. Sam'in Oğlu'nu. Grim Sleeper'ı, Green River Katili'ni, Katil Fırıncı'yı. Hikâye hep aynı: ismi ve yüzü olmayan bir adam. Yakalanana kadar. Yakalandıktan sonra bir isimleri, meslekleri ve hayat hikâyeleri oluyor. Polisler ellerine, üzerine tarih ve yer yazılmış plakaları verip sabıka fotoğraflarını çekiyor.

Onları gerçekliğe çekmenin ilk adımı her zaman isimleri. Bu iki kelimeye, bu on bir harfe bir can simidi gibi sarılıyorsun. Aidan Thomas.

Kulübedeki adam seninle başlayıp bitti. Ama Aidan Thomas, yıllar boyunca sen olmadan var oldu. Kredi kartlarında, vergi levhalarında, Sosyal Güvenlik kartlarında. Evlilik cüzdanında, kızının doğum belgesinde. O bu dünyada hayatını yaşıyor ve senin bu hayatla hiçbir ilgin yok.

Bir gün, Aidan Thomas yine sen olmadan var olacak.

43. BÖLÜM

Emily

Çığlığı duyduğumuz gecenin ertesi günü ona mesaj gönderdim. "Umarım her şey yolundadır." Biraz tereddüt ettikten sonra ":)" ekledim. Kendi kendime, *O da bunu yapıyor*, dedim. *Biz öpüştük. Birbirimize dokunduk. Birbirimize gizli hediyeler verdik. Mesajlarımızın sonuna gülen suratlar koyduk.*

Telefonu önlüğümün içine, kasıklarımın üzerine koydum. Yemek servisi boyunca titreşmesini bekledim. Hiçbir şey olmadı. Pazarlık: *Bu içkiyi hazırladığımda, mesaj gönderecek. Bu iki içkiyi hazırladığımda. Bu beş içkiyi. Bir tuvalet molası verirsem her şey düzelecek ve o bana mesaj gönderecek. Telefonuma beş dakika boyunca bakmazsam. Belki de on. Telefonumu kapatıp yeniden açarsam.*

Ama Aidan cevap yazmadı.

O hep cevap yazar.

Kendi kendime, *Erkekler bunu yapar,* dedim. *İnsanlar bunu yapar. Meşguldür. Çalışıyordur. Belki de bir elektrik hattı çökmüştür. Yakınlardaki bir kasabada yüzlerce insan elektriksiz kalmışken, ben bir mesaj için endişeleniyorum. Belki de kızının ona ihtiyacı vardır. Belki de hastalanmıştır. Belki Aidan hastadır. Sonuçta, insanlar bazen mesajlara cevap vermez ve bu, bir şeylerin yolunda gitmediği anlamına gelmez. Bazen böyle şeyler olur.*

Ama onunla olmamalıydı. Onunla olanlar özeldi. *Hâlâ* özel.

Neredeyse bir hafta oldu. Onu restoranda ya da kasabada görmedim.

Ne olduğunu biliyorum. Elleri tenimde, nefesi ağzımdaydı. Boynumda soğuk, gümüş bir zincir var. Bana verdiği hediye. O gerçekti. Kanıtım var.

Akşam yemeği servisi. Perşembe. Onu bekliyorum. Artık her an gelebilir. Odanın karşısından bana gülümseyecek ve tüm endişelerim yok olacak. Tamamen geçerli bir açıklaması olacak. Sormak zorunda bile kalmayacağım. "Neler olduğuna inanamayacaksın," diyecek. "Kamyonetim bozuldu. Telefonum çalındı. Kırıldı. Tuvalete düştü. Bana mesaj göndermedin, değil mi?"

Kapı açılıp kapanıyor. Gelen Yargıç Byrne. Gelen Bayan Cooper. Gelen, okuldan eski bir öğretmenim. Onun dışında herkes geliyor ve bu gece saçma denecek kadar yoğun; kendime, en azından telefonuma daha az ilgi gösterdiğimi ve bunun onu titreşmeye yönelteceğini söylüyorum.

Telefonum titreşmiyor.

Eric bizi eve götürüyor. Beni görmek için dikiz aynasını arka koltuğu görecek biçimde ayarlıyor. "Sorun ne, güzel kız?" diye soruyor. "Bütün gece çok sessizdin."

"Sadece yorgunum." Ona dudaklarımı aralamadan gülümseyip başımı geriye yaslayarak uyuyormuş gibi yapıyorum. O da başını sallayıp gözlerini yeniden yola çeviriyor.

Alnımı cama dayıyorum. Cam o kadar soğuk ki canımı yakıyor; derim tamamen uyuşana kadar başımı daha da sert bastırıyorum. Bunun ardından gelen acı ve boşluk hissini keyifle karşılıyorum.

Aidan'ın evinden birkaç sokak uzaktayız. Eric'e oraya gidip beni orada bırakmasını söyleyebilmeyi ne kadar çok isterdim. Kapıyı ya da zili çalabilirim. O, perdeyi açıp dışarıya bakabilir. Yüzü aydınlanabilir ve bana, "Uğramana çok sevindim," diyebilir. Kollarını bana sarabilir, ben onun kokusunu içime çekebilir ve bedenimde büyük bir kutlama olduğunu hissedebilirim.

Eve gittiğimizde Eric ve Yuwanda'ya yatacağımı söylüyorum. Tatil döneminde olduğumuzu söylüyorum. Tatil dönemlerinde hep çok yorulurum. Bu, daha çok tatil karmaşası gibidir, haksız mıyım?

Yorganın altında telefonumu çıkarıyorum. Hâlâ hiçbir şey yok. Onu hızlıca yatağa bırakıyorum. İçimi çekiyorum. Sonra telefonu yeniden elime alıp son mesajını okuyorum. "Tamam. Kıpırdama. Ben senin yanına gelirim. Cece uyuyor ve onu uyandırmak istemiyorum. Annesi olmadan geçirdiği ilk Şükran Günü, anlarsın ya."

Bu iyi bir mesaj bile değil. ":)" yok. "İyi geceler", "Günaydın" ya da "Bugün seni düşüneceğim" mesajları yok. "Umarım mesain iyi geçmiştir," "Umarım tatlı rüyalar görürşün", "Umarım iyisindir" mesajları yok.

Mesajlaşmalarımızı okuyarak en başa kadar gidiyorum. "Selam! Ben Emily. Bugünkü tüm yardımların için tekrar teşekkür ederim." Kırmızı kuyruklu şahinler, kâbuslar, kapalı kapılar ve karanlık koridorlar hakkındaki konuşmalarımızı okuyorum.

Bu gerçekti. Ortak tarihimize dair her şey burada. Aidan benden hoşlanıyor. Hayatı büyük bir kargaşanın içindeyken bile bana zaman ayırdı.

Ona mesaj atabilirim. Benimle iletişim kurmasını beklememe gerek yok. Bunu biliyorum. Bunu denedim ama mükemmel mesajı yazma denemelerimin hepsi, yazdığım her şeyi silmemle sonuçlandı. *Bugün nasılsı...* Sil. *Her şeyin yolunda olduğundan emin olmak...* Sil. *Seni rahatsız etmek istemiyorum ama umarım...* Sil, sil, sil.

Elimi gümüş kolyeye götürüp parmaklarımı kolye ucunun üzerinde kapatıyor ve metal tenimle aynı sıcaklığa ulaşana kadar onu sımsıkı tutuyorum.

Onu gördüm. Onu yaşadım. Bana bunları verdi ve kimse onu bunu yapmaya zorlamadı. Bunu yaptı çünkü bunu yapmak istedi.

Bunu yaptı çünkü benden hoşlanıyor.

Kıllı Örümcek'te cuma günü. Kendimi gitmeye zorluyorum. Kendime, bunu ekip için yaptığımı söylüyorum. Sanki çok umurlarında.

Hâlâ ondan hiçbir iz yok.

Bunu özellikle yapıyor olsaydı, beni delirtmeye çalışıyor olsaydı, tam da böyle yapması gerekirdi.

Bu gece sadece bir içki içeceğim. Eric'in dışarıda kalmak isteyeceğini ama havamda hissetmeyeceğimi bildiğim için kendi arabamla geldim.

Civic'e dönerken bir halüsinasyon görüyorum.

Ama onu gerçekten gördüğüme yemin edebilirim. Bir ara sokağa park edilmiş beyaz kamyoneti, Kıllı Örümcek'in önündeki çalıların arasından hafifçe parlıyor.

Etrafıma bakınıyor, barın girişine odaklanıyorum.

Burada değil.

Bir kez daha bakıyorum. Hiçbir şey yok.

Honda'yı çalıştırıp aynaları ayarlıyor, park ettiğim yerden çıkmaya başlıyorum ve...

Yok.

Kamyoneti yok.

Omuzlarım geriliyor. Penceremden dışarıya bakıyorum. Koltuğumda dönüp başımı çeviriyorum. Çalılıklara bakıyorum. Hiçbir şey yok.

Bu da ne?

Sanki bir şeyi bekliyordu, onu gördü ve gitti. Kendi kendime gülüyorum çünkü bu düşünce çok saçma ama durum tam olarak böyle görünüyor.

Sanki beni görmek için bekliyordu ve görür görmez de gitti.

44. BÖLÜM

Evdeki Kadın

Göğsünün içinde yanan ve bütün oksijeni çeken bu fırına alışıyorsun. Seni tüketiyor. Bunu kontrol altına almazsan seni, onu, çocuğunu yutacak. Hatalar yapacaksın. Sana öğrettiği tek bir şey varsa bu, insanların fırının kontrolü ele geçirmesine izin verdiklerinde hata yaptıkları.

Kulübenin dışında hayatta kalmanın altıncı kuralı: Yanıp kül olamazsın.

Akşam yemeğinde bir ses duyuyorsun. Bunu önce o fark ediyor. O, etrafına karşı çok dikkatli biri; gözleri ve kulakları her zaman sonuna kadar açık. Sesi senden sonra Cecilia da duyuyor. Üçünüz kaşlarınız çatılmış, başlarınız arka kapıya uzanmış hâlde oturuyorsunuz. Bu bir tırmalama sesi; bir şey –biri– sızlanıyor.

Cecilia sesin geldiği yönü işaret ediyor. "Dışarıdan geliyor."

Babası, "Hayvanlar olmalı," diyor.

Cecilia başını iki yana sallayıp ayağa kalkıyor. İki parmağıyla bir perdeyi hafifçe aralıyor.

"Cecilia, yapma–"

Babası ona yeniden yerine oturmasını söyleyemeden kapıya gidip kulpu çeviriyor. Kısacık bir an için dünyada sadece sen, o ve açık kapı var; soğuk rüzgâr bedenlerinizin arasında kıvrılıyor. Sana bir bakış atıyor. Ona, *Hadi ama*, demek istiyorsun. *Gerçekten kaçacağımı mı düşünüyorsun? Şimdi? Burada? Hâlâ başımın arkasındaki hassas ve kalın kabuğu hissedebiliyorum. Son seferinde bana ne yaptığını hâlâ hissedebiliyorum.*

Cecilia geri geliyor. Alacağın derin nefesi zorlukla bastırıyorsun. Gömleği kan kırmızısı. Kollarını önünde tutuyor. Göğsüne yaslanmış, titreyen, siyah bir kütle var.

Babası irkiliyor. "Cecilia, si–" Burada, senin dışındaki insanların yanında ve kesinlikle kızının yanında küfretmeyen biri olduğunu hatırlıyor. "Sen ne yapıyorsun?"

Cecilia diz çöküp siyah kürk yığınını nazikçe mutfak zeminine bırakıyor. Bu bir köpek. Sol bacağında kocaman, yer karolarının üzerine kan akıtan açık bir yarası olan bir köpek.

Yüzün sıcaklıyor. Parmakların hissizleşiyor. Eskiden köpekleri severdin. Çocukluğunda, Newfie-Bernese dağ köpeği kırması bir köpeğin vardı. Kocamandı. Sevgi doluydu ve sürekli salyaları akardı.

Bu köpek küçük. Ayağa kalkabilse, boyunun otuz santim civarında olacağını tahmin ediyorsun. Sivri kulaklarını, uzun burnunu görebiliyorsun. Nefes nefese kalmış, kocaman, kahverengi gözleri çılgınca mutfağın içinde dolaşan minik bir terrier.

"Cecilia, kapı."

Hızla kapıyı kapatmaya gidiyor. Yaptığı ilk şey, her zaman, seni dünyadan gizlemek. Sonra kızının yanında diz çöküp köpeğin üzerine eğiliyor.

Kızı başını kaldırıp ona bakıyor. Bu, yuvarlak gözleri ve babasının her şeyi düzelteceğine sarsılmaz inancıyla, küçük bir çocuğun bakışı.

"Ona yardım etmeliyiz," diyor.

Sen de ayağa kalkıp mutfak masasının diğer tarafına geçiyorsun. Sana, *Bu kadarı yeter, artık durabilirsin,* dermiş gibi, tek kaşını havaya kaldırarak bakıyor.

Kollarını göğsünde kavuşturuyorsun. Cecilia ısrar ediyor. "Ona yardım etmek zorundayız. Belki de ona araba çarpmıştır. Biri onu otobanın kenarına bırakmış olmalı." Beyninden bir elektrik akımı geçiyor. *Otoban* mı? Cecilia'nın sesi titriyor. "Haydi ama. Buraya gelmek için kilometrelerce yürümüş olmalı. Bir şeyler yapmalıyız."

Kilometrelerce. Kaç kilometre? Beş mi? On mu? On üç mü? Yürünebilir bir mesafe mi? Koşulabilir bir mesafe mi?

Sağ tarafında bir baba içini çekip başparmağı ve ortaparmağıyla şakaklarını ovuyor. "Yapabileceğimiz bir şey olduğundan emin değilim."

Cecilia başını iki yana sallıyor. "Ona yardım edebiliriz. Veterinere götürebiliriz. Tasması yok." Sonra yine sesi titremeye başlıyor: "Kimse onu istememiş. Onu bu hâlde bırakamayız."

Babası elleriyle yüzünü ovuyor. Köpek hâlâ kan kaybediyor. Kanın bir kısmı babanın botlarına bulaşıyor. Onu daha sonra temizleyecek. Bu tip şeyleri giysilerinden, teninden, varlığının her partikülünden temizlemek konusunda iyi olmalı.

"Cecilia."

Baba, yerdeki köpeğe bakıyor. Her şeyin böyle başladığını hatırlıyorsun. Onun gibi insanlarda. Bunu çocukken televizyonda duymuş, yetişkinliğinde de *podcast*lerde dinlemiştin. Daha çocukluklarında, bazen ergenliklerinde başlıyor. Yaklaşık olarak kızının yaşlarında, çocukluk ile ergenlik arasında. Bir çocuk kelebekleri havasız bir kutuya hapsediyor. Ailenin evcil hayvanı kayboluyor. Bir ağacın altında ölü sincaplar bulunuyor. Böyle pratik yapıyorlar. Ayak parmaklarını altlarındaki karanlığa sokup suyu böyle test ediyorlar.

Babası, Cecilia'ya, "Çok geç," diyor.

Cecilia çok geç olmadığını, köpeğin hâlâ nefes aldığını söylüyor. Ama babası onu dinlemiyor. Ayağa kalkıp bir elini beline dayıyor. Orada olduğunu fark etmemiştin; silahı, kılıfında duruyor. Genellikle evdeyken onu üzerinde taşımıyor. Bu, oturma odasındaki girişiminin ardından aldığı yeni bir önlem olmalı.

Cecilia başını kaldırıp bakıyor. "Ne yapıyorsun?"

Aynı soru senin de boğazına takılıp kalıyor. Bunu düşünüyor olamaz. Senin önünde yapar. Ama çocuğunun önünde?

Parmaklarını silaha doluyor. Vücudundaki tüm kaslar geriliyor. "Bazen yapabileceğin en insanca şey budur," diyor. "Köpek acı çekiyor. Ona yardım etmemizin hiçbir yolu yok."

Cecilia ellerini hayvanın üzerine koyuyor. Çıplak avuçlarıyla yaranın üzerine baskı uyguluyor. Ellerinde, tırnaklarının altında, dirseklerine kadar, çok fazla kan var. Cecilia, "Hâlâ nefes alıyor," dediğinde köpeğin göğsü bunu kanıtlamak istermiş gibi yükseliyor. "Lütfen, baba. Lütfen."

Yanağından bir gözyaşı süzülüyor. Cecilia onu hemen siliyor. Gözünün kenarına ve çenesine kan bulaşıyor.

Babası elini silahtan çekmeden bir kez daha iç geçiriyor. "Bunu yapmayı ben de en az senin kadar istemiyorum," diyor. "Ama bak. Bir hayvan yaralandığında böyle olur. Bunun doğru gelmediğini biliyorum ama yapman gereken şey budur."

Kızının yanında diz çöküyor. "Onu dışarıya çıkarayım."

Bu gerçekten olacak mı? Bunun olmasına izin verecek misin? Bu köpeğin –bu sevimli, şiş göbekli, beyaz dişli ve küçücük patili köpeğin– silahla vurularak öldürülmesini izleyecek misin?

Cecilia yeniden köpeği kucağına alıyor. Köpek yavrusu, müdahale etmen için yalvarıyormuş gibi inliyor.

"Onu yere bırak, Cecilia." Sesi kısık. Bu, seni aldığı gün kullandığı o hırlama benzeri sesin aynısı.

Belki de harekete geçmeni sağlayan şey bu oluyor. Belki de bunu, bunun –ya da herhangi bir parçasının– seni öldürmek üzereyken hissettiği şeylerle kıyaslanabileceği fikrini kişisel alıyorsun.

"Hâlâ nefes alıyor."

Babanın başı sana doğru dönüyor. Sana, *Buna nasıl cüret edersin?* dermiş gibi, yoğun bir keskinlikle bakıyor. Omzunu silkiyorsun. *Sadece söylüyorum.* Silahın kabzasıyla oynuyor.

Israr ediyorsun. "Hâlâ ölmedi."

Cecilia dönüp sana bakıyor. Oturma odasında yaşanan geceden sonra ilk kez göz göze geliyorsunuz. Senin onu kurtarmaya çalışmandan ve onun buna karşılık olarak çığlıklar atmasından beri. Bir şey seni boğazından yakalıyor; o hiddetli, korkmuş ve kararlı bir kız. Babasının iradesi karşısında eğiliyor.

Midenin içinde sıcak ve yoğun bir utanç yükseliyor. Unutuyorsun. Ondan nefret etmekle, onun her hücresinden tiksinmekle o kadar meşguldün ki o ve babası hakkında bildiğin her şeyi unuttun. Geceleri koridorda ilerleyen ayak seslerini. Babasının onun hayatı üzerindeki demir gibi kıskacını. Babasının yaptığı ve ondan sakladığı her şeyi.

Ama işte şimdi burada, mutfak zemininin üstünde, kollarında kanlar içinde bir hayvanla duruyor; on üç yaşında, çok sevimli, çok nazik ve bu köpeği kurtarmak istiyor. Annesi daha birkaç ay önce öldü ve bu kızın hayatı mahvoldu ama o yine de iyilik yapmak istiyor. Belki de sevebileceği bir şey olmasını istiyor. Çok yalnız. Yalnız olduğunu biliyorsun. Belki de bir yoldaş, tutunabileceği bir şey istiyor. Sevgisine karşılık verecek bir şey. Canını yakmayacak bir şey.

Biraz ilerleyip Cecilia ile babasının arasına giriyorsun. Bakışlarını babanın gözlerine çeviriyorsun. *Sakin ol.* Yaraya daha yakından bakmak için eğiliyorsun. Kötü bir yara. Bir köpeğin bu kadar kan kaybettikten sonra hâlâ yaşaması mümkün mü? Bundan emin değilsin. Ama denemeye değer.

İçinde bir şey ateşleniyor. Bu evde bir şeyin ölümden dönmesine umutsuzca ihtiyacın var. Bu, bu duvarların arasında yaralıların yeniden hayata dönebileceğinin kanıtı olacak.

Beynindeki çarklar hızla dönerek onun kendini galip hissedeceği bir durum senaryosu üretmeye çalışıyor.

"Ona yardım edebilirsin," diyorsun.

Sert gözlerle sana bakıyor. Asice ve düşüncesizce davrandığını düşünüyor. Ama sen ne yaptığını biliyorsun.

"Böyle durumlarda ne yapılacağına dair eğitim almadın mı?" diye devam ediyorsun.

Kaşlarını çatıyor. Birazcık eğlenmeye çok yakın ve sen onun yolunu tıkıyorsun. Ama sol tarafındaki Cecilia giderek canlanıyor. Gözlerini büyük bir kararlılıkla açıp bakışlarını babasına dikiyor.

"Evet, baba," diyor. "Denizciyken bunları öğrenmedin mi?"

Hâlâ ikna olmamış babası gözlerini deviriyor.

Elinden geldiğince fark ettirmeden, babanın bakışlarını yakalıyor, sonra başını kızına doğru eğiyorsun. Bakışların köpeğe doğru ilerleyip yeniden ona dönüyor. Ona, *Bu senin şansın*, demek istiyorsun. *Ettiğiniz kavgaları, fırtına gibi geçen akşam yemeklerini ve öfkeli adımlarla yukarı çıkışlarını hatırlıyor musun? Küçük kızın büyüyor ama hâlâ onun seni bir kahraman gibi görmesine ihtiyacın var.*

Köpeği kurtar. Bir kahraman ol. Bunu kızın için yapma. Bunu köpek için de yapma. Bunu kendin için yap.

Öne eğiliyor. Buna inanmakta çok zorlanıyorsun. Boş eliyle lavabonun altındaki bir dolabı açıp içini karıştırdıktan sonra bir ilkyardım çantası çıkarıyor. Sonra Cecilia'ya, köpeği yeniden yere bırakmasını işaret ediyor. Silah kılıfını bırakıyor. Cecilia da köpeği bırakıyor. Babası hızlı ve net hareketlerle ilkyardım çantasını açıp içinden bir şişe dezenfektan çıkarıyor.

Bacağında bir dokunuş hissediyorsun. "Bir elini çenesinin altına koy. Diğerini de kalçasına. Kıpırdamamasını sağla." Bir an tereddüt ettikten sonra ellerini söylediği gibi köpeğin üzerine yerleştiriyorsun. O, dezenfektan şişesini sallıyor. "Her şeyden önemlisi, beni ısırmamasını sağla."

Bu baştan çıkarıcı bir fikir, diye düşünüyorsun ama orada Cecilia, köpek ve kendin için bulunuyorsun ve hepinizin başını beladan uzak tutman gerek. Köpeğe yaklaşıp yarayı temizlerken parmaklarında hafif bir titreme var. İrkilip ikiye ayrılmış yaranın üzerine bastırıyor. Sana, "Elini buraya koy," diyor. Elini kesiğin üzerine bastırıyorsun. Üçünüz birlikte, kanamanın durmasını bekliyorsunuz. Cecilia yardım etmek istiyor ama babası ona uzak durmasını söylüyor.

Avuçlarının altındaki köpeği iradenle hayata döndürmeye çalışıyor, mucizeler gerçekleştirebileceğine inanmak istiyorsun. Çocuk sizi izliyor. Köpeğin onun önünde ölmesine izin vermeyeceksin. Onu bir daha hiç hayal kırıklığına uğratmayacaksın.

Kanama yavaşlıyor. Biraz daha bekliyorsun ve kanama neredeyse tamamen durduğunda o, yaraya ilaç sürüp bandajları yapıştırıyor. Köpek hızlı hızlı nefes alıp veriyor. Acı çektiği çok belli ama yaşıyor. Yaşıyor.

Cecilia alt kattan eski bir yastık getirmeye gönüllü oluyor. Köpeğin onu yatak olarak kullanabileceğini söylüyor. Babası ona orada kalmasını, yastığı kendisinin getireceğini söylüyor.

Alt kat.

Ormandan sonra seni oraya götürmüştü. Aletleri orada duruyor. Ayağa ne kadar hızlı kalktığına bakılırsa, kızının oraya gitmesini hiç istemiyor.

Sen onun çocuğuyla birlikte, köpeğin başına eğilmiş hâlde mutfakta kalıyorsun. Cecilia sana bakıp bir şey söylemek istiyor ama bunu nasıl yapacağını tam olarak bilemiyormuş gibi dudağını ısırıyor. Sen daha kendi düşüncelerini toparlayıp ifade edemeden, babası eski bir kanepe yastığına benzeyen bir şeyle geri geliyor. Onu mutfağın bir köşesinde yere koyuyor. Cecilia yeniden köpeği kucağına alıp nazikçe yastığın üzerine bırakıyor. Köpek önce inleyip sonra uzun bir nefes veriyor. Sonunda ön patilerini uzun ağzının iki yanına koyup yerleşiyor.

Baba içini çekiyor. "Bakalım bu geceyi atlatabilecek mi," diyor.

Cecilia köpeğin başını okşamaya niyetleniyor, sonra bunu yapmamaya karar veriyor. "Aslında..." diye konuşmaya başlıyor. Ama cümlesini tamamlamıyor. Muhtemelen, artık kanama kontrol altına alındığı için onu bir veterinere götürmeyi teklif edecekti. Gerçek bir profesyonelin yapabileceği bir şey olup olmadığını görmek için. Mesela dikiş atılabilirdi. Ama Cecilia babasını tanıyor. Bu zaferi kabul edip gerisini boş vermesi gerektiğini biliyor.

Babası ayağa kalkıp dezenfektan ve artan gazlı bezleri ilkyardım çantasına geri koyduktan sonra etrafı temizlemeye başlıyor.

O arkasını döndüğünde, bir el seninkini tutuyor. Nefesini tutuyorsun. Cecilia nazikçe parmaklarını sıkıyor. *Teşekkür ederim.* Sessiz bir jest ama senin için davul sesi gibi gümbür gümbür. *Teşekkür ederim.*

Babasının kendini bir kova ve paspasla meşgul etmeye başlamasını bekliyorsun. O çok pratik, mutfak zeminindeki kanı temizlemeye odaklanmış bir baba.

Bileğinde, Cecilia'nın zayıf kalp atışlarını duyuyorsun. Birkaç saniye kıpırtısız kaldıktan sonra, sen de hafifçe onun parmaklarını sıkıyorsun.

45. BÖLÜM

Hareket Hâlindeki Kadın

Odaya girip kelepçeni çözdükten sonra, "Gidelim," diyor.

"Ne?" diye soruyorsun.

Eliyle acele etmeni işaret ediyor. "Hadi," diyor. "Bütün gün seni bekleyemem."

Bir yanlış anlaşılma olabileceğini düşünerek yavaş yavaş ayağa kalkıyorsun. Ama o sinirlenmiyor. Fakat daha hızlı hareket etmeni istediği belli. Seni bileğinden tutup aceleyle alt kata doğru çekiştiriyor.

Öğlen saatleri. Bir pazartesi günü. Cecilia okulda. Onun da işte olması gerekirdi. Onun akşam yemeği vaktinden önce dönmesini beklemiyordun.

Köpek. Onu kontrol etmek için eve dönmek zorunda. Ve bunu yaparken bir yandan da... bu yaptığı şeyi yapmaya karar veriyor.

Kazağının alt kısmını kaldırıp sana silah kılıfını gösteriyor. Başını sallamanı bekledikten sonra kapıyı açıyor.

"Kamyonete," diyor.

Bakışları her yerde; senin, kamyonetin, etraftaki ağaçların, evlerin ve kuşların üzerinde dolaşıyor. Kolu gevşekçe omuzlarına dolanıyor. Seni kamyonete götürüyor, yolcu kapısını açıp kapatıyor ve diğer tarafa yürüyor. İkiniz de kamyonete bindiğinizde oluşan atmosfer değişimini, rahatlayışını hissediyorsun.

"Neler oluyor?"

Bu sorunun cevabı çok açıkmış gibi dilini şaklatıyor. "Bir gezintiye çıkıyoruz."

Miden kasılıyor. Söylediği şeyin ne anlama geldiği hakkında hiçbir fikrin yok. Anahtarı kontakta çevirip kamyoneti garaj yolundan çıkarmaya odaklanıyor. Yüzünde boş, çözülmesi imkânsız bir ifade var.

Siktir.

Sana gözlerini kapatmanı söylemiyor. Bunu sormak için kamyonetin yola –iki yanında evler, gerçek evler olan ama etrafta kimsenin görünmediği bir köy yoluna– inmesini bekliyorsun.

"Baka... bakabilir miyim?"

Bu ağzından çıkan en büyük yalan değilmiş gibi, "Ne istiyorsan yapabilirsin," diyor.

Gözlerin pencereye yapışıyor. Odaklanıyorsun. Etraftaki her şey –her yaprak, her pencere– hayati bir ipucu. Oturma odasındaki o geceden beri bilgileri işlemek, kuru pirinç üstünde pedal çevirmeye çalışmaya benziyor; hiçbir şey kalıcı olmuyor, her şey kayıp gidiyor ama denemek zorundasın.

Denemek zorundasın.

Evlerin önünden geçerken kamyoneti oldukça yavaş sürüyor. Bu mahallede evler birbirine oldukça yakın; burası, ormanın içine gizlenmiş, birileriyle arasında dönümlerce toprak olan eski evinden çok farklı bir yer.

Burası onun için doğal bir ortam değil. Fazla ortada, fazla açık. Onun gibi bir adamı böyle bir yere koyarsan, barut fıçısına dönmesi işten bile değil.

Etrafta ağaçlar ve elektrik direkleri dışında pek bir şey yok. Kimse ön bahçesinde değil. Yetişkinler işte, çocuklar okulda. Sağ tarafınızdaki bir inek sürüsünü geçiyorsunuz. Birkaç metre ileride Butcher Bros adlı bir kasabın reklamı var. Reklam panosunun yanında eski, paslı ve ürkütücü bir kuyu var. Peri masallarında okuduğun, çok eski yüzyıllardan kalmış kuyulara benziyor.

Odaklan.

Şimdiye kadar sola, tekrar sola ve sağa döndü. Sol, sol, sağ. Buna bir oyun hilesi gibi tutunuyorsun. Sol, sol, sağ ve Butcher Bros'un ineklerinin önünden geçip devam et.

Sol tarafta kahvaltı servisi de olan bir motel var. Sağ tarafında bir kütüphane var. Ve önünde aniden –açıkta, hemen önünde, içinden geçebileceğin– bir kasaba merkezi var.

Halüsinasyon görüyor olmalısın.

Anacadde olduğunu tahmin ettiğin cadde boyunca ilerliyor. Hepsini bir anda algılaman çok zor; bir sandviç dükkânı, bir kitapçı, kahveci, fırın, içki dükkânı, kuaför, yoga stüdyosu, eczane. Köşeyi döndüğünüzde, Amandine adlı bir restoranla karşılaşıyorsunuz. Kapalı. Restoranların genellikle pazartesi günleri kapalı olduğunu hatırlıyorsun.

Her şey çok normal geliyor. Sanki arabadan inip yeniden bir şeyler yapabilir, kendine bir kahve alabilir, bir *vinyasa** dersine girebilir ve yeni bir ruj satın alabilirsin.

Dönüp ona bakıyorsun. Kış güneşinin altında yarısaydam hâle gelmiş gözleri parlıyor. Avuçları direksiyonun üzerinde hareket ediyor. Çok basit. Arka planda kitapçı var. Ellerini direksiyonun iki yanında tutuyor. Evine alışverişi yapan bir adam. Kasabaya inmiş bir baba. Saygıdeğer bir kasabada saygıdeğer bir hayat süren, saygıdeğer bir adam.

Kamyoneti fırının önüne çekiyor. Gümüş rengi bir BMW'nin arkasına park edip vitesi boşa alıyor.

"Evet, ne düşünüyorsun?" diye soruyor.

Senden ne beklediği hakkında en ufak bir fikrin yok. Bir risk alıp yan tarafa bakıyorsun. Endişeleniyor olması gerekmez miydi? Birileri seni görebilir. Her an görebilir. Beş yıl bo-

---

* Bir yoga türü. *–en*

yunca perdeleri kapatıp kapıyı üzerine kilitleyerek seni sakladı. Şimdi ne yapıyor?

"Bu... çok hoş," demeyi deniyorsun.

Hafifçe gülüyor. "İyi bir sözcük seçimi," diyor. "Buradaki insanlar da çok hoştur." Dışarıya bakıyor. "Sözü geçmişken..."

Bakışlarını takip ediyorsun. Bir adam fırından çıkıyor. Kamburunu çıkarmış; üzerinde gri bir palto, kolunun altında bir kesekâğıdı var. Adam kamyoneti fark edip yolunu değiştiriyor.

Size doğru yürümeye başlıyor.

Size yaklaştıkça, ayrıntıları fark ediyorsun: kelleşmekte olan bir kafa, kafatasının üzerinde oluşmuş kahverengi noktalar ve sol yüzük parmağında gümüş bir yüzük. Bu tamamen ortalama fizikten büyüleniyor, gördüğün her şeye tutunuyorsun. Beş yıl boyunca hiç yeni yüz görmemiş olmak seni bu hâle getirdi.

Adam kamyonete doğru el sallıyor. "Aidan!"

İşte bu. Şimdi silahı çıkaracak ve bu, gri paltolu adamın sonu olacak. Yolcu koltuğunun kollarına tutunuyorsun. Çenen kilitleniyor. Dişlerin birbirine kilitlenip beyninde yankılanan bir gıcırtı çıkarıyor.

Sağ tarafında bir ses duyuyorsun. Bir bakış atma riskini alıyorsun.

Yolcu tarafındaki cam açılıyor.

Ne halt oluyor?

"İyi akşamlar, Yargıç."

Sesi sıcak, kibar ve tatlı. Yüzünde, yolda eski bir dostuna rastlamış bir adamın basit, inanılabilir keyfi var.

Artık camın tamamen açık. Gri paltolu adam kamyonete yaslanıp yeniden, "Merhaba," diyor.

"Her şey yolunda mı?" diye soruyor. "Bugün işe gitmiyor musun?"

Sol tarafındaki adam gülüp parmaklarıyla direksiyonun üzerinde ritim tutuyor.

"Sadece bir gün izin aldım, Yargıç. Bu işlerin nasıl olduğunu bilirsin. Patron hiçbir zaman gözünün önünden çok uzaklaşmama izin vermiyor."

Adam da gülüyor. "Bilmez miyim," diyor. "Bana Francis demeni sana defalarca söyledim. Bu kadar resmi olmaya hiç gerek yok."

"Israr ediyorsanız," deyip şakacı bir ses tonuyla, "Yargıç," diye ekliyor.

Bakışlarını gri paltolu adama yönlendirip şoför koltuğunda şüphe yaratmayacağını düşündüğün ölçüde büyük bir dikkatle ona bakıyorsun. Gözlerin sulanıyor. Yüzün yanmaya başlıyor. *Bana bak. Düşüncelerimi duy. Bana bak, seni kahrolası pislik. Benim kim olduğumu biliyor musun?*

Etrafa posterler asılmış olmalı. O seni aldıktan sonra. Bu, başka bir yerde olmuş olmalı ama çok da uzak olamaz. Yakın bir kasabanın yargıcı olsan, bunu duymuş olmaz mıydın? Bunu hatırlamaz mıydın? Kayıp insanların yüzleri, sonsuza dek hafızana işlenmez miydi?

Adamın bakışları sana dönüyor. Sonunda. Birkaç saniye boyunca, olduğunu düşünüyorsun. Adamın seni tanıdığını. Bu adam seni kurtaracak. Ama adam bakışlarını şoför koltuğuna çevirip, *Peki, bu kim?* dermiş gibi kaşlarını kaldırıyor.

Beynin sana bağırmanı söylüyor. Doğru cevabı vermeni. Beynin çığlık çığlığa ismini söylemeni istiyor ama hiç ses çıkmıyor. Yere yığılmış bir beden gibi. Hiçbir şey yapamıyorsun.

Sol tarafından bir el omzuna dokunuyor. "Bu kuzenim," diyor. "Tatilde bizi ziyarete geldi."

Şunları biliyorsun: Eve girdiğin ilk gün, banyo aynasında bir kadın görmüştün. Sana hiç benzemiyordu. Saçında beyaz tutamlar vardı ve yanakları çökmüştü. Beş yıl yaşlı görünüyordu. Makyajsızdı. Eskiden çok fazla makyaj yapardın. Göz kalemi, fondöten, her renk ruj. Şimdi hâline bak. Karşındaki kişi, sokakta gördüğü her yabancının yüzünde seninkini arayan annen ya da baban olmadığı sürece, biri seni nasıl tanıyabilir ki?

Lanet olasıca ismini bile söyleyemiyorsun. Lanet olasıca kafanın içinde bile.

Yargıç onaylayan bir tavırla başını sallıyor. Sana dönüyor. "Peki, nereden geliyorsunuz?"

Dilin damağına yapışıyor. Yalan mı söylemelisin? Rasgele bir yer adı mı vermelisin? Ya Yargıç daha ayrıntılı sorular sorarsa? Yoksa ona gerçeği söyleyebilir misin? Kaçırıldığın kasabanın adını söyleyip bir tohum atabilir misin?

Sen bir karar veremeden, şoför koltuğundaki adam soruyu senin yerine cevaplıyor. "Raiford, Florida. Gainesville'in kuzeyinde. Ailem aslen oralı."

Yargıç, buraya taşınmasının sebebinin Florida'nın güneşinden bıkması olup olmadığını sorarak bir şaka yapıyor.

Düşünüyorsun: Raiford, Florida mı? Bunu kolayca söyleyişini düşünüyorsun. Becerikli yalancılar hakkında neler duymuştun? Her yanlış bilgiyi biraz gerçekle karıştırmazlar mıydı?

Gerçekten oralı olduğuna karar veriyorsun. Raiford, Florida. Nemden kıvırcıklaşmış saçı ve omuzlarına yapışmış tişörtüyle sıcaktan kavrulmuş küçük bir oğlan hayal ediyorsun. Sivrisinekler, bebek timsahlar ve boğumlu meşe ağaçları. Kafasının içinde bir fırtına oluşuyor.

"Sizi çok tutmayayım." Yargıç başını sana doğru sallıyor. "Tanıştığımıza çok sevindim. Umarım ziyaretiniz hoşunuza gider. Sert soğuğun kusuruna bakmayın. Buraya özel bir durum."

Sen bu tip konuşmaların nasıl ilerlemesi gerektiğini hatırlayana kadar bir sessizlik havada asılı kalıyor. Adama gülümsüyorsun. "Teşekkür ederim," diyorsun. Bu, dilinin alev almasına sebep oluyor.

Beni tanımadın mı? Birisi donmuş bir gölün yüzeyinden içe-

riye düşer gibi dünyadan kaybolduğunda, insanlar onu aramayı unutabilir mi?

Yolcu tarafındaki pencere yeniden kapanıyor. O Yargıç'ın yeniden sendeleyerek kendi arabasına doğru ilerlemesini bekliyor, sonra yola dönüyor. Eski dostuna son kez el salladıktan sonra kasabadan çıkıyor.

Etraftaki görüntü yeniden ağaçlar, çalılar ve elektrik direklerine dönüşene kadar sessiz kalıyorsun. Kaçırdığın bir fırsat için yas tutuyorsun. Seni kurtarabilecek bir adamı kaçırdığın için. Eskiden olduğun, aramayı bıraktıkları insan için.

"Yargıç hoş bir adam." Sol dirseği şoför penceresinde duruyor. Sol eli havada, diğer eli direksiyonda. "Buralarda insanlar böyledir. Çok hoş. Çok güvenilir."

Ön paneldeki saate bakıyor. Kafanın içinde parçalar yerlerine oturuyor: Bunu istedi. Yargıç'la karşılaşmayı istedi. Onu ne zaman, nerede bulacağını biliyordu. Oraya vaktinde gittiğinden emin oldu.

Neye olduğunu pek anlamasan da gülümsüyor, derin ve huzurlu bir nefes alıyor. O, planı mükemmel biçimde işlemiş bir adam.

Senin görmeni istedi. Senin için yarattığı bu hapishane, sadece duvarlar, çatı ve kameralardan ibaret değil. Bu, onun yarattığı bir dünya ve sen burada yoksun.

46. BÖLÜM

Emily

Uzun kalmayacağım. Kendime böyle söylüyorum. Sadece bir bakacağım.

Mesaim bittikten sonra oraya gidiyorum. Eric ve Yuwanda'ya, birkaç gün önce söylediğim eczane yalanını söylüyorum. Yalan söylediğimi biliyorlar. Onlar iyi arkadaşlar ve bana ihtiyacım olan alanı veriyorlar.

Onlara yalan söylemekten nefret ediyorum. Bu konuda çok kötüyüm. Ama başka seçeneğim yok.

Oraya vardığımda, kamyonetini garaj yolunda park hâlinde görüyorum. O burada. Tam burada.

Yolda, yüz metre uzaklıktaki, sık ağaçlar ve yüksek çalılarla kaplı bir yerden izliyorum. Beni görürse ne yaparım? Belki de arabamın bozulduğunu ve ondan yardım istemek üzere olduğumu söylerim. Bana kıpırdamamamı söyler. Önce eve koşup sonra elinde bir bağlantı kablosuyla bana döner.

Beni görmesi, dünyanın en kötü şeyi olmazdı.

Yine de motoru kapatıyorum. Farlarımı da. Evin içindeki perdeler çekilmiş ama ben alt katta ve üst kattaki iki odanın ışıklarının açık olduğunu görebiliyorum.

Oturma odasında oturup kitap okuduğunu ya da televizyon izlediğini hayal ediyorum. Belki de uzanmış, telefonunda eşinin eski fotoğraflarına bakıyor ve kendine, bir tanesine daha baktıktan sonra yatmaya gideceğini söylüyor.

Kaslarım gevşiyor. Sırtım şoför koltuğuna yaslanıyor. Bu mesafeden bile onun varlığını hissetmek beni sakinleştiriyor. Bu yeterli değil ama en azından elimde bir şey var.

O burada. O gerçek. Bu, benim de gerçek olduğumu hissetmemi sağlıyor.

Yolun karşısından gelen bir gümbürtü sessizliği bozuyor. İrkilip ağaçların arasından bakıyorum. Bay Gonzalez elinde bir çöp torbasıyla evinden çıkıyor. Eve dönerken binanın dış yüzeyi boyunca uzanan kırmızı ve sarı ampullerin dizildiği kabloyu düzeltiyor. Gonzalezler bu yıl evlerine çok özenmiş. Ön bahçelerinde kırmızı burunlu bir Ren geyiği duruyor. Şişme bir Noel Baba, birinci katın penceresinden içeri girmeye çalışıyor. Kapıya büyük bir çelenk asılı. Garajın üzerine astıkları büyük, kırmızı fiyonkla evin tamamı devasa bir hediye paketine dönüştürülmüş.

Bunu yapan sadece Gonzalezler değil. Etraftaki tüm evler altın rengi, kırmızı ve yeşil ışıklarla parlıyor. Aidan'ın evi, sokaktaki süslenmemiş tek ev.

Her aralık ayında eşiyle birlikte bayram yemeği verirlerdi. Ebeveynim birkaç kez arkadaşlarımla birlikte oraya gitmeme izin vermişti. Oradaki, tavandan zemine kadar akan, kanalizasyonlardan içeriye süzülen, düzgün çizgiler hâlinde düzenlenip ağaçların, çelenklerin, yarım millik mesafedeki tüm çalıların etrafına sarılmış ışıkları asla unutmayacağım. İnsanlar sürekli ona iltifat ederlerdi. Bu övgüler karşısında o elini sallardı. "Benim işim elektrik," dediğini duymuştum. "Birkaç kabloyu düzenlemeyi becerememem, utanç verici olurdu."

Bu yıl bunu yapmak istememiş. *Elbette.* Altdudağımdaki kuru bir deri parçasını koparıyorum. *Elbette* bu yıl bunu yapmak istememiş. *Adamın karısı öldü, Emily.* Elbette Noel ışıklarıyla uğraşmak istemiyor. Elbette bu yıl Noel ruhunu hissedemiyor.

Bunca zamandır bizimle ilgili, benimle ilgili bir sorun olduğunu düşündüm. Durup belki de sadece üzgün olduğunu düşünmedim bile. Yas tuttuğunu.

Yeniden pencerelere bakıyorum.

Belki de nasıl yardım isteyeceğini bilmiyordur. Belki de birini bekliyordur. Sezgisel ve inatçı, onu içeriye almak dışında bir şansı kalmayana kadar tekrar tekrar kapısını çalan birini.

47. BÖLÜM

Evdeki Kadın

Akşam yemeğinden, evin sessizleşmesinin üzerinden çok zaman geçti. Sessizlikten sonra, o geliyor. İç çekiş, fermuar. Kendini hep aynı yere dönmüş buluyorsun. İkiniz, mıknatıslar gibi, iki farklı yöne bakıyorsunuz.

Sonrasında oyalanıyor, yanına oturuyor.

"Dinle," diyor.

Dinliyorsun.

"Bir şey yapmanı istiyorum."

Kendine birkaç saniye veriyorsun. "Söyle."

Yanağının içini ısırıyor. "Cecilia'yla ilgili."

Miden kasılıyor. "Ne olmuş ona?"

"Noel tatili yakında başlıyor." Bir tepki vermeni bekliyor ama sen hiçbir şey yapmadığında devam ediyor. "Ona bakmanı istiyorum."

Kaşlarını çatıyorsun. "Ona bakmak mı?"

Sanki bu çok basit bir şeymiş ve sen onu bilinçli olarak zorlaştırıyormuşsun gibi, yavaş yavaş anlatıyor. "Okula gitmeyecek. Bütün gün evde olacak. O büyük bir çocuk. Kimsenin ona bakmasına falan ihtiyacı yok. Sadece... etrafta birinin olması gerek. Neler yaptığını bilmesi."

Tavana bakıyor. "Genellikle yılın bu döneminde annesiyle vakit geçirirdi ama biliyorsun... Benim de çalışmam gerekiyor."

Cecilia. Asla kendine ait bir dakikası bile olmayan kızı. Asla arkadaşlarıyla vakit geçirmeyen, hiçbir arkadaşında kalmaya gitmeyen kızı. Derslerinin başladığı an okula bırakılan ve bittiği an eve getirilen kızı. Hafta sonlarını babasıyla, akşamlarını televizyon karşısında geçiren kızı.

Kendine ait bir dakikası olsaydı, düşünmeye başlayabilirdi. Babası ve onun yaptığı şeyler hakkında.

"Elbette," diyorsun. "Bunu yapabilirim."

Ağzının kenarında bir gülümseme beliriyor. "Şey, teşekkürler," dediğinde, durumun ironisi canını yakıyor. Bunu rica etmiyordu. Seçme şansın yoktu.

"İki şey daha var," diyor.

Başını sallıyorsun.

"Köpek. Ona köpeği her öğlen dışarı çıkarmasını söyledim. O çıkaracak. Bunu düşünme bile."

Bu, kulağa şöyle geliyor: *Bu konuda endişelenme, bunu o yapacak.* Ama aslında şu anlama geliyor: *Köpek için bile olsa, kapı koluna dokunmayacaksın. Onu bir bahane olarak kullanmayacaksın. Hiçbir şey yapmaya çalışmayacaksın.*

Cebine uzanıyor. "Son bir şey daha var."

Parmaklarını açıp üzerinde metalik bir parça olan plastik bir bilekliği gösteriyor. "Bunun ne olduğunu biliyor musun?"

Eskiden sende de vardı bunlardan. Washington Square Parkı'nda koşu mesafeni ölçmek için kullanırdın.

"GPS takip cihazı mi?"

Ona bunu sana açıklamanın tatminini yaşatmak için, soru sorarmış gibi söylüyorsun.

"Evet." Beyaz plastiğin altındaki siyah, parlak çizgiyi göstermek için bilekliği ters çeviriyor. Bunun, orijinal tasarımın bir parçası olmadığını görebiliyorsun. Bu onun kişisel eklentisi.

"Peki bunun ne olduğunu biliyor musun?"

Başını iki yana sallıyorsun.

"Çelik bant. Çok dayanıklıdır. Makasla kesemezsin. Bu yüzden bunu deneme, tamam mı? Onunla uğraşma. Ona herhangi bir şey olursa, fark ederim."

Başını sallıyorsun. Bilekliği bir kenara bırakıp telefonunu çıkarıyor, bir sembole basıp ekranda, üzerinde mavi bir nokta olan bir haritayı açıyor. Gözlerin ekranın üzerinde dolaşıyor –göreceğin her şey yeni bir bilgi, yeni bir ipucu– ama sen henüz önemli bir şey göremeden bir tuşa basıyor ve telefon tekrar kararıyor.

"Takip cihazı bu uygulamaya bağlı," diyor. "Nerede olduğunu görebiliyorum. Her zaman." Teknoloji de sen yokken ilerlemeye devam etmiş. Ve o bunu nasıl kendi amaçları için kullanabileceğini öğrenmiş. "Herhangi bir şey yapmaya çalışırsan, bunu öğrenirim," diyor. "Ve uzakta olmayacağım." Duraksıyor. "İşimin ne olduğunu hatırlıyor musun?" Parmağıyla yukarıyı gösteriyor.

Ona hatırladığını söylüyorsun.

Sana bileğini uzatmanı işaret ediyor.

Tenine değen bileklik soğuk. Tokayı görmezden gelip ipleri birbirinin üzerine doğru o kadar çok çekiyor ki derin buruşmaya başlıyor.

"Kıpırdama," diyor. Yeniden cebine uzanıp tanımadığın bir alet çıkarıyor. Alet birkaç kez *klik* sesi çıkardıktan sonra bir alev beliriyor. Bu küçük, elinde silah gibi tutabildiği bir pürmüz. Hâlâ bileğini tutarken pürmüzü tenine yaklaştırıyor. İrkiliyorsun. O, dudaklarını ısırıyor. "Sana kıpırdama dedim."

Alev bilekliği yalıyor. Birlikte, plastiğin eriyip iki ucun birleşmesini izliyorsunuz.

"İşte oldu."

Alev sönüyor. Gözlerin artık karanlığa alışık olmadığı için bir anlığına onu göremiyorsun.

O seni bulup yatağa kelepçeliyor. Artık yatakta uyuyorsun. Ormandan döndüğünden beri böyle. Sıcak, plastik bant bileğinin üzerinde nabız gibi atıyor; onun ayak sesleri uzaklaşırken bir hayalet senin üzerinde asılı kalıyor.

Bir şeyi anlayamıyorsun. Neden evin içinde dolaşmana izin veriyor? Elbette bileğindeki GPS cihazının verdiği güvenceye sahip; seni, uzaktayken bile görmekle tehdit ediyor. Ama neden sana evin içinde dolaşma izni vererek kendisine zorluk çıkarıyor?

O gittikten sonra, gözlerin açık, karanlıkta yatıyorsun. Tavana, dümdüz ve unutulmuş, sıkıcı bir düzleme dönüşüyorsun. Ona ikinci kez bakmazdın ama ortadan kaldırsan ev çökerdi. Her şey sarpa sarardı.

Cecilia.

Kitap okuyan, "Lütfen" ve "Teşekkür ederim," diyen, ona büyük bir sevgiyle bakan bu küçük kız ne yaptı? Sorun çıkarmayı hayal bile edemeyecek olan, çalışkan, disiplinli, tatlı ve sadık bu kıza ne oldu?

Tatlı yaz çocuğu, ne yaptın ki kimse yanında olmadan, seni birkaç saat yalnız bırakmaktan bile bu kadar korkuyor?

48. BÖLÜM

Cecilia

Ondan bana göz kulak olmasını istedi. Bu çok açık. Bunu yaptığı için Rachel'ı suçlamıyorum ve aslında ondan bunu istediği için babamı da suçlamıyorum. Babam çok endişelenen biri. Silahını evin içinde bile üzerinde taşımaya başladı. Annem ona, "Evin içinde silahla gezemezsin," derdi. Ama annem artık paranoyasını yatıştırmak için burada değil, bu yüzden bu noktadayız.

Belki de onun yerinde olsam, ben de aynısını yapardım. Yani birinden çocuğuma göz kulak olmasını isterdim. Annem bana sürekli, *Kendi çocukların olduğunda anlarsın*, derdi.

Keşke ona, bunun bir kerelik bir şey olduğunu söylediğimde bana inansaydı.

Annem öldükten sonraydı. Üç gün kadar sonra okula gitmiştim. İnsanlar sürekli bana bakıyordu. Bunu gizlice yaptıklarını düşünüyorlardı ama aralarındaki fısıldaşmaları, benimle karşılaşmak çok büyük bir felaketi tetikleyecekmiş gibi yolumdan çekilmelerini fark etmemek imkânsızdı.

Bu okuldan nefret ediyorum. Buraya iki yıl önce nakil oldum ve kendimi hiç rahat hissetmedim. Bu okul hakkındaki tek iyi şey, tatillerin eski okulumdan daha çok olması. Eski okulumda her şey yolunda gidiyordu, sonra bir akşam babam bir veli toplantısından söylenerek döndü. Bana matematik öğretmenim Bayan Rollins hakkında bir sürü soru sordu. Sonunda, aslında Bayan Rollins'in ona bizim hakkımızda, babamın "ev hayatı" dediği şey hakkında bir sürü soru sorduğu ortaya çıktı. Bu, annemin ölümünden önce, yeniden hastalanmasından sonra oldu. Annem, "Belki de bunu kastetmiştir," demişti. "Belki de endişelenmiştir." Ama babam endişelenmekle insanların işine burnunu sokmak arasında ince bir çizgi olduğunu ve Bayan Rollins'in o çizgiyi geçtiğini söyledi. Kararını vermişti: Okul değiştirecektim. Bir hafta içinde başka bir yerde –hiç kimseyi tanımadığımız yan kasabadaki bir devlet okulunda– bana bir yer buldu.

Neyse işte, annem öldükten sonra okula döndüm ve işler iyice tuhaflaştı. Eve gitmek istiyordum. Ama eve gitmek, babamın yanında olmak anlamına geliyordu ve ben babamın yanında olmak istemiyordum. Sadece birkaç saat bile olsa yalnız olmak istiyordum.

Onu seviyorum. Elbette onu seviyorum. Ama onun yanındayken sürekli kendimi kontrol altında tutmak zorunda hissediyorum. Ve artık içimde bunu daha uzun süre yapabilecek güç kalmadı.

Üçüncü dersin bitimine kadar bekledim. Sonra, matematik dersine gitmek yerine, dışarı çıktım. Kimse beni görmedi. Tren istasyonuna gidene kadar yürümeye devam ettim. Kimse beni durdurmadı ve ben makineden bir bilet alıp Amtrak'a bindim.

Başımı pencereye yasladım. Başım her sarsıntıda soğuk cama çarpıyor, trenin titreşimleri bütün vücuduma yayılıyordu. Birkaç dakika sonra, yeniden nefes alabilmeye başladığımı hissetmiştim.

Ben aptal değilim. Çıldıracağını biliyordum. Bu yüzden Poughkeepsie'de trenden indim. Planım yeni bir bilet alıp kimse fark etmeden geri dönmekti. Ama makinenin önündeki kuyrukta beklerken, biri koşarak yanıma geldi. Ellerini omuzlarıma koyup beni kendine çevirdi. Çenem göğsüne çarptı; dudağımı ısırdım ama o bunu fark etmedi. Babam beni sımsıkı kendine bastırmakla, beni kendinden uzaklaştırıp yüzüme baktıktan sonra tekrar kendine çekmekle çok meşguldü.

"Ne oldu?" dedi. Bu, bir soru değildi. Daha çok bir azarlamaya benziyordu. "Sen ne yaptın? Neden? Neden böyle bir şey yaptın?"

Onu gördüğümde şaşırmıştım ama beni bulması bana mantıksız gelmemişti. O hep böyleydi; annem, *Başının arkasında gözleri var*, derdi. Özellikle de konu benimle ilgili olduğunda.

Birlikte kamyonete doğru yürürken o elini sırtımda tuttu. Sanki beni bırakırsa koşarak kaçmamdan korkuyordu.

Kızgın değildi. Muhtemelen öfkelenemeyecek kadar rahatlamıştı. Akşam yemeğinde bize çoban payı pişirdi. Sessizce yemeğimizi yedik. Babam ancak o gecenin geç saatlerinde konuşabilecek hâle geldi.

Oturma odasında film izliyorduk. Filmi durdurup bana bakmak için tekli koltuğunda döndü.

"Bunu bir daha yapamazsın," dedi. Dirseklerini dizlerinin üzerine dayamış, ellerini birleştirip çenesinin altına koymuştu. "Bir daha asla. Beni duydun mu?"

Konuşmanın burada biteceğini umarak başımı salladım ama o devam etti. "İnsanlar bana bunu söylediğinde, ne hissettiğimi tahmin bile edemesin. Okuldan aradılar. Neredeyse polise haber vereceklerdi."

Anlayamadığım tek bir şey vardı.

"Nerede olduğumu nasıl bildin?"

"Telefonun," dedi. "Takip edilebiliyor."

Bu bana mantıklı geldi. Kasabada toplam üç buluşma yeri olmasına rağmen okuldaki insanlar birbirlerine nerede olduklarını anlatmak yerine konumlarını gönderiyordu.

Babamın söyleyecekleri bitmemişti. "Neler olabileceği hakkında hiçbir fikrin yok," dedi. Sesi alçak, nefesi sığ ve hızlıydı. "Sonsuza dek kaybolabilirdin. Birileri seni... O zaman ne olacaktı?"

Sözünü kesmeye çalıştım. "Baba..." Ama sanki beni duyamıyordu.

"Seni aramaya başlarlardı. Evi ararlardı. Benim eşyalarımı. Senin eşyalarını. Her yerde seni ararlardı."

Şakaklarını ovuşturup cümlesini tekrar etti. "Neler olabileceği hakkında hiçbir fikrin yok."

Bunu sadece o gün gördüm. O gün, babamın gözlerinin korkuyla bakmasına sebep oldum.

49. BÖLÜM

Evdeki Kadın, Kıza Çok Yakın

Bunu yapmaktan vazgeçeceğini düşünüyorsun. Çok riskli bulacağını. Ama o, kelepçeni açık bırakan adam. Seni kamyonetle kasabaya götüren adam. Senin etrafına ördüğü duvarlara güvenen adam.

Odaya girip seni yataktan çözüyor ve onun peşinden alt kata inmeni işaret ediyor. Cecilia'yla birlikte kahvaltı ediyorsunuz. Bugün okul hakkında konuşmalar, sınavlar ya da notlar hakkında sorular, şu ya da bu öğretmene gönderilecek notlar yok.

Noel tatili başladı.

Kızarmış ekmeğini bitiriyorsun. O ve Cecilia ayağa kalkıyor. Bugün, masayı toplamaya yardım etmek için vakti var. Aceleyle üst kata çıkıp dişlerini fırçalaması, yine aceleyle, sırt çantası kalçalarına çarparak aşağıya geri gelmesi gerekmiyor.

Sen de sessizce yardım ediyorsun. Son kahve kupası da makineye yerleştirildikten sonra makinenin kapağını sertçe kapatıp kızına dönüyor.

Ona, "Öğlenleri köpeği çıkarmayı unutma," diyor. "Çok uzaklaşmayın." Cecilia'nın omzunun üzerinden sana bakıyor. "Vaktim olursa uğrayacağım."

Cecilia iç çekişini bastırıyor. "Baba, ben üç değil on üç yaşındayım," diye hatırlatıyor. "Söz veriyorum, evde yangın çıkarmayacağım."

Sonunda gidiyor. Kamyonetin çalışıp uzaklaştığını duyuyorsun. İlk kez Cecilia'yla yalnız kalıyorsunuz.

Cecilia için yarattığı paralel evrende işinden izin aldın ve tatilini evde geçiriyorsun. Yeni kimliğin Rachel'ın ailesiyle yakın bir ilişkisi olmadığı çoktan ortaya çıktı. O, evde kalıyor. Biraz dinleniyor.

Cecilia sana bakmak için dönüyor. Seni görmezden gelemeyecek kadar kibar, yanında kendini tuhaf hissedecek kadar utangaç.

"Şey... ne yapacaksın?" diye soruyor.

Bir an düşünüyorsun. Rachel ne yapardı?

"Pek bir şey yapmayacağım," diyorsun. "Sadece dinleneceğim."

Bir sessizliğin ardından yeniden konuşmaya başlıyor: "Sen çok sosyal biri değilsin, değil mi?"

Sadece düşünmesi gereken bir şeyi yüksek sesle söylemiş ve senin alınmana sebep olmaktan endişeleniyormuş gibi kaşlarını çatıyor. Onu evden uzaklaştırmak istediğin gece sana karşı çıkışının anısı havada asılı kalıyor. *Anlamıyorsun. Hiçbir şeyi anlamıyorsun.*

Hızla, "Bunu kötü anlamda söylemedim," diyor. "Sadece... Bilmiyorum. Sorun değil. Hiç sorun değil."

Benliğinin yarısı onu omuzlarından tutup sarsarak her şeyi anlatmak istiyor. *Görmüyor musun, bana yardım etmek zorundasın, bunların hepsi bir gösteri, bana bunu baban yaptı, birini araman gerek, beni buradan çıkarman gerek.* Ama bir de diğer yarısı var. Kızın seninle gelmesini sağlamaya son çalıştığın zamanı hatırlayan parçan. Bu parçan, beynindeki nöron ağlarına bir kalıbı kaydetti; Cecilia bir çocuk ve duymaya hazır olmadığı şeyler, dünyanın keşfetmeye hazır olmadığı parçaları var. Onu zorlarsan, savunmaya geçer. Başını belaya sokar.

Kulübenin dışında hayatta kalmanın yedinci kuralı: Kızdan seni kurtarmasını istemeyeceksin.

Bu yüzden nazik ve alaycı bir sesle, "Biliyor musun, ben de senin için aynı şeyi söyleyebilirim. Sen de çok sosyal biri sayılmazsın," diyorsun.

Cecilia'nın içinde bir şeyler soluyor. "Evet. Sanırım babam ve ben... hep birlikte vakit geçiriyoruz."

Yıllar önce, küçük bir çocuk olduğu zamanları hayal ediyorsun. Ailesinin hâlâ bir bütün olduğu zamanları. Bir inci kolyenin dizilmeye başlayışını: annesi, babası ve o. Her biri, diğer ikisiyle bağlantılı. Ayağının altından halının yarısının çekilmesi, onunla ilgilenecek tek bir kişinin kalmış olması, çok dikkat dağıtıcı olmalı.

"Anlıyorum," diyorsun. "İnsanlar karmaşıktır. İnan bana, biliyorum. Bazen yalnız kalmak daha kolaydır."

Çok derin bir gerçekten bahsetmişsin gibi, büyük bir ciddiyetle başını sallıyor.

"Peki... televizyon?"

Arkasından oturma odasına gidiyorsun. Köpeği alıp kanepede ikinizin arasına yerleştiriyor. Rosa. Onu kurtardıktan üç gün sonra, babası pes edip köpeğin kalmasına izin verdiğinde ona bu ismi verdi. Ona bir tasma ve bir isimlik aldılar. Cecilia ona hayvanların resimlerini yapan Fransız ressam Rosa Bonheur'dan esinlenerek Rosa ismini verdiğini açıkladı. Bunu resim dersinde öğrenmişti. Babası başıyla onaylamıştı. "Güzel bir isim," demişti. "Bu çok yetişkince bir tavır."

Şimdiyse onun varlığını etrafında hissedebiliyorsun. Kitap raflarının ardından gözler seni izliyor, yüksekten uçan bir kartal bölgesini gözden geçiriyor.

Onun hemen kapının dışında, seni yakalamaya hazır olabileceğini düşünüyorsun.

Yıllar önce, Avrupa'nın bir yerindeki bir kızın hikâyesini okumuştun. Sekiz yıl boyunca bir bodrumda kapalı kaldıktan sonra, bir gün bir şansı olduğunu fark ediyordu. Kaçıyordu. İnsanlara ulaşana kadar koşuyor, koşuyor, koşuyordu. Aslında insanlar değil, tek bir kişi. Ondan yardım istiyordu. Sonunda polisi arayan yaşlı bir komşu onu duyuyordu.

Bir başka kaçış hikâyesi: Üç kadın, Ohio'daki bir adamın evinde tutsaktı. Hâlâ dışarıdayken, bu konudaki gazete haberlerini okumuştun. Adam kapıyı kilitlemeden gidiyordu, kadınlardan biri bunun bir tuzak olduğunu düşünüyor ama yine de şansını deniyordu. Karşısına, kilitli başka bir kapı çıkıyordu. Kadın bir komşunun dikkatini çekiyordu. Dışarı çıkıp birinin telefonundan 911'i arıyordu. Polis zamanında geliyordu. Diğer iki kadını da canlı buluyorlardı.

Her seferinde büyük bir kargaşa çıkıyordu. Belirsizlik. Birinin seni görmesine, duymasına duyduğun ihtiyaç.

Ya kimse hiçbir zaman seni duymazsa?

Oturma odasında Cecilia kucağında köpekle yanına kıvrılıyor. Resmen onarılmış, sessiz bir arkadaşlık.

Bir gün kaçacaksın. Emin olduğunda.

50. BÖLÜM

Beş Numara

İşler istediği gibi ilerlemedi.

Bunu eninde sonunda yapacaktı ama bu kadar erken yapmayacaktı.

Bir şey oldu. Onun için çok hızlı, çok muğlaktı. Bu onu korkuttu.

Sadece sakinleşmemi istemişti ama çok ileri gitti.

Bunu daha önce de yapmış. Bundan eminim.

Elinden neredeyse kurtulmamın tek sebebi, bu ormanı ondan daha iyi biliyor olmamdı. Benim teorim: Zaman zaman bölgesini değiştirmek zorunda kalıyor. Bunu yapmazsa, insanlar onu görebilir. Onu tanımaya başlayabilirler.

Bu bölgeyi biliyordu. Bunu bana söylemişti. Ama bu ormanı ve bir yolun sonundaki, uçurum gibi görünen ama aslında sadece büyük bir çukur olan o özel noktayı bilmiyordu.

Bu çukur, kaçmaya çalışıyorsan bir kestirme olarak kullanılabilirdi.

Kaçtım. Bir dakika kadar. Işığı gördüm. Hayatı ya da hayat olasılığını gördüm.

Sonra beni yakaladı.

Nefes nefeseydi ve gözleri bir daha asla odaklanamayacakmış gibi görünüyordu. Her yere bakıyordu. Baştan sona beni inceliyordu.

Öfkeliydi. Ve dehşete düşmüştü.
Herhalde diğerleriyle işler daha iyi gitmişti.
Bunu yapmadan önce, bana eşinin hasta olduğunu söyledi.
Buna üzüldüğümü söyledim.
"Üzülme," dedi. "Doktorlar iyileşeceğini söylüyor."

51. BÖLÜM

Emily

Yatağa uzanıp eski bir Belle & Sebastian albümü açıyor ve içimdeki genç kızı arıyorum. Aşka ve arkadaşlığa inanan kızı. Büyük bir sadakatle, kalbinin en gizli kapılarının kilitlerini açacak birini bekleyen kızı.

Stuart Murdoch nakaratın ilk dizesini söylemeye başladığında, onu durduruyorum.

Elim yeniden yorganın üzerine düşüyor. Uyuyabilmeyi diliyorum. Ama içimde dolaşan bir elektrik akımı var. Yönsüz ama baskıcı bir harekete geçme dürtüsü.

Herhangi bir şey yapma isteği.

Ayağa kalkıyorum. Gözlerim kuru ve yapış yapış. Ellerimin derisi sert. Bugün, nadir boş günlerimden olan bir pazartesi. Telefonumdan saate bakıyorum. Öğleden sonra bir.

Onu görmek istiyorum.

Hayır. Bunu istemiyorum. Buna ihtiyacım var.

Onu görmeye ihtiyacım var.

Ama denedim, tamam mı? Ona alan vermeyi denedim. Unutmayı denedim. Bana geri döneceğine güvenmeyi denedim. Kendimi, belki de kış uykusunu bitirdiğinde onunla arkadaş olabileceğimize ikna etmeyi denedim.

İşe yaramadı.

Her gece rüyamda onu görüyorum. Her sabah, yanımdaki

yokluğunun boşluğunu bir kez daha hissediyorum. Hep onu düşünüyorum. Karanlık evini ve Noel ışıklarının olmayışını. Bazen, beynimin de böyle olmaktan hoşlandığını düşünüyorum; loş, kendi üzerine kapanmış ve ışıksız.

O anlarda, birinin yanımda olması için her şeyi verebilirim.

İşe koyulmalıyım. Çamaşırlar birikmiş, iki haftadır kullanılan düğmeli gömlekler çamaşır sepetinden dışarıya taşıyor. Bir çekmecenin arkasında kalmış mercan rengi, yünlü bir kazak beni kurtarıyor. Gümüş kolye v yakanın ortasına, köprücükkemiklerimin arasına denk geliyor. Yatağımın ayakucundaki giysi yığınının içinden görece temiz bir kot pantolon buluyorum. Saç kurutma makinesini çalıştırıp saçımı tarıyorum. Kapatıcı, allık, pudra, rimel. Dudak parlatıcı. Dudak parlatıcı mı?

Parlak çubuk dudaklarıma birkaç santim kala duraksıyorum.

Hayır.

Dudak parlatıcı sürmeyeceğim. Çok genç kız işi. Aradığım adam gerçek bir erkek. Bir baba. Lolita kompleksi olan bir sapık değil.

Ruj sürmeye karar veriyorum. Parmaklarımın ucuyla dudaklarıma yayıyorum. Bir kiraz yemişim ya da koyu renk bir kırmızı şaraptan bir yudum almışım gibi hafif bir ton.

Titreyen parmaklarımla kar botlarımın bağcıklarını bağlıyorum. Heyecan gibi bir şey göğsümü sıkıştırıyor.

Ne kadar uzun sürerse sürsün bekleyeceğim. O eve gelecek ve ben orada olacağım. Elbette evin içinde olmayacağım; tamamen delirmedim. Mahallede, işlerimi hallediyor olacağım. Şans eseri karşılaşacağız. O sessiz kalışına bir açıklama getirecek ve ben, *Açıklamana hiç gerek yok. Olur böyle şeyler. Hepimiz çok meşgulüz*, diyeceğim.

İşlerin ilerlemesini sen sağlamalısın. Herkes böyle diyor;

dergiler, sabah programlarındaki hayat koçları, tanıştığın her erkek. *Bilmem kim fikrini mi çaldı? Tuvalete giderken poponu mu elledi? Güçlü kal. İnsan Kaynakları'na gitme. Sadece sorun çıkarıcılar İnsan Kaynakları'na gider. Onları görmezden gel. Her gün işe giderken bağırsaklarının düğümlenmesine sebep olan endişeyi görmezden gel. Çalışmaya devam et. Onlardan daha iyi ol. Bu, en iyi intikamdır.*

Cüretkâr ol. Cesur ol. Onların seni görmesini sağla. Seni dinlemelerini sağla.

Paltomun fermuarını çekip araba anahtarımı elime alıyor ve alt kata yöneliyorum. Ayak seslerimin yankılanışı, kaderin kendisini ifade edişine benziyor.

52. BÖLÜM

Evdeki Kadın, Hep Evde

Ev, bunu yapman için sana yalvarıyor. Buna izin verirsen, sana her şeyi söylemek istiyor.

Bunun güvenli olması gerekiyor. Telefonunun ekranında görürse, açıklayabileceğin bir şey olması gerekiyor.

Kulübenin dışında hayatta kalmanın sekizinci kuralı: Zarar görmeden yapabileceğin şeyleri bil.

Bunu isteyerek yapmamış olsa da, bunları nasıl tanıyacağını sana öğretti. Biçimlerini. Hislerini. Bunlar tembel, sinsi şeyler. Bir şeymiş gibi görünmeyen şeyler. Önemlerini gizleyen şeyler.

Bakman gereken yerin kitaplık olduğuna karar verdin.

Cecilia üst kata çıktığında, raflara yaklaşıyorsun. Elini sıralanmış kitapların üzerine koyuyorsun. Bunlar karton kapaklı, tıbbi macera kitapları. Ona ya da ölen eşine ait olmalılar. Ne olursa olsun, dokunmaman gereken şeyler.

Cam bir kapağın altındaki bir gülü, bir canavarın bir kuleye kilitlediği bir köylüyü düşünüyorsun. Mavisakal denilen bir adamı ve gizli odasından uzak duramadıkları için öldürüp durduğu eşlerini düşünüyorsun. Son kadını düşünüyorsun. Mavisakal, onun da peşine düşmüştü. Onu kurtaran, Anne adındaki kız kardeşi oluyordu. Bunu bir peri masalı kitabından hatırlıyorsun.

Senin Anne adında bir kız kardeşin yok.

Kolunu kaldırıp bir parmağının ucuyla sana en yakın kitabın sırtını kendine çekiyorsun. Adının *Koma* olduğunu ve kapakta, iplerle asılıp havada duran bir beden resmi olduğunu görüyorsun. Gördüğün şey şu: Onun eşyalarını karıştırıyorsun.

Sonra bir tıkırtı duyuyorsun.

Bedenin kaskatı kesiliyor. Kitabı yeniden yerine koyup hızla koltuğa oturuyorsun. Gelen o olmalı. Başka kim olabilir? Kızı üst katta. Ve hiçbir zaman misafirleri olmuyor.

Bahanelerini hazırlıyorsun. *Sadece okuyacak bir şey arıyordum. Yemin ederim. Bir kitapla nasıl bir sorun çıkarabilirim ki? Üzgünüm. Bu sadece karton kapaklı bir kitap. Özür dilerim. Karton kapaklı bir kitapla kimsenin canını yakamazsın. Özür dilerim. Özür dilerim. Özür dilerim.*

Ama kapı zili çalıyor. Bir kez, iki kez.

Gelen o değil.

Değil mi?

Yoksa bu da bir oyun mu? Ne yapacağını mı görmek istiyor?

Ön kapıya üç kez vuruluyor. Her seferinde sıçrıyorsun. *Tık, tık, tık.*

Biri geldi, diye düşünüyorsun. *O her şeyi görüyor.*

Oturma odasının bir köşesindeki köpek havlayıp seni dışarıdaki yabancıya karşı uyarıyor. Bir fısıltıyla susmasını, durmasını sağlamaya çalışıyorsun. Peki ya Cecilia? Merdivenleri inen ayak seslerini duymayı bekliyorsun ama hiçbir şey olmuyor. Kulaklık takmış olmalı. O an sadece üçünüz varsınız: sen, kapıdaki kişi ve her yerde gözleri olan adam.

Bir sürtünme sesi duyuyorsun. Bir anahtar kilide giriyor, bir kapı itilerek açılıyor.

Biri geldi.

53. BÖLÜM

Emily

Kendi evimden onunkine doğru ilerlerken göğsüm yenilenmiş bir umutla doluyor. Müziği bile açmak istemiyorum. O an o kadar umut dolu ve rahat ki, sessizlikte de oturabiliyorum.

Yakındaki bir sokağa park edip yolun kalan kısmını yürüyorum.

Kamyoneti garaj yolunda değil. Hafta içi bir gün, gün ortasındayız. Muhtemelen işte. Ama bir şeyleri kontrol etmek için eve gelebilir. Mesela kızını; çocukların okulu, yılın bu döneminde tatil değil mi? Ya da bir işten diğerine giderken evinin önünden geçebilir.

Bunun bir önemi yok. Bir noktada buraya gelmek zorunda. Zamanım var. Dünyadaki bütün zaman benim.

Biraz etrafta dolaşıyorum. Sokak boyunca birkaç adım atıyor, geri dönüyor, sokağın diğer ucuna yürüyorum. Etrafta komşular, beni burada görürlerse gevezelik edecek insanlar var.

Kendimi durduramayarak ağaçtan uzaklaşıp eve doğru ilerliyorum. Evine ilk kez bu kadar yaklaşıyorum. Evi inceliyorum: beyaz, ahşap kalaslar, gri çatı kaplaması ve üzerinde dökme demirden bahçe mobilyaları olan küçük ve bakımlı bir ön bahçe. Ön kapı, arka kapı. İkisi de kilitli.

Kapı zili.

Onu bir kez, iki kez çalıyorum. Hiçbir şey olmuyor. Bir dakika kadar dinliyorum ama sessizlikten başka hiçbir şey duymuyorum.

Bu çok şaşırtıcı değil. Belli ki evde değil. Ama o olmadığında burada olma fikrinden de nefret etmiyorum. Prova yapıyor, onun bölgesini keşfediyorum. Ahşap kapıyı üç kez tıklatıyorum. Yine sessizlik. Sonra bir havlama sesi duyuluyor.

Bir köpeği olduğundan hiç bahsetmemişti.

Tamam, belki de köpeği yeni almıştır. Belki de bunca zamandır gizli bir köpeği vardır. Belki de onu düşündüğüm kadar iyi tanımıyorumdur.

Kimse gelmiyor. Tekrar denemeyi düşünüyorum ama köpeğin paniğe kapılmasını istemiyorum.

Kulaklarım keskinleşiyor; yoksa bu...

Bir şey duyduğumu sanıyorum. Bir tıslama sesi. Çok hafif ama duydum. Biri, "Şışt, şışt," diyor. Fark edilmemeye çalışıyor.

Ben daha ne yapacağımı düşünemeden ellerim harekete geçiyor. Arıyorum. Ne arıyorum? Bir görüntü, bir anahtar, bana onun dünyasını gösterecek bir kapı.

Cevaplar. Cevapları bulmaya çalışıyorum.

Kapının önündeki paspası kaldırıyorum. Hiçbir şey yok. Elimi kapı çerçevesinin üzerinde gezdiriyorum. Orada da hiçbir şey yok.

Verandanın üzerine yayılmış, bir sürü saksılı bitki var. Şu an, kışın ortasında, hiçbirinin çiçeği yok. Kırmızı, pembe ya da beyaz noktacıklar yok. Sadece toprak katmanlarının arasından tembelce baş vermiş yeşil dallar var.

Bu bitkilerin dışarıda olmaması gerekiyor. Ama belki de amaç, onların çiçek açması değildir. Belki de bir şeyi saklıyorlardır.

Saksıları teker teker kaldırmaya başlıyorum. Üçüncüde buluyorum.

Anahtar, aralarından en eski, donmuş ve kararmış olanın altında. Bu bitki, bir daha hiç çiçek açmayacak.

Metalin avucuma baskı yaptığı yerlerde, anahtar tenimin üzerinde izler bırakıyor.

Bunu gerçekten yapıyor muyum?

İçeride biri var. Ondan başka biri. Kapıya gelmeyen biri.

Anahtar kilide girerken nefesimi tutuyorum. Son bir tereddüt ânı yaşıyorum; bunun için bir hikâyeye ihtiyacım olacak. Ne söyleyeceğim? *Duman kokusu aldığımı düşündüm ve her şeyin yolunda olduğundan emin olmak istedim.*

Tabii, neden olmasın? Bu işe yarar.

Dünya durmayı bırakıyor. Kapıyı itip açıyorum.

54. BÖLÜM

Evdeki Kadın

Kapı eşiğinde bir kadın duruyor.

Genç bir kadın. Belki senin yaşlarında ya da kaybolduğun yaşlarda. Şu an kaç yaşında göründüğünü ve bunlar başına gelmeseydi kaç yaşında görüneceğini söylemek zor.

Güzel bir kadın. Bundan eminsin. Parlak saçlar, ışıltılı yanaklar, alınmış kaşlar ve... Ruj mu sürmüş?

Köpek onu karşılamaya gidiyor ama sen tasmasını tutuyorsun.

Öne eğilerek, "Dışarı kaçar," diyorsun. "Henüz ismini bilmiyor."

Kadın içeriye girip kapıyı arkasından kapatıyor. Bıraktığın an, köpek onun üzerine atlıyor. Dilini çıkarıp kuyruğunu sallayarak bu yabancının paltosunu kokluyor.

Mahvoldum, diye düşünüyorsun. Telefonu uyarı sesleriyle inliyor olmalı.

Kafanın içinden ona, *Lanet olsun*, diyorsun. *Bunca zamandır hayatta kalmak için neler yaptığım konusunda bir fikrin var mı? Elbette yok. Artık bunun bir önemi de yok çünkü sen her şeyi mahvettin. Artık ikimizi de öldürecek.*

Yabancı kadın dalgınca köpeğin başını okşadıktan sonra dikkatini sana yöneltiyor.

"Ben Aidan'ın arkadaşıyım," diyor.

Onu uyarmalı mısın? Onu dışarı itip koşmasını, kaçmasını, bir daha asla dönmemesini söylemeli misin?

O, sormadığın soruları cevaplamaya devam ediyor. "Sandım ki... duman kokusu aldığımı sandım. Bugün çalışmıyorum, o yüzden... sadece etrafta gezinip zaman öldürüyordum. Duman kokusu aldım ve evin yanmadığından emin olmak istedim."

Elini uzatıyor. "Her neyse. Ben Emily."

Eline değen avucu yumuşak. O, içinde komodinler, krem tüpleri ve gece bakımları olan başka bir dünyadan gelen bir ziyaretçi. Sen de eskiden her gece yatmadan önce ellerine ve ayaklarına krem sürerdin.

Kadın –Emily, artık o Emily– elini gerekenden biraz daha uzun süre sıkıyor. Senin de ismini söylemeni beklediğini fark ediyorsun.

Belki de sınavın *bu*. Belki de onu, nasıl tepki vereceğini görmek için gönderdi.

Hakkında, duman kokusu konusunda yalan söylediği –bu çok belli– dışında bir şey bilmediğin bu kadına güvenecek misin?

Kameraları, mikrofonları düşünüyorsun. Evi ve tüm sırlarını ona fısıldayışını düşünüyorsun.

İsmin Rachel. Doğal davranacaksın.

Seni duyabiliyorsa ve sen plandan şaşmazsan, belki bir şansın olabilir. Hem senin hem de bu tanımadığın kadın için bir şans.

Ona, "Ben de Rachel," diyorsun. "Ben de onun bir arkadaşıyım." Kamyonette Yargıç'a anlattığı hikâyeyi hatırlıyorsun. Yabancılara söylediği yalan, kızına söylediği yalandan farklı. "Aslında, akrabasıyım. Arkadaşı da olan bir akraba." Kıkırdıyor ya da kıkırdamaya çalışıyorsun. "Kuzeniyim. Florida'dan ziyarete geldim. Tatil için."

Yalan söylediğini anlıyorsa bile bunu belli etmiyor. Gülümseyip parlak, kahverengi saçını boynunun bir yanında topladığında onu görüyorsun.

Kolye.

Bu tam da şeye benziyor... Hayır.

Ama olabilir mi?

Emily kafa karışıklığıyla dolu bakışlarını takip ediyor.

"Üzgünüm," diyorsun. "Sadece... kolyeniz... çok güzel."

Emily gülümsüyor. "Çok teşekkür ederim," deyip daha iyi bakman için kolyesini kaldırıyor.

Bu, bir zincirin ucunda sallanan gümüş bir sonsuzluk sembolü.

Bu zinciri tanıyorsun.

Seni aldığı gün, bu zarif zincirin aynısını takıyordun.

"Cüzdan? Telefon?" demişti. Sonra: "Silah? Biber gazı? Bıçak? Kontrol edeceğim ve bana yalan söylediğini anlarsam, mutlu olmayacağım."

Ona doğruyu söylemiştin. Ceplerinde ya da kollarının içinde hiçbir şey yoktu.

"Mücevher?"

Ona, "Sadece üzerimdeki var," demiştin.

Julie o kolyeyi sana on dokuzuncu doğum gününde almıştı. Minik, mavi kutular ve beyaz kurdelelere duyduğun hayranlıkla dalga geçerdi. Bu çok kız işi, çok basitti. Kişiliğinin geri kalanıyla uyumlu değildi. Sen paketi açarken, "Ama bir şey var," demişti. "Etrafta, *The Hills*'ten bir figüran gibi dolaşmana izin veremem. Bu yüzden, küçük bir şey ekledim."

Ucundaki parçayı göstermek için zincirle oynamıştı. Gümüş bir kutunun içinde, bir şekilde sonsuzluk sembolünün üzerine sabitlendiği pembe bir kuvars.

Ona, "Bu harika," demiştin. "Bayıldım. Sen muhteşem bir arkadaşsın."

O, "Biliyorum," demişti.

Onu senden alana kadar kolyeyi her gün takmıştın.

Ve şimdi, kolye burada.

Kolyen –benzeri olmayan, hayatında sahip olduğun en özel mücevher– seni yeniden buldu.

Emily kolyeyi bırakıyor. Kolye hafif bir sesle boynuna düşüyor.

Kendini yutkunmaya zorluyorsun.

Doğal olduğunu umduğun bir ses tonuyla, "Gerçekten çok güzel," diyorsun. "Sormamda sakınca yoksa, onu nereden aldınız?"

Emily gülümsüyor. Yoksa kızarıyor mu? "Ah," diyor. "Hediyeydi. Bir... arkadaştan."

Yanakları kızarıp parlamaya başlıyor. Paltosunun önünü açıyor. Eliyle yüzünü serinletmeye çalışarak, "Üzgünüm," diyor. "Nasıl olduğunu bilirsin. Kat kat giyinir ama yine de dışarıda üşürsün, fakat içeri girdiğin an terlemeye başlarsın."

Aslında bilmiyorum, demek istiyorsun. *İyi bir paltoya sahip olmayalı beş yıl oldu. Arkadaşına sor, o bu konudaki her şeyi sana anlatabilir.*

Emily seni inceliyor. Senden, ona veremeyeceğin şeyler istiyor. İletişim, havadan sudan konuşmak. Cevaplar.

"Buraya ne zaman geldiğini söylemiştin?"

Bir şey söylememiştim, diye düşünüyorsun. Onun, ne söylemeni isteyeceğini bulmaya çalışıyorsun. Başını beladan uzak tutacak cevap ne?

Ona, "Birkaç gün önce," diyorsun.

Gülümsemesi dağılıyor. Onu huzursuz ediyorsun. Bu adamın evindesin. Yersiz ve aptalsın. Ve senden istediği hiçbir şeyi öğrenemiyor.

Bunun için üzgünsün. Çok üzgünsün. Kendini onun kollarına atıp her şeyi anlatmak istiyorsun. Ona hiçbir şeyin kesinlikle ama kesinlikle düşündüğü gibi olmadığını söylemek istiyorsun.

İç geçirişini gizlemeye gerek duymadan, "Pekâlâ," diyor. "Ben gideyim."

İçinde bir dürtü yükseliyor. Onu burada tutmak istiyorsun. Parmaklarını paltosuna geçirip gitmesine asla izin vermemek istiyorsun. Konuşmaya başlayıp asla susmamak istiyorsun.

Emily arkasını dönüp kapıya yürüyor.

"Hoşça kal," derken neredeyse dönüp sana son kez bakmıyor bile.

Bunu yapacaksın. Ona her şeyi söyleyecek ve ona güveneceksin çünkü o senin tek şansın ve...

Kapı arkasından, yüzüne kapanıyor.

Bu hiçbir zaman bir seçenek değilmiş gibi. En başından beri bunu yapmayacağını biliyormuş gibi.

55. BÖLÜM

Emily

Anahtarı yeniden bulduğum yere koyuyorum. Arabama dönerken nefesim boğazım boyunca nabız gibi atıyor. Direksiyonun başına geçip yüzümü ellerime gömüyorum.

Tamam.

Artık biliyorum.

Kadının "hoş" olmanın aksi olan çok vahşi ve doğal bir güzelliği var. Makyajsız. Saçı doğal. Giysilerini hiç umursamadığı çok açık. Zaten neden umursasın ki?

Onun kemik yapısına sahip olsaydım, ben de umursamazdım.

İçimden hıçkırık gibi bir kıkırtı yükseliyor. Göğüs kafesim daralıyor. İçinden hıçkırığa benzeyen ama hıçkırık olmayan bir ses yükseliyor.

Önce bir arkadaşı olduğunu, sonra kuzeni olduğunu söyledi. Bu bir yalandı. Çok belliydi.

Bildiğim tek şey evinde bir kadın olduğu ve kesinlikle kuzeni olmadığı.

56. BÖLÜM

Evdeki Kadın

Bu seni güvende tutabilecekmiş gibi, yatak odasına dönüyorsun.

Her an, kapının önünde gıcırdayarak duran lastiklerin sesini duymayı bekliyorsun. Öfkesinin göstergesi olarak sert ayak sesleriyle üst kata çıkacak.

Bulanık bir siluet hâlinde kapının önünde belirip seninle ilgilenecek.

Peki, o kadına ne olacak?

O kadına ne yapacak?

O olmalı. Sırtında o izleri bırakan yabancı. Tırnaklarını onun etine geçiren kişi; artık bunun bir zevk işareti olduğunu biliyorsun.

Sen kimin nesisin, Emily ve ne istiyorsun?

Ve sen, sen, sen... Onun gitmesine nasıl izin verebildin?

Ona nasıl hiçbir şey söylemedin?

Onu nasıl uyarmazsın?

Kollarını bacaklarına doluyorsun. Cecilia hâlâ odasında ve sessiz. Güzel. *Bu işe bulaşma, çocuk. Kendini bu pisliğe bulaştırma, belki büyüdüğünde daha iyi bir dünya görürsün.*

Kamyonet. Motorun gümbürtüsü, sonra sessizlik. Şoför tarafındaki kapının açılıp kapanma sesi. Ön kapı.

Kısa bir sessizlik. Ayak sesleri. Önce uzak, sonra yakın, sonra daha da yakın.

Kapı açılıyor.

"Burada ne yapıyorsun?"

Isıtıcının yanında kıvrılmış hâlde yatışına bakıyor. Burada olmamalıydın.

Ona, "Ben sadece... dinleniyordum," diyorsun. Hemen açıklamaya başlamalı mısın yoksa sormasını mı beklemelisin?

Bunu umursamamaya karar veriyor. "Yatak odasında mı?"

Kızını kastediyor. Ona, "Evet," diyorsun. Ortamın uygun olup olmadığını mı bilmek istiyor? Fark edilmeden seni aşağıya sürükleyip sürükleyemeyeceğini anlamaya mı çalışıyor?

"Tamam," diyor. "Tamam. Ben mutfakta olacağım. Burayı bu kadar çok seviyorsan, akşam yemeğine kadar burada kalabilirsin."

Kapıyı yavaşça kapatıyor.

Boğazın düğümleniyor. Neyin peşinde olduğu konusunda hiçbir fikrin yok. Düşüncelerini okuyamıyorsun. Hayatta kalma becerin büyük ölçüde buna, onun düşüncelerini dolaşık bir yumağı çözer gibi çözebilmene dayanıyordu.

Evin içinde yemek kokuları yükseliyor. O, mutfaktan sesleniyor. Merdivenlerin başında Cecilia'yla karşılaşıyorsunuz. Sana önden gitmeni işaret ediyor.

Babası masanın ortasına dumanı tüten bir peynirli makarna bırakıp servis kaşığını sana veriyor. Bu noktada bu gerçek bir işkence. Bu sakin tavrını, onu tanımayan biri kibarlık olarak yorumlayabilirdi.

Hadi, durma, diye düşünüyorsun. *Bir şey söyle. Herhangi bir şey.*

Ama o oturup kızına gününün nasıl geçtiğini soruyor. Onlar konuşurken, ona daha dikkatli bakıyorsun. İşaretleri arıyorsun; her cinayetinden sonra ortaya çıkan, duruşundaki tuhaflığı, gözlerindeki ışıltıyı ya da damarlarında dolaşan adrenalinin izlerini.

Hiçbiri yok.

O ve Cecilia tabaklarındaki yemeği bitirene kadar kendi önündeki peynirli makarnayla oynuyorsun. Onların hareketlerini takip ediyorsun; temizlik, kanepe, televizyon. Hâlâ gelmeyen bir darbeyi bekliyorsun.

Ev o gece için sessizleşmeye başladığında, seni radyatöre kelepçeliyor. Bu, Noel tatilinde de değişmiyor.

O geri gelene kadar uyanık hâlde yatıyorsun. *Buraya kadar*, diye düşünüyorsun. Talimatlarını bekliyorsun. Sana, *Ayağa kalk*, diyecek, sonra seni kamyonete bindirip buradan uzaklaştıracak.

Bir iç çekiş. Küçük bir gülümseme. Kemerini çözüyor, kot pantolonunu üzerinden sıyırıyor.

Her şey her zamanki gibi oluyor.

Bittiğinde giysilerini tekrar giyip bir elini yüzünün üzerinden geçiriyor ve esnemesini bastırıyor.

Sakin ve güvence veren bir tavırla kolunu başının üzerine doğru kaldırıp kelepçenin bir ucunu bileğine, diğerini karyolaya bağlıyor. Rutin hareketler. Her şey normal.

Kapı arkasından kapanıyor. Sen gözlerin açık yatıyorsun. Kulakların çınlıyor.

Bilmiyor.

Bir kadın bu eve gelip oturma odasında durdu. Onun anahtarını çaldı. Onun alanını işgal etti. Ve o bunu bilmiyor.

O kadın tüm bunları kameralar varken yaptı. Hiçbir şeyi kaçırmayan kameralar. Ona telefonu aracılığıyla yaptığın en küçük hareketi bile bildiren kameralar.

Sözde kameralar. Uydurduğu kameralar. Sadece kafanın içinde var olan kameralar.

57. BÖLÜM

Yedi Numara

Çok dikkatliydi.

Hatalar yaptığını söyledi. Daha önceki iki seferde.

Bir seferinde fazla hızlı, diğerinde fazla nazikti. Kızın yaşamasına izin vermişti.

Bende her şeyin mükemmel olması gerekiyordu.

Bana bir kızı ve hasta bir eşi olduğunu söyledi.

Eşinin iyileşeceği söylenmişti ama iyileşmemişti.

Ve şimdi de ölüyordu.

Yakında, kızına tek başına bakmak zorunda kalacaktı.

Hata yapmayı göze alamazdı.

Bana, onun yanında olması gerektiğini söyledi. O çok zeki bir çocuktu. Onun ne kadar harika bir çocuk olduğuna inanamazdım.

Onunla ilgilenecek en azından bir ebeveyni olmasını hak ediyordu.

Bu yüzden benimle işlerin yolunda gitmesi gerekiyordu. Bende hata yapamazdı.

Herhalde her şeyin planladığı gibi gittiğini söylerdi.

58. BÖLÜM

Evdeki Kadın

Beyninin bu yeni gerçeği kabul etmek için çalışması gerekiyor. Kamera yok. Kimse seni izlemiyor.

En belirgin şeyi deniyorsun. Mutfakta, önce makasla, sonra da bir bıçakla. Kendini yaralamamaya dikkat ederek bıçağı teninle plastik bandın arasına sokmaya çalışıyorsun. Bilekliği sağa sola oynatıyor, çekiştiriyor, üzerine baskı uyguluyorsun ama bu konuda yalan söylememiş: Çelik bant kesilmiyor. Ne makasla ne de mutfak bıçaklarıyla.

Etrafta başka aletler arıyorsun ama elbette küçük pürmüz ortalıkta değil. Döner testere ve özel bıçaklar da yok. Onu ne sanıyorsun? Aptal mı?

Yani GPS takip cihazı üzerinde kalıyor. Telefonundaki noktan yanıp sönüyor. Seni sanal bir haritaya hapsetmiş, avucunun içinde tutuyor.

Gidemezsin. Henüz gidemezsin. Ama etrafta dolaşabilirsin. Keşfedilecek yerler, açılacak kapılar var. Kulübenin dışında hayatta kalmanın dokuzuncu kuralı: Öğrenebileceğin her şeyi öğren. Sırlarını, boynuna taktığın elmas bir kolye gibi kuşan.

En güvenli yerden başlıyorsun. Yatak odası. Senin yatak odan. Orada, etrafı karıştırma çalışmaları yapıyorsun. Ellerini, hiçbir zaman dokunamadığın yüzeylerin üzerinde gezdiriyorsun. Sadece bir dekor olan masa, çekmeceler, yatağın tüm köşeleri.

Hiçbir şey olmuyor. Burası, her eylemini onun olası tepkilerine göre yapman gerekmeyen, yeni bir dünya.

Koridora çıkıyorsun. Cecilia'nın yatak odası. Cecilia içeride ama orada olmasaydı bile odasına girmezdin. Orası onun dünyası ve sen onu ihlal etmeyeceksin. Banyo? Hiçbir zaman oraya tek başına girmene izin vermedi. Gün içinde orayı kullanmamanı söyledi. Sadece yatak odan, mutfak ve oturma odasına girebileceğini söyledi. Bunun ne anlama geldiğini biliyorsun: Orada, o yokken erişmeni istemediği şeyler var. Tırnak makasları, jiletler, hap şişeleri?

Bunu öğrenmenin vakti geldi.

Ürpererek banyoya giriyorsun. Buradasın ve o yanında değil. Soyunmanı izleyen, sen duşun altındayken üzerine diktiği gözleri yok.

İlaç dolabını açıyorsun. Tıraş kolonyası, gargara, deodorant, diş fırçası, saç fırçası, nemlendirici krem, diş ipi. Bir tiyatronun giyinme odası gibi, onun parçaları.

Lavabonun altındaki dolapta lavabo açıcı ve çamaşır suyu katkılı tuvalet temizleyici buluyorsun. Yedek sabunlar. Cam temizleyici ve küçük bir yığın hâlinde temizlik bezleri. Bu, onun diğer hayatı; temiz ve düzenli hayatı. Evinde sıkı bir düzen uygulayan yalnız bir babanın banyosu.

Kaybedecek vaktin yok. Yeniden koridora çıkıyorsun. Onun odasının kapısına geldiğinde tereddüt ediyorsun. Elini kapı kulpuna yerleştirip çeviriyorsun. Kapıyı itip açıyorsun... hayır. Evet. Hayır. Evet. *Evet.*

Girişte oyalanıyorsun. Onun yatak odası. Geceleri savunmasız, etrafındaki dünyanın farkında olmadan yattığı yer. Yerde kalın, yeşil bir halı var. Mükemmel biçimde düzeltilmiş, battal boy, çift kişilik bir yatak; pamuklu örtülerin üzerinde tek bir kırışıklık bile yok.

Parmaklarının ucuna basarak içeriye giriyorsun. Bir komodini, başucu lambası ve hemen yanında karton kapaklı bir kitap var. Durduğun yerden tam olarak göremesen de, onun alt kattaki gerilim romanlarından biri olduğunu fark ediyorsun. Komodinin bir çekmecesi var. Elbette kapalı. Olasılıklarla dolu. Orada ne saklıyor? Okuma gözlüğü mü? Uyku hapı mı? Silah mı?

Altındaki zemin canlanıyor. Bir zehirli madde yığınının üzerinde duruyormuşsun gibi, derin yanıyor. Ya ayakların sana ihanet ederse? Halının üzerinde izler bırakırsa? Ya bir şekilde bunu anlar, kokunu alır, dünyanın ona ait bu köşesindeki varlığını fark ederse?

Buna değmez. Tek, uzun bir adımla odadan çıkıp halının seni ele vermeyeceğinden emin olmak için kontrol ediyorsun.

Devam etmelisin.

Tam alt kata yöneldiğinde, Cecilia arkanda beliriyor. Kanepeye oturup kendini bir kitaba kaptırıyor. Oturma odasına gitmen biraz gecikecek. Alt kattaki banyoyu da gözden geçiriyorsun; yedek havlular, tuvalet kâğıdı, biraz daha sabun ve daha çok çamaşır suyu.

Geriye sadece mutfak kalıyor. Cecilia sadece birkaç metre uzağındayken, elinden geldiğince tedbirli davranmaya çalışıyorsun. Dolapları açıp çekmecelerin içine bakıyorsun. O yanındayken, hiçbir zaman neyin nerede olduğunu öğrenememiştin. Şimdi hepsini ezberleyebilirsin. Tezgâhın üzerinde bıçakların durduğu stant var. Lavaboya en yakın çekmecede uzun bir makas, bir selobant, kalemler ve birkaç restoranın sipariş menüsü var. Lavabonun altında temizlik malzemeleri, dezenfektanlı ıslak mendiller ve bir sürü çamaşır suyu var.

Dolapların içinde şaşırtıcı bir şey yok: tabaklar, kahve kupaları. Eski, muhtemelen bozuk bir tost makinesi. Eşi olmayan bardaklar.

O kadın buradaydı. Bu evde. Senin kolyeni takan kadın.

Kolye. Onu düşünmeyi bırakamıyorsun.

O, insanlardan hatıralar alıyor. Hazineler. Bunların bazılarını sana verdi. Ama kolyeni? Onu kendine sakladı ve sonunda, başka birinin üzerinde görmek istediğine karar verdi.

Başka şeyler de saklıyor olmalı. Onları nerede gizliyor? Yatak odasında mı? İçinden bir ses, *Hayır,* diyor. Orası çok temiz ve düzenli. Orası, kendini serbest bıraktığı bir yer değil. Orada hâlâ numara yapıyor.

O zaman nerede?

Kanepeye oturuyorsun. Cecilia sana hızlıca bir bakış attıktan sonra yeniden kitabına dönüyor.

Merdivenlerin altındaki kapı.

Bir yere açılıyor. Alt kata.

Alt katı biliyorsun: bir çalışma tezgâhı, bedeninin altındaki zemin. Bir sürü kutu.

En karanlık anda, seni alt kata götürmüştü. Alt katın sadece ona ait olduğunu hatırlıyorsun.

Orayı kontrol etmen gerek.

Ama Cecilia seni izlerken oraya inemezsin. Onun gitmesi gerekiyor.

Omzunun üstünden ona doğru eğiliyorsun.

"Ne okuyorsun?"

Kapağı görebilmen için kitabı kapatıyor; üzeri kan lekeleriyle dolu bir mikroskop camı. "Babamın kitaplarından biri," diyor. "Sorun değil. Sonunu tahmin ediyorum. Sadece dedektifin olayı çözmesini bekliyorum."

Parmağının ucuyla, arka kapağa bakmak istiyormuşsun gibi, kitabı kaldırıyorsun. Belki de onu rahatsız etmeye devam edersen odasına gider.

"Konusu ne?"

Kaşlarını şüpheli bir kavisle kaldırıp sana eğleniyormuş gibi bir bakış atıyor. "Canın mı sıkıldı?"

Bunu babasından öğrenmiş. Diğer insanların eylemlerinin

altındaki sebepleri sorgulamak, onları anlamaya çalışmak. Seni de o yetiştirseydi, sen de böyle olurdun.

Ona, "Sadece merak ettim," diyorsun.

"Bir doktoru anlatıyor," diyor. "Hastalarını öldürüp duran bir cerrah. Kimse onu durdurmuyor çünkü kimse gerçekten çok kötü biri mi olduğuna, yoksa işini mi çok kötü yaptığına karar veremiyor."

Ona, bunun kulağa ilginç geldiğini söylüyorsun. Başını sallayıp okumaya dönüyor.

Ona, *Ayağa kalk,* demek istiyorsun. *Odana git. Hemen lanet olasıca odana git.*

Yeniden üst kata çıkıp kendi kitabını getiriyorsun. Onun sayfalarının kenarları kıvrılmış, sırtı eğilmiş kitaplarından birini ödünç almaya hazır değilsin. Yeniden *Ölüm Tangosuyla Dans*'a dönüp, göz ucuyla Cecilia'yı izliyorsun.

Bir süre sonra ayağa kalkıyor. Yoksa? Hayır. Tuvalet molası. Yanlış alarm. Ancak akşamüstünün geç saatlerinde, perdelerin etrafındaki dikdörtgen biçimli ışıklar sönükleşmeye başladığında, kitabını bırakıp üst kata yöneliyor.

Birkaç dakika bekliyorsun. Kapısının açılıp kapanma sesini, zemindeki ayaklarının tıkırtılarını dinliyorsun.

Sessizlik.

Ortam hiç olmadığı kadar güvenli.

Elini kapı kulpuna koyuyorsun.

Dönmüyor.

Kahretsin.

Kilitli.

Hem ellerinle hem de gözlerinle arıyorsun. Her yerde potansiyel anahtarlar görüyorsun.

Buradaki, yatak odanın kapısındakiyle aynı tipte bir kulp. Ortasında anahtar deliği olan bir yuvarlak. Bir çatal kullanmayı deniyorsun. Bir bıçak. Kalem. Bunun bir işe yaraması mümkünmüş gibi, lanet olası bir fotoğraf çerçevesinin köşesini deniyorsun.

Hiçbiri işe yaramıyor.

Parmakların titriyor. Çok uğraştın. Bir sürü şey yaptın. Bir türlü şansın yaver gitmiyor ve bu seni çok kızdırıyor.

O senin kolyendi. Senin lanet olasıca kolyen. Arkadaşının, seni sevdiği için, sana özel olarak tasarladığı kolye.

Denemeye devam etmek zorundasın.

Bir dekora dönüştürülmemiş, temizleyip arındıramayacağı bir odaya ihtiyacın var.

Kızının yatak odasına ihtiyacın var.

59. BÖLÜM

Evdeki Kadın

Cecilia'nın kapısını tıklatıyorsun. Yüzünde, *Cidden mi?* diye soran bir ifadeyle kapıyı açıyor.

"Nasılsın?" diye soruyorsun.

Kaşlarını çatıyor, sonra ne yaptığını fark ediyor. Tatlı çocuk. Babasının ona senin hakkında ne söylediğini bilmiyorsun ama onu, her zaman seni memnun etmeye ikna ettiğini biliyorsun.

"Bir şeye mi ihtiyacın var?"

Evet, var ama ne olduğunu bilmiyorsun. Gördüğün zaman bileceksin.

Sadece seni içeriye alması gerekiyor.

"Acaba şeyin var mı..."

Omzunun üzerinden içeriye bakıyorsun. Odası mor, mavi ve camgöbeği dendiğini tahmin ettiğin renklere boyanmış. İçeride bir ikiz yatak var. İsveç menşeli mobilya mağazasından alınmış küçük bir masa var. Boğazını sıkan parmaklar hissediyorsun; eskiden bu masanın aynısından sende de vardı. Eskiden bir bilgisayarın vardı, kâğıtların vardı ve...

"Kalem."

"Kalem mi istiyorsun?"

Kalem istemiyorsun. Bir kalemle kilidi zorladın ve işe yaramadı. Ama bir kalem seni o odanın içine sokacaksa öyle olsun.

"Bana bir tane verebilir misin? Lütfen?"

Sana, "Elbette," deyip seni içeriye davet ediyor. Onun odası, onun gözlerinden şekillenen dünya. Duvarlarda okulda hoşuna giden, çıktısını aldığı sanat eserleri var. Andy Warhol'un çorba konserveleri, Banksy'nin fareleri, bir sürü Keith Haring. Kalem almak için masasına doğru yürüyor.

Düşün. Hemen. Acele etmeli ve bir şeyler bulmalısın.

Masasının ayağının yanında, Noel tatilinde terk edilmiş sırt çantası. Basit bir tasarımı var; mor pamuklu kumaş, birkaç fermuar, tanımadığın bir logo. Ama Cecilia, bu becerikli ve sanatçı ruhlu çocuk, onu kendine özel hâle getirmiş. Keçeli kalemlerle yanına bir ağaç dalı, üstüne de büyük bir gül çizmiş. Ön tarafında –gözlerini kısıyorsun– çengelliiğnelerle yapılmış iki harf var: C, c. İşini özenerek yapmış; harflerin simetrik olduğundan ve uzaktan bile görüneceğinden emin olmuş.

"Bu çok sevimli," deyip çantayı işaret ediyorsun.

Neredeyse erkek arkadaşın olan ve kapı kilitlerini açmayı bilen Matt'i düşünüyorsun. Sehpasının üzerinde bir sürü alet dizili olurdu ve parmakları, metal çubukları deliklere sokup birini sabit tutarken diğerini oynatarak *klik* sesini duyana kadar uğraşırken bükülürdü.

Bir çengelliiğnenin aynı işe yarayabileceğine karar veriyorsun. Çengelliiğne, denemeye değer.

"Teşekkürler." Cecilia çantaya ilgisiz bir bakış atıp kalemlere dönüyor. "Mavi olur mu?"

Ona olacağını söylüyorsun. "Bunu sen mi yaptın?" Sırt çantasının yanında diz çöküp parmaklarını tasarımın üzerinde gezdiriyorsun.

"Evet." Omzunu silkiyor. "Çok muhteşem bir şey değil. Sadece birkaç çengelliiğne."

Sana bir kalem uzatıyor. Ona neredeyse hiç bakmadan cebine tıkıştırıyorsun. "Harika bir fikir," diyorsun. "Çok güzel."

Ağırlığını bir ayağından diğerine aktarıyor. Sabrını zorluyorsun.

Güzel.

Bu onun kendine ait zamanı ve sen bunu ondan çalıyorsun. Onu geri almak için her şeyi yapar.

"Bir tane ister misin?"

Evet.

"Ah, bunu isteyemem," diyorsun. "Harflerin bozulmasını istemem."

Cecilia yanında diz çöküyor. "Yenisini alıp bunun yerine takarım. On saniye sürer."

Sen başka bir şey söyleyemeden ilk C harfinden bir iğneyi çıkarıp sana veriyor.

Ona, "Teşekkür ederim," diyorsun. "Çok teşekkür ederim."

Yeniden ayağa kalkıp odayı işaret ediyorsun. "Seni yalnız bırakayım."

Başını sallıyor. Sonra, başka türlüsünü yapamadığı için, tatlı ve uysal biri olduğu ve bir gün seni öldürürse bunu nezaketiyle yapacağı için ekliyor: "Kalem yazmazsa söyle. Sana başka bir tane veririm."

Ona, "Olur," diyorsun. Cecilia'nın kapısı arkandan kapanıyor.

Alt kata indiğinde, beyninin unuttuğun köşelerini araştırıyorsun.

Matt kilit açma ekipmanlarını, yeni kurulmuş bir teknoloji şirketindeki işinden kovulduktan sonra, internetten sipariş etmişti. "Ne yaptığını biliyorsan, çok da zor değil," diyordu. Söylediğine göre tek yapman gereken, bir şeyi başka bir şeyin içine sokup bir o yana bir bu yana çevirmekti, sonra dünya yumuşak ve tuzlu bir istiridye gibi avucunun içinde açılıyordu.

Sana YouTube'da –bundan emin olmak için üç kez okumak zorunda kalmıştın– *Erkekler İçin Hayati Beceriler* adlı bir kanaldaki bir videoyu izletmişti. Bir adam ilk çubuğu nasıl dikey olarak yerleştireceğini, nasıl doğru oranda baskı uygulayacağını, sonra başka bir çubuğu yatay olarak yerleştirip kilit açılana kadar ikisiyle nasıl çalışacağını gösteriyordu.

Adam, "Mesele baskı ve karşı baskıdır," diyordu.

Senin bundan anladığın şuydu: Günün sonunda seni özgür bırakacak şey, birbirine karşıt iki gücün yarattığı büyüdür.

Merdivenlerin altındaki kapının önünde, çengelliiğneyi iki parçaya ayrılana kadar eğiyorsun. Ucu sivri olan parça ve kıvrımlı parça.

Önce kıvrımlı olanı, sonra sivri olanı deliğe sokuyorsun. Yavaş çalışıyorsun. Yumuşak hareketlerle. Her şey, metalin üzerindeki parmaklarının yaptığı baskıya bağlı. Doğru miktar. Yeterince çok ama çok fazla değil.

Bu zaman alıyor. Çalışmaya ihtiyacın var. Yabancı bir dili konuşmak, yeni bir dans öğrenmek gibi; her girişimin seni başarıya biraz daha yaklaştırıyor. Bir gözünü kilitte, diğerini çekilmiş perdelerin etrafında giderek solgunlaşan ışığın üzerinde tutuyorsun. Çok fazla vaktin yok.

Düşün. Hatırla. Hatırlamak beynin için kolay bir iş değil. Bazı parçalarının yok olup gitmesine izin verdin. Bunu yapmak zorundaydın.

Ve şimdi onlara yeniden ihtiyacın var.

Matt sana bu yuvarlak kilitlerden bahsederdi. Onların, açılması en kolay olanlar olduğunu söylerdi. Teoride her şey çok basitti: Baskı uygula, çevir, mekanizmanın içindeki boşlukları bul. *Klik* sesini duymaya çalış. Matt en önemli kısmın doğru aracı bulmak olduğunu söylerdi. Araç küçük ama sağlam olmalıydı. Masum görünüşlü ama ölümcül. Ne yapacağını biliyorsan, parmakların seni istediğin sonuca ulaştırırdı.

Onun beyninin, zihninin içine giriyorsun. Saklanıp kilit altına alınmış, nabız gibi atan gücüne ulaşacaksın.

Birkaç *klik* sesi duyuluyor, sonra kilit açılıyor.

Çengelliiğnenin iki parçasını, Cecilia'dan aldığın kapüşonlu svetşörtün cebine, kalemin yanına koyuyorsun.

Kapı kulpunu çevirmeyi deniyorsun.

İşe yarıyor.

Yap şunu.

Merdivenlerin altındaki kapıyı açıyorsun. Gıcırdayarak açılan kapı, aşağıye giden beton basamakları gözler önüne seriyor.

Basamaklardan iniyorsun.

60. BÖLÜM

Aşağıdaki Kadın

Karanlık etrafını sarıyor. Kulaklarında atan nabzını hissederken duvarda bir ışık düğmesi arıyorsun. Düşüp dizini yaralamayı göze alamazsın. Bacağında beklenmedik bir morluk oluşmasını bile göze alamazsın.

Merdivenlerin sonunda parmağın, aradığın şeye değiyor. Bir *klik* sesiyle çıplak bir ampulün sarı ışığı, etrafı gözler önüne seriyor.

Bodrumdasın. Burayı kendisi için bir sığınak ve depolama alanı olarak kullanıyor. Küçük, katlanan bir masanın yanında bir balkon sandalyesi duruyor. Tekrar kullanılabilecek bir su şişesi, bir el feneri. Arka duvara dayanıp üst üste dizilmiş karton kutular. Yan tarafta çalışma tezgâhı. Aletleri: pense, çekiç, kablo toplayıcılar.

Buranın havası onun gibi kokuyor. Orman, portakal, dış dünyaya ait ve keskin bir şey gibi. Onu gerçekten tanımıyorsan korkmayacağın bir koku.

Buraya yalnız kalmak için geliyor. Düşünürken kendini dinlemeye. Burası, içinde kendisi olabileceği bir meditasyon odası.

Ellerin aletlerinin üzerinde dolaşıyor. Pense: Onu eline alıp plastik bantla bileğinin arasına sokarak bandı kesmeyi deneyecek misin?

Bu sıradan bir pense değil. Bu onun pensesi. Onunla yolculuklara çıkıp istediği şeyleri yaptı.

Elini geri çekiyorsun.

Odaklan. Buraya pense için gelmedin. Buraya onun sırlarını ve çaldığı eşyalarını bulmaya geldin. Buraya, onun kalbinin gizli köşelerini görmeye geldin.

Kutulara yaklaşıyorsun. Üzerlerine kelimeler yazılmış: mutfak malzemesi, giysiler, kitaplar. Eski evden gelmiş, yeni evde yer bulamadığı ama atmamaya karar verdiği eşyalar.

Bazı kutuların üzerinde *Caroline* yazıyor.

Aidan, Cecilia ve Caroline. Kızına, kendisiyle aynı harfle başlayan bir isim vermiş bir anne.

Üzerinde Caroline yazan, en yakınındaki kutuya uzanıyorsun. Bantlanarak kapatılmış. Onu açamazsın; kartona zarar verme, bandı bozma riskini göze alamazsın. Zaten içinde ne bulmayı umuyorsun ki? Bir ses mi? Bir ruh mu?

Caroline. O bilmiyor olmalı. Adamı dışarıda gördün. Dünyada nasıl biri olduğunu, o gün Yargıç'ın üzerinde bıraktığı etkiyi. Onun etkileyici, nazik ve dost canlısı olduğunu gördün. Caroline, kızı düşerse onu yakalayacak kişinin Aidan olduğunu bildiği için, huzurlu bir şekilde ölmüş olmalı.

Kutuları açman mümkün değil ama onları hareket ettirebilirsin. Onları tek tek yere indirirken, işin bittiğinde doğru biçimde yerleştirebilmek için diziliş sıralarını ezberliyorsun. Hepsinin üzerindeki yazıları okumak, eline alıp ağırlıklarını tartmak istiyorsun. Kulağını karton kutuya dayayıp içindekilerin seninle konuşmasını ummak.

Bir ter katmanı yüzünü kaplıyor. Kolların ve bacakların acıyor. Adrenalinin bulanık gücü damarlarında dolaşırken devam ediyorsun.

Görmen gerek. Bilmen gerek. Beş yıl oldu. Onun tüm parçalarını görmen gerek.

Caroline, Caroline, kamp malzemeleri. Sonra, en arkada bir sıra hâlinde dizilmiş, üzerinde ıvır zıvır yazan kutular.

En yakınındaki kutu yığınına eğiliyorsun. Göğsün yükselip alçalıyor.

Ivır zıvır. Kirli bej rengi, hepsi birbirinin aynı, sıkıcı kutular. Önlerinde, siyah keçeli kalemle onun yazısı var.

Fakat –bundan emin olmak için etrafa bakınıyorsun– üzerinde ıvır zıvır yazan kutularda rutubet lekeleri var. Bu hepsinde var ve sadece onlarda var. Yabancı ülkelerin haritaları gibi soyut şekiller birinin sol üst köşesine, bir başkasının alt yarısına yayılmış.

Ivır zıvır.

Bir kez daha etrafına bakındığında, burada boruların olmadığını görüyorsun. Hiçbir yerde, bu tip bir zarara sebep olabilecek borular yok. Lekeler eski ve belirgin. Taşınma gününde tek bir damla bile yağmur yağmadı.

Lekeler uzun zamandır orada.

Bu kutular daha önce başka bir yerde saklanıyormuş. Başka bir odada, belki de eski bir evin boruları sızıntı yapan bodrumunda. Orası onları koymak için çok iyi bir yer olmasa da gözlerden uzak tutmuş. Kimse sızıntı yapan boruların altına bakmak istemez.

Ve şimdi yeniden saklanmışlar. Bu kez bu konuda o kadar da iyi bir iş çıkarmamış. Yeni ev daha küçük; onları saklayabileceği daha az gizli köşe var. Bu kutular, diğer tüm kutuların arkasına konmuş, neredeyse onların altına gömülmüş. Arıyor olmasaydın, onları bulamazdın.

Elin kutuya yaklaşırken titriyor. Üst üste koyduğu üç kutunun ilki. Karton, aldığı ilk darbede yırtılacak kadar hassas olmalı. Nazikçe ilerlemelisin.

Kutu kollarından kayıp yere düşüyor. Kapağı sadece kapatılmış, bantlanmamış.

Güzel.

Neredeyse içindeki tıkırtıyı duyabiliyorsun. Onun ruhu, içindeki boşluk. İçine düşebileceğin bir geçit.

Korku, göğüs kafesinde düğümleniyor. Kendi kendine, "Bunlar sadece birkaç parça eşya," diyorsun. Sana ve senin gibi insanlara ait eşyalar.

Başka neleri sakladı? O gün giydiğin kazağı? İç çamaşırını? Cüzdanını, ehliyetini, kredi kartını?

Ganimetler. Kanıtlar. Ne olduğunun kanıtları.

Daha genç, parmaklarının arasından kayıp giden, gerçek anlamda kurtaramadığın kendini görmeye hazır mısın?

Peki ya diğerleri?

Onları görmeye hazır mısın? Onlarla tanışmaya?

Üst kapaklardan birini iki parmağınla tutuyorsun. Çok yavaş hareketlerle onu kenara itiyorsun. Bir kapak daha var. Kartonun kartona sürtünmesiyle çıkan ses. Bir şey pes ediyor, bir hazine sandığı çatırdayarak açılıyor.

Kutu bir rutubet kokusuyla açılıyor. İçindekilere bakıyorsun; kimse, içinde neler olduğunu bilmek istemez. Kimse gerçekten bu bilgiye sahip olmak ve onu sonsuza dek yüreğinde taşımak istemez. Ama biri bunu yapmalı.

Başkalarının bunu yapmak zorunda kalmaması için bu yükü üstleniyorsun.

Önce fotoğrafları görüyorsun. Polaroitler. Bu mantıklı: Hafıza kartı ya da negatif yok. Çoğu uzaktan çekilmiş. Siluetler. 1990'ların başlarından itibaren, değişen giyim tarzları.

Fotoğraflar dokuzlu destelere ayrılıp paket lastikleriyle birbirine tutturulmuş. Boğazının arka tarafındaki safrayı hissediyorsun. Bakacak mısın?

Elbette bakacaksın. Birinin onları görmesi gerekiyor. Yüzlerini, gülümsemelerini, duruşlarını, saçlarının rengini öğrenmesi gerekiyor. Kayıp kadınlar, kayıp insanlar. Kimsenin nasıl bittiğini bilmediği hikâyeler. O ve şimdi de senin dışında.

Sen hatırlayacaksın.

Birinciye, ikinciye, üçüncüye, dördüncüye ve beşinciye bakıyorsun, sonra sen geliyorsun. Şu anki hâlinden çok farklı, kendinden çok başka biriymiş gibi gelen bir kadın.

Dizlerin titriyor. Yutkunuyor ya da yutkunmaya çalışıyorsun. Kupkuru olan dilin damağında dolaşıyor.

Etinin, geriye kalan son yumuşak parçalarının altında soğukluğunu ve sertliğini hissettiğin beton zemine çöküyorsun.

Onu en baştan, yeniden tanıman gerek. Gençliğini.

Yeni kesilmiş siyah saçların omuzlarına değiyor. Büyük, yuvarlak gözler. Dolgun dudaklar. Eyaletin kuzeyine yapacağın yolculuk için yanına aldığın eşyalar; eşofman altları, bol kazaklar ve yağmur çizmeleri. Makyaj malzemeleri. Eskiden, tek başınayken bile, çok makyaj yapardın. Bunu severdin. Kırmızı ruj, kuyruklu göz kalemi, soluk bir fondöten, elmacıkkemiklerinin üzerine gül rengi pudra.

Ne kadar da gençsin. İçinde hâlâ bir genç kızın izlerini taşıyan bir kadın. Önünde, arkasındaki geçmişten çok daha uzun bir gelecek uzanıyor.

Sadece bir mola vermek istemişti. Polaroitlerdeki genç kadın. Sadece biraz nefes almaya ihtiyacı vardı. Gece boyunca uyumaya. Yavaşlamaya.

Tüm fotoğraflarda hareket hâlindesin. Kiralık arabana biniyor ya da ondan iniyor, onunla kasaba merkezine gidiyor ya da eczaneden çıkıyorsun.

Çok derinlerden yükselen bir mide bulantısı seni ele geçiriyor. Dudakların seğiriyor.

Seni izlemiş.

Seni nasıl bulduğunu hep merak etmiştin. Senin orada olacağını bilip bilmediğini; sana şans eseri rastlayıp, bir fırsat olarak görüp görmediğini. Artık biliyorsun. Fotoğraflar bunu doğruluyor. Günler öncesinden seni izlemiş. Seni incelemiş. Seni seçmiş. Senin için hazırlanmış.

Miden altüst oluyor. Nefes al. Kusamazsın. Şimdi olmaz. Şimdi ve kesinlikle burada kusamazsın. Bunlar sadece birkaç fotoğraf. Sadece yüzler.

Yedi, sekiz ve dokuz numaraya bakıyorsun. Senden sonra gelenlere. Kurtaramadıklarına.

Üzgünüm. Sikeyim, çok üzgünüm.

Burada sadece fotoğraflar ve yüzler yok. Kutunun derinliklerinde yumuşak, lacivert bir kazak buluyorsun. Kırmızı ve kurumuş bir oje şişesi. Bir hasır şapka. Gümüş bir yüzük. Tabanı kurumuş çamurla kaplı bir spor ayakkabı teki. Kulübeden hatırladığın güneş gözlüğü; onu sana vermiş, sonra hemen geri almıştı. Hazineler. Hatıralar. Eşyalar. Onların eşyaları.

Tüm eşyaları tek tek, birkaç saniye elinde tutuyorsun. Onlara, *Yapabileceğim tek şey bu*, diyorsun. *Fotoğraflarınıza bakmak, eşyalarınıza dokunmak ve onları fotoğraflardaki siluetlerle eşleştirmeye çalışmak. Hikâyelerinizi bilmiyorum. İsimlerinizi bile bilmiyorum.*

Her şeyi bulduğun gibi –en önemli kısmı burası– yerleştiriyorsun. Her şeyi defalarca kontrol ediyorsun. İkinci kutuyu çekiyorsun. Neyse ki bunun içinde fotoğraf yok. Sadece daha fazla eşya var.

Çimen lekeli bir kot pantolon. Kırmızı tabanlı, yüksek topuklu sarı ayakkabılar. Gri, kaşmir bir kazak; *senin* gri, kaşmir kazağın. Son sabah, ormanda her zamanki yürüyüşünü yapmak için çıkmadan önce giydiğin kazak. Palto giymemiştin. Dışarıda uzun süre kalmayı planlamıyordun.

Kumaşı yüzüne yaklaştırıyorsun. Diğer kadının, eski kendinin kokusunu bulmaya çalışıyorsun. Sadece küf kokusu alıyorsun.

Bir sürü eşya. Bir sutyen, inci küpeler, ipek bir eşarp. Bunların hiçbiri senin değil. Senden başka bir şey saklamamış; sadece kazak ve sonunda Emily'ye verdiği kolye. Geri kalanından –cüzdanın, kartların– kurtulmuş olmalı.

Üçüncü kutuya geçiyorsun.

Onu yığının üzerine koyup açıyorsun.

Bunun içinde hatıralar yok. Kazaklar, sutyenler ya da makyaj malzemeleri yok.

Aletler var.

Çeşit çeşit alet. Sana taktığına benzeyen kelepçeler. Bir dürbün. Polaroit fotoğraf makinesi.

Yumuşaklığın içine saklanmış sertlik. Kirli bir torbanın içinden gürültüyle yere yuvarlanan metal bir şey. Bir silah.

Bu bildiğin silah değil. Bunun rengi açık gri, kabzası siyah. Susturucusu yok.

Titreyen ellerinle onu alıp avucuna koyuyorsun.

Bir ses seni dalgınlığından kurtarıyor. Bodrumda bile sana ulaşıyor. Önce bir mırıltı, sonra bir hırlama, sonra bir kükreme.

Kamyonetinin garaj yoluna girerken çıkardığı, alabildiğine yüksek gürültü.

61. BÖLÜM

Emily

Bana bir açıklama borçlu. En azından bir yalan söylemeli. Kıvrandığını, doğru sözcükleri aradığını, bakışlarını ayaklarına diktiğini görmek istiyorum. Utanmasını ve üzülmesini istiyorum.

Gözlerimi açık tutuyorum. Markette, kafede. Burası, insanların fark edilmeyeceği, canlı bir metropol değil. Mutlaka bir yerde karşıma çıkacak.

Öğlen yemeği vakti civarında kasabaya iniyorum. Sandviç dükkânına ve eczaneye bakıyorum. Buralarda yok. Anacaddede kamyonetini arıyorum ama yine şansım yaver gitmiyor.

Şansım günbatımında dönüyor. Artık onu aramayı bile bıraktığımda, Angostura sosumuz bitiyor ve ben gidip rakibimizden sos ödünç almak zorunda kalıyorum.

Bir anda, gölgelerin arasından çıkıyor.

Restoranın arkasındaki arka sokağın diğer ucunda belirdiğini görmem biraz zaman alıyor.

"Selam!"

Ses tonumu, onu gördüğüme memnun olmuş gibi, rahat tutmaya çalışıyorum. Başı bana dönüyor. Kaşlarını çattığını görüyorum; beni burada gördüğüne şaşırdı mı? Kendi restoranımın hemen dışında? Ama bana doğru ilerlemeye başladığında yüzü gevşiyor. Uzun boylu, güzel ve sessiz. Başparmağını omzundaki silindir çantanın kayışına geçirmiş.

O da, "Selam!" diyor. "Üzgünüm. Sadece şeye çıkmak için bir kestirme arıyordum..."

Anacaddeyi işaret ediyor.

Ona, "Önemli değil," diyorum. "Hoşuma gitmeyen tek şey, çöp konteynerinin arkasında uyuşturucu kullanan çocuklar. Bunu yapmadığın sürece sorun yok."

Gülüyor. İşte ben buyum: hayatında beliren bir renk, her şeyi canlandıran bir tuhaflık. İstediği zaman alıp işi bittiğinde bırakabileceği güzel bir şey.

Bu yeterli değil ve iyi bir şey de değil –ve bunu düşünmek beni öldürüyor ama düşünüyorum– ama bunu, hiçbir şey olmamaya tercih ederim.

Aidan silindir çantasını omzundan indirip ayağının yanına bırakıyor. İki eli de boş kaldığında, kollarını göğsünde kavuşturup beni baştan ayağa süzüyor.

"Palton yok mu?"

Beyaz, düğmeli gömleğime, siyah pantolonuma, kırmızı önlüğüme bakıyorum. "Çok uzaklaşmayacağım."

O söyleyene kadar üşümüyordum ama şimdi düşünebildiğim tek şey tenime değen ve neredeyse yakacak kadar soğuk olan aralık rüzgârı.

"Bekle."

Kalın, yünlü atkısını çözüp yaklaşmak için sessiz bir izin istermiş gibi bana bakıyor. Ben bir şey söylemeyince biraz daha yaklaşıp onu boynuma sarıyor.

"İşte," diyor.

Çam iğnesi kokusunu alıyorum. Ve defne yaprağı.

"Daha iyi misin?"

Gözlerimi kırpıştırarak yeniden dünyaya dönmeye çalışıyorum.

Ona, "Evet," diyorum. "Teşekkürler ve..."

Onunla ne konuşmak istiyordum?

Ah. Evet. Evindeki kadın.

Ben doğru kelimeleri bulamadan önce konuşmaya başlıyor. "Nasılsın?"

Bu, her zaman senden yarım adım önde olan biriyle dans etmek gibi. Ona iyi olduğumu söylüyorum.

"Sadece çalışıyorum. Her zamanki gibi."

Başını sallıyor.

"Peki ya sen?" diye soruyorum.

"Aynı," diyor. "İş çok yoğundu. Evde de bir sürü şey oluyor."

Sessizlik.

"Sana cevap yazmadığım için üzgünüm," diyor.

Alnını kırıştırıp insanın canını yakan soğuğa karşı çıplak kalmış boynuyla gözlerimin içine bakıyor; bu, kalbimi parçalayan bir dürüstlük. Göğsümün içindeki bir şey sönüyor. Savaşmaya hazırlıklı gelmiştim ama o az önce elimdeki bıçağı düşürdü.

"Sorun değil," diyorum ama o başını iki yana sallıyor.

"Hayır, bu bir sorun. Sen... mükemmelsin. Sadece... şu an bir sürü şey oluyor, anlıyor musun? Evde ve..."

Aman Tanrım.

Kollarımı ona dolamak istiyorum. Ona, mükemmel olanın o olduğunu, benim aptalın teki olduğumu söylemek istiyorum. Ona, can yoldaşını kaybetmenin, onu toprağa vermenin nasıl bir his olduğu hakkında hiçbir fikrim olmadığını söylemek istiyorum. Ona, bunun sorun olmadığını söylemek istiyorum. Her şeyden çok bunu istiyorum: onun her şeyin yoluna gireceğini bilmesini.

"Anlıyorum," diyorum. "Yani anlayamam. Ama sorun değil. Gerçekten."

Utangaç bir tavırla gülümsüyor. "Umarım biz hâlâ... Umarım daha iyisini yapabilirim. Gelecekte."

Başımı sallıyorum. "Daha iyi" ne anlama geliyor? Arkadaşlık anlamına mı geliyor? Mesajlaşmak mı? Öpüşmek mi? Seks mi?

Atkısı çenemi kaşındırıyor. Atkıyı düzeltirken, yünlü kumaşın iki katmanı arasından boynumun bir kısmını ortaya çıkarıyorum. Boynuma uzanıyor.

"Takıyorsun."

Parmakları boğazıma değip aşağıya, bana verdiği kolyeye doğru iniyor.

Ona, "Elbette takıyorum," diyorum. "Ben..."

Onu çok sevdim, diyemiyorum çünkü bu, *Seni seviyorum,* demeye tehlikeli derecede yakın ve ben kesinlikle o kargaşaya bulaşmayacağım.

Bunun yerine, "Çok güzel," diyorum.

Belli belirsiz başını sallıyor. Gözleri boynumda, başparmağı kolyenin üstünde. Diğer parmakları atkının altına kayıp omzumun kıvrımına yakın bir yerde duruyor.

Neler olduğunu anlayamıyorum. Bildiğim tek şey parmaklarının üzerimde olduğu ve sıcak oldukları. Üşüyorum ve bu iyi bir his; bunun, haftalarca onu özledikten sonra böyle dokunulmanın güzel ve biraz da tuhaf olduğunu düşünüyorum. Birbirimizi yeniden bulmuşuz gibi hissediyorum. Birbirimizi tanıdığımızı hatırlatıyor bu. Konuşabildiğimizi.

Ona, "Bir şey itiraf etmem gerekiyor," diyorum. Ellerini çekiyor. Gözleri köprücükkemiklerimden yüzüme yükseliyor. "Şey, ben... Geçen gün, duman kokusu geldiğini düşündüm. Evinin içinden." Başını yana eğiyor. "Her şeyin yolunda olduğundan emin olmak için içeri girdim ve..."

"İçeri mi girdin?"

Yüzümü buruşturuyorum. "Ben... Rahatsız etmek istememiştim. Sadece hiçbir şeyin yanmadığından emin olmak istedim." Bir anı, bir akşam, kasabanın emlak uzmanının barda söylediği cümleler aklıma geliyor: "O güzel, ahşap evlerin sorunu budur. Harika görünürler ama bir anda yok olurlar."

Bir anda derken, parmaklarımı şıklatıyorum. Palto cebinin fermuarıyla oynuyor; hızlı hızlı fermuar çekme sesleri duyuluyor. Gerildiğini, daha da kötüsü, rahatsız olduğunu düşünüyorum.

"Bir sorun yoktu," diyorum. Kendi paranoyama gülüyorum. "Batı Cephesi'nde yeni hiçbir şey yoktu."

Tamam, artık konuşmayı kes.

O, "Bunu bilmek güzel," deyip yerdeki silindir çantasını botlarının ucuyla dürtüyor. Önemsemiyormuş gibi bir soru soruyor: "Seni kim içeriye aldı? Kızım mı?"

İçimde yeni bir utanç dalgası yükseliyor. "Kimse kapıyı açmadı. Ve koku gerçekten güçlüydü." Sesimdeki bozulmayı, bu bariz yalanı söyleyemeyişimi fark ediyorum. "Yedek anahtarını kullanmak zorunda kaldım."

İşte bu. Polise haber verecek, bir uzaklaştırma emri çıkartacak. Ama sesi eğleniyormuş gibi geliyor. "Demek onu buldun. Sanırım daha iyi bir saklama yeri bulmalıyım."

Kendi kıkırtımı duyuyorum. "Saksının altındaydı. Çok zekice. Bunu bulmam yaklaşık... yirmi saniye sürdü."

Benimle birlikte gülüyor. Bir an için yeniden eskisi gibi iki insan, iki arkadaş oluyoruz. İç içe geçmiş iki ruh.

Yüzü asılıyor. Yeniden ciddileşiyor. "İçeride kimseyi gördün mü?"

Ona, "Gördüm," diyorum. "Kuzeninle tanıştım. Harika birine benziyor."

Etrafımızdaki sokaklar boş. Hava, insanların dışarıda oyalanmayacağı kadar soğuk.

"Demek onunla tanıştın," diyor. Düşünüyor. "Güzel." Dilini şıklatıp yeniden, "Güzel," diyor.

Yüzünde hâlâ hafif bir endişe ifadesi, bedeninin üst kısmında bir gerginlik var.

"Senden bir şey isteyebilir miyim?" diye konuşmaya başlıyor. "Sorun kamyonetim; onu çalıştıramıyorum. Buradan geçmemin sebebi de bu. Yardım bulmaya çalışıyordum."

Kamyonetlerden ne kadar anladığımı düşünüyor ki?

ya da eski evi işaretleyen X'ler yok. Kurbanlarını gösteren bir kodlama sistemi ya da cinayetlerini birbirine bağlayan geometrik şekiller yok. Sadece yollar ve şehirler, yemyeşil düzlükler ve araya serpiştirilmiş maviler. Merkeze yakın, neredeyse sayfanın kapanma noktası yüzünden görünmez hâle gelmiş küçük, beyaz bir şekil var. Sol alt köşedeki yazı, bunun yerel bir anıt olduğunu söylüyor. Gözlerini kısıyorsun. En son göz muayenesinden geçeli ne kadar oldu? Ne zamandır bedenin sadece sürükleniyor, her parçan normalden çok daha hızlı yaşlanıyor?

Dilek Kuyusu. Küçük, siyah harflerle yazılmış açıklamanın yanında, daha fazla bilgiye ulaşabileceğin bir sayfa numarası var. O sayfayı açıyorsun. Kuyunun tarihinin hemen yanında –yüzyıllar önce açılmış, iyi bir hasat ve sağlıklı bebekler dileyen aileler orayı ziyaret edermiş– fotoğraflar var.

Yıpranmış taşlar. Paslı bir zincir. Olabilecek her yerde ve hatta olmaması gereken yerlerde bile büyümüş yosunlar.

Bu o kuyu. Kamyonetle evden kasaba merkezine gidip döndüğünüz gün önünden geçtiğiniz kuyu. İneklerin hemen yanındaki. Butcher Bros'un hemen yanındaki.

Odaklan. Haritanın ölçeğini bul. Hesapla. Daha hızlı. Hadi ama, hadi. O mesafeyi koşabilir misin? Belki. Bedeninin neler yapabileceği hakkında hiçbir fikrin yok.

Odaklan. Haritaya bak. Bunu ezberlemen gerek. Hemen. Çabuk ol. Dönüşleri ezberle: *Sol, sol, sağ, dümdüz ilerle, Butcher Bros'u geç*. Başa dön. Bunu haritaya uygula. Uzaklaş, tekrar yaklaş. İşte buradasın.

Artık biliyorsun. Artık eminsin.

Bir şey daha var. *Hudson Vadisi'nin Sırları*'nın arkasında. Bir kâğıda yazılıp katlandıktan sonra saklanmış bir liste. İsimler. Adresler. Tarihler. İş unvanları. Kâğıt kalın ve sarı, mürekkep mor. Bunu uzun zaman önce yazmış. Muhtemelen eşiyle ve belki de kızıyla birlikte buraya taşındığında. Bu kasabayı projesi hâline getirdiği, kendi oyun bahçesine çevirdiği zamanlarda. Hiçbir şüpheye maruz kalmadan yaşayacağı bir alan, onun ihtiyaçlarına göre tasarlanmış bir dünya.

Uzun zamandır izliyor, her şeyi ve herkesi inceliyor. Yaptığı şeylerin bedelini ödemeyeceği bir yer yaratmaya çalışıyor.

Kutunun dibine ulaşıyorsun.

Her şeyi bulduğun biçimde geri yerleştiriyorsun. Tekrar tekrar kontrol ediyorsun.

Üst kattan bir gürültü geliyor. Bir ses.

"Rachel?"

Siktir. Siktir. Babası değilse kızı. Kıpırdama. Nerede olduğunu bilmiyor. Ya seni aramaya gelirse? Kutuları tekrar üst üste diziyorsun. Ellerini kotuna siliyorsun. Etrafına bakınıp bir şey –bir bahane, bir fikir, herhangi bir şey– bulmaya çalışıyorsun.

Merdivenin tepesindeki kapı açılıyor. Birkaç saniye içinde Cecilia basamakları inip yanına geliyor.

Babasının, havada bir buğu gibi süzülen sırlarını hissedebiliyor mu? Karanlıkta fısıldayan; sana, ona, dinleyen herkese onları unutmaması için yalvaran kadınların seslerini duyabiliyor mu?

"Selam," diyor. "Seni arıyordum."

Ona, *İşte beni buldun*, demek istiyorsun ama konuşamıyorsun.

"Benimle birlikte köpeği dolaştırmaya gelmek ister misin?" diye soruyor. "Çıkmak üzereyim. Çok uzaklaşmayacağım, sadece suya kadar gidip geleceğim."

Su. Rehber kitaplara ve haritaya güvenecek olursan, bunun Hudson Nehri olduğunu düşünüyorsun. Eskiden, şehirde bu nehrin kıyısında koşardın.

Ona, "Ah, teşekkür ederim," diyorsun. "Ama gelemem. Benim... birkaç işim var. Yukarıda."

Cecilia, "Tamam," diyor. "Sorun değil."

Sessizleşiyor. Etrafına bakınıyor.

"Bir şey mi arıyordun?"

Düşünüyorsun. "Evet," diyorsun. "Pile ihtiyacım var ama bulamadım, o yüzden buraya bakmaya karar verdim. Ama sorun değil. Acil değil. Bunun için endişelenmene gerek yok."

Veranda sandalyesine yaslanıyor.

"Biliyor musun, bazen ben de buraya geliyorum."

Sesi bir fısıltı gibi çıkıyor.

"Gerçekten mi?" diye soruyorsun.

"Evet. Geceleri. Sadece... Annemin bazı eşyalarını burada tutuyoruz."

Hiçbir şey söyleme. Onun konuşmasına izin ver. Onu dinleyecek birine ihtiyacı var.

"Bu aptalca," diyor. "Ama onun kokusunu özlüyorum. Başka şeyleri de özlüyorum ama fotoğraflar ve videolar var. Ama kokusunu bulmak daha zor. Bu yüzden bazen buraya, aşağıya gelip eski kazaklarından birini çıkarıyorum ve... bir süre onunla birlikte oturuyorum." Başını kaldırıp sana bakıyor. "Çok aptalca, değil mi?"

Ona, "Bence değil," diyorsun. "Sadece onu özlüyorsun."

Ona söylemediğin şey şu: Babası seni aldıktan sonra, ilk günlerde, nefes almayı unutmadan anneni düşünemiyordun bile. Aileni düşünmeyi tamamen bırakman gerekmişti çünkü bu çok fazla canını yakıyordu ve sen dağılmayı göze alamazdın.

Cecilia, "Babamın bunu bilmemesi gerek," diyor. "Bunu anlamaz. Ya da belki anlar ama bu onun canını yakar. Bu yüzden buraya geceleri, o uyurken geliyorum."

"Geceleri mi?" diye soruyorsun.

Cecilia bakışlarını yerden ayırmadan, "Evet," diyor. "Onun, herkesin uyumasını bekliyorum. Sonra aşağıya iniyorum. Sessiz olmaya çalışıyorum ama beni birkaç kez duyduğunu biliyorum. Bir keresinde sordu. Ona tuvalete gittiğimi söyledim."

Bunlar bir süredir vicdanını rahatsız ediyormuş gibi, kelimeler hızla ağzından dökülüyor.

"Anahtarı çalmam gerekiyor," derken sesi o kadar alçak ki onu duyabilmek için nefesini tutuyorsun. "Her seferinde." Başını iki yana sallıyor. "Bunu yapmaktan hoşlanmıyorum ama geceleri paltosunun cebinde bırakıyor. Bunu bildiğimi bilmiyor. O, insanların eşyalarına dokunmasından nefret eder."

Sen daha ağzını açamadan bir soru soruyor: "Sen nasıl içeri girdin?"

En kolay yalanı söylüyorsun. "Kilitli değildi," diyorsun. "Herhalde unuttu."

Bir an için nefesini tutuyorsun. Belki de bu çok büyük bir yalandı. Belki de sana inanmayacak. Ama Cecilia gözlerini deviriyor. "Vay canına, cidden mi?" İfadesiz bir yüzle başını sallıyorsun. Cecilia, "Herhalde kafası çok karışık," diyor. Ona bunun doğru olduğunu, babasının meşgul bir adam olduğunu, bütün küçük ayrıntıları hatırlayamayacağını söylemek üzereyken Cecilia tekrar konuşmaya başlıyor. Söylemesi gereken şeyler, yapması gereken itiraflar, kilitler ve babasının onları kullanmayı unutmasından daha önemli meseleler var.

Sana, "Bantları değiştirmem gerekiyor," diyor. "Kutulardaki bantları. Her seferinde. Babamın görmemesi için eski bantları okulda çöpe atıyorum."

Ona bunların –bantların, anahtarı çalmasının– sorun olmadığını söylemek istiyorsun. Ona anahtarlar ve babasının onları sakladığı yerler konusunda daha fazla soru sormak istiyorsun. Ama Cecilia'nın konuşması henüz bitmedi.

Sana, "Onun canını yakmak istemiyorum," diyor.

"Babanın mı?"

"Evet."

Cecilia'nın az önce söylediklerini düşünüyorsun. Geceleri herkes uyuduktan –ya da o böyle düşündükten– sonra buraya iniyor. Kimsenin onu duyamayacağına inandığı zamanlarda.

Geceleri koridorda duyduğun ayak sesleri. Sen babası olduğunu düşünmüştün. Cecilia'ya zarar verdiğini düşünmüştün. O olması mantıklı gelmişti. Onun dokunduğu her şeyi mahvettiğine inanıyordun.

Bu yanlış bir düşünce miydi? Duyduğun sesler en başından beri, bodrumda annesinin hayaletini ziyaret eden küçük bir kıza mı aitti?

Cecilia'ya, "Babanla gerçekten yakınsınız, değil mi?" diye soruyorsun. "Yani aranızda güçlü bir bağ varmış gibi görünüyor. Anlatabildim mi?"

Cecilia başıyla onaylıyor. Hâlâ sana bakmıyor. "Evet," diyor. "Artık sadece ikimiz varız. O mükemmel değil ama ben de değilim. Ve elinden geleni yapıyor. Yeterli olmak için çok çalışıyor, anlıyor musun?"

Başını sallıyorsun.

Burada bir şey var. Parmaklarının altındaki eski, kaşmir kazağın kadar gerçek, avucundaki silah kadar sert ve ağır bir şey.

Bu sadakat hissinden, çocukların ebeveynlerine duyduğu sorumluluktan fazlası.

Bu çok güçlü; istesen bile onu kıramazsın.

65. BÖLÜM

Emily

Yine restorana geliyor. Eskisi gibi, bir perşembe günü. Bana gülümsüyor. Ona kredi kartını geri verirken, parmakları benimkilere değiyor. Ama soğuklar. Ölü gibiler. Sanki bir daha hiçbir zaman bana değmeyecek, beni dünyadaki en harikulade, en çok sevilen kişiymişim gibi tutmayacaklar.

Cuma akşamı Yargıç akşam yemeğine geliyor. En sevdiği bar taburesine oturuyor. Böylesinin daha doğal olduğunu söylüyor. İnsanlarla sohbet edebiliyor. Ayrıca tek başına bir masada otursa, kendisine çok fazla odaklanır.

Bir fikir oluştu. Zihnimde. Üzerinde bir yüce gönüllülük havası olsa da biraz da zehirli. İlginç ve biraz da tehlikeli olduğunu hissediyorum.

Aidan önce bundan hoşlanmayacak ama –kartlarımı doğru oynarsam– sonunda ikna olacak.

"Daha fazlasını yapmalıyız."

Yargıç varlığımı o an fark etmiş gibi dönüp bana bakıyor.

"O aile için," diyorum. "Çok fazla şey yaşadılar. Kızının üzerinde tüm bunların nasıl bir etkisi olduğunu hayal bile edemiyorum."

Yargıç omzumun arkasındaki bir şeye bakıp bunu düşünüyor. Yargıç Byrne. Kürsüde otuz yıl. İsmi dört yılda bir seçim listelerinde görünen adam. Dört yılda bir, geleceğini bu kasaba belirliyor. Onun için sadece insanların ondan hoşlanması değil, onun da insanlardan hoşlandığının bilinmesi önemli.

"Haklısın," diyor. "Kesinlikle haklısın."

Tamam. Artık geri dönüş yok. Bu işi yapacağız. Bu işi yapacağım.

Yargıç'a, "O kızın yerinde olsaydım, küçük bir parti vermek isterdim," diyorum. "Noel tatilinde insan arkadaşlarını özler, değil mi?" Yargıç hafifçe başını sallıyor. "Elbette bunu asla itiraf etmezler. Ergenler..." Yargıç'la birlikte, ikimiz de bu durumu çok iyi biliyormuşuz gibi, o da benim gibi on üç yaşında bir kız çocuğu olmanın nasıl bir his olduğunu hatırlıyormuş gibi gözlerimizi deviriyoruz.

Eric, Yargıç'ın önüne bir tabak mantarlı *risotto* bırakıyor. Ben de ona bir fincan İrlanda kahvesi ikram ediyorum ve konuşmaya devam ediyoruz.

Bunu yapabileceğimiz en uygun yerin onların evi olduğunu söylüyorum.

Yargıç bundan o kadar da emin değil. "Bu biraz üstelemek olmaz mı?"

"Orası sizin eviniz, Yargıç"

"Biliyorum, biliyorum," diyor. "Ama Aidan orayı kiraladı; o tip bir evsahibi olmak istemiyorum."

Bara yaslanıyorum. *Beni dinle, Yargıç.* "Evin dışında da yapabiliriz. Bahçe çok güzel." Yargıç başını yana eğiyor. Ona, "Restoranın verandasındaki dış mekân ısıtıcılarını kullanabiliriz," diyorum. "Noel ışıkları asarız. Ben sıcak şarap yaparım. Her şeyle biz ilgileniriz. Çok güzel olur."

Yargıç bunu düşünüyor.

Ona, "Evi gördünüz mü?" diye soruyorum. "Çok güzel olabilir ama şu an çok üzücü. Sokakta ışıkları olmayan tek ev o. Yanlış anlamayın, kimseyi suçlamıyorum. Oraya hayatlarının en kötü zamanında taşındılar. Ama orada kendilerini biraz daha evlerinde hissetmek için biraz yardıma ihtiyaçları olduğunu düşünüyorum. Orada iyi anılar biriktirmeye ihtiyaçları var."

Yargıç bu kez gülümsüyor. Aklına yattı. "Tamam," diyor. "Bu hiç fena bir fikir değil. Ben Aidan'la konuşup ona parmağını bile kıpırdatmasına gerek olmayacağını söylerim."

"Harika." Sonra, hafif bir sırıtışla ekliyorum: "Gerçi muhtemelen bunu kabul etmekte zorlanacak. Nasıl biri olduğunu biliyorsun. Bir şey yapmadan duramıyor. Sürekli her şeye yardım etmeye çalışıyor."

Yargıç, *Bilmez miyim*, demek ister gibi kıkırdıyor. Kahve fincanını yeniden doldurduğumda, onu sevgili arkadaşımızın şerefine kaldırıyor.

Jameson şişesinin kapağını kapatırken, "Bunu yakın zamanda yapmalıyız," diyorum. "Noel'den önce yapmalıyız."

Yargıç başıyla onaylıyor.

O gittikten sonra ellerimi tezgâha dayayıp az önce ne olduğunu düşünüyorum. Biraz başım dönüyor ve nefesim de biraz düzensiz.

Aidan.

Onun evi, onun yuvası.

Orada birlikte olacağız. Ve ben ona ulaşacağım. Onun kalbine ulaşacağım.

66. BÖLÜM

Evdeki Kadın

Her zaman onun nasıl bir adam olduğunu biliyordun. Ne yaptığını ve bunu ne zaman yaptığını biliyordun. Ama hiçbir zaman yüzlerini görmemiştin. Hiçbir zaman o kadınların ruhlarını çağırmamış, hayatlarından geriye kalan şeyleri ellerinde tutmamıştın.

Geceleri seni ziyarete geliyorlar. *Ölmemize izin verdin*, diyorlar. Senden sonrakiler. *Onu şimdiye kadar durdurmuş olmalıydın. Ne yapıyorsun? Neden kaçmadın? Neden bütün dünyaya ondan bahsetmiyorsun?*

Onlara çok üzgün olduğunu söylüyorsun. Bunun karışık bir mesele olduğunu söylüyorsun. Onların, durumu senin bakış açından görmesini sağlamaya çalışıyorsun: *Nasıl biri olduğunu biliyorsunuz. Her şeyi doğru yapmam gerekiyor. Söz konusu o olduğunda, attığın tek bir yanlış adımla ölürsün.*

Kadınlar, *Ah, şimdi de bu bizim suçumuz mu oldu?* diyorlar. *Çok zeki olduğunu düşünüyor olmalısın. Biz de aptal olduğumuz için mi öldük yani?*

Açıklamaya çalışıyorsun. *Böyle demek istemedim. Asla böyle bir şey söylemem. Sizin tarafınızda olduğumu bilmiyor musunuz?*

Bir süre sonra, kadınlar tepki vermeyi bırakıyor. Onlar gittikten sonra bile uyuyamıyorsun.

Senin durumun bu. Ama ya Cecilia? Onun bahanesi ne? O neden bu kadar üzgün?

Akşam yemeğinde Cecilia tabağındaki yemek bitene kadar bekledikten sonra babasına dönüyor.

"Bundan kurtulmanın gerçekten hiçbir yolu yok mu?" diye soruyor.

Babası, bu konuşmayı ilk kez yapmadıklarını gösteren bir tavırla içini çekiyor.

"Bu hoş bir şey, Cecilia. Bazen insanlar senin için hoş şeyler yapmak isterler ve buna izin vermek nazik bir tavırdır."

Cecilia, "Ama Noel tatilindeyiz," diye üsteliyor. "Bizi Noel tatilinde rahat bırakamazlar mıydı?"

Babası kaşlarını çatıyor. "Dinle," diyor. *Ne baba ama.* "Bütün gün çalıştım. Yorgunum. Bunu yeniden konuşmak istemiyorum. İnsanlar seni seviyor. Beni de seviyorlar. İyi insanlar olduğumuzu düşünüyorlar ve bizim için bir parti vermeye karar vermişler. Bu beni de çok heyecanlandırmadı. Ama hayat böyledir."

Cecilia bakışlarını kaçırıyor. Sen, o ve Cecilia, hepiniz onun kazandığını biliyorsunuz ama o yine de konuşmaya devam ediyor. Cecilia'ya, "Bu evi nasıl bulduğumuzu hatırlıyor musun?" diye soruyor. "Yargıç sayesinde. Bizim için nüfuzunu kullandı çünkü bizi seviyor. İnsanlar seni sevdiğinde, hayat kolaylaşır."

Cecilia, "Sadece..." diye mırıldanıyor. "Bunu burada yapmak zorundalar mı? Ön bahçede?"

Babası omzunu silkiyor. "Yapmak istedikleri bu. Onlara izin verelim."

Bahçe mi?

Duyduklarından bir anlam çıkarmaya çalışıyorsun.

Bu adam, bu kasabada? İnsanların en karanlık sırlarına bu kadar yaklaşmasına izin mi verecek?

Bir şey planlıyor.

Yoksa bundan kurtulmanın bir yolunu bulurdu. O kendi istediği sebeplerle, kendi istediği şeyleri yapan bir adam.

Bir şey planlıyor.

Kulübenin dışında hayatta kalmanın onuncu kuralı: Ondan bir şeyler öğrenebilirsin. Sen de planlar yapabilirsin.

Bir gece daha hiç uyumadan yatıyorsun. Kendini yatar hâlde kalmaya zorluyor, sırtını yatağa bastırıyorsun. Bacaklarından bir elektrik akımı geçiyor, göğsünün içinde bir huzursuzluk dolaşıyor. Daha erken saatlerde, o yokken egzersizlerini yaptın. Bacaklarını, kollarını yordun. Seni uyanık tutan şey bedenin değil. Bozuk bir pusula gibi, sürekli her yöne dönüp duran zihnin.

Bir parti. Bir parti olacak. İnsanlar, bir sürü insan. *Burada. Bahçede.*

O her şeyi kontrol altında tutmakla çok meşgul olacak. İnsanların kalmaları gereken yerlerde kaldığından emin olmaya odaklanacak. Planı her neyse, istediği gibi yürümesini sağlamaya odaklanmış olacak.

Ve etrafta gözler olacak. Her yerde bir sürü göz olacak.

Beynin, kendini aşırı yorma noktasına kadar düşünüyor. Çocukken erkek kardeşinin legolarıyla yaptığın gibi, düşünceleri birbirine uydurmak için her yolu deniyor. İki parçayı birleştirip yeniden ayırıyor. Kocaman bir şey inşa edip onun yıkılmasını izledikten sonra yeniden inşa etmeye başlıyor.

O kadın senin kolyeni takıyordu.

Emily. İsmi beyninin içindeki uğultuda yükseliyor.

Bu o. O olmalı. Partinin sebebi, onun herkesin buraya gelmesine izin vermesinin sebebi. Soymak üzere olduğu bir banka gibi onun etrafında dolaşıyor, onu izliyor.

Kutuların içindeki kadınlar gürültü etmeye başlıyor. *Ne yapman gerektiğini biliyorsun,* diyorlar. *Onun da ölmesine izin mi vereceksin?* Onlara, *Lütfen, bir saniye durun, düşünmeme izin verin*, demek istiyorsun ama bunu yapamıyorsun. Yapamıyorsun çünkü parmakların yanıyor, boğazın yanıyor ve dışarıda bir kadın var; onu oturma odasında gördün, onunla tanıştın, hoş biri olduğunu düşündün ve hoş biri değilse bile yaşamalı. Yaşayabildiği kadar uzun süre yaşamalı.

Yan dönüp yastığı başının üzerine çekiyorsun. Bağlı olmayan elinle bastırıyor, neredeyse nefes almanı zorlaştıracak kadar itiyorsun. Sonunda geriye sadece kulaklarında atan nabzının ve boğazının gerisindeki hafif oksijen akımının sürtünme sesi kalıyor. Ağzını açıp dişlerini yastığa geçirerek yatağa sessiz bir çığlık gömüyorsun.

67. BÖLÜM

Sekiz Numara

Eşi ölüyordu. Yine.

Ben de ölüyordum.

Doktorlar bana bunu söylediğinde, aklıma tek bir yer geldi.

Hudson Nehri'nin kıyısında, sıra sıra ağaçların ardında, dünyanın geri kalanından gizlenmiş o küçük koy. Orada olduğunu bilmiyorsan, onu göremezdin bile. Ama bilirsen, cennetin anahtarları senin olurdu.

Bir "Denize Girilmez" tabelası vardı ama kimse onu umursamıyordu. Burası, suyun altına dalmaya uygun bir yerdi. Burası kumlarda oturmaya, kayıkla açılmaya ve birayla dolu buzluklara uygun bir yerdi.

Geriye kalan zamanımı geçirmek istediğim yer burasıydı. Üzerimde sadece mayom ve hasır şapkam olsun istiyordum.

Bir akşam beni buldu.

Ben başka şeylere odaklanmıştım. Ölüyordum ve bunu kabullenmeye çalışıyordum.

Onun gibi bir adamın meseleyi kendi kontrolüne almasını beklemiyordum.

Biliyorum. Biliyorum. Ne olursa olsun, çoğundan daha erken ölecektim.

Yine de benden aldığı şey çok önemli.

Bir ömür boyu etrafta koşturup diğer insanları mutlu etmeye çalıştıktan sonra, bu benim son şansımdı.

Bunun, benim zamanım olması gerekiyordu.

68. BÖLÜM

Evdeki Kadın

Açıklayamazsın. Cecilia'ya hiçbir şey söyleyemezsin.

Kendisinin anlayacağına güvenmen gerekiyor.

Ertesi akşamüstü ikiniz yalnızken Cecilia sana, "Keşke şu partinin burada olması gerekmeseydi," diyor.

Kafanın içinde ona, *Biliyorum*, diyorsun. *Ama olacakları bilseydin... Muhteşem olacak.*

Onun konuşmasına izin veriyorsun. "Aslında hiç olmamasını istiyorum. İnsanların nazik davranmaya çalıştığını biliyorum ama..."

Sesi kısılıyor.

Ona, "Anlıyorum," diyorsun. "Ben de kalabalıkları çok sevmem."

Cecilia başıyla onaylıyor. "Açıkçası, muhtemelen her fırsatta odama kaçacağım. Biraz dinleneceğim, anlıyor musun?"

Başını sallama sırası sende.

Anlıyorum, ufaklık. Bir ara vermeye ihtiyaç duymanın nasıl bir his olduğunu hatırlıyorum.

Yeniden bodruma iniyorsun. Fotoğraflara bakmıyorsun; onlar, içindeki bütün hayat enerjini emiyor ve senin boşa harcayacak enerjin yok.

İlgilendiğin şey silah. Onu eline alıyorsun. Ağırlığını hissediyorsun. Ona alışıyorsun. Bir şarjörü takmaya çalışıyorsun. Yanlış takıyorsun. Yeniden deniyorsun. Bunu daha önce hiç yapmadın ama bunu kimsenin bilmesine gerek yok.

Silah avucuna yerleştiğinde, içinde bir güç dalgası yükseliyor. Bir sürü şey yapabilirsin. Ona uykusunda, gizlice yaklaşabilirsin. Nişan alıp tetiği çekebilirsin. Kaç kurşun harcaman gerekir? Doğru yere isabet ederse sadece bir. İki, üç, beş. Bu konuda hiçbir fikrin yok.

İstediğin şey bu değil. Yatak örtülerinin kana bulanması. Yastıkların üzerine dağılan beyni. Koridorun diğer ucundan koşarken uyku sersemi, şaşkına dönmüş hâlde halıya takılıp düşen Cecilia. Bu hiç unutmayacağı bir görüntü olur; babasının cesedi ve elinde hâlâ sıcak olan silahla orada duran sen. Peki ya sen? Hapse girersin. Yine bir yerde kapana kısılırsın.

Dünyanın senin gibi insanlara nasıl fırsatlar sunduğunu biliyorsun. Hayal edebildiğin en iyi sonuç şu: O canlı ve turuncu bir hapishane giysisi giymiş. Bir mahkeme salonunda, el ve ayak bileklerinden zincirlenmiş hâlde duruyor. Gazete manşetleri bütün dünyaya onun yaptıklarını anlatıyor. Bu tam olarak doğru değil ve bunların olmasını istediğinden hiç emin değilsin. Ama tek seçeneğin bu ve bunu kabul edeceksin.

Burada, bu evde ilk kez –ilk ve son kez– kendi adına karar vereceksin.

İstediğin tek şey: bundan sonra, dünyada var olmanın bir yolunu bulmak. Her gece uyanıp öldürdüğün adamın hatırası tarafından rahatsız edilmediğin bir hayat. Çünkü onu öldürmek asla peşini bırakmaz. Sen o değilsin. Hiçbir zaman da olmayacaksın.

Kızının hayatını, kendisinin etrafında dönecek şekilde tasarlamış. Ve bir gün, onu kızının elinden alacaklar. Babasının ona verdiği hayat, sığ mezarların üzerine kurulu ve bir gün ölüler yerlerinden kalkıp ayaklarının altındaki zemini baş aşağı çevirecek.

Cecilia akşam yemeğinde mutlu. Yeterince mutlu. Günün büyük kısmını kitap okuyarak geçirdi. Rosa'ya yeni bir numara öğretti. Şimdiye kadar *Jepoardy!*'de beş soruyu doğru yanıtladı. Belki de bu gece ona umut veriyor. Belki de bu gece ona, bir gün hayatın yeniden neşeli olacağını söylüyor.

Yemek masasında sana dönüyor. İçinde bir şey soluyor sanki. Kendi canlılığından utanıyor olabileceğini tahmin ediyorsun.

Ona, *Bu sorun değil*, demek istiyorsun. *Mutlu olmalısın. Mutlu olmayı hak ediyorsun. Sen sadece bir çocuksun. Yanlış hiçbir şey yapmadın.*

Bunların hiçbirini düşünmek zorunda kalmadan büyümeyi hak ediyorsun. Sen bir genç kızsın. Hayat fazlasıyla kısa süre sonra seni kötü adamlar hakkında eğitecek.

Bir gün, babanın da onlardan biri olduğunu öğreneceksin.

Suçlayacak birine ihtiyacı olacak. Çünkü canı yanacak ve canın yandığında, bunu kimin yaptığını bilmek insana yardımcı olur. Bunu gece kulübünde geçirdiğin o gece bilseydin, belki de şehirde kalabilirdin. Sana bir yüz ve bir isim verilseydi. Saldırgan bir dünya yerine tek bir kişi. İyileşirdin ve hiçbir zaman babasıyla tanışmazdın. Hayatın hâlâ sana ait olurdu.

Cecilia'nın da suçlayacak birine ihtiyacı olacak ve bu babası olmayacaksa sen olacaksın.

Cecilia. Sana yapmak üzere olduğum şey için çok özür dilerim.
Hayatına yapmak üzere olduğum şey için çok özür dilerim.
Belki bir gün anlarsın.
Umarın hepsini senin için yaptığımı biliyorsundur.

O gece, her zaman yaptığın şeyi yapmayı planlıyorsun. İşini bitirmesini beklemeyi planlıyorsun. Rachel olmayı planlıyorsun. Seni hayatta tutan şeyleri yapmayı planlıyorsun.

Ve bunu deniyorsun. Ama o seni karanlıkta bulduğunda, sen alt kattaki kadınları düşünüyorsun. Onun kızını düşünüyorsun. Kendini ve senin gibileri düşünüyorsun.

Daha önce hiç kendine bunu hissetme izni vermedin. Bunun tehlikeli olacağını biliyordun. Bunun, küçük damlalar hâlinde akıtılamayacak, ancak bir tsunamiyle dışa vurulabilecek bir öfke olduğunu biliyordun.

Seni yatağın çerçevesine kelepçelemeye çalışıp başaramıyor. Metal derini çiziyor. Bileğini geri çekiyorsun; bu bir içgüdü, insanlar biri canlarını yaktığında hep bunu yapar. O kolunu sımsıkı tutup sabitliyor. Bu da bir içgüdü. Bedenini, tüm parçalarını, olmalarını istediği yerde tutuyor.

Burada yapılacak en akıllıca şey ona izin vermek. Her koşulda seni kelepçeleyecek, o zaman bunun ne önemi var ki? Ama bu gece önemi var. Bu gece, dizlerinin üzerinde doğrulup kelepçeyi çekiyorsun. Bileğin onun elinden kurtuluyor. Elleri hemen sana uzanıp seni sabitlemek için kullanabileceği dirseklerin, omuzların gibi parçalarına uzanıyor. Ona direniyorsun. Seni tutamayacağı bir yere kaçıp ayağa kalkıyor, avucunu kendinden uzaklaştırıyorsun. Hareketlerin seni şaşırtıyor; çok hızlı ve çok isabetliler. Kas hafızası. Gizli egzersizlerinle uzun bir uykudan uyandırdığın bedenin.

O iki elini uzatıp üzerine geliyor ve sen korkmayı unutuyorsun. Sadece öfkelisin.

Bu sessiz, pervasız ve umutsuz bir mücadele. Elin göğsüne değiyor. İtiyorsun; bu oldukça güçsüz bir darbe ve onu neredeyse hiç sarsmıyor. O, yerinden kıpırdamayacak kadar güçlü bir adam. Darbe ona neredeyse hiçbir şey yapmıyor ama senin için çok önemli.

Yeniden kontrolünü kazanıyor; elbette kendini toparlıyor. O ve sen çok farklısınız. Önce bir, sonra iki kolunu yakalayıp onları büküyor ve sen buruşan bir yaprak gibi yere yığılana kadar kıvırıyor. Ama sık nefesler alıyor ve sırtına dayadığı kalbi hızlı, yüksek sesli ve panik hâlinde atıyor. Bunu sen yaptın; birkaç saniyeliğine onun elinden kurtulmayı başardın ve bu onu korkuttu.

Bu adamı dehşete düşürdün. Kalbinin hızlanmasına sebep oldun.

Sıkılmış dişlerinin arasından öfkeyle verdiği nefesiyle, "Sen ne halt ediyorsun, kaltak?" diye fısıldıyor.

Kollarını büküp daha da sıkı tutuyor. Teslim oluyorsun. Artık teslim olabilirsin. Artık teslim olmak zorundasın.

Ona, "Özür dilerim," diyorsun. Bu büyük bir yalan. Bu bir şifre; bir sonraki günü görebilmek için yaptığın bir bağlantı.

Nefesin yavaşlıyor. Ne yaptığını, güneşe ne kadar yaklaştığını fark ediyorsun. Bir aptal gibi, kanatlarını yapışık tutan balmumunu hiç düşünmeden. Yeniden, "Özür dilerim," derken, bunun içinde biraz gerçeklik payı var. "Ne düşündüğümü bilmiyorum."

Yeniden kelepçelerin kontrolünü ele geçirip seni yatağa bağlıyor.

Bedenin ne kadar da güçlü. İçinde böyle bir güç olduğunu bilmiyordun. Onu öyle itebilme gücü. Karşı koyma gücü.

Parmaklarını ensene götürüp saçını yumruğunun içine aldıktan sonra çekiyor. Başın geriye savruluyor. O, yüzünü seninkine yaklaştırıyor.

"Epey taşaklı olduğunu biliyor musun?"

Başını sallamaya çalışma. Açıklamaya çalışma. Sadece konuşmasına izin ver.

"Kaybolmuştun. Sikik bir yerde yapayalnızdın. Seni ben buldum." Hafif bir darbe. "Hayatta olmanın tek sebebi benim. Ben olmasam sana ne olacağını biliyorsun, değil mi?"

Hiçbir şey. O söylediğinde etkilenmemek için sözcükleri zihninin içinde tekrarlıyorsun. *Ölmüş olurdun.*

"Hiçbir şey. Ölmüş olurdun."

Onu dinleme. Beyninin içine girmesine izin verme.

Başını iterek saçlarını bırakıyor.

Yeniden, "Özür dilerim," diyorsun. Bunu gerekirse beş yüz kez söyleyebilirsin. Özür dilemenin sana bir maliyeti yok.

"Kapa çeneni. Bunu yapabilir misin? Bir saniyeliğine o sikik çeneni kapatabilir misin?"

Yatak çerçevesine dayanıyorsun. Sana bakıp başını iki yana sallıyor.

Senin dışında planları var. Fotoğrafları gördün. Bodrumundaki Emily'nin polaroitleri, kutular ve çalışma tezgâhının üzerindeki aletler.

Onu itmek bir hataydı. Onu böyle korkutmak. Bundan tam olarak pişman değilsin. Ama dikkatli olmalısın.

Çok yaklaştın.

69. BÖLÜM

Evdeki Kadın

Sana her şeyin nasıl olacağını açıklıyor.

Bunu daha önce Cecilia'yla karşında tartışmamışlar gibi, "Bir parti olacak," diyor. Sanki sadece onun duymanı istediği şeyleri duyabiliyormuşsun gibi.

Başını sallıyorsun.

"İnsanlar buraya gelecek. Ön bahçeye. İçeri girmeyecekler. Beni duyuyor musun?"

Ona duyduğunu söylüyorsun.

Yatak odasını kastederek, "Sen burada olacaksın," diyor.

Buna hiç şaşırmadım, demek istesen de yine başını sallıyorsun.

"Her şeyi her zamanki gibi yapacağız."

"Anladım," diyorsun.

Kelepçene dokunuyor.

"Bana ismini söyle."

Yine mi bu? diye düşünüyorsun ama beynin ne yapması gerektiğini biliyor. Seni hayatta tuttuklarında, kelimelerin özel bir gücü var.

Sen Rachel'sın. Seni o buldu.

Ona, "İsmim Rachel," dediğinde, göğsünden bir yük kalkıyor. Sanki yalan söylüyordun ve az önce gerçeği itiraf ettin.

Bildiğin tek şey, onun sana öğrettikleri. Sahip olduğun tek şey, onun sana verdikleri.

Gerisini sormaya ihtiyaç duymuyor.

"Kısa zaman önce buraya taşındım. Kalacak bir yere ihtiyacım vardı ve sen bana bir oda kiralamayı teklif ettin."

Başıyla onaylıyor. Seni omuzlarından tuttuğunda parmakları derine batıyor, altındaki kaslara baskı yapıyor. Kendini senin içine gömüyor.

Sana, "Çığlık atmayacaksın," diyor. "Hiçbir şey söylemeyecek ya da yapmayacaksın. Bunu yaparsan, seni ormana götürürüm. Her şey biter."

"Anlıyorum," diyorsun.

"Güzel." Sonra, mesajını net olarak verdiğinden emin olmak için ekliyor: "Sessiz olacaksın. Çıtını bile çıkarmayacaksın."

Bir kez daha başını sallıyorsun.

Yalan söylemiyorsun. O haklı.

Bunu yapmayacaksın.

70. BÖLÜM

Dokuz Numara

Utanmadan, benden korkuyormuş gibi görünüyor.

O. Korkuyor. *Benden.*

Ne beklediğini bilmiyorum.

Belki daha büyük olacağımı düşünmüştü. Ya da daha genç.

Kim bilir?

Ben bilmiyorum.

Onu, bunun için uğraşmak zorunda bıraktım. Savaştım. Öyle reflekslerim olduğunu bilmiyordum. Tam da ihtiyacım olduğu anda ortaya çıktılar. Bana doğru eğildiğinde, dirseğim doğrudan onun burnuna ulaşabildiğinde.

Kolumu savurdum.

Kemiklerim ona değemeden kaçtı. Ama bunun, bu küçücük şeyin üzerinde yarattığı etki, sarsılmasına sebep oldu. Diğer tarafta bir yaşam belirtisi.

Şaşırdı.

Sanırım benden çok kendine öfkelendi. Bana bir kızı olduğunu söyledi. *Yanımda biri var. Bir kiracım. Bir hayatım var.*

Bana bir hayatı olduğunu söyledi. Ben, benim de bir hayatım olduğunu söylemedim.

Bunu biliyordu.

Sonra, yaptı. Savaştım ama sonunda yine de yaptı.

Sanki şeytani bir güç olduğuma ve sonumu getirmesi gerektiğine inanıyordu.

Hatırladığım son şey: Karşısında bir boşluk varmış gibi yüzüme bakıyordu.

Bedenime, bu her şeyin sonuymuş gibi tutunuyordu.

71. BÖLÜM

Emily

Ev güzel görünüyor. Sonunda. Sophie'yla birlikte günün daha erken saatlerinde bahçeye, bitkilerinin ve bahçedeki tek ağacın etrafına ışık kabloları çekmek için buraya geldik. Restoranın ısıtıcılarını açtığımızda, çelik kafeslerin içinde yüksek alevler belirdi. Önceki gece iki-üç santim kadar kar yağmış ve bir kısmı toprağa tutunmuştu.

Etrafı incelerken moralim biraz düzeldi.

O kapıda. İnsanlara nereye park edeceklerine dair talimatlar veriyor, onları Sophie'yle birlikte getirdiğimiz sıcak şaraba yönlendiriyor. Herkes neşeli ve çok sıkı giyinmiş. Bu, fermuarını kulaklarına kadar çektiği paltosu ve her zaman taktığı o gri şapkasıyla onun için de geçerli.

Ona uzun süre bakamıyorum.

Bana verdiği atkıyı takıp takmamayı düşündüm. Çok açık davranmak istemedim. Ama sonuçta, bunu bana o vermişti. Ve bu iyi bir atkı. İnsanı gerçekten sıcak tutanlardan. Onu takarsam, insanların bunu göreceğini düşündüm. Boynumda onun atkısını tanıyıp bazı noktaları birleştirebilirlerdi.

Ayrıca, onu bir gün geri alacağını söylemişti. Belki de o gün bugündür. Belki atkıyı takarsam, benimle konuşur.

Atkıyı takmaya karar verdim.

Şu an üzerimde beyaz, uzun paltom ve iyi kar botlarımla

birlikte o atkı da var. Şapkayla saçlarımı bozmamak için kulaklık taktım. Kendimi toparlamama, yorgun görünmememe yetecek kadar makyaj yaptım.

Sophie'yle birlikte buraya geldiğimizde beni karşılamak için sarıldı. "Gelebilmene çok sevindim," dedi. Ellerinin kollarımda, gerekenden biraz daha uzun kaldığına inanmak istiyorum ama bundan emin değilim.

Yargıç'tan Bay Gonzalez'e kadar herkes burada. Eric ve Yuwanda bile gelmeyi başardı. (Eric gruba attığı mesajda, "Dul adamın evinde parti mi var?" yazmıştı. "Hayatta kaçırmam.")

Kızı da burada. Üzerinde mor, pofuduk bir kaban var ve beyaz bir atkı, yüzünün alt kısmını kapatıyor. Saçı annesininki gibi uzun, kızılımsı. Annesinin çillerini de almış. Bazen kızında ona benzeyen şeyleri görmekte zorlanıyorum. Başka koşullar altında, o başka türlü bir adam olsaydı, eşiyle birlikte başka bir çift olsalardı, kızının gerçekten ondan olup olmadığını merak edebilirdim.

Kasabada gördüğüm birkaç çocukla birlikte bir köşede duruyor. Pek sosyalleşmiyor. Babasının da o yaşta olduğunu tahmin ettiğim gibi, utangaç bir yapısı var. Bazen hâlâ olabildiği gibi.

Onu dikkatlice inceleyince fark ediliyor. Kendini toparlamak için nasıl küçük molalar verdiği. Konuşmasını bitirip bir köşeye çekildikten sonra, devam etmeye hazırlanmak için şakaklarını ovuşturduğu.

İçeriye girmememiz gerekiyor. Bu konuyla ilgili aldığımız e-postadaki tek koşul buydu. Yargıç, "Aidan bizden, partiyi ön bahçede tutmamızı rica ediyor," yazmıştı. "Hepimizin buna uyacağını umuyorum. Tatil dönemi yüzünden hepimiz çok meşgulüz ve kimse için gerekenden fazla iş çıkarmak istemeyiz."

Bu yüzden dışarıda kalıyoruz. Onun dışında hepimiz.

O bunu gizlemeyi başardığını zannediyor ama ben fark ettim.

Verdiği kısa molalar ve şakaklarını ovuşturmalarına ek olarak iki kez gizlice içeriye girdi. Yeniden dışarıya çıktığında kapıyı kilitledi. İçeride herhangi bir şey yapmış olsaydı, belki de bunu fark etmezdim. Elinde kâğıt bardaklar ya da peçetelerle dönseydi. Ya da bir konuğa ödünç vereceği bir kazakla.

Ama ben bir pencereden, camla perdelerin arasında kalan o küçük boşluktan içeriyi gördüm. Aidan içeri girip sadece orada durdu. Merdivenlerin altında, kıpırdamadan. Başını üst kata çevirmişti. Dinliyordu.

Neyi dinliyordu?

Evi ve içinde yaşayanları düşünüyorum. Kuzeni olmayan kuzenini. Şu an hiçbir yerde göremediğim o kadını.

Yargıç onu geçen yaz evlendirdiği bir çiftle bir konuşmaya sürükleyene kadar bekliyorum. Kimse bana bakmıyor.

Eve giriyorum. Yedek anahtar için daha iyi bir yer bulma planını uygulamamış. Bunu henüz yapmamış.

Sanki benden korkmuyor. Bu bilgiyle neler yapabileceğimden endişelenmiyor.

İçeri giriyorum.

72. BÖLÜM

Evdeki Kadın

Her adım doğaçlama olacak. Atacağım her adım soru işaretleri ve görülmeye değer bir hata ihtimalinin ağırlığıyla dolu.

Parti bu gece. Daha erken saatlerde gelip seni radyatöre kelepçeledi. Balo gecesi Cinderella'nın üvey annesinin yaptığı gibi, anahtarı cebine koydu.

"Konuştuğumuz şeyleri unutma," dedi.

Ona, "Tamam," dedin. "Anladım."

Kısa bir süre düşündü. "Ortamda müzik olacak. Dışarıda. İnsanlar birbiriyle konuşacak. Sohbet edip yemek falan yiyecekler. Meşgul olacaklar."

Ona, *Biliyorum*, demek istiyorsun. *Bana, kimsenin beni kurtarmaya gelmeyeceğini söylemene gerek yok.*

Yolun diğer ucundan yaklaşan arabaların seslerini duymayı bekliyorsun. Sesleri ve selamlaşmaları. Müziği. Beklenti dolu gözleri ve kanayan yürekleriyle, onu ve kızını sevgiye boğmaya hazır konukları.

Öncelikle çengelliiğne var. Onu, burada olmadığı akşamüstü saatlerinde çekmeceden alıp spor sutyeninin dolgusuna sakladın. Yıllarca dolgulu sutyenleri küçümsedikten sonra şu hâline bak.

Hep, doğru an geldiğinde bundan emin olacağına inandın.

Bu gece, kesin olarak bildiğin şeyler var. Onun kimlere neler yaptığını biliyorsun. Yedek silahını nerede tuttuğunu.

Kızının sana geldiğini sen biliyorsun ama o bilmiyor. Sana ped ve çengelliiğne verdiğini.

Farkında olmadığı şey şu: Sen artık, dünyanın sadece başına bir şeyler gelen bir yer olmadığını biliyorsun. Senin de dünyada bir şeyler yapabileceğini.

Onun içeri girdiğini duymadın ama bunun bir olasılık olduğunu kabul etmen gerekiyor. Çok dikkatli ve kendine güvenerek çalışmalısın.

Kelepçenin iki kilidi var. Senin sadece birini açman yeterli. Sana en yakın olanı. Bileğindekini.

İğneyi kilide yerleştir.

İhtiyacın olan ruhları çağır. Matt. YouTube'daki adam. Sana kilitler hakkında öğrettikleri her şeyi hatırla. Merdivenlerin altındaki kapıyı açmaya çalışırken hatırladığın her şeyi.

Bu farklı bir kilit. Ama bu mekanizmaların hepsinin birbirine benzeyen bir yanı var: insanları bir yere kilitlemek için birbirinin içine geçen metal parçaları. Onların hepsini biliyorsun.

Daha iyi bir açıya sahip olmak için kelepçeli bileğini duvara dayıyorsun.

Odaklan.

Aslında ne eski erkek arkadaşın ne de YouTube'daki adam sana kilitlerin nasıl çalıştığını açıklamak konusunda çok iyi bir iş çıkardı. Gösterdikleri örneklerde hep, kendilerini bunun gizemine teslim etmek zorunda kaldıkları bir noktaya geliyorlardı. Büyülü düşünceler devreye giriyordu. Aletleri mantıklı zihninle yerlerine yerleştir, sonra görevi kalbinin devralmasına izin ver.

O kilidin üzerinde, bir cerrahın insanlar üzerinde çalıştığı gibi çalışmalısın. Onu tanımalı, parça parça açmalısın.

Buradan geri dönüş yok. Aksiliklere yer yok. Kazandığın her zaferin sonsuza dek sürmesi gerekiyor.

Kelepçenin içindeki bir şeyin neredeyse pes ettiğini hissediyorsun. Kalbin hızla çarpmaya başlıyor. Nefes alıyorsun. Uğraşmaya devam ediyorsun.

Kelepçe bileğinden çıkıyor.

Radyatöre çarpmadan önce onu yakalıyorsun.

Sessiz olacaksın. Çıtını bile çıkarmayacaksın.

Artık odadan çıkıyorsun. Artık, bir gün insanlara, *O çok cesurdu*, dedirtecek şeyleri yapmaya başlıyorsun.

Tek parmağınla perdeleri hafifçe yana itip pencereden dışarıya bakıyorsun. Aşağıda insanlar var. Onun çimlerine basıyor, alanını işgal ediyorlar. O her şeyin tam ortasında. Onu arkadan görüyorsun ama ellerinin hızla hareket ettiğini, sözcüklerinin ritmiyle bedeninin eğilip büküldüğünü seçebiliyorsun. Gösteri yapan bir adam.

Cecilia. Ona bakamıyorsun. O, köşede duran lavanta rengi, bulanık bir görüntüden ibaret. Siyah ve griden oluşan bir denizde pastel renkli bir yumru. Yuvasından düşmek üzere bir kuş.

İşte o an yatak odası kapısının kilidini içeriden açıp parmaklarını kulpa sarıyor ve onu çeviriyorsun.

İşte o an inanmaya başlıyorsun. Konuklarının ona hiçbir şey söylemeyeceğine. Gitmen gereken yere zamanında ve rahatsız edilmeden ulaşacağına.

Dışarı çıktıktan sonra kapıyı arkandan kapatıyorsun.

Bu çok kolay. Bunu daha önce sayısız kez yaptın. Koridor boyunca ilerliyorsun. Burada kimse yok. Burada kimsenin olmadığını biliyorsun. Sonra merdiven: Adım adım inmeye başlıyorsun. Kendini görünmez hâle getirebilirmişsin gibi kamburunu çıkarıyorsun.

Çabuk ol. Burada en önemli şey bu. Çabuk olursan seni göremezler. Fark edemezler. Bir hayalet olursun. İnsanlar, *Sanki bir şey gördüm*, der. *Ama sanırım önemli bir şey değildi.*

Bunu nasıl yapacağını biliyorsun. Son beş yıldır zaten bir hayalettin.

Oturma odasına geliyorsun. Başın dönüyor. Kendini toparlamaya vaktin yok. Ne yaptığını düşünmeye vaktin yok. Ne olacaksa bunu şu an yapmak zorundasın.

Bir kat daha var. Çengelliiğneyi kullan. Kapıyı aç. Bunu son kez yapıyorsun. Her şey planladığın gibi gitse de, gitmese de. Bu bodruma son kez iniyorsun. Son kez bu evin içindesin.

Sadece ihtiyacın olan şeyleri al.

En başta silah. Onu kot pantolonunla teninin arasına, beline sıkıştır. Şarjörler. Ne yapman gerektiğini biliyorsun. Silahı doldur.

Hayır.

Ellerin duruyor.

Çünkü Cecilia karanlık bir denizin içindeki lavanta rengi bir yumru ve başına geleceklerin hiçbirini hak etmiyor.

Çünkü sen küçük bir kızın önünde dolu bir silahı doğrultamazsın.

Buradan canlı kurtulman gerekiyor. Hem içsel hem de çevresel olarak. Kendi tenini ele geçirmen, yüzünü dünyaya göstermen gerek.

Silahı al. Şarjörleri alma. Polaroitleri al. Pantolonunun arka cebinde, silah gibi gri kapüşonlu svetşörtün altına gizlenmiş dikdörtgen fotoğraflar. Güvence. Ne olur ne olmaz.

İşte bu onunla vedalaşacağın an.

Hoşça kal. Hayatta kal. Hayatta kalmana ihtiyacım var.

Kutuları yana itip yeniden üst kata çıkıyorsun. Kapıyı iterek açtığında...

Siktir.

İçeride biri var.

Kapıyı kapatıyorsun. Yeniden hafifçe aralıyorsun. Sadece bakabileceğin kadar.

Bu, o.

Lanet olsun, Emily, lanet olsun.

Etrafı karıştırıyor. Elbette etrafı karıştırıyor.

Belindeki silahın ağırlığını hissediyorsun. Karnına batan çıkıntılarını, metalin etinin içine işleyişini hissediyorsun.

Etrafı karıştırıyorsa, birazdan gidecek demektir. Bir yere gizlice giren insanlar, orada uzun süre kalmayı göze alamazlar.

Emily elini koltuğun sırtında dolaştırıyor. Sehpada duran karton kapaklı bir kitabı eline alıp yerine bırakıyor. Saçları ışıl ışıl ve yanakları kızarmış; beyaz, uzun paltosunun içinde ısınmaya çalıştığını tahmin ediyorsun.

Sonunda banyoya yöneliyor.

O gözden kaybolmak üzereyken ön kapı açılıyor. Siktir. Siktir. *Siktir*.

Aklın alt kattaki kutulara, orada bıraktığın şarjörlere kayıyor. Boş silahına. Mermi almaya dönmek için çok mu geç kaldın?

Nabzını boğazında hissediyorsun. Ellerin terliyor. Kayganlaşıyor. Bunu, kayan ellerle yapamazsın. Belki de bunu hiçbir zaman yapamazsın.

Serin bir hava dalgası. Tutulan ve bırakılan bir nefes.

Gelen Cecilia.

Emily irkiliyor. Cecilia da irkiliyor. Seni şaşırttıkları gibi, birbirlerini de şaşırttılar. Üçünüz de olmamanız gereken yerlerdesiniz.

Cecilia, "Ah," diyor. "Selam."

Emily de ona, "Selam," diyor. Sesinde özür diler gibi bir tonla, "Sadece tuvalete gidecektim," diye ekliyor.

Cecilia başını sallıyor. "Tamam. Ben..." Tereddüt ediyor. "Benim sadece biraz uzaklaşmaya ihtiyacım vardı."

Bu senin için iyi. Cecilia'nın partiden bu kadar erken sıvışmasını beklemiyordun. Yatak odana dönüp elinde silahınla bekleyecektin. Ama şimdi... Şimdi Cecilia burada. Artık ilerleyebilirsin.

Önce Cecilia'nın üst kata çıkan ayak seslerini duyuyorsun, sonra hiç ses gelmiyor. Aralık bir kapının ardındaki fark edilmemiş bir siluet, hayaletli bir evdeki ruh gibi, biraz daha dinliyorsun.

İçerisi sessiz. Dışarıda, boğuk insan sesleri ve bir pop şarkısının basları var.

Buradan çıkma vakti geldi.

Kapıyı kapatıyor ama kilitlemiyorsun. Bu, inancına dayanarak yaptığın bir eylem; onun dünyasında yaratacağın rahatsızlığın tohumlarını ekiyorsun. Bu, bir intikama da benziyor: Bu kez eşyalarını bulduğun gibi bırakman gerekmiyor. Bu nasıl sonuçlanırsa sonuçlansın, buraya geri dönmeyeceksin.

Bir, iki, üç adım ve sonra içinden yükselen bir güç... yakıcı bir pişmanlık, seni bodruma geri çeken, o kapının diğer tarafına hiç geçmemiş olmayı dilemene sebep olan görünmez bir ip.

Hata yaptın. Yanlış hesapladın. Duyduklarını yanlış yorumladın. Her şeyi mahvettin. Emily hâlâ burada, oturma odasında. Canlı, hareketli ve hafifçe açıp sana diktiği gözleriyle çok güzel.

"Ah, selam," diyor.

Sen de ona, "Selam," diyorsun çünkü başka ne diyebilirsin ki?

Sana, "Sadece tuvaleti arıyordum," diyor.

Arkasındaki kapıyı işaret ediyorsun.

"Orada."

Arkasına bakıyor. Dilini şaklatıyor. "Tamam. Teşekkür ederim."

Arkasını dönüyor, senin gibi bir, iki, üç adım atıyor, sonra durup geri dönüyor.

"Dinle," diyor. "Aslında burada olmamam gerekiyor. Kimse içeri girmeyecekti. Ben sadece..." Düşünüyor. Muhtemelen sana söyleyebileceği en iyi yalanı bulmaya çalışıyor. "Çok fazla içtim." Gül rengi dudaklarını ısırıp kendi kendine gözlerini deviriyor. "Daha fazla tutamayacağım."

Ona bakıyorsun; ikiniz de gözüne far tutulmuş tavşanlar gibisiniz.

"Anlaşılır bir durum," diyorsun.

"Evet," diyor. "Bu yüzden, beni burada gördüğünü ona söylememeni rica etsem? Aslında bu çok da önemli değil, yani önemli olduğunu sanmıyorum ama onun... bilmemesini tercih ederim."

Gözlerini kırpıştırıyorsun.

"Söylemem," diyorsun. Sonra aklına bir fikir, bir pazarlık ihtimali geliyor. "Aslında, benim de burada olmamam lazım. Bu... karışık bir mesele."

Sonra hatırlıyorsun: *Sen onun kuzenisin. Onun kafasında, sen onun kuzeni, yalnızlıktan hoşlanan kuzeni, dünyada kimsenin bilmediği sebeplerle bahçedeki partiye katılmamaya karar vermiş kuzenisin. Meşgulsün. Utangaçsın. Kendi başına kalmayı seven birisin.*

Ona, "Biz karmaşık bir aileyiz," diyorsun.

Gülümsüyor. "Hangi aile değil ki?"

Onaylayarak başını sallıyorsun.

Güzel yüzünde bir gölge beliriyor. "Ama her şey yolunda mı?"

Yutkunuyorsun. "Her şey yolunda. Her şey iyi. Sadece, anlarsın ya. Aile meseleleri."

Başını sallıyor.

"Artık seni rahat bırakayım da tuvalete git," diyorsun.

"Tamam."

Emily kısa süre oyalandıktan sonra yüzünü arkasındaki kapıya dönüyor.

Birbirlerinin sırlarını saklayan iki kadın. Sessizce, birbirini rahat bırakmaya karar veren iki kadın.

Belki o da anlar. Belki de her şeyi onun için de yaptığını anlar.

Ama şimdi, işin seni sonsuza dek mahvedecek parçası geliyor.

Bu sadece vücudunun dışıyla deneyimleyebileceğin kısım. İçinde acı, üzüntü, herhangi bir şey hisseden her yeri kapattığın kısım.

Burası ondan öğrendiğin kısım. Bir asker. Planına sadık kalan biri.

Kapının yanında, her zamanki yerinde asılı duran bir anahtar var. Al onu.

Merdivenleri çık.

Cecilia'nın kapısını çal.

Cecilia sana içeri gelmeni söylemiyor. Bunun yerine sana kapıyı açıyor. Seni içeriye alıyor. Köpek odanın köşesinde, onun için hazırlanmış alanda uyukluyor. Konuklardan ve konuşmalardan uzakta.

O an, içinden bir parçayı koparıp sonsuza dek bu evin duvarlarının arasına bırakıyorsun. Belki de insanlar, yıllar sonra bunu duyacak. Geceleri affedilmeyi dileyerek, sevilmek için yalvararak ortaya çıkacak.

"Senin burada olduğunu fark etmemiştim," diyor. "Babam bu gece burada olmayacağını söylemişti."

Kapıyı arkandan kapatıyorsun.

Bu noktada rol yapmaya başlıyorsun. Gerçek görünmeli yoksa işe yaramaz. Gerçek görünmek zorunda yoksa hepiniz ölürsünüz.

"Çığlık atma," diyorsun.

Önce sana bakıyor, sonra elindeki silahı fark ediyor. Bedeni geriliyor. Geriye doğru bir adım atıyor. Bakışlarını yeniden sana çevirdiğinde, yüzünde sadece korku ve kafa karışıklığı var.

Belki de içindeki bir parça biliyor. Belki de bunu, boruların içinde dolaşan, evin temellerinin arasında bir yılan gibi gezen sıcak buhar gibi hissedebiliyor. Şiddet ihtimalini.

Belki de bir parçası bekliyordu ama senden geleceğini tahmin etmemişti.

"Çığlık atarsan, mutlu olmayacağım," diyorsun. Ona ait bu sözler, ağzında kirli bir tat bırakıyor. Dilin bunları söylemene zor izin verdi; bedeninin her parçası mücadele ediyor.

Sızlanan bir sesle, "Neler oluyor?" diye soruyor.

Bunu söyleyemem, diye düşünüyorsun. Pes etmeye başladığını hissediyorsun; midende bir hassasiyet oluşuyor, sözcükler boğazının arkasında birikiyor. Ona her şeyi söylemek istiyorsun. Onun anlamasını istiyorsun. Şunu anlamasını istiyorsun, sen asla...

Hayır.

Ona, "Bir geziye çıkıyoruz," diyorsun. Bu bir soru değil. Bir talep değil. Bu, geleceğe bakan biri.

Başını onaylar anlamda sallıyor. Her şey bu kadar kolay mı? İnsanlara bir silah doğrulttuğunda, söylediğin her şeyi yaparlar mı?

"Hiç sesini çıkarmayacaksın," diyorsun. "Koşmayacaksın. Çığlık atmayacaksın."

Sonra, söyleyebileceğin tek gerçeği söylüyorsun: "Söylediğim şeyleri tam olarak yapacaksın ve her şey yoluna girecek."

Yine başını sallıyor.

Ona söylemediğin şey şu: Bu, onun güvende olmasını sağlamanın tek yolu. Üzerinde sürekli gözler olmamasını.

Daha sonra bu geceyi düşündüğünde, şunu hatırlamasını umuyorsun: büyük bir kargaşa. Sen kötü bir şey yapıyorsun ve babası ondan uzaklaşıyor.

Kendisini, büyük bir haksızlığın kurbanı gibi hissedecek. Bu konuda haksız olmayacak. Bir gün hikâyenin tamamını öğrenecek. Bir gün her şeyi öğrenecek. Ama şimdi değil.

Boştaki elinle kapıyı işaret ediyorsun.

"Gidelim," diyorsun.

Gözleri köpeğe dönüyor. Sözlerini tekrarlamaya hazırlanıyorsun: *Sana gidelim dedim*. Ama bunu yapmana gerek kalmadan, Cecilia kendini toparlıyor.

Ona söylemediğin şey şu: *Keşke köpek de bizimle gelebilseydi. Umarım bir gün yeniden seni bulur.*

Cecilia merdivenleri iniyor ve ona çabuk olmasını söylemene bile gerek yok. Onu itmene ya da çekmene, silahı onu dayamana gerek yok. O sadece on üç yaşında ve sen elinde silah olan bir yetişkinsin; bunun bu kadar kolay olması, attığın her adımda içini parçalıyor.

"Dur," diyorsun.

Merdivenlerin ortasında, oturma odasına bakmak için duruyorsun.

Oda boş.

"Gidelim," diyorsun.

Arka kapıya ulaşıyorsunuz.

"Şimdi, şöyle yapacağız," diyorsun. Fısıltıyla konuşuyor, omuzlarını öne çıkarıyor, neredeyse yok oluyorsun. O her yerde olabilir. "Kamyonete gideceğiz. Sen beni takip edeceksin. Hiçbir şey yapmayı deneme, tamam mı?"

Sesinde bir rica tonu var. Bunların hiçbiri sana doğal gelmiyor.

"Sana güveniyorum," diyorsun.

Cecilia sızlanıyor. Yanaklarından gözyaşları süzülüyor. Ona, *Sorun yok*, demek istiyorsun. *Gerçekten, sadece bu kadar uzun sürmesi beni şaşırttı.*

Bunun yerine ona, güçlü olmasını söylüyorsun. "Cesur olmana ihtiyacım var. Bunu anlıyor musun?"

Cecilia ellerinin arkasıyla yanaklarını silip başını sallıyor.

Silahı daha sıkı tutuyorsun. Hızla pencereden dışarıya bir bakış atıyorsun. Hiçbir şey yok. Herkes ön bahçede eğleniyor; kimse içerideki büyük kaçışın farkında değil.

Bunun böyle kalmasını sağlamalısın.

Burada, boşluğa atlıyorsun.

Burası, hiçbir şeyin kesin olmadığı nokta.

Burası, gezegenlerin birbiriyle hizalandığı ve senin özgürlüğüne kavuştuğun yer.

73. BÖLÜM

Emily

Banyoda etrafıma bakınıyorum; süpermarketten alınmış bir sabun, yeni yıkanmış havlular. Lavabonun altındaki dolapta şişelerce çamaşır suyu. Ben mutfağımı ne kadar temiz görmeyi seviyorsam, o da evini öyle görmeyi seviyor.

Tekrar içeriye geçiyorum.

Kadın gitmiş. Yeniden tek başımayım.

Merdivenlerin altındaki kapı. Kadın oradan çıkıyordu.

Orada ne yapıyordu?

Kapıyı açtığımda, betondan basamaklarla karşılaşıyorum.

Basamakların sonunda bir elektrik düğmesi var. Işıkları açıyorum.

Burası bir bodrum. Temiz ama çirkin. İçeride katlanan mobilyalar ve bir el feneri var.

Güzel kokuyor. Atkısı gibi, boynunun kıvrımı gibi, onun gibi kokuyor.

Bir çalışma tezgâhının altında, silindir omuz çantası duruyor. Bir sürü kutu var. Üst üste dizilip odanın arkasına itilmişler. Bunların taşınmadan kaldığını tahmin ediyorum.

Bir parmağımın ucunu, aceleyle karaladığı eğri büğrü harflerin üzerinde dolaştırıyorum. Mutfak malzemesi, kitaplar ve bir dua gibi tekrarlanan Caroline, Caroline, Caroline.

Eşi. Ömrünün sonuna kadar yanında kalması gereken kişi.

Bir yemin ettiği ve karşılığında bir yemin aldığı kişi. Çocuğunu doğuran ve ona hayatının en güzel günleri olduğunu tahmin ettiğim dönemi yaşatan kişi. Ona...

Arkamda bir ses duyuyorum. Beton zeminin üzerinde bir sürtünme sesi.

Siktir.

Kapıyı açtığını duymadım. Merdivenleri indiğini duymadım. Ama işte burada, bana sadece birkaç santim uzaklıkta; güzel bakışları o kadar delici ki ona gözlerini üzerimden çekmesini, beni yalnız bırakmasını söylemek istiyorum. Ama bunu yapamam çünkü buraya izinsiz giren benim. Talebini umursamadım. Gitmemem gereken bir yere gittim ve pazarlık gücümü kaybettim.

"Buraya nasıl geldin?" diye soruyor.

Sakin. Yüzünde çok hafif bir gülümseme var. Kendi kendime sadece merak ettiğini söylüyorum; burada ne yaptığımı merak ediyor.

"Tuvaleti arıyordum," diye yalan söylüyorum.

"Ve bodrumda bulabileceğini mi düşündün?"

Aramızda bir sessizlik asılı kalıyor. Sonra dünyanın en güzel sesi duyuluyor: O gülüyor, ben de gülüyorum. Kendime, söylediğim belirgin yalana, beni baştan ayağa saran sıcak hisse gülüyorum.

"Yakalandım," diyorum.

Başını uzatıyor. Beni daha önce hiç görmemiş gibi, sanki bir müzede ilk kez gördüğü ve tüm ayrıntılarını ezberlemek istediği bir heykelmişim gibi inceliyor. Sanki hangi parçalarımın ışığı yansıttığını, hangilerinin tamamen gölgede kaldığını öğrenmek ve bunu hiç unutmamak istiyor.

Bakışlarının altında kıpırdanıyorum. "Üzgünüm," diyorum. Yeniden ciddileşiyorum.

Belki de bunun sorun olmadığını, bütün partinin içeri girmesini istemediğini ama bir kişinin, benim girmemin sorun olmadığını söylemek için ağzını açıyor ama...

Gözlerinde bir huzursuzluk var. Benden ayrılıp sağ omzumun arkasındaki bir şeye doğru kayıyorlar. Yeniden bana dönüp tekrar arkama yöneliyorlar. Bakışlarını takip edip paltomun kolundan arkama baktığımda...

Kutu yığınları mı?

Bu bir refleks. Çocukluğumdan kalma; yan sıradaki arkadaşım kâğıdını kapattığında, ona daha da çok bakma isteği.

Bedenim, ben daha ona bunu söylemeden harekete geçiyor. Fark edilmez bir kıpırtı; sırtım çok hafifçe dönüyor, kaburgalarım çevriliyor, boynum arkamızdaki kutulara yöneliyor.

Bir el, kolumu tutuyor. Beni yakaladı. Bu, daha önce beni sevginin hassasiyetiyle, tutkunun aciliyetiyle tutuşuna benzemiyor. Bu, güçle panik arasında, daha kuvvetli bir tutuş. Bu, kontrol.

Damarlı ve eklemleri bembeyaz kesilmiş, paltomun koluna sıkıca yapışmış elinden yukarı, yüzüne doğru, görünmez bir hattı takip ediyorum. Restorandaki o gecede, avuçlarımın arasına aldığım o yakışıklı yüze bakıyorum. Isırdığım dudaklara, her şey bittikten sonra hızla, utangaççа öptüğüm burna.

Burada tanımadığım bir şey var. Bir sertlik, bir boşluk. Ayaklarımızın altında açılan bir yarık. Aniden onu hiç tanımadığımı fark ediyorum. Onu gerçek anlamda tanımıyorum. Daha önce bir gece boyunca hiç uyumadan konuşmadık. Bana hiç çocukluğundan, ebeveyninden, umutları ve hayallerinden, bunların nasıl sonuçlandığından bahsetmedi.

O, bodrumunda bir şeyler saklayan bir adam.

Bu, en masumundan en utanç vericisine kadar, sonsuz bir olasılıklar denizi oluşturuyor.

Ona, *Sorun değil,* demek istiyorum. *Hepimizin sırları var.*

Doğrusunu istersen, ben ebeveynimden nefret ederdim. Hayır, bekle, gerçek bu bile değil. Gerçek, hiçbir zaman birinin beni karşılıksız sevmemiş olduğu. Senden önce kimse benimle ilgilenmedi ve ben kendi köşemde iyi olduğumu düşünüyordum ama değilim. Hiç iyi değilim.

Gerçek şu ki uzun zamandır iyi olmadım.

Gerçek şu ki ben yer kaplamak istiyorum. Bir insanın hayatının merkezi olmak istiyorum. Beğenilen, varlığından memnuniyet duyulan. Gerçek şu ki birinin şakalarıma, özellikle de aptalca şakalarıma gülmesini, birinin beni görüp diğer yöne doğru kaçmamasını istiyorum.

Ona, *Gerçek...* demek istiyorum. *Gerçek şu ki, senin peşinden her yere gelirim.*

Gözlerini kırpıştırıyor. Kolumdaki eli gevşiyor. Beni tuttuğunu daha o an fark etmiş gibi, yavaşça kolumu bırakıyor.

Boğazını temizliyor. "Üzgünüm. Ben..." Bir homurtu sesi çıkarıp ezberlediği bir duayı tekrarlar gibi yeniden, "Üzgünüm," diyor.

Paltomun kolunun altındaki, hâlâ sıkıldığı için sıcak olan ve dokunduğumda hâlâ biraz acıyan tenime dokunuyorum.

Ona, "Sorun değil," diyorum.

Elim uzanıp ben ne yapacağıma karar verene kadar tuhaf bir tavırla havada asılı kalıyor; ona sarılacak mıyım, omzuna mı dokunacağım yoksa elini mi sıkacağım?

"Buraya gel," diyor. "Sana bir şey göstereceğim."

Çalışma tezgâhını işaret ediyor. Tezgâh bodrumun tozlu bir köşesinde, çıplak ampulün ışığının pek de erişemediği bir yerde duruyor.

Senin peşinden her yere gelirim.

"Sadece üzerinde çalıştığım bir şey," derken eliyle yanına gitmemi işaret ediyor.

Sonra üst kattan bir kapanma, daha çok bir çarpma sesi geliyor ve bir motor, gök gürültüsü gibi çalışmaya başlıyor.

Bize yakın. Tahmin etmem gerekse, hemen evin önünde olduğunu söylerdim. Sadece onun kamyonetinin durduğu yerden geliyor. Diğer herkes arabasını yol boyunca bulduğu boşluklara park etti.

Başı, bütün bedeni sesin geldiği yöne dönüyor. Bir anda bulanıklaşıyor; ileri atılışını, sonra da beton basamaklarda gözden kayboluşunu izliyorum.

Kısacık bir an için yeniden tek başımayım. Onun bodrumunda, evinin altında. Ellerim titriyor. Kulaklarım uğulduyor.

Dışarıda, motorun gürültüsü devam ediyor. Onun sesi, gürültünün üzerinde yükseliyor.

Sonunda, bedenim hatırlıyor.

Koşuyorum. Onun arkasından koşuyorum.

74. BÖLÜM

Kamyonetteki Kadın

Hiç ses çıkarmıyorsun. Cecilia'dan gelen yumuşak sızlanmalar ve senin çıplak, onun spor ayakkabılı ayaklarının çimlere basmasıyla oluşan yumuşak sesler dışında sessizsiniz. Bunlar, fark edilmeniz için yeterli değil. Burada bir parti var. İnsanlar meşgul; ışıklarla kör olmuşlar ve kokusundan sıcak şarap olduğunu tahmin ettiğin bir şey yüzünden beyinleri bulanmış.

Onu hiçbir yerde göremiyorsun. Onu görüş alanında tutup mesafeni koruyabilmeyi tercih ederdin. Ama bunun yeterli olması gerekecek.

Kamyonetinin yolcu kapısını açıyorsun.

Kızına, "Bin," diyorsun.

Bunu nasıl yapacağını biliyorsun.

Silahın namlusu birkaç santim uzağında, yolcu koltuğuna binerken sana tuhaf bir ifadeyle bakıyor. Yaralı. Bu, seni asla affetmeyecek bir kızın bakışı. Silahın dolu olmadığını bilmiyor. Bunun seni, belki de ondan daha çok mahvettiğini.

Kapısını elinden geldiğince sessizce kapatıyorsun. Bir yerlerde, daha o bunu fark bile etmeden, kulakları dikiliyor. Evrende bir bozulma oluyor. Planlamadığı bir şeyler oluyor.

Bunu henüz bilmiyor ama birkaç dakika içinde peşine düşmüş olacak.

Kamyonetin etrafından dolaşıp şoför tarafına geçiyorsun.

Bunlar tehlikeli anlar. Bunlar, elinde bir silahla, kamyonette sana bile ait olmayan bir kızla olmanı açıklayamayacağın anlar.

İşler ters giderse ölebileceğin anlar.

Araca biniyorsun. Şoför koltuğundasın.

"Emniyet kemeri."

Cecilia sana, hiçbir şey anlamadığını ifade eden bir bakış atıyor.

Sen yeniden, "Emniyet kemeri," deyip silahı sallıyorsun.

Cecilia kemerini takıyor. Sen silahı yeniden beline yerleştiriyorsun.

Kamyonet titreyerek canlanıyor.

Odaklan.

Buradan çıkmanın tek yolu, sadece şu anda, şoför koltuğunda, ellerin direksiyonun üzerinde kalmak. Sadece düşünmen gereken şeyleri düşünüp sadece görmen gereken şeyleri görmek. Manevra yapıp kamyoneti garaj yolundan çıkarmak. Bir şeyler duyduğunu düşünüyorsun; uzakta birileri bağırıyor, kafalar karışıyor, kargaşa başlıyor.

Odaklan.

Gaz pedalına bas.

Bu evde olanlar artık senin sorunun değil.

75. BÖLÜM

Emily

Paniğe kapılıyor. Dışarıya koşup bahçede etrafa bakıyor. Vahşi. Çılgına dönmüş hâlde. "Burada değil," diyor. Yeniden içeri girip ön kapıyı kapatmaya gerek duymadan ikişer, üçer basamak atlayarak merdivenleri tırmanıyor. Üst katta kapılar açılıp duvarlara çarpıyor. Nefes nefese kalmış hâlde geri geliyor. "Cece burada değil."

Bana ve paniğe kapılmış hâlde oturma odasında ve evin girişinde toplanmaya başlamış insanlara bunu söylüyor. Onu ilk kez böyle görüyorum. O yaralı bir baba; onun için hayati öneme sahip bir şey elinden alınmış.

"Kızımı aldı," diyor. "Kamyonette."

Kimse ne dediğini tam olarak anlamıyor ama durumu kavrıyoruz. Kamyoneti ve kızı gitmiş. Etinden, kemiğinden bir parça.

"Bir arabaya ihtiyacım var," diyor.

İnsanlar ceplerini karıştırmaya başlıyor ama ben daha hızlıyım. Hemen yanına gidip Civic'in anahtarını avucuna bastırıyorum.

Bana bakmadan arabaya koşuyor.

Yolcu koltuğuna oturuyorum. Bu benim arabam, burası benim dünyam. Davete ihtiyacım yok.

Anahtarı kontağa takıp çeviriyor. İnsanlar yoldan çekiliyor. Civic'in motoru gümbürdüyor. Lastikleri asfaltın üzerinde gıcırdıyor.

Evden uzaklaşıyoruz.

76. BÖLÜM

Hareket Hâlindeki Kadın

Yoldasın. Yol *sensin*. Gözlerini ileriye dikip direksiyonu sımsıkı tutuyorsun. İlerliyorsun. Kamyoneti, o gün seni bir çimenlikten alıp dünyanın geri kalanından kopardığı gün sürdüğü gibi sürüyorsun.

Seni iyi eğitti.

Yolcu koltuğundan bir hıçkırık yükseliyor. Ona baktığında, Cecilia'nın hâlâ olması gereken yerde olduğunu görüyorsun. Hâlâ itiraz etmiyor.

Ona, *Her şey yoluna girecek*, demek istiyorsun. *Bunların hepsi bir oyun ama korku gerçek ve onun için her zaman üzgün olacağım.*

Sol, sol, sağ. Bu uzun bir yol değil ama zaman algını kaybediyorsun. On dakikadır ya da bir yıldır yolda olabilirsin. Belki de Cecilia'yla birlikte bir yolculuğa çıktınız. Kıyamet sonrasında geçen bir filmde, daha iyi bir hayat, yeni bir hayat, herhangi bir hayat arayarak Amerika'yı dolaşıyorsunuz.

Butcher Bros ve ineklerini geçmek üzereyken dikiz aynasında bir şey beliriyor. Bir ışıltı, sana yaklaşan bir Honda logosu. Gaz pedalını köklüyorsun. Honda'nın gözden kaybolmasını bekliyorsun ama görüş alanında kalıyor. Kısa süre sonra, tamponuna iyice yaklaşıyor. Yazın bir kola şişesinin ağzından ayrılmayan bir arı gibi, ondan kurtulamıyorsun.

Aynada beyaz bir parıltı görüyorsun. Bu o kadın. Honda'nın yolcu koltuğunda, beyaz paltosuyla oturuyor. Arabayı kullanan Emily değilse o olmalı. Peşinden geliyor, seni takip ediyor. Ona ait olan şeyi geri almak için.

İneklerden sonra dümdüz devam et. Solda kahvaltı da veren moteli görüyorsun. Sağında kütüphane var. Ve bunların ilerisinde, iki yanda art arda dizilmiş binalar. Kasaba merkezi. Oraya ulaşmalısın. Honda peşinde olsa bile. Seni yakalamasına izin veremezsin.

Cecilia içini çekiyor. Babasının varlığını, onu bildiği dünyaya, az önce ondan aldığın her şeye geri çağırışını hissedebiliyor. Bir elini direksiyondan ayırıp onun elini bulmaya çalışıyorsun. Mutfakta köpeği kurtardığında, ikiniz birlikte ona karşı durup köpeği kurtardığınızda yaptığın gibi, hafifçe elini sıkıyorsun.

Ona, "Şışş..." diyorsun. Bu sakinleştirici sesi küçük bir kızken annenden öğrenmiştin. Dünya sana bir yanlış yaptığında, kendini onun kollarına bıraktığında bu sesi çıkarırdı. "Şışş..."

Gözlerini yoldan ayırma. Kontrolünü kaybetmeden, gidebildiğin kadar hızlı gitmelisin. Daha önce hiç sürmediğin gibi sürmelisin.

Deniyorsun. Bunu doğru yapmaya çalışıyorsun. Sağ ayağının gaz pedalındaki baskısı, ellerinin direksiyonu ölümüne kavrayışı.

Honda gözden kaybolmaya başlıyor. Her nasılsa, onunla arandaki mesafeyi açmayı başarıyorsun.

Ama beş yıl oldu. Ve bundan önce bile muhteşem bir şoför sayılmazdın. Sen şehir çocuğuydun. Ağaçların isimlerini, kuşların ötüşlerini bilmezdin. Araba kullanmayı Manhattan'da öğrenmiştin ve saatte yirmi kilometre hızla giderdin.

Gözüne bir şey çarpıyor. Bir şekil sana doğru ilerleyip pencerenin yanından geçiyor.

Yalpalıyorsun. Bunu istemiyorsun –bu, yapmak istediğin son şey– ama o an ellerini kontrol edemiyorsun.

Beynin sana, *Bu bir kuştu*, diyor. Onun uçtuğunu görüyorsun. Kıvrık pençeleri ve konserve açacağı gibi gagasıyla yırtıcı bir kuş. Sana ve kamyonete çok yakın uçuyor. Yine de zarar görmüyor.

Kuş kimin umurunda?

Kamyonet savruluyor. Yolcu koltuğundaki Cecilia çığlık atıyor. Elleri kapı kolunu, tutunabileceği herhangi bir şeyi arıyor.

Kontrolünü geri kazanmaya, yeniden yola dönmeye çalışıyorsun ama kamyonet artık seni dinlemiyor. Sanki sonunda senin, onun gerçek sahibi olmadığını hatırlıyor. Hiçbir zaman sana hizmet etmemesi gerektiğini.

Düşüyorsunuz. Sen, kız ve kamyonet, hep birlikte düşüyorsunuz. O an üzerinizde etkili olan tek şey fizik kuralları; seni yere çeken ve batmana sebep olan güçler.

Gözlerini açıyorsun. Onları ne zaman kapatmıştın?

Bunu bilmiyorsun. Bildiğin şey, onlara kapanmalarını hiç söylemediğin.

Bildiğin şu: Sen, kız ve kamyonet, artık hareket etmiyorsunuz. Bir çukurun içindesiniz.

Bildiğin şey şu: O dışarıda. Senin peşinde.

77. BÖLÜM

Emily

Arabayı delirmiş gibi kullanıyor. Kızının peşindeki bir baba gibi.

Civic bir süre ona itaat etse de, bir anda bundan vazgeçiyor. O gaz pedalına basıyor ama araba ona uyum sağlamakta zorlanıyor. Bir uğultu etrafı sarıyor.

Şanzıman.

O vites koluna uzanıp vitesi dörde yükseltmeye çalışıyor.

Vites takılıyor.

Araba duruyor. Önümüzdeki kamyonet hızlanıyor.

"Siktir!"

O, vites kolunu sağa sola hareket ettirmeye çalışıyor. Civic'in ve manuel vitesinin sırlarını bilmiyor.

Onu bir kez daha zorluyor ama araba pes etmiyor.

"*Siktir*!"

Yumruğunu ön panele indiriyor.

Hiç duymadığım bir sesle, "O kaltak," diyor. "Onu uzun zaman önce öldürmeliydim."

Ben daha hiçbir şey soramadan, tek bir düşünce bile üretemeden, karnım kasılamadan, midemin bulandığını fark edemeden ve bildiğim her şeyi sorgulamaya başlayamadan, ciğerlerim bir daha asla dolmayacakmış gibi içimdeki havanın boşaldığını hissedemeden önce, gidiyor.

Arabadan atlayıp koşmaya başlıyor.

Düşünebildiğim tek şey, *O kadının peşinde*, oluyor.

Gördüğüm kadının peşinde.

Ve kızının peşinde.

Bu, her şeyin bir yanlış anlaşılma olabileceğine dair bir umut.

Hepimiz bir şeyler söyleriz, değil mi? İşler kızıştığında. Aslında onları gerçekten söylemek istemeyiz. Söylediğimize pişman oluruz.

Onun peşinden koştuğuna karar veriyorum.

Kızının peşinden.

78. BÖLÜM

Neredeyse Başaran Kadın

"Gitmemiz gerek."

Boynun acıyor. Başının arka tarafı zonkluyor. Siktir. Bu düşerken, çukurun içine doğru kayarken olmuş olmalı.

Acına ayırabileceğin vaktin yok. Bedeninin hâlâ olması gerektiği gibi çalışıp çalışmadığını kontrol etmeye vaktin yok.

Ona, "Hemen gitmemiz gerek, "diyorsun.

Silah. Hâlâ bir silahın var. Kazağının altındaki silaha uzanıyorsun. Yüzün sertleşiyor.

Birkaç saniye sonra sana yetişecek.

"İn," diyorsun.

Cecilia seni dinliyor. Bir silahın var, bu yüzden seni dinliyor.

Dışarı çıkıyorsun. Dışarısı buz gibi. İşte burada, dışarıdasın ve o yanında değil. Silahın elinde. Etrafı gözden geçiriyorsun: Yolda buzlanma var ve iki yanındaki ağaçlarda minik sarkıtlar oluşmuş.

Donmuş zeminin üzerindeki çıplak ayakların yanıyor. Kaymamalısın. Düşmemelisin. Düşersen, bu girişimin trajik bir sona ulaşır.

Acele et.

Parmaklarını kızın bileğine sarıyorsun. İkiniz bir oluyorsunuz.

"Gel."

Hiç ama hiç zamanınız yok. Tırmanarak çukurun dışına çıkıp kızı da arkandan asfalta çekiyorsun.

Önce bir, sonra iki adım.

Adımların ritim kazanıyor. Onu da ileriye çektiğinde yumuşak ve boyun eğen bir tavırla peşinden geliyor ama bunu sana güvendiği için değil, silahın olduğu ve kendisi incinebilir, güvende olmayan küçük bir kız olduğu için yapıyor.

Kısa süre sonra koşmaya başlıyorsunuz. Bedenin ikinizi de ileriye çekiyor. Her adımda, kasaba biraz daha yaklaşıyor.

Bul. Onu rehber kitaplarda gördün. Haritada. Polis rozetine benzeyen küçük bir sembol. Bodrumda Butcher Bros'tan Dilek Kuyusu'na, oradan da kasaba merkezine kadar giden yolu parmağınla takip ettin. Bunu doğru hatırladığına güvenmen gerekiyor.

Uzakta bir yerde, Honda'nın gıcırtılarını duyuyorsun. Kapılar çarpılıyor. Bir çığlık. Onun sesi. İşte, söz verdiği gibi, seni buldu.

Hem kendin hem de Cecilia için koşuyorsun ve bu yeterli olmalı. Cecilia belki de arkasına bakacak. İçindeki tüm parçalar onu şiddetle yeniden kamyonete, ona doğru çekerken yolu değiştirmeye çalışacak. Doğduğunda onu kucağına alan, acıktığında besleyen ellere, çocuk parkında onu izleyen gözlere ve geceleri ağlamalarını dinleyen kulaklara doğru.

Bizi hayatta tutan bedenlere doğru çekiliriz.

O, Cecilia'ya sesleniyor. Bu ismin onun ağzından dökülen hecelerini tanıyorsun ve bu kötü haber. Ne söylediğini anlayabiliyorsan, çok yakında demektir.

Bir şey pes ediyor. Sol tarafında, az önce Cecilia'nın çektiğini hissettiğin yerde bir hafiflik oluşuyor.

Onu kaybettin. Sana yetişmiş ve onu senden almış olmalı.

Çok yakın.

Silaha sarılıp evde bıraktığın mermileri, kutunun içinde

bıraktığın şarjörleri düşünüyorsun. Silahı doldurmadığına pişman oluyorsun. Her şeye pişman oluyorsun.

Hayır.

Cecilia hâlâ burada. Yanında, olması gereken yerde.

Artık çekiştirmiyor, direnmiyor. Hareketleri, seninkileri taklit ediyor.

Başını arkaya çeviriyor. Ne gördüğünü bilmiyorsun. En iyi tahminin, öfkeden çıldırmış, yüzü ihanetle kararmış bir maskeye dönüşmüş babasını gördüğü. Bildiği ama o an tanıyamadığı bir adam.

Bu sadece Cecilia'nın anladığı bir kısım.

Sadece onun bildiği sebeplerle bunu yapıyor. Babasının ayak sesleri yaklaşıyor. Ve kız koşuyor. Seninle birlikte koşuyor.

79. BÖLÜM

Emily

Honda'yı yeniden çalıştırıyorum.

O çok hızlı koşuyor. Gördüğüm en hızlı koşucu.

Onları buluyor. Ondan kaçan kadını ve kızını. Birlikte.

Bu olduğunda, yaklaşık on metre uzaklarındayım. Her şey Honda'nın far ışıklarının altında oluyor.

Önce kız. Kızına doğru uzanıp onu geri çekiyor.

Kendi kendime, *İşte bu kadar,* diyorum. Şimdi durup ona sımsıkı sarılacak ve ne kadar endişelendiğini, korkudan neredeyse öldüğünü, neredeyse birini öldürebilecek kadar dehşete kapıldığını söyleyecek.

Ama kızı bırakıyor.

Kızını geri aldıktan, onu bileğinden yakaladıktan, onu kadından ayırdıktan sonra tekrar koşmaya başlıyor.

Hayatında bir daha başka hiçbir ses duymayacak bir adam gibi. Başka hiçbir şey düşünmeyecek bir adam gibi.

Bu kadının arkasından, önemli olan tek şey oymuş gibi koşuyor.

Honda'yı durduruyorum.

"Aidan!"

Çıkıp arabanın yanında duruyorum. Ciğerlerimin bütün gücüyle, ses tellerimi acıtacak kadar yüksek sesle adını bağırıyorum.

"*Aidan*!"

Arkasına dönüyor. Önce yüzünü, sonra üst bedenini çeviriyor.

"Aidan, buraya gel!"

Ne söylediğimin bir önemi yok, bir şey söylüyor olmam yeterli.

Önce yavaşlayıp sonra duruyor. Bu çok kısa bir an ama yeterli. Merak etmesine yetiyor. Beni düşünmesine.

Nefesim tıkanıyor. Koşmadım ama nefes almakta zorlanıyorum. Bu, ânın getirdiği dehşet ve boşluk hislerinin sonucu.

Geri dönmesini umuyorum. Onu takip etmeyi bırakmasını.

İçten içe, beni takip etmeye başlamasını umduğumu fark ediyorum.

Bacakları titriyor. İleri atılacak, B Planı'nı uygulamaya koyacakmış gibi duruyor. Hakkında fikrini değiştirdiği bir hikâyenin ilk sözcükleri. Benim peşime düştüğü bir hikâye. Sadece beni takip ettiği.

Gerçeklik onu geri getiriyor. Yoksa bunu yapan umut mu? Onu yakalayacağına dair bir umut. Nereye gidiyorsa, onu durduracağına dair bir umut.

İstediği ben değilim. Peşinde olduğu ben değilim.

Ama o kadına biraz zaman kazandırdım. O kadın her kimse, Aidan'la arasına biraz mesafe koymasını sağladım.

Aidan bana arkasını dönüp yeniden koşmaya başlıyor.

80. BÖLÜM

Koşan Kadın

Her şeyden sonra geriye iki beden kalıyor.

Seninki ve onunki.

Koşuyorsun.

Hızlı koşmuyorsun. Hızlının da ötesinde koşuyorsun.

Daha önceki hayatında, ayaklarının altında yok olduğunu hissetmeye ihtiyaç duyduğunda koştuğun gibi koşuyorsun. Göğüs kafesindeki gümbürtüyü duymak, akciğerlerinin hava almak için yanmasını istediğinde.

Oraya doğru koşuyorsun. Küçük, tek başına duran binaya. Yıldızlarla aydınlanmış gökyüzünün altında bina çok avam görünüyor. Tam orada, belki yüz metre uzağında.

Yüz metre koşabilirsin. Buna hazırlıklısın. Bacaklarındaki kasları, uyluklarındaki gerginliği, baldırlarının gücünü hissedebiliyorsun.

Bunu yapıyor ve arkana bakmıyorsun, o ise hemen arkanda. Onu duyabiliyor ve iliklerinde, beyninde, derinin altında, gözlerinin arkasında, bedeninin her köşesinde, dünyanın her girintisinde hissedebiliyorsun.

Ve koşuyorsun.

Hayatta kalmanın nihai kuralı: Koş çünkü kendini hep böyle kurtardın.

81. BÖLÜM

Polis Merkezindeki Kadın

Bu, dünyanın sonu. Bu, o kadar büyük bir kaos ki, gezegenlerin bir daha bu şekilde hizalanmalarını bekleyemezsin.

Bildiğin şey şu: Hâlâ nefes alıyorsun. İki kolu, iki bacağı, bir başı ve gövdesi olan bir bedensin.

Dışarıda bıraktığın şey: soğuk, buz ve kar. Bir bayrak, aralık ayı rüzgârında aheste aheste dalgalanıyor. Tuğla ve camdan bir bina. Artık onun içinde, merkezindesin. Floresan lambaların altında bir laboratuvar faresi. Çok fazla gürültü, çok fazla ses var.

Kafan dopdolu. Sadece göğsünde hızla çarpan kalbini ve nabzının kulaklarında atışını hissedebiliyorsun.

Daha bitmedi. O burada. Haklı bir baba. Herkesin güvendiği adam. Dünyanın, arkasını kolladığını bilen adam. Herkes kaybederken kazanan adam.

Tekrar tekrar, "Çocuğumu kaçırdı," diyor. "Çocuğumu kaçırdı."

Bu adam. Sen nereye gidersen git seni buluyor. O asla çıkış yapamadığın bir otel.

Ve kızı. Cecilia. O da burada. Sen onu kaybettin ve o seni buldu.

Seni değil onu. Cecilia'nın onu bulduğunu fark ediyorsun. Önemli olan her zaman oydu, babasıydı.

Polis merkezinin içinde, birkaç metre ileride duruyorsun. O girişte. İkinizin arasında mavi üniformalı bir adam duruyor.

Mavi üniformalı adam, "Aidan," diyor. "Aidan, biliyoruz. Sakin ol."

O sakinleşmiyor.

"Çocuğumu kaçırdı." Sesi içeride yankılanıyor. Tiz ve ağlamaklı sesi duvarlardan yankılanıyor.

Bir kez. Tek bir kez, sen ona ait bir şeyi aldın.

Bunu bilmelerini istiyor. Sen hiçbir şey söyleyemeden. Oraya senden önce gitmek, senin sesinin sonsuza dek kaybolması için önce kendi sesini duyurmak istiyor.

Mesele sadece sesi değil. Bir de mavi üniformalı adamı itip arkasına geçmek isteyen ince ve uzun bedeni var.

Mavi üniformalı adam yüzünü hafifçe sana çeviriyor. Bir polis. Genç biri; yanaklarında çocuksu bir yuvarlaklık var. Bir memur. İki kulak ve bir beyin. Ona ulaşmak zorundasın.

Genç polis onu mantıklı olmaya davet ederek, "Aidan," diyor.

O dinlemiyor. "Çocuğumu kaçırdı." Çok öfkeli. Buna inanamıyor.

Cecilia bir kolunu kaldırıyor. Babasının sürekli tekrarladığı sözlere karşılık olarak, "Baba," diyor. "Baba, baba."

Belki de yıllarca ebeveynlik yapmanın etkisiyle, bu sözcüğe doğru atılıyor. *Baba, baba, baba.* Cecilia'nın en derindeki parçası, onun en derinindeki parçayı uyandırıyor.

Sana doğru ilerlemeye çalışarak, "Bırak geçeyim," diyor. Genç polis olduğu yerde duruyor.

Polis, "Aidan," diyor, "sakin ol. Seni tutuklamak iste–"

Bir itişme. Sesler yükseliyor, bedenler çarpışıyor. Bir refleks olarak gözlerin kapanıyor. Ellerini sıkıp yumruk yapıyorsun. *Nefes al. Nefes ver. Hayatta kal.*

Polis, "Üzgünüm, Aidan," diyor. Metalik bir *klik* sesi duyuluyor; kelepçe kapanıyor. Yeniden gözlerini açtığında, Cecilia'nın babası kolları arkasında, bilekleri çaprazlanmış, başı öne eğilmiş hâlde duruyor. Sessiz. Sonunda.

Polis, "Sen de," diyor. Bir yere uzandığında, omuzların yanıyor. Kolların arkanda; teninde metalin soğukluğunu hissediyorsun. Yine. Belki de hayatın sonsuza dek böyle devam edecektir. Nereye gidersen git, bir adam elinde kelepçeyle bekleyecek ve bileklerini ona uzatmanı isteyecektir.

Memur, "Pekâlâ," diyor. "Artık konuşabiliriz."

Mavi üniformalı biri daha yaklaşıyor. Genç polise, "Sen kadını al, ben onu alırım," diyor. Genç polis başını sallayıp seni tutuyor.

Arkana bakıyorsun. Cecilia. Ona ne yapacaklarını bilmeye ihtiyacın var.

Yan gözle, babasının peşinden gitmeye çalıştığını görüyorsun. Üçüncü bir memur –daha yaşlı, neredeyse babası olabilecek yaşta biri– onu durduruyor.

"Burada kal," diyor ve sanki, *tatlım* dediğini de duyuyorsun. *Baban* ve *birkaç soru* sözcüklerini duyuyorsun. Yaşlı memur başıyla boş bir sandalyeyi işaret ederken Cecilia başını olumlu anlamda sallıyor.

Odanın diğer tarafında duran o da arkasına bakıyor. Baba. Kelepçeli adam.

Bakışları seninkileri yakalıyor.

Bu bakışlarda bir kabullenme, *Elbette*, dermiş gibi bir ifade var. Bunu bekliyormuş gibi. En başından beri ona ihanet edeceğini biliyormuş gibi.

Ona, *Böyle bitmesi gerekiyordu*, demek istiyorsun.

İkimiz de kelepçeli olmalıydık ve kız da aramızda olmalıydı. Özgür.

82. BÖLÜM

İsmi Olan Kadın

Oda küçük ve penceresiz. Bir masa, floresan lambalar ve körüklü bir dosya. Havada asılı kalmış ter ve kahve kokuları.

Buna bayılıyorsun. Hepsine. Havanın ona ait olmadığı bir oda.

Polis, "Otur," diyor.

Oturuyorsun.

"Size söylemem gerekenler var," derken sözünü kesiyor.

"Orada neler oldu?" diye soruyor. "Sen kimsin? Aidan'ı nereden tanıyorsun?"

Derin bir nefes alıyorsun. Tenin karıncalanıyor. *Deniyorum*, demek istiyorsun. *Sana anlatmaya çalışıyorum. Beş yıldır bunu anlatmayı bekliyorum ve zamanı geldi, bu yüzden beni dinlemek zorundasın.*

Bana inanmak zorundasın.

Bana inanacağına söz ver, demek istiyorsun. *Sana bunu anlattığımda, her şeyin biteceğine söz ver.*

Az önce onun adını söyleyişi. Ona kelepçe takarken özür dileyişi. *Çok üzgünüm, Aidan.* Arkadaşlar. Onlar, birbirlerini bir süredir tanıyan iki adam.

Genç polis televizyonda, *Aidan Thomas mı?* diyecek. *O çok iyi bir insandı. Herkesin sevdiği biriydi. Nazikti. Araban bozulduğunda, elinde aktarma kablosuyla yanında belirirdi. Onunla hiçbir zaman sorunumuz olmadı. Herkesle iyi geçinirdi.*

Bayat havayı içine çekiyorsun. *Dinle*, demek istiyorsun. *Bir anlaşma yapalım. Ben sana yüzyılın davasını vereceğim. Sen benim hayatımı değiştirirsen, ben de senin hayatını değiştiririm.*

Ona bakıyorsun. Bundan sonraki sözcükleri sırtını dik tutarak, başını yukarı kaldırarak söylemen gerekiyor. Tereddüt etmemelisin. Bunun için beş yıl bekledin. Onun içinde olmadığı bir oda, seni dinleyecek bir çift kulak ve hepsinin ortasında, senin sesin.

"Memur Bey," diye konuşmaya başlıyorsun. Sesin şurup gibi ağdalı; çenen her heceyi zorlukla oluşturuyor.

Bunu söylemek zorundasın.

Hatırla. O sesi, ağzının içinde yarattığı duyguyu.

İsmini.

Sanki bu, bir küfür gibi, yasak bir sözcük.

Bunu beş yıldır söylemedin.

Bunu düşünmek bile yanlışmış gibi geliyordu. Kulübede. Onun etrafta olduğu her an. Kafanın içindeki heceleri duyabileceğinden korkuyordun. Onu aldattığını, bir parçanı içinde, onun ulaşamayacağı bir yerde tuttuğunu hissedeceğinden.

"İsmim..." diyorsun. Yeniden başla. Bunu batıramazsın.

Bu mükemmel olmalı.

Bu sözcükleri söylediğinde, onlara kapıların kilitlerini açma ve sonsuza dek açık kalmalarını sağlama gücü vermelisin.

Tekrar, "Memur Bey," diyorsun ve bu kez duraksamıyorsun. "İsmim May Mitchell."

83. BÖLÜM

Emily

Nereye gidersem gideyim bana bakıyor.

Parklardaki banklarda. Eczanede, kasanın yanında. Evde, Eric'in dünkü gazeteyi üzerine bıraktığı sehpada. Yuwanda ona, onu ortadan kaldırmasını söyleyemeden döndüm.

Çoğu gazete, sabıka fotoğrafını kullanıyor. Merkezi şehirde olan iki gazete, birkaç aile fotoğrafına ulaşmış. Bunlardan biri yıllar önce, kızı daha çok küçükken bir Cadılar Bayramı partisinde çekilmiş. Üzerinde bol, gri bir kazak var ve yüzü bulanıklaştırılmış kızı kasaba meydanında, ağaçtaki elmalara uzanırken ona belinden sarılmış. Dünyanın en göz önündeki adamının görünmez kızı.

Diğer fotoğraf daha da eski. Çok daha gençken, ormanın içindeki, büyük, eski evlerinin önünde, eşinin yanında poz vermiş. İkisi de kameraya gülümsemiş. Eşi başını onun omzuna yaslamış, o da bir kolunu eşine dolamış. Bu fotoğrafın, oraya taşınmalarından kısa süre sonra çekildiğini tahmin ediyorum. Birlikte geleceğe bakıp gördükleri şeyi sevdikleri zamanlarda.

On gün oldu. İlk başta kimse hiçbir şeye inanmadı. Haberler geliyor, insanlar inanamayarak başlarını iki yana sallıyordu. Sonra itiraf etti. Hepsini değil, bir kısmını. Ama yeteri kadarını.

İlk gece, polisler bana sorular sormaya çalıştı. İlk başta arabamın hemen dışında bekledim. Hiçbir şey olmadı. İçeriye girdiğimde de onu hiçbir yerde göremedim. Çocuk tek başına, bir sandalyede oturuyordu. Ona yöneldiğimde, bir memur beni durdurdu. Beni başka bir odaya aldı. "Bu kızın babasını tanıyor musunuz?" diye sordu. "Aidan Thomas'ı tanıyor musunuz?"

Sonra, bana hiç anlamlı gelmeyen şeyler söyledi. Bunlara hâlâ anlam veremiyorum. Birkaç kez denedi ama işe yaramaz hâldeydim. Kafam karışmıştı. Üşüyordum. Pes edip bana eve gitmemi, ertesi gün uğrayacağını söyledi.

"Ben gelsem olmaz mı?" diye sordum. Onu evimizin içinde istemiyordum. Eric ve Yuwanda'nın bu işe bulaşmasını istemiyordum. Memur sorun olmayacağını söyledi.

Sözümü tuttum. Ertesi gün polis merkezine gittim. Ben gittiğimde, FBI gelmişti. Lanet olası FBI. Memur, soruşturmaya yardımcı olduklarını söyledi. Onlarla konuşabilir miydim?

Memura bunu yapabileceğimi söyledim. Kiminle konuştuğumun önemi yoktu. Beni Ajan Bilmemkim'le tanıştırdı. İlk söylediğinde ismini anlayamadım ve sonra bunu tekrar sormak için çok geçti.

İsminin ne olduğunun önemi yoktu. Sadece ona söyleyeceklerim önemliydi ve gerçekler aynı kalacaktı. Sonsuza dek aynı kalacaklardı.

Fazla yüksek derecede açılmış ısıtıcıyla küçük bir odada oturup Ajan Bilmemkim'e bir zamanlar bize ait olan her şeyi anlattım. Her cümlem bir ihanetti. Mesajlar. Kilerdeki gece. Sözcüklerimi dikkatle seçiyordum ama söylediklerini ne kadar düşünürsen düşün, bazı şeylerin hoş görünmesi zordur.

Ajan Bilmemkim notlar aldı. Telefonumun orada kalması gerektiğini söyledi. Tabii kolyenin de. Atkıyı da aldı. Ona, "Bu sadece bir atkı," dedim. "Ne fark eder ki?"

Başını iki yana salladı. "Bilmiyoruz," dedi. "Bu yüzden,

kontrol etmemiz gerekiyor. Bu bir kanıt olabilir. Herhangi bir şey kanıt olabilir."

Atkıyı çıkarıp ona verdim. Boynuma bir ağırlık çöktü. "Bir şey daha var," dedi. "Gece evini aradık ve sizinle ilgili bazı eşyalar bulduk."

Bu benim için yeni bir haberdi. Ona bir kutu kurabiyeden başka hiçbir şey vermemiştim.

Ajan Bilmemkim aramızdaki masaya eğildi. "Bilmek ister misiniz?" diye sordu.

Başını iki yana sallama sırası bendeydi. "Artık bir önemli yok," dedim.

Kadın başını sallayıp not defterinin sayfasını çevirdi. Ne olduğundan emin olmadığı bir şey arıyormuş gibi defteri inceledi.

Eli yeniden sayfanın üzerine düşerken, "Dinleyin," dedi. "Belki bunu anlamama yardımcı olabilirsiniz. Şu âna kadar konuştuğumuz herkes, bu adamın harika biri olduğunu söylüyor. En azından, onu tanıyan insanlar tarafından sevilen biri olduğunu. Kimse tek bir tartışma, keyifsiz bir konuşma bile hatırlamıyor. Ve anladığım kadarıyla siz... onunla oldukça yakındınız."

Bekledi. Ben hiçbir şey söylemedim.

Sonra, "Bana kalırsa," diye devam etti, "insanların bu adamı sevmesinin ve ona güvenmesinin sebebi, normal bir adam olmasıydı. O kızını okula götüren, karnını doyuran, giysilerini giydiren bir baba ve kasabadaki insanlara yardım eden biriydi." Sandalyesinde kıpırdanıp belinde asılı duran silahını düzeltti. "Aynı durumdaki bir kadının, bu kadar çok sempati toplayacağından şüpheliyim. Hepsi bu."

Ona, *Bu konuda hiçbir fikrin yok*, demek istiyorum. *Hiçbir fikrin yok çünkü onu bizim tanıdığımız gibi tanımıyorsun ve artık asla tanıyamayacaksın. O, sana bakıp bir daha asla yalnız kalmayacakmışsın gibi hissetmene sebep olmadı. Hiçbir zaman gülüşünün içini ısıttığını, tenine değen teninin seni rahatlattığını hissetmedin.*

Onu hiçbir zaman sevmedin, bu yüzden hiçbir zaman bilemeyeceksin. Onun nasıl biri olabildiğini asla anlamayacaksın.

Kadına, "Sanırım haklısınız," dedim. Derin bir nefes verip gidebileceğimi söyledi.

Dışarı çıkmam için kapıyı açmadan hemen önce eli kapı kolunun üzerinde duraksadı. "Sizinle daha sonra iletişime geçebilir miyiz?" diye sordu. Başımla onayladım.

İşbirliği yapıyordum. Başından beri bunu yapıyordum. Onlara bildiğim her şeyi söylüyordum. Görebilecekleri her şeyi gösteriyordum.

Ne düşündüklerini biliyorum. Bildiğimi düşünüyorlar. Yani, nasıl bilmeyebilirim ki? Gözlerinin içine bakıp o kadar yakınında olduktan sonra, nasıl bilmeyebilirim?

Bildiğime inanmak istiyorlar. Kendilerine, bunu bildiğimi söylemeye ihtiyaçları var çünkü ben bilmiyorsam, bu onların da bilemeyeceği anlamına gelir.

Üç gün boyunca saklandım. Restorana gitmedim. Açmadım. Kapatmadım. Kimse bir şey sormadı. Kimse bana yaklaşmak istemiyor.

Üçüncü gün, Yuwanda elinde bir fincan çay ve bir kahve kupasıyla yatak odama geldi. "Hangisini tercih edeceğinden emin olamadım," dedi. "Senin hakkında bilmediğim bir sürü şey olduğunu hissediyorum." İrkildim. Yuwanda özür diledi. Ona sorun olmadığını söyledim.

Konuştuk. Biraz. Eric de bize katılıp yatağın ayakucuna oturdu. Çok fazla soru sormak istemiyorlardı ve benim de verecek çok fazla cevabım yoktu. Onlara mesajlardan bahsettim. Aidan'la görüştüğümüzü söyledim. Bana, görüşmenin tam olarak ne anlama geldiğini sormadılar.

Bir gün polis raporu yayımlanacak. Okuyacaklar. Daha önce hiç tanışmadığım yüzlerce insan okuyacak.

Artık bunların hiçbiri bana ait değil.

Yuwanda başını iki yana sallıyor. "Onunla yalnız kaldın," diyor. "Bunca zamandır onunla yalnız vakit geçirdiğine ve bundan haberimiz bile olmadığına inanamıyorum."

Elimi kaldırıyorum. Yuwanda duruyor. Ondan bahsetmek istemiyorum. Neden ondan bahsetmek istemediğimden de bahsetmek istemiyorum. Hiçbir şeyi açıklamaya çalışmak istemiyorum.

Hiçbir şeyi açıklayamıyorum.

Eric konuyu değiştiriyor.

"Restoran," diyor. "Restorana ne olacağı konusunda bir fikrin var mı?"

Üç gündür bunu düşünüyorum. Ama bir karar vermeden önce, en azından son bir şans vermeliyim.

Orası babamın restoranıydı. Bir bakıma evim sayılırdı. Mükemmel değildi ve sıklıkla şikâyet ederdim ama yine de orası da evimdi.

Dördüncü akşam temiz bir gömlek giyip kırmızı önlüğümü taktıktan sonra arabamla kasaba merkezine gidiyorum.

Barın arkasına geçerken üzerimde dolaşan bakışları fark etmemiş gibi davranıyorum. Eric ve Yuwanda, korumalarımmış gibi, etrafımda dolaşıyor. Hatırladığım hareketler: bir limonun soyulması, zeytinlerin küflü peynirle doldurulup bir kokteyl kürdanına takılması. İstediğim şey şu: işimin içinde kaybolmak. O kadar odaklanmalıyım ki, etraftaki fısıltıları duymayı unutmalı, bu akşam yemeğini barda yemek isteyen müşterilerin sayısındaki anormal artışı fark etmemeliyim. Bana daha yakından bakmak isteyen, hareketlerimde onun neden beni seçtiğine dair ipuçları bulmaya çalışan müşteriler.

Hava çok yoğun. Terden sırılsıklam olan gömleğim sırtıma yapışıyor. Ona "bakire" olmayan, iki eski moda çayı verirken Cora'nın bakışlarını yakalıyorum. Artık kimse eski moda bakire ısmarlamıyor. Cora bana teşekkür ediyor. Sonra bardan gereksiz olduğunu düşündüğüm kadar hızlıca uzaklaşıyor.

Her şey bir soru işareti. Her ayrıntı şüpheyle ağırlaşıyor.

Devam ediyorum. Akşam yemeği servisi boyunca sürükleniyorum. Burada olmaya hakkım var. Dünyanın bu parçası, onun olmadan çok uzun süre öncesinden beri benimdi.

Ama sonra... Limonum bitiyor. Portakallarım bitiyor. Maraschino kirazlarım bitiyor. Bu iki anlama geliyor: Limon ve portakal için soğuk odaya gitmeliyim. Kavanozdaki kirazları almak için de kilere inmeliyim.

Kendime, bunun önemli olmadığını söylüyorum. Sırtım dikleşiyor. Ön dişlerimden biri altdudağıma batıyor. Kendimi rahatlamaya zorluyorum. Orası da sadece başka bir odaymış gibi kilere giriyorum. Bunu yapmak zorundayım. Hiçbir şey olmamış gibi, hepsini yapmak zorundayım.

Kavanoz en üst rafta. Kolumu kaldırdığımda, gömleğimin eteği belimden çıkıyor.

Ben oyum. Onun o günkü siluetiyim. Beş kilometrelik koşunun yapıldığı, sıcak çikolata günü. O da bu raftan şekeri alırken ekose gömleği sıyrılıp karnını ortaya çıkarmıştı.

Benim onun olduğum, onun da birazcık benim olduğu gün.

Yeniden gazetede okuduğum sözcükleri hatırlıyorum. Kurbanlar. Ceset sayısı. Takip etme. Cinayet. Seri katil.

Ayağımın altındaki zemin kayıyor. Günlerdir uyumadım. Belki de bir daha hiç uyumayacağım.

Kusacağım.

Kusmuyorum.

Kilerden çıkıp akşam yemeği servisini bitiriyorum. Ertesi sabah kararımı veriyorum.

Bu, çalıştığım son geceydi.

Bir restoranı satmak konusunda hiçbir şey bilmiyorum. Ebeveynim bana hiçbir zaman o kısmı öğretmedi. Sadece nasıl işleteceğimi öğrettiler.

İnternet bana bir restoranı satmak için stratejin olması gerektiğini, bunu dikkatlice düşünmen ve ayrıntılarıyla planlaman gerektiğini söylüyor.

Şehirden bir restorasyon uzmanı, mekânı satın almak istediğini söylüyor. Verdiği fiyat kulağa tam anlamıyla bir hakaret gibi gelmiyor.

Teklifini kabul ediyorum.

Yine de çalışmam gerek. Para etrafta uçuşurken, faturalarımı ödeyebilmeliyim. Bundan sonra bile, restoranın satışından gelen para çok fazla olmayacak.

Çalışmam gerek.

Yuwanda bir arkadaşını arıyor, o da erkek kardeşi bir barmen bulmak isteyen kuzenini arıyor. Bu iş şehirde, Union Meydanı'nın karşısındaki sokaktaki bir restoranda. Maaşı boktan, çalışma saatleri daha da boktan. Hemen kabul ediyorum.

Daha önce hiç şehirde olmayı hayal etmemiştim ama işte başıma geldi. Harlem'de bir oda bulup Skype üzerinden geziyorum. Oda küçük ve tek bir penceresi var. Kira, maaşımın yarısından fazlasını alıp götürecek. Sanal bir kontrat imzalayıp yeni evsahibime depozitoyu gönderiyorum.

Hayatım bu olacak. Bu oda, bu iş. İşe metroyla gidip mesaim başlayana kadar etraftaki binaların çevresinde dolaşacağım. Şanslıysam, şehir beni umursamayacak. Kaybolacağım.

Adresi bulmak kolay değildi. Medyanın açıklaması yasaklanmıştı. Tabii polisin de. Ama bir gece bir aile dostumuz, bir yere bir yardım paketi götürürken bize uğradı. Yuwanda bir sürü şey öğrendi. Bilgileri bana ertesi sabah verdi.

"Bununla ne istersen yapabilirsin," dedi. "Bilmek isteyeceğini düşündüm. Görünüşe bakılırsa, kadın kaybolduktan sonra ailesi taşınmış. Son görüldüğü yere çok yakın bir yere. Onu aramayı hiç bırakmamışlar."

Restoranları, marketleri ve kahve dükkânlarıyla, sadece orada tanıdığın biri varsa gideceğin, bir sonraki kasabada. Ev oldukça hoş. Bir tepenin yamacına inşa edilmiş, modern, yerden tavana kadar pencereleri ve Walmart'ta bulunmayan bahçe mobilyaları var. İçi kayıp ve trajediyle dolu olsa da çok zevkli döşenmiş bir ev.

Kızlarının onlardan sadece birkaç kilometre uzakta olduğunu öğrenmek onlar için nasıl bir duyguydu? Bunca zamandır bu kadar yakınlarında olması?

Köşeyi dönüp arabayı park ettikten sonra garaj yolunun sonuna yürüyorum. Garaj yolu çakıl taşlarıyla döşenmiş ve dikkatle eğimlendirilmiş.

Bir adım, sonra iki. Kendimi, ön kapıya ulaşana kadar ilerlemeye zorluyorum. Zamanı şimdi. Öyle olmalı.

Parmaklarım kapı zilinin üzerinde oyalanıyor. Ben daha zile basamadan, kapı hafifçe aralanıyor. Annem olabilecek yaşlarda bir kadın bana bakıyor.

"Nasıl yardımcı olabilirim?"

Arka planda bir renk karmaşası beliriyor; kot pantolon, siyah kazak ve o saçlar. Uzun, temiz ve beyazlarla dolu saçlar. O mesafeden bile yuvarlak gözleri beni yakalıyor.

"Sorun değil, anne," diyor. "Bırak girsin."

Kadın omzunun üzerinden arkaya bir bakış atıp isteksizce ona söyleneni yapıyor. Ben yüzümde mahcup bir gülümsemeyle içeriye giriyorum ama kadın buna tepki vermiyor.

"Haber vermeden geldiğim için özür dilerim," diyorum. "Ama gidiyorum. Yani kasabadan. Taşınıyorum."

Burada ne yapıyorum? İyileştirmeleri, yeniden kurmaları gereken bir sürü şey olan bu yabancıları, kendi hayat planlarımla rahatsız ediyorum.

Görmeye geldiğim kişinin bakışlarını yakalamaya çalışıyorum.

"Sanırım veda etmek istedim." Sözlerim ağır ve tedirgin. "Ve özür dilemek."

Sesim titriyor. Kendi sesimden nefret ediyorum. Benim travma yaşamaya ne hakkım var? Ben iyiyim. O bana zarar vermedi. Belki de yapabildiği şekilde, tuhaf da olsa, benden hoşlandı.

Bana doğru ilerliyor. Birlikte geçirdiğimiz son anların anısı havada asılı kalıyor. Durumun aciliyet hissi; Aidan'ın evinden çıkmaya çalışan May ve gözlerine altın iğneler batıran Oedipus kadar kör olan ben.

Bana, "Bilmiyordun," diyor. "Bu konuda hiçbir fikrin yoktu."

Bu sözler ağzından çıkarken, gerçek bir affetme hissi uyandırmıyor. Sadece gerçeği söylüyor: Bilmiyordum ve buna göre davrandım.

"Çok özür dilerim," diyorum tekrar.

Gözlerinde bir parıltı beliriyor. Keşke daha fazla zamanımız olsaydı. Keşke baş başa kalıp saatlerce konuşabilseydik. Keşke bana her şeyini anlatsaydı ve ben de ona her şeyimi anlatsaydım. Keşke güçlerimizi birleştirip durdurulamaz bir kuvvete dönüşseydik.

"Şey, sanırım..." Büyük bir aptallık yapmanın eşiğindeyim. Kaybedecek neyim var ki? İnsanlar artık bana güvenebilir mi? İtibarım ve mahremiyetim var mı? Ve tüm bunlar elimden alındığında, kendimi başka bir şeyle sarmalamak istemem adil değil mi? "Sanırım vedalaşmak için sana sarılmama izin vermezsin."

Bir sessizlik oluyor. Sözcüklerimin kaba sesi, holün duvarlarında yankılanıyor. Sol tarafımda bir konsol, bir ayna, içi bir sürü ıvır zıvırla, anahtarlarla, düğmelerle, katlanmış kâğıt parçalarıyla dolu seramik bir kâse var.

Ona, "İstemezsen sorun değil," diyorum. "Kesinlikle anlıyorum. Bunun tuhaf olduğunu biliyorum. Sadece..."

Sonra, ancak annesi olabilecek yaştaki kadın konuşmaya başlıyor. "Kızım," diyor. Zorlukla, sanki bunu nasıl açıklayacağını bilmiyormuş gibi konuşuyor. "Kızım..."

Ama o, kadının sözünü kesiyor. May. İsmini bir gazetede okudum. Bu, silik birkaç anıyı canlandırıyor; gazetelerde birkaç haber, benzinlikte gördüğüm birkaç kayıp ilanı. Ne kadarını gerçekten hatırladığımı ve boşlukların ne kadarını zihnimin doldurduğunu söylemek güç.

May yanımdaki konsola yaslanıyor. Gözlerinin etrafı gölgelerle dolu ve gün ışığında delici bakışları var. Benim içimde bir şey arıyor. Ne olduğunu bilseydim, onu hemen verirdim.

"Anne," diyor. "Sorun değil."

84. BÖLÜM

May Mitchell

Emily içeriye girdiğinde, onun da mahvolmuş hâlde olduğunu anlıyorsun. Birbirinin radarına giren denizaltılar gibi, birbirinizi tanıyorsunuz. İkiniz de bir sürü şey yaşamış insanlarsınız.

Günler boyunca, dünya peşini hiç bırakmadı. Sana hoş geldin dedi. Eller sana doğru uzandı, kollar seni kendilerine çekti. Şakaklarına dayanan boyunlardan hıçkırıklar yükseldi. Boğuk sesler sana, seni ne kadar özlediğini söyledi. Yeni bir ev. Şehirde değil. Henüz değil. Geçmişten birkaç eşya. Bir sürü insan; yüz yüze, telefonda, ses kayıtları, görüntülü aramalar, kartpostallar ve yardım paketleri.

Annen, baban. Erkek kardeşin. Julie. Neredeyse erkek arkadaşın olan Matt bile bir e-posta gönderdi. "Umarım iyisindir," yazmıştı. "Yani olabileceğin kadar iyi. Bu kulağa aptalca geliyorsa, özür dilerim."

Kimse bu durumu nasıl idare edeceğini bilmiyor ve herkes çok üzgün.

Geceleri sesler yok oluyor. Annenin senin olduğunu söylediği yatakta yatıyorsun. Koridorda ilerleyen ayak seslerini duymaya çalışıyorsun ama etraf çok sessiz. Yine de dinliyorsun; sürekli, bu sessizliği bozacak bir şey duymak için dinliyorsun. Ancak sabahları, ailen uyanıp kahve kokusu evin içini doldurduğunda ve dünya saldırıya geçtiğinde uykuya dalabiliyorsun.

Cecilia.

Sürekli onu düşünüyorsun. Gazeteler onun iyi olduğu konusunda güvence veriyor. "Güvende ve yakın akrabalarının yanında." Polisler de öyle diyor. Onları her gün arıyorsun ve her gün aynı şeyi söylüyorlar.

Üçüncü gün, "Köpeğini geri aldı mı?" diye soruyorsun. "Evet," diyorlar. Bir memur evi ararken kutusunu bulmuş. Köpeği kızın büyükannesi ve büyükbabasına vermişler.

Memur, Cecilia'nın onların yanında kaldığını söylüyor. Yalnız olmadığını. İyi olacağını.

O iyi olacak.

Bunu sürekli söylemelerine ihtiyacın var. Bunu yeterince çok kez duyarsan, belki bir gün inanırsın.

Ve şimdi, diğer kadın burada. Oturma odasındaki kadın. Senin kolyeni takan kadın. Emily.

Yeni evin içinde duruyor ve belki de bunu anlayan tek kişi o. Her şeyin merkezinde onun olduğu bir dünyada yaşamanın ne demek olduğunu sadece o biliyor.

Nasıl var olacağını bilmiyor. Nasıl duracağını, nasıl konuşacağını. Annene nasıl bakacağını. Sana nasıl bakacağını.

Sana sarılmak istiyor.

Annen araya girmeye çalışıyor. Artık bu konuda biraz tuhaf olduğunu, dokunulmaktan pek hoşlanmadığını biliyor. İnsanların sessizce sana yaklaşmasından. Çok uzun süre, çok sıkı tutulmaktan rahatsız olduğunu biliyor. Bazen yalnız kalmaya ihtiyaç duyduğunu ve bunun için beklemekten başka yapılacak bir şey olmadığını.

Annenin bilmediği şey şu: evindeki bu kadın, günlerdir karşılaştığın ve sana tanıdık gelen ilk kişi. Senin için bir anlamı var. O hem o zaman hem de şimdi gördüğün biri. Bu kadın da senin gibi, iki dünya arasında bir köprü.

Onu sonsuza dek yakınında tutabilmek istiyorsun. Burada kalmasını, yan yana oturup saatlerce konuşabilmenizi ya da hiçbir şey söylemeden durabilmenizi diliyorsun.

İnsanlar anlamaya çalışıyor. Gazeteciler sorular sorup verdiğin cevapları yayımladı. Polisler de. Kanıt topluyor, geçmişini soruşturuyor, sebeplerini ve yöntemlerini araştırıyor, adımlarını geriye doğru takip edip bodrumdaki kadınların isimlerini bulmaya çalışıyorlar.

Herkes buldukları en ufak bilgi parçasına bile yapışıyor ama hiçbir zaman bilemeyecekler.

Emily, sen ve onun kızı. Üçünüz. Hikâyeleriniz bağlantılı. İnsanların elde edebileceği en büyük gerçek bu.

"Anne," diyorsun. "Sorun değil."

Annen kenara çekiliyor. Bugünlerde seni dünyanın merhametine bırakmak ona hiç doğal gelmiyor.

Diğer kadın, onu yutacakmış gibi duran pofuduk, beyaz paltosu, kotu ve onun altındaki botlarıyla bekliyor. Kahverengi saçını bir şapkanın altında toplamış. Şapkası yepyeni. Muhtemelen yeni alınmış. Yeni bir hayat için yeni bir giysi.

Sana sarılmak istiyor. Bunu sordu ve şimdi, kolları iki yana açılmış, yüzünde şimdiden bir pişmanlık ifadesiyle bekliyor.

Kollarını açıyorsun.

Teşekkürler

Ben (bir Fransız olarak) belki de bir gün İngilizce bir roman yazabileceğimi düşünmeye, on dokuz yaşımdayken başladım. Bu notaya ulaşmam on yıl sürdü ve bu on yıl boyunca ABD'deki yayımcılar bana parlak ve inanılmaz derecede uzak birer mucize gibi geliyordu. Söylemeye çalıştığım şey şu: Bu noktada olduğuma inanamıyorum. Üzgünüm, daha havalı görünmem gerektiğini biliyorum ama bunu gerçekten yapamıyorum.

Bu romanı yazarken inanılmaz derecede şanslıydım; işlerinde, rahatsız edici derecede başarılı olmanın yanı sıra, bu hikâyeyle ne yapmaya çalıştığımı anlayan ve daha da iyisi, bunu çok seven insanlarla çalıştım. Bu benim için kelimelerle ifade edemeyeceğim kadar önemli. (İşimin tanımı, bir şeyleri kelimelerle ifade etmek olsa da.) Bu yüzden, en içten teşekkürlerimi sunuyorum:

Editörüm Reagan Arthur: Sen en sevdiğim, beni bir yazara dönüştüren kitapların bazılarının editörlüğünü ve yayımcılığını yaptın. Nezaketin, keskin gözlerin, enerjin ve cömertliğin için teşekkür ederim. Bu kitaptaki seçici editörüm Tim O'Connell'a, yaptığı ilk değişiklikler ve bana erkenden, bunun keyifli bir şey olması gerektiğini söylediği için teşekkür ederim. Reagan, Tim: Bir yazarın sayfa üzerinde kendini tamamen güvende hissetmesini sağlamanın kolay olmadığını düşünüyorum ama ikiniz de bunu yaptınız. Teşekkür ederim.

Temsilcim olduğu için çok şanslı olduğum Stephen Barbara'ya, ilk anlarından itibaren bu romanı desteklediği, yorulmadan çalıştığı ve bana sunduğu arkadaşlığı için teşekkür ederim. Kulağa dramatik gelmek istemiyorum ama çalışmama inanman hayatımı değiştirdi. Her şey için teşekkür ederim.

Knopf'taki rüya takımı: Jordan Pavlin, arkadaşım Abby Endler, Rita Madrigal, Isabel Yao Meyers, Rob Shapiro, Maria Carella, Kelsey Manning, Sara Eagle, John Gall ve Michael Windsor.

InkWell Management'taki rüya takımı: Bu kitabı gerçekten bütün dünyaya yaydığı için Alexis Hurley'e, Maria Whelan, Hannah Lehmkuhl, Jessie Thorsted, Lydnsey Blessing ve Laura Hill'e teşekkür ediyorum. Ve film hakları konusundaki çalışmaları için Anonymous Content'ten Ryan Wilson'a.

Little, Brown UK'den Clare Smith'e, bu kitabın Atlas Okyanusu'nu aşmasını sağladığı, sonsuz hevesi ve bana her zaman yardımcı olan notları için teşekkür ederim. Teşekkürler, Clare. Ayrıca, Fayard/Mazarine'den Éléonore Delair'e ve dünyanın her yanındaki bu kitabı beğenen editörlere özel teşekkürlerimi sunuyorum.

Her şeyi eğlenceli ve kolay hâle getiren (ayrıca en iyi beklenmedik konukları kahve içmeye getiren) yayımcım Paul Bogaards'a teşekkür ediyorum. İşimi beğenmen beni onurlandırıyor. Bogaards PR'dan Stephanie Kloss ve Stephanie Hauer'e de teşekkür ediyorum.

Yazarların sevilmek istediği, evrensel olarak bilinen bir gerçek ama bence çoğumuz, iyi bir kitap avcısının sevgisinin bir hayatı ne kadar değiştirebileceğini küçümsüyoruz. Bu kitabı destekleyen kitap avcılarına içten teşekkürlerimi sunuyorum.

Kocam Tyler Daniels'a teşekkür ediyorum. Bana inandığın, taslaklarımı okuduğun, kitabın ismini bulduğun ve hikâyenin önemli noktaları hakkında benimle konuştuğun için teşekkürler. Hayatımda olduğun ve senin hayatında olduğum için çok şansıyım. Ve köpeğimiz Claudine'e çok iyi bir baba olduğun için de teşekkürler.

Ebeveynim Jean-Jacques ve Anne France Michallon'a, sırasıyla, biraz tuhaf hedeflerin (anadilin Fransızcayken İngilizce roman yazmaya çalışmak gibi) peşinde koşmanın yanlış bir yanı olmadığını öğrettikleri ve kitaplara duyduğum müthiş sevgiyi destekledikleri (ayrıca şey... seri katillere duyduğum ilgiyi yeniden canlandırdıkları) için teşekkür ediyorum. Bu kitabı, bir kitap hâline gelmeden önce duyan ve ABD'deki yayımcılık hakkında öğrenilebilecek her şeyi öğrenen büyükannem Arlette Pennequin'e de teşekkür ediyorum. Bence o, bu sektör hakkında en çok bilgiye sahip Fransız büyükanne olabilir.

Eşimin ebeveyni Tom ve Donna Daniels'a teşekkür ediyorum. Bu kitabı yazmaya sizinle birlikte, Hudson Vadisi'ndeki bir evde kalırken başladım. Sonra bu evi (sizin evinizi) bu kitaptaki Aidan'ın evinin modeli olarak kullandım. Ve bunu size ancak kitabı bitirip bir sözleşme imzaladıktan *sonra* söyledim. Bana kızmadınız bile. Hatta çok mutlu olup gurur duydunuz. Sevginiz ve desteğiniz için çok teşekkür ederim; bu benim için çok önemli.

Holly Baxter'a, kitabın tamamlanmasından bile önce ona bu kadar inandığı için teşekkür ederim. Hem hevesin hem de bilgece tavsiyelerin bitiş çizgisine ulaşmamı sağladı. (Önce metin, varoluşsal krizle sonra ilgileniriz.)

Bu kadar muhteşem, eğlenceli, destekleyici ve kabul edelim ki bu kadar güzel görünüşlü oldukları için Fransız arkadaşlarıma teşekkür ediyorum: Morgane Giuliani, Clara Chevassut, Lucie Ronfaut-Hazard, Ines Zallouz, Camille Jacques, Xavier Eutrope, Geoffroy Husson, Swann Ménage.

Muhteşem bir arkadaş ve nasıl oluyorsa metin üzerinde aldığı notlar, daha sonra editörlerimin notlarıyla neredeyse aynı olan, muhteşem okur Christine Opperman'a teşekkür ediyorum. Çalışmamı okumaya vakit ayırdığın ve gerekli yerlerde beni mantıklı olmaya ikna ettiğin için teşekkürler.

Bir yazarın (aslında herkesin) isteyebileceği en iyi arkadaş olan, sevgili arkadaşım Nathan'a teşekkür ediyorum. Desteğin, övgülerin ve diğer her şey için teşekkürler.

Bu kitabın ilk taslaklarını okuyan ve elbette adını veremeyeceğim terapistime teşekkür ediyorum. (Muhteşem, değil mi?) Gerçek anlamda delirmemi engellediğin için teşekkür ederim.

Bölüm 33'teki film sahnesi, Emilia Clarke ve Henry Golding'in oynadığı *Last Christmas* filminden. Sık sık, seri katillerle bir bağlantısı olan (ya da seri katil olan) insanların, televizyonda bir seri katil hakkında yapılan espriye nasıl tepki vereceklerini merak ederdim. Burada da bunu görüyoruz.

Bölüm 25'te May bir internet sitesinin "Ben Bunu Yaşadım" adlı bölümü için bir yazı yazıyor. Bunun ilhamını, artık aktif olmayan xoJane'in "It Happened to Me" (Benim de Başıma Geldi) köşesinden aldım. Bu bölümün, 2011'den sitenin 2016'daki kapanışına kadar yayımlandığına inanıyorum. O yazılar, Fransa'da üniversiteye giderken benim kişisel deneme yazımına adım atmamı sağladı. Beni büyülemişlerdi. Yıllar sonra, bu roman aracılığıyla o dönemin farklı bir versiyonunu yeniden deneyimlemek beni çok mutlu etti.

Ve son olarak, beni bir yazara dönüştüren diğer insanlara teşekkür etmek istiyorum: Ergenliğimde bana, "Yazmayı bırakma. Yoksa hayatın seni ele geçirmesine izin verirsin," diyen lise öğretmenim Madame Sultan'a. (Yazmayı hiç bırakmadım.) Okunmaya hazır olmalarından önce kısa hikâyelerimi okuyan Mösyö Chaumié'ye. Karmakarışık fikirlerimi kucaklayan Arlaina Tibensky'e. Ve bana bunu her şeyden çok sevmem gerektiğini öğreten Karen Stabiner'e.